TODBRINGENDE
GEHEIMNISSE

Übersetzung aus dem Englischen: Ursula Mirwald

Lektorat: Annika Mirwald

Cover Artist: Karri Klawiter

Bücher von Shawn McGuire

Whispering Pines – Das Flüstern der Kiefern

Familiengeheimnisse

Gehütete Geheimnisse

Düstere Geheimnisse

Verborgene Geheimnisse

Todbringende Geheimnisse

TODBRINGENDE GEHEIMNISSE

Whispering Pines – Das Flüstern der Kiefern
Band 5

Shawn McGuire

Kapitel Eins

DIE TOTE LAG MIT DEM GESICHT NACH UNTEN AUF DEM Feenpfad, auf halbem Weg zwischen *The Twisty Skein* und *Ivy's Boutique*.

„Hast du sie gefunden?", fragte ich Violet.

„Nein." Sie schüttelte den Kopf und musterte die Frau mit gerunzelter Stirn. „Das war Ruby. Sie war auf dem Weg zu *Skein*, ihrem Geschäft, um es zu öffnen, und hatte sich beim *Bean Grinder* noch schnell einen Chai geholt."

„Um es zu öffnen?", fragte ich erstaunt. „Das wäre ja dann vor sieben Uhr morgens gewesen. Ist das nicht ein wenig früh? Wer bitte geht denn um diese Uhrzeit in einen Bastelladen?"

Violet richtete ihre Aufmerksamkeit wieder auf mich und zog irritiert eine Augenbraue hoch. „Du bist heute Morgen aber richtig wortklauberisch, Sheriff Jayne. Ruby sagte lediglich, sie sei auf dem Weg zur Arbeit gewesen. Ich gehe davon aus, dass sie für Kunden wie üblich erst um neun aufmachen wollte. Mit ‚öffnen' meinte ich, sie würde ihre morgendlichen Routinearbeiten erledigen. Keine Ahnung, wie genau die aussehen, aber vielleicht sind das die einzigen Stunden am Tag, an denen sie die Zeit findet, sich um den Papierkram zu kümmern."

Ich nickte kleinlaut ob dieser Zurechtweisung, aber wann immer hier in Whispering Pines eine Leiche auftauchte, genügte schon die kleinste Abweichung von der Norm, und meine Alarmglocken begannen zu schrillen.

„Ich kann nicht fassen, dass sie tot ist." Erneut starrte Violet auf die Frau. „Das ist doch Gin, oder?"

Langes, kupferrotes Haar bedeckte das Gesicht des Opfers, doch für mich gab es keinen Zweifel an ihrer Identität. Diese Farbe machte Ginger „Gin" Wakefield unverwechselbar.

Sie, ehemalige Chef-Bäckerin und Inhaberin von *Wakefield's Treats and Sweets* sowie einstige Bewohnerin von Whispering Pines, war ins Dorf zurückgekehrt, um das Mabon-Fest zu feiern. Und diejenigen, die sie noch von früher kannten, waren begeistert, dass sie und ihr Team begnadeter Konditormeister ihnen einen Besuch abstatteten. Okay … nicht alle freuten sich darüber. Sugar beispielsweise, die Besitzerin des Süßwarenladens im Ort, war seit Kindertagen ihre Erzfeindin. Allein schon die Tatsache, dass Ginger plötzlich wieder aufgetaucht war, ging ihr gegen den Strich. Und als sie dann noch erfuhr, dass diese am Backwettbewerb des Festivals teilzunehmen gedachte – genau dem Wettbewerb, den Sugar dieses Jahr unbedingt gewinnen wollte –, war *aufgebracht* noch eine viel zu milde Beschreibung für ihre Reaktion.

„Ich denke, wir können davon ausgehen, dass es Gin ist", sagte ich zu Violet. Außer den Puls zu fühlen, durfte ich den Leichnam nicht weiter berühren, solange der Gerichtsmediziner nicht eingetroffen war. So blieb uns nichts anderes übrig, als anzunehmen, dass es sich tatsächlich um besagte Person handelte.

„Es verspricht ein arbeitsreiches Wochenende zu werden", sinnierte Violet, den Blick erneut auf die Tote gerichtet. „Das Gleiche wie jedes Jahr: Kaum ist das Labor-Day-Wochenende abgehakt und wir hoffen auf ein wenig Ruhe, steht auch schon das Mabon-Fest vor der Tür. Und Samhain lässt ebenfalls nicht lange auf sich warten."

„Es war also Ruby, die sie gefunden hat, richtig?", lenkte ich sie wieder auf das eigentliche Thema zurück.

„Richtig, entschuldige. Ja, Ruby weiß, dass wir im *Grinder* ein Walkie-Talkie haben, also ist sie zurückgelaufen und hat mich gebeten, dich zu kontaktieren."

Da es im Dorf so gut wie kein Mobilfunknetz gab, hatte ich jeden Laden mit einem Funkgerät ausgestattet. Somit waren mein Deputy und ich im Notfall immer erreichbar … und Notfälle waren hier an der Tagesordnung. Eigentlich seltsam für einen so kleinen Ort.

„Wo ist sie jetzt?"

Violet wandte sich endgültig von der Toten ab. „Sie war total erschüttert über den Fund, also habe ich ihr gesagt, sie solle wie geplant in ihren Laden gehen, und dass ich hier auf dein Eintreffen warten würde." Sie deutete auf die kurze, piniengrüne Schürze, die noch um ihre Taille gebunden war. „Ich bin so schnell los, mir ist erst auf halbem Weg hierher aufgefallen, dass ich vergessen hatte, sie auszuziehen."

„Wir müssen die Leute von dem Weg fernhalten", sagte ich zu ihr. „Deputy Reed sollte zwar jeden Moment auftauchen, aber bis dahin obliegt es mir, den Tatort zu sichern."

„Was kann ich tun?", fragte Violet, sofort bereit zu helfen.

Ich ließ meinen Blick den Feenpfad entlang in Richtung Osten zu Rubys Laden wandern, während ich im Geist bereits eine To-do-Liste erstellte. Durch die gesprenkelten Schatten, die das frühe Sonnenlicht warf, konnte ich ein kleines weißes Etwas ein paar Meter hinter dem *The Twisty Skein* ausmachen. Es war Meeka, mein West Highland White Terrier und gleichzeitig meine K-9-Stellvertreterin. Wie ein steinerner Wächter stand sie mitten auf dem Holzsteg, der sich durch den Kiefernhain schlängelte. Schon auf dem Weg vom Revier hierher war sie unruhig geworden, offensichtlich hatte sie die

Leiche bereits von Weitem gewittert. Und da diese frei zugänglich lag und ihre Spürnase nicht weiter benötigt wurde, hatte ich ihr kurzerhand befohlen, dort auf mich zu warten. Froh, endlich einmal wieder eine sinnvolle Aufgabe zu haben, war meine Kleine fest entschlossen, jeden aufzuhalten, der sich hierhin verirren sollte.

„Als Erstes", sagte ich zu Violet, „brauchen wir Posten an beiden Enden des Pfads, damit niemand hier durchläuft und mögliche Spuren verwischt."

Violet deutete mit der Hand in Richtung des Dorfplatzes. „Mein Bruder hat bereits auf der anderen Seite Stellung bezogen."

„Und wer kümmert sich im *Grinder* um die Kunden?" Das *Ye Olde Bean Grinder*, das örtliche Café, war morgens eigentlich immer brechend voll.

„Bisher hält sich der Ansturm in Grenzen. Nur ein paar Einwohner sind da. Lily Grace hat ein Auge auf alles, bis einer von uns zurückkommt. Spezialkaffees kann sie natürlich nicht zubereiten, aber es steht eine große Kanne von der normalen Mischung bereit, aus der sie die Tassen nachfüllen kann. Und einen Scone abzukassieren, sollte sie auch hinbekommen."

„Lily Grace?" Was das Wahrsagen anbelangte, war der Teenager begabter als die meisten anderen, die diesem Job nachgingen. In alltäglichen Dingen hingegen ließ ihre Zuverlässigkeit zu wünschen übrig.

„In der letzten Woche, vielleicht sogar in den letzten zehn Tagen, hat sie nach der Schule fast immer vorbeigeschaut. Keine Ahnung, warum sie heute so früh reingeschneit ist. Vermutlich hat sie lange gelernt und brauchte dringend Koffein. Also – soll ich Meekas Posten übernehmen?"

„Das wäre nett. Ich muss auch mit Ruby sprechen."

„Dann schaue ich zuerst kurz bei ihr im Laden vorbei und bitte sie, zu dir zu kommen."

„Perfekt. Danke, Violet."

Damit wäre zumindest ein Problem aus der Welt geschafft. Allerdings gab es eine viel größere Frage, die sich mir aufdrängte: Hatte ein harmloser Backwettbewerb tatsächlich in einem Mord geendet? Sofort kam mir ein möglicher Täter in den Sinn ... aber nein, das konnte nicht sein. Sugar war doch keine Mörderin. Oder etwa doch?

Kapitel Zwei

Drei Tage zuvor

Die Wiccas von Whispering Pines waren völlig aus dem Häuschen. Das Mabon-Fest, andernorts auch Erntedank genannt, stand unmittelbar bevor, und für das Dorf bedeutete es das Ende der sommerlichen Touristensaison. Für die grünen Hexen des Ortes – also jene, die ein Händchen für Pflanzen hatten – war das die Zeit, die letzten Früchte, Gemüsesorten und Kräuter aus ihren Gärten einzuholen, bevor der erste starke Frost alles vernichtete. Und der konnte hier oben in den Northwoods von Wisconsin jederzeit hereinbrechen. Doch Mabon war nicht nur Erntezeit. Es war auch der Moment, Unerledigtes abzuschließen, das vergangene Jahr Revue passieren zu lassen und sich auf den langen, kalten Winter vorzubereiten.

Ob man es nun Mabon nannte, die Herbst-Tagundnachtgleiche, den ersten Tag des Herbstes oder schlichtweg den zweiundzwanzigsten September – mir persönlich gefiel neben dem besinnlichen vor allem der wissenschaftliche Aspekt: Es war einer der beiden Tage im

Jahr, an denen Licht und Dunkelheit sich vollkommenen die Waage hielten und jeweils genau zwölf Stunden andauerten.

Als ich vorhin am Gemeindezentrum vorbeikam, war ein Trupp grüner Hexen gerade damit beschäftigt gewesen, den Bereich umzugestalten. Zuerst entfernten sie alle Pflanzen, die in den spitzen Segmenten des riesigen, pentagrammförmigen Gartens ihre Blütezeit überschritten hatten. An deren Stelle platzierten sie Heuballen, Getreidehalme und knapp fünf Meter lange Füllhörner, die sie von Hand aus Kiefernzweigen geflochten hatten und die überquollen vor normalen Kürbissen, Zierkürbissen, Squash und Äpfeln sowie allem anderen, was der Herbst sonst noch zu bieten hatte.

„Aha, dafür also waren die Füllhörner gedacht", stellte ich fest und gesellte mich zu Morgan Barlow auf die Veranda ihres Wicca-/New-Age-Ladens *Shoppe Mystique*. „Jedes Mal, wenn ich mich nach deren Zweck erkundigt habe, hieß es nur, ich solle bis Freitag warten."

Als Antwort auf die Frage einer ihrer Helferinnen deutete Morgan vage auf einen Punkt links von sich, bevor sie sich mir zuwandte. „Liegt der Reiz nicht eher darin, Dinge nach und nach für sich selbst zu entdecken?"

„Ich bin der Sheriff. Eigentlich muss ich sowieso immer alles auf eigene Faust herausfinden. Ob du es glaubst oder nicht, manchmal ist es mir sogar ganz recht, wenn Leute freiwillig mit Informationen rausrücken." Ich ließ den Blick über die Menge schweifen, um sicherzugehen, dass Meeka niemandem im Weg stand, und entdeckte eine kleine, temperamentvolle Frau, die die Truppe von der Seite aus koordinierte. „Briar ist auch hier?"

„Aber natürlich. Eigentlich lebt Mama ja lieber zurückgezogen, aber während des Mabon-Festes hält sie nichts mehr zu Hause. Die frische Herbstluft belebt sie, und für nichts auf der Welt würde sie sich die Feierlichkeiten diese Woche entgehen lassen."

„Alles sieht fantastisch aus, und ihr seid auch so gut wie fertig, oder?"

„Ich glaube schon." Morgan zog sich ihren schwarzen Schal, bestickt mit schwarzen Monden und Sternen, enger um die Schultern. „Nur noch ein paar Kleinigkeiten, dann haben wir unseren Teil erledigt und Mr Powell und sein Team kommen vorbei, um die Picknicktische aufzustellen."

„Und dann essen wir?"

Sie lächelte. „Ja, Jayne, das tun wir."

Die Wiccas mochten diese einwöchige Periode als Zeit der Besinnung ansehen, für Besucher jedoch war sie ein wahres Schlemmerparadies. Was gab es besseres, eine Ernte zu feiern, als sich eine Woche lang kulinarisch verwöhnen zu lassen? Die Touristen konnten von sieben Uhr morgens bis sieben Uhr abends, sozusagen von Sonnenaufgang bis Sonnenuntergang, essen, trinken und an verschiedenen Aktivitäten teilnehmen.

Ich stupste Morgan leicht mit dem Ellbogen an. „Das ist wirklich deine liebste Zeit des Jahres, oder? Du strahlst richtig."

Sie stieß einen zufriedenen Seufzer aus. „Teilweise ja, aber der hauptsächliche Grund ist, dass wir nach dem Fest endlich einmal acht Monate haben, um auch die anderen Seiten unseres Lebens zu genießen. Okay, es gibt dann noch die zwei Tage um Samhain, den einunddreißigsten Oktober und den ersten November, aber bei diesen Veranstaltungen geht es deutlich beschaulicher zu." Sie packte meinen Oberarm und drückte ihn leicht. „Ich kann es kaum erwarten, dass du Whispering Pines einmal ohne Touristen erlebst, oder zumindest mit nur ganz wenigen. So gänzlich ohne läuft es bei uns ja nie ab."

Ehrlich gesagt machte mir die Vorstellung von einer touristenarmen Zeit ein klein wenig Angst. Ich hatte mein ganzes Leben in Madison, Wisconsin, verbracht, was bedeutete, dass ich immer von Menschen umgeben war. Weder mein Freund Tripp noch ich wussten so recht, was wir in diesen acht Monaten miteinander anfangen sollten. Die Dorfbewohner hatten sich über die Jahre außerhalb der Sommersaison ein Leben aufgebaut, während wir erst seit vier Monaten hier waren. Okay, wir hatten darüber gesprochen, den Dachboden unseres Hauses auszubauen und in eine Wohnung für Tripp umzuwandeln, aber abgesehen davon … Wie sollten wir diesen endlosen Permafrost-Winter überstehen? Hobbys. Wir brauchten beide dringend Hobbys!

„Ihr zwei kommt schon zurecht", versicherte mir Morgan, während sie die silbernen Ringe an ihren Fingern zurechtrückte.

Ich betrachtete sie aus zusammengekniffenen Augen. „Was lässt dich glauben, dass ich an Tripp denke?"

Sie lächelte nur auf diese unverkennbare, schalkhaft-magische Art.

Während die grünen Hexen mit dem Pentagramm-Garten beschäftigt waren, hatte sich ein paar Meter weiter eine Gruppe von Küchenhexen versammelt.

„Die wirken genauso begeistert wie ihr", stellte ich fest.

„Die andere Seite der Ernte besteht natürlich darin, deren Fülle auch zu nutzen", belehrte meine Freundin mich. „Sosehr meine grünen Schwestern und ich es lieben zu sehen, wie die Früchte unserer Arbeit ihre Bestimmung finden, sosehr fiebern auch die Küchenhexen dem Moment entgegen, endlich ihre Koch- und Backkünste unter Beweis stellen zu dürfen."

Nicht nur sie, ich ebenfalls. Die Düfte, die in der letzten Woche durch den Ort geweht waren, hatten mich schier in den Wahnsinn getrieben, denn die Dorfbewohner, die am Wettbewerb teilnahmen, arbeiteten unermüdlich daran, ihre Rezepte für Gebäck und herzhafte Gerichte zu perfektionieren. Als Sheriff hatte ich den Ruf, unparteiisch zu sein, weshalb in den letzten Tagen immer wieder Leute zu mir gekommen waren, damit ich ihre Kreationen probierte. Wie gut, dass meine Cargohose über einen elastischen Bund verfügte, weil ich mir mit Sicherheit ein paar Pfunde anfuttern würde.

Ich presste eine Hand auf meinen Bauch. „Ich kann es kaum erwarten. Okay, dann werde ich mal schauen, was der Mini-Zirkel dort drüben so treibt."

„Sei gesegnet", rief sie mir trillernd hinterher.

Vor dem *Ye Olde Bean Grinder* standen Violet und ihr Bruder Basil zusammen mit Honey und Sugar, den Besitzerinnen des Dorfsüßwarenladens *Treat Me Sweetly*. Violet und Basil waren streng genommen keine klassischen Küchenhexen. Beide hatten jedoch ein unvergleichliches Talent, was das Rösten und Mischen von Kaffee anbelangte – und da Kaffeebohnen nun mal technisch gesehen eine Pflanze waren, fielen sie wohl eher in die Kategorie der grünen Hexen. Also waren sie, streng genommen, grüne Küchenhexen.

„Warum kann ich mich des Gefühls nicht erwehren, dass dieses Treffen Ärger bedeutet?", fragte ich scherzhaft.

„Weil Sie der Sheriff sind", entgegnete Sugar trocken, gänzlich unberührt von meinem Versuch, einen Witz zu machen. „Sie sind allem und jedem gegenüber misstrauisch."

Honey stupste ihre Schwester mit dem Arm an. „Sugar und ich haben Violet und Basil gerade um ihre Meinung zu unseren Backwettbewerbsbeiträgen am Wochenende gebeten."

In gespannter Erwartung hielt ich den Atem an. „Und? Verraten Sie mir ebenfalls, was Sie zu zaubern gedenken?"

Niemand antwortete mir.

„Wenigstens einen klitzekleinen Hinweis?"

„Sie werden wohl warten müssen, wie alle anderen auch", fauchte Sugar mich an.

„Tut mir leid." Honey warf mir einen Blick zu, halb strenge Lehrerin, halb verschmitztes Schulmädchen. „Wie man so schön sagt: Schweigen ist Gold."

„Aber Violet und Basil wissen doch auch Bescheid", widersprach ich.

Violet wackelte mit den Fingern vor ihrem Mund herum – ihre Version anzudeuten, dass ihre Lippen versiegelt wären und sie den Schlüssel weggeworfen hätte. Aus ihr würde ich also auch nichts herausbekommen.

„Los, komm", schnauzte Sugar ihre Schwester an und drehte sich um. „Gehen wir zurück an die Arbeit. Der Wettbewerb wird dieses Jahr härter als je zuvor, und ich will unbedingt gewinnen."

Wir sahen den Schwestern nach, wie sie den roten Ziegelweg entlanggingen, der den Pentagramm-Garten umrundete, um wieder in ihrem Laden zu verschwinden. Als sie weit genug entfernt waren, um uns nicht mehr hören zu können, fragte ich:

„Was ist eigentlich mit Sugar los? Sie wirkt noch übellauniger als sonst."

„Okay, ich mache mich jetzt auch mal aus dem Staub", sagte Basil. „Die halbstündige Debatte über diese Sache hat mir echt gereicht."

„Welche Sache?", fragte ich Violet. Nicht, dass sie das gewesen wäre, was man gemeinhin als Dorftratsche bezeichnete – sie verbreitete niemals etwas mit böser Absicht –, doch sie hatte die Gabe, Dinge vor allen anderen zu erfahren.

„Hast du es noch nicht gehört?" Sie blickte sich verstohlen um, als stünde sie im Begriff, mir wichtige Staatsgeheimnisse anzuvertrauen. „Gin Wakefield und ihr Team kommen in die Stadt."

„Du meinst die Besitzerin von *Wakefield's Treats and Sweets*?"

Bei *Wakefield's* handelte es sich um eine der größten kommerziellen Bäckereien des Landes. Was auch immer man sich an Backwerk nur vorstellen konnte, sie bekamen es hin, und zwar meisterhaft: Kuchen in allen Größen, von winzigen Cake Pops über Cupcakes bis hin zu mehrstöckigen Kreationen, die für hunderte von Gästen reichten, sowie jede nur erdenkliche Süßigkeit. Erst kürzlich hatte ich gehört, dass sie auch ins Eisgeschäft einsteigen wollten. Gin und ihre Mitarbeiter, jeder von ihnen ein Spitzenkonditor mit Promi-Status, würden hier garantiert Aufsehen erregen.

„Warum das denn?", fragte ich erstaunt.

„Weißt du das nicht?"

„Wenn ich es wüsste, hätte ich ja nicht gefragt."

Violet packte mich am Arm und zog mich ins Innere ihres Ladens. „Komm, setz dich kurz, dann bringe ich dich auf den neuesten Stand. Möchtest du mal den speziellen Festtagsdrink probieren?"

Als hätte ich je ein Probehäppchen oder -schlückchen abgelehnt. „Natürlich. Was ist es denn?"

„Zu Ehren der warmen, gemütlichen Herbstzeit", verkündete Violet, „mache ich Chai Lattes, und man kann aus einer Vielzahl verschiedener Milchsorten wählen. Möchtest du Soja-, Mandel-, Kokos- oder Vollmilch beziehungsweise die fettfreie Variante?"

Es dauerte nur einen Augenblick, bis ich die gesünderen Optionen abgehakt hatte. „Ich nehme die vollfette von der Kuh."

„Gewürzt wie üblich oder mit einem Hauch Schokolade?"

„Ist die Frage ernst gemeint?"

Sie grinste und reichte mir eine Tüte Hundekekse für Meeka. „Schon verstanden. Du bekommst deine Schokolade."

Wir warteten am Kamin darauf, dass sie mit meinem vollfetten Schoko-Chai zurückkam, und allein der Name entlockte mir ein Grinsen.

„Wie wäre es mit einem Scone dazu?", rief sie von ihrem Platz hinter dem Tresen zu mir herüber.

Dieses Mal blinzelte ich ihr lediglich zu.

„Du hast vier Optionen: Möchtest du einen traditionellen Cranberry-Orange-Scone mit Beeren frisch aus den Mooren bei Warren? Die Variante Zimt-Apfel-Hafer mit Äpfeln aus unserem eigenen Obstgarten? Oder Earl Grey mit Honig, hergestellt mit dem Honig unseres dorfeigenen Imkers? Es gäbe auch noch die Sorte Süßkartoffel mit gebräunter Butter."

„Woher stammen denn die Süßkartoffeln?"

„Von *Sundry*. Bei uns werden sie ja leider nicht angebaut, daher bestellt Peyton sie immer für Honey und Sugar, und zu dieser Jahreszeit immer gleich mehrere Eimer voll. Sugar hat gerade Dutzende von jeder Sorte vorbeigebracht, damit sie sich voll auf ihre Kreationen für den Wettbewerb konzentrieren kann. Das bedeutet, dass du sie besser jetzt probierst, denn bis nach dem Fest wird es keine neuen mehr geben."

„Da ich nicht möchte, dass mir jemand Bevorzugung unterstellt, nehme ich von jeder Geschmacksrichtung einen."

Wenige Minuten später stellte Violet mein Getränk und den Teller mit den Scones auf dem Tisch vor mir ab und setzte sich mit ihrem eigenen Getränk auf den Stuhl mir gegenüber. Dann räusperte sie sich und verkündete in sensationsheischendem Tonfall: „Ginger Wakefield ist in Whispering Pines aufgewachsen."

Mir klappte der Unterkiefer herunter. „Gin ist eine ehemalige Dorfbewohnerin? Wann ist sie denn weggegangen? Und wieso?" Ich setzte mich aufrechter hin, ein wenig stolz darauf, dass jemand so Berühmtes früher in unserem Örtchen gelebt hatte.

„Lange Geschichte, aber offensichtlich ist sie eine begnadete Küchenhexe. Sie und Sugar haben sich früher nach der Schule und an den Wochenenden getroffen und ihre eigenen Kreationen entwickelt."

Ich hob die Hand. „Moment mal. Damals hast du doch noch gar nicht hier gelebt, oder? Ich nehme an, das hast du im Laufe der Jahre von anderen erfahren, nicht wahr?"

„Stimmt, aber du weißt ja, ich achte sehr darauf, alles korrekt wiederzugeben und keine Gerüchte in Umlauf zu setzen. Jedenfalls zogen Gin und ihre Mutter hierher, als sie zwölf oder dreizehn war, und sie und Sugar wurden enge

Freundinnen. Alles war in Ordnung, bis Gins Mutter den Plan fasste, eine Bäckerei zu eröffnen. Sie legte ihren Antrag dem Gemeinderat vor, doch da *Treat Me Sweetly* bereits vor Ort und sehr erfolgreich war, wurde ihr Gesuch abgelehnt."

„Ich will gar nicht wissen, wie sie die Ablehnung aufgenommen hat." Dann deutete ich auf meine Tasse. „Übrigens, dieser vollfette Schoko-Chai schmeckt unglaublich."

Violet neigte zum Dank leicht den Kopf. „Niedlicher Name. Und nein, die Entscheidung kam bei Gins Mutter natürlich überhaupt nicht gut an, vor allem, weil Honey und Sugars Eltern, die sie als ihre Freunde betrachtete, im Gemeinderat saßen und ebenfalls gegen sie gestimmt hatten." Sie nahm einen Schluck von ihrem eigenen Getränk. „Ab da verbot sie ihrer Tochter den Umgang mit den beiden Mädchen."

„Ich kann durchaus nachvollziehen, dass da Groll aufkam, aber diese Entscheidung scheint mir doch ein wenig hart."

„So, wie ich es gehört habe, war das Dorf bei der Abstimmung zwiegespalten. Einige hielten eine zweite Bäckerei für eine großartige Idee, andere waren zufrieden mit dem, was sie hatten. Okay, springen wir ein paar Jahre vor … Sugar und Gin besuchten mittlerweile die Highschool. Damals waren die Regeln des Mabon-Festes noch strenger und schrieben für die Teilnahme an den Koch- und Back-Events ein Mindestalter von sechzehn vor. Heute wird man bereits mit dreizehn zugelassen."

„Lass mich raten … zwischen den beiden entwickelte sich eine Art Rivalität."

„Rivalität ist noch stark untertrieben. Sie bekriegten sich regelrecht. Und noch schlimmer wurde es, nachdem sie die Highschool abgeschlossen hatten und an dieselbe Kochschule gingen."

„O nein", keuchte ich. „Warum haben sie sich das angetan?"

„Weil sie entschlossen waren, sich gegenseitig zu übertrumpfen, schätze ich." Violett rutschte vor bis an die Kante ihres Stuhls. „Soweit ich weiß, hat Gin zwei Punkte besser abgeschlossen als Sugar und damit den Spitzenplatz in ihrer Klasse belegt. Wie auch immer, anschließend kam Sugar natürlich hierher zurück, um das *Treat Me Sweetly* zu übernehmen. Gin hingegen bereiste die ganze Welt, arbeitete in den besten Restaurants und lernte bei Spitzenköchen von internationalem Rang. Spulen wir noch ein Stückchen vor: Gins preisgekrönte Bäckereien in Chicago brachten nicht nur eine Reihe von kommerziell äußerst erfolgreichen Desserts hervor, sie erhielt außerdem ein Millionenangebot für ihre eigene Küchenutensilien-Serie."

Ich nahm einen Schluck von meinem Chai. „Die kenne ich. Die Sachen sehen ziemlich hochwertig aus. Kommt Gin dann jedes Jahr zum Mabon-Fest wieder?"

„Nein, wenn ich mich richtig erinnere, ist es bestimmt schon zehn Jahre her, seit sie das letzte Mal hier war."

Während ich überlegte, mit welchem Scone ich anfangen sollte, dachte ich über ihre Worte nach. „Ist diese Küchenproduktlinie nicht erst neulich auf den Markt gekommen? Letztes Jahr kurz vor Weihnachten?"

„Genau. Sie haben überall dafür geworben – online, in Zeitschriften und im Fernsehen. Ich glaube, ich habe irgendwo sogar ein Plakat mit ihrem Logo gesehen." Violet schüttelte ungläubig den Kopf. „Das war eine gewaltige Kampagne."

„Wenn du mit der Rivalität recht hast, könnte man dann annehmen, dass das hier ein kleiner Besuch ist, um Sugar eins auszuwischen?"

Sie runzelte die Stirn. „Ich sage es ja nur ungern, aber ich befürchte, es bahnt sich ein weiteres Whispering-Pines-Drama an."

Ich ließ mich in meinen Stuhl zurücksinken. Na großartig.

Und ich hatte so sehr gehofft, dass jetzt endlich etwas Ruhe einkehren würde.

Kapitel Drei

Nachdem Meeka ihre Kekse verputzt hatte, gönnte sie sich ein kurzes Nickerchen, während ich meinen zweiten Chai trank und an den Scones knabberte. Es fiel mir schwer, mich für einen Favoriten zu entscheiden. Der mit Cranberry-Orange war herb-süß, die Variante Tee mit Honig irgendwie beruhigend. Der aus Süßkartoffeln mit Butter würde perfekt zu einem Schweinekotelett passen, und der Apfel-Zimt-Scone wäre optimal als Dessert. Die Hälfte von jedem packte ich in einen Butterbrotbeutel, damit Tripp sie später zu Hause ebenfalls probieren konnte. So allmählich sollte ich mich mit all dem Probieren wirklich etwas zügeln. Dann verabschiedeten wir uns von Violet und Basil und machten uns auf den Rückweg zum Revier.

Wir waren kaum ein paar Schritte auf dem roten Backsteinweg gegangen, als wir Honey und Sugar entdeckten, wie sie erneut aus dem *Treat Me Sweetly* traten, um sich zu Reeva Long zu gesellen. Reeva war eine weitere hochtalentierte Küchenhexe, und natürlich interessierte mich brennend, was sie wohl zu der Sugar/Gin-Situation zu sagen hätte.

Normalerweise würde ich mir bei drei Dorfbewohnern,

die plaudernd beieinanderstanden, nichts denken. Wahrscheinlich würden sie mir nicht einmal auffallen. Doch genau in dem Moment, als die drei zu tuscheln begannen, hielt die Reporterin Lupe Gomez, die sich aus der anderen Richtung näherte, mitten im Gehen inne. Kurz blieb sie wie angewurzelt stehen, bevor sie sich auf leisen Sohlen zu einer Bank am Rand des Pentagramm-Gartens begab, den Kopf lauschend zur Seite geneigt.

„Das Gespräch muss ja ultraspannend sein", sprach ich sie von hinten an, und Lupe zuckte zusammen. „Du hast mich nicht einmal kommen hören. Worum geht es denn?"

„Oh, Jayne, gut, dass du da bist. Bleib bitte einfach bei mir stehen. So ganz allein könnte ich verdächtig rüberkommen."

„Es ist mein Job, auf verdächtige Gesten zu achten, meine Liebe, und du lieferst mir gerade reichlich Material. Was treibst du da eigentlich?"

Sie legte einen Finger auf die Lippen und flüsterte: „Ich weiß noch nicht genau, was hier los ist. Ich habe nur etwas über den Backwettbewerb aufgeschnappt."

„Und da hast du beschlossen …"

„*Psst.*"

„Und du hast beschlossen", wiederholte ich flüsternd, „dass da eine Geschichte dahinterstecken muss?"

Sie grinste mich schief an. „Es steckt hinter allem eine Geschichte, man muss sie nur geschickt erzählen." Erneut spitzte sie die Ohren und lehnte sich weiter in Richtung des Trios.

Lupe war seit dem Memorial-Day-Wochenende in Whispering Pines und schrieb für ein Online-Magazin, das sie hierhergeschickt hatte, um über das Dorf und seine Bewohner zu berichten. Ursprünglich sollte ihr Auftrag nur bis zum Labor Day dauern, doch da bei uns auch nach der offiziellen Sommersaison noch erwähnenswerte Ereignisse stattfanden, wurde ihr Vertrag bis nach Halloween verlängert. Damals hatte sie sich riesig darüber gefreut, bedeutete das doch, noch länger in dem Ort bleiben zu dürfen, der ihr in der kurzen Zeit so sehr ans Herz gewachsen war. Doch noch wichtiger war: Sie bekam zusätzliche Tage und Wochen mit meinem Deputy, Martin Reed, geschenkt, dem Mann, für den sie inzwischen mehr als nur Sympathie empfand. Jetzt jedoch fiel ihr der Gedanke, bald gehen zu müssen, noch schwerer als zuvor.

Just in diesem Moment platzte Sugar heraus: „Du auch?" Die Frage richtete sich an Reeva. „Eigentlich gibt es für mich gar keinen Grund mehr teilzunehmen. Ebenso gut könnte ich einfach nur einen Tisch aufstellen und meine Scones an die Touristen verkaufen."

„Sugar, sag doch nicht so etwas", bemühte sich Honey, ihre Schwester zu beruhigen. „Du weißt doch, dass du, was das Backen anbelangt, zu den Besten gehörst."

„Es war wirklich nicht meine Absicht, dich zu verärgern", mischte sich nun auch Reeva ein. „Die spannendsten Wettbewerbe sind doch die, bei denen sich die Teilnehmer auf Augenhöhe begegnen. Wenn eine Person alles dominiert, ist das kein Spaß und nichts, was die Leute sehen wollen. Und außerdem – wie sollen wir unsere eigenen Fähigkeiten einschätzen, wenn wir uns nicht würdigen Gegnern stellen?"

Gespannt schien sie auf Sugars Antwort zu warten.

„Na gut", lenkte die letztendlich ein. „Dann solltest du besser schon mal deine Teigspachtel aufwärmen. Ich beabsichtige nämlich, dieses Event zu gewinnen."

„Dann mal los." Reeva zwinkerte ihr zu und grinste breit.

Lupe drehte sich zu mir um, die Augen vor Aufregung weit aufgerissen. „Siehst du, was ich meine? Da steckt eine Story dahinter. Was glaubst du, hatte das eben zu bedeuten?"

„Wenn ich raten müsste, würde ich sagen, Sugar fühlt sich bedroht."

„Bedroht? Wieso das denn?" Während wir gemeinsam den Feenpfad in Richtung Revier entlanggingen, wo mein SUV parkte, zückte sie ihr kleines Notizbuch und schrieb eilig etwas hinein.

Ich ließ Meekas Leine nach, damit sie sich vor der Fahrt nach Hause noch etwas austoben konnte. Dann erzählte ich Lupe, die auf weitere Details drängte, dass Sugar und Gin Wakefield eine Vorgeschichte hatten.

„Das ist es also!" Erneut kritzelte sie in ihr Buch. „Im Dorf brodelt die Gerüchteküche, was ihren Besuch anbelangt. Dieses Aufeinandertreffen verspricht pikant zu werden."

Zwar war ihr Englisch tadellos, doch hin und wieder brach ihr spanischer Akzent durch und ließ einige der Wörter merkwürdig klingen, was mich immer wieder aufs Neue amüsierte. „Wie kommst du denn darauf? Ich habe doch nur gesagt, dass die beiden eine gemeinsame Vergangenheit haben, die allerdings schon Ewigkeiten zurückliegt." Mehr wollte und würde ich nicht preisgeben, da ich damit rechnen musste, dass sie mich wortwörtlich in ihrem Artikel zitierte und so Äußerungen wiedergab, die auch Violet ohnehin nur von anderen gehört hatte … von Leuten, bei denen nicht einmal sicher war, ob sie zur fraglichen Zeit überhaupt hier im Ort gelebt hatten. Dieses Risiko wollte ich auf keinen Fall eingehen.

„Ach, komm schon." Lupes schwarzbraune Augen funkelten. „Du hast Sugar doch gehört. Sie will diesen Wettbewerb unbedingt gewinnen. Und jetzt mischen auch noch Reeva und Gin Wakefield mit? Das verspricht richtig spannend zu werden. Da werde ich ganz genau hinschauen."

„Spannend wäre ja okay, solange es nicht hässlich wird. Es soll doch ein harmonischer Wettstreit sein."

„Ich hätte kein Problem mit hässlich, denn ein Artikel über ein friedliches Wettbacken würde es bestimmt nicht auf die Titelseite schaffen. Ein Showdown hingegen, im Heimatdorf einer unbekannten Konditorin, zwischen ihr und einer der gefeiertsten Bäckerinnen des Landes?"

„Ich muss schon sagen, du verstehst dich wirklich darauf, solche Sachen gut zu verkaufen.“

Plötzlich tauchte aus dem Dickicht ein Eichhörnchen auf dem Holzsteg auf, das Maul voller kleiner Pinienzweige, und Meeka flitzte ihm wie ein Wirbelwind hinterher, um es zu jagen. Als es dem Eichhörnchen jedoch irgendwann zu bunt wurde, es sich drohend auf die Hinterbeine stellte und die Vorderpfoten wie ein breites V in die Luft reckte, jaulte sie erschrocken auf und kam mit eingezogenem Schwanz zu uns zurück.

Lupe stupste mich an, und erst da fiel mir auf, dass sie die Kamera in der Hand hielt. Sie zeigte mir das Bild auf dem winzigen digitalen Bildschirm, und als wir den Ausdruck auf dem Gesicht des kleinen Westies sahen, mussten wir beide lachen.

Dann jedoch wurde sie schlagartig wieder ernst.

„Jayne, ich wollte dich etwas fragen.“

Das klang besorgniserregend. „Nur zu. Worum geht es denn?“

„Darum, dass ich in Whispering Pines bleiben kann.“

„Bleiben? Hast du etwa noch eine Verlängerung bekommen? Das ist ja fantastisch. Wie lange diesmal?“

„Nein, das habe ich nicht. Ich möchte wissen, was ich tun muss, um von der Dorfgemeinschaft offiziell aufgenommen zu werden.“

„Hast du mit Reed … also mit Martin … darüber gesprochen?“

„Noch nicht. Ich wollte warten, bis ich einen konkreten Plan habe. Du weißt ja, wie schnell Männer kalte Füße bekommen, wenn es ernster wird.“

Richtig. Tripp allerdings wäre begeistert. Was unsere Beziehung anbelangte, war ich diejenige, die auf der Bremse stand.

„Als Tourist kannst du so lange bleiben, wie du willst.“

„Schon klar, aber das würde bedeuten, dass ich mir ein

Gästehaus oder ein Hotelzimmer mieten müsste, und das würde sehr schnell sehr teuer werden. Zum Glück kamen meine Artikel gut an, sodass es sich für meinen Arbeitgeber bisher gelohnt hat, die Kosten für meine Unterkunft zu übernehmen. Doch sobald dieser Auftrag abgeschlossen ist, muss ich selbst dafür aufkommen."

„Gefällt es dir hier wirklich so sehr?"

Sie errötete. „Ich mag Martin so sehr." Dann stupste sie mich spielerisch mit der Schulter an. „Und ein paar andere Leute natürlich auch."

Als ich Lupe zum ersten Mal begegnet war, dachte ich, sie würde nur ihre eigenen Ziele verfolgen. Tripp und ich hatten beide das Gefühl, dass sie die Dorfbewohner nicht wirklich respektierte. Sie wirkte zwar begeistert, sie interviewen und über sie schreiben zu dürfen, aber mehr, weil sie anders waren … speziell einige die Schausteller, die auf den ersten Blick aussahen, als wären sie einer klassischen Freakshow entsprungen. Ich hatte Angst, dass sie nicht erkennen würde, welch außergewöhnliche Schönheit sich hinter deren äußerer Fassade verbarg. Doch je besser ich sie kennenlernte, desto klarer wurde mir, dass ich mich in ihr getäuscht hatte. Ich hatte all ihre Artikel gelesen, und keinem einzigen mangelte es an Respekt. Ehrlich gesagt, ich würde sie vermissen, wenn sie ginge.

„Also", begann ich, „wenn du das vorhast, musst du vor den Gemeinderat treten. Und einen Job im Dorf zu haben, ist dabei schon die halbe Miete. Sprich: Du brauchst jemanden, der dich einstellt."

„Mehr nicht?" Sie strahlte vor Selbstbewusstsein.

„Nein. So einfach und gleichzeitig so schwer."

Der Rat, auch Hexenzirkel genannt, bestand aus Geschäftsinhabern, die seit der Gründung hier lebten, und mir, und wir waren fest entschlossen, den Zustrom auf das Dorf einzudämmen. Seit meinem Beitritt Anfang Juni hatte sich auch niemand mehr bei uns gemeldet und um Aufnahme gebeten. Soweit ich wusste, war Tripp der Letzte, der überhaupt angefragt hatte. Allerdings wurde er abgelehnt mit der Begründung, er sei nicht *sonderbar* genug. Er würde, wie Morgan es zu formulieren pflegte, überall hineinpassen. Die Regel war simpel: Wer in Whispering Pines leben wollte, musste ein echtes Problem haben, wie beispielsweise aufgrund seiner religiösen Überzeugungen oder einer körperlichen Behinderung ausgegrenzt werden. Ich war die rühmliche Ausnahme gewesen. Warum? Weil bis vor Kurzem meinen Großeltern das Land gehörte, auf dem das Dorf stand, und es nach deren Tod auf unsere Familie, sprich meine Eltern, überging. Was meine Aufenthaltsdauer anbelangte, hatte der Rat also kein Mitspracherecht. Und Tripp durfte schließlich bleiben, weil ich ihn einstellte.

„Wie wäre es, wenn ich mein eigenes Geschäft eröffne?", fragte Lupe weiter. „Würde das als Job gelten?"

„Bestimmt, aber dann gäbe es noch zusätzliche Hürden zu überwinden. Du müsstest den Zirkel davon überzeugen, dass es den Dorfbewohnern echten Mehrwert bringt. Für morgen früh haben wir eine Sitzung geplant, allerdings sehr früh. Wir fangen um fünf Uhr dreißig an." Allein bei dem Gedanken daran stöhnte ich innerlich auf. „Wenn du es schaffst, bis dahin eine Präsentation für uns auf die Beine zu stellen, sorge ich dafür, dass du angehört wirst."

Ihr Lächeln erwärmte mein Herz, fügte ihm aber gleichzeitig einen schmerzhaften Stich zu.

„Setz mich auf die Tagesordnung. Ich werde da sein und alles dabei haben. Vielen Dank, Jayne."

Ich wollte ihr gerade noch sagen, allein die Zusage, vorstellig werden zu dürfen, sei noch keine Garantie dafür, dass selbst ich ihrem Vorschlag zustimmen würde … Aber da war sie schon davongesaust.

Kapitel Vier

Endlich zu Hause, nahm ich mir ein paar Minuten, um nach oben in meine Wohnung über dem Bootshaus zu gehen, Meeka Futter und Wasser zu geben und meine Uniform gegen Jeans und T-Shirt einzutauschen. Dann durchquerte ich den rückwärtigen Garten und näherte mich unserer Pension. Der große Aufenthaltsraum war leer, aber aus der Küche drang genervtes Gemurmel zu mir heraus.

Ich trat ein und entdeckte Tripp Bennett, meinen Freund und Geschäftspartner, finster auf den Bildschirm seines Laptops starrend, während er eifrig in ein danebenliegendes Heft kritzelte. Zudem war die Kücheninsel übersät mit Bergen aufgeblätterter Kochbücher.

„Was ist denn hier los?", fragte ich erstaunt. Tripp war zudem auch der Koch unseres B&B *Pine Time*, und normalerweise war seine Küche pikobello. Sie in diesem Zustand vorzufinden, war gelinde gesagt überraschend.

Er sah zu mir auf, und die pure Verzweiflung stand ihm ins Gesicht geschrieben. „Glutenfrei."

„Wie bitte?"

„Als wäre es nicht schon stressig genug, Frühstück für Gin Wakefield und ihre Mitarbeiter zuzubereiten …"

„Ah, deshalb kam mir der Name so bekannt vor", platzte ich heraus und schlug mit der Hand auf den Tresen. „Abgesehen von dem offensichtlichen Grund, versteht sich. Im Ort sind sie *das* Gesprächsthema schlechthin. Und sie sind hier bei uns abgestiegen?"

Er blinzelte mich an. „Richtig. Das habe ich dir übrigens schon ein Dutzend Mal gesagt."

Ich schüttelte den Kopf. „Du hast immer nur von der Wakefield-Gruppe geredet, aber nie erwähnt, dass es sich dabei um *die* Gin Wakefield und ihr Team handelt." Ich richtete mich ein wenig auf. „Das macht mich schon ein bisschen stolz, dass wir richtige Promis bei uns beherbergen."

„Können wir uns bitte erst einmal auf meine Panik konzentrieren?"

„Natürlich, entschuldige. Was ist mit glutenfrei?"

„Die anderen Gäste, die nicht zu dieser Truppe gehören, benötigen ein glutenfreies Frühstück. Allerdings haben sie das bei der Buchung nicht erwähnt." Er fuhr sich mit den Händen über sein attraktives Gesicht. „Wir müssen sicherstellen, bei zukünftigen Reservierungen die Essenswünsche abzufragen. Könntest du dem Online-Formular einen entsprechenden Vermerk hinzufügen?"

„Mach ich. Okay, lass uns überlegen: Du stellst doch jeden Morgen sowieso genug Obst bereit. Das ist doch glutenfrei, oder?" Ich grübelte weiter. „Eier sind es ebenfalls, und deine Eier schmecken fantastisch."

Er warf mir denselben Blick zu, den ich schon von meiner Mutter kannte, wenn sie das Gefühl hatte, ich würde nicht *kooperieren*.

Ob seiner finsteren Miene runzelte ich die Stirn. „Was ist verkehrt an Obst und Eiern? Dazu noch Kaffee und Saft. Ach, und Speck ist ebenfalls glutenfrei. Das sollte doch reichen für einen perfekten Start in den Tag."

„Kannst du bitte mal ernst sein? Wir haben das doch bereits des Öfteren diskutiert. Ein Bed-and-Breakfast steht und fällt mit seiner morgendlichen Mahlzeit. Ich kann unseren Gästen nicht einfach Eier, Speck und Obst vorsetzen und erwarten, dass sie sich damit zufriedengeben."

Ich meinte es ernst, doch Tripp wollte sich den Ruf erarbeiten, besonders anspruchsvolle Frühstückmenüs zu servieren, und mein Vorschlag war meilenweit davon entfernt. Ich deutete auf den vor uns auf der Kücheninsel liegenden Berg an Büchern. „Suchst du nach glutenfreien Optionen? Ist das der Grund für dieses Durcheinander? Kann ich helfen?"

Seine Schultern sackten erleichtert herab. „*Ja* auf die ersten beiden Fragen, und *nur zu gerne* auf die letzte. Ich sollte mir für morgen früh dringend etwas einfallen lassen."

„Reiß mir jetzt bitte nicht gleich den Kopf ab, aber … musst du ihnen wirklich ein Frühstück vorsetzen? Ich meine, sie alle sind wegen eines Food-Festivals hier. Auf dem Dorfplatz wird ab früh um sieben eine Woche lang jeden Tag zwölf Stunden Essen bis zum Abwinken angeboten. Eigentlich schon ab sechs Uhr vierzig, denn da geht, wenn ich mich nicht irre, die Sonne auf. Das Fest beginnt also bei Sonnenaufgang und endet erst mit dem Einsetzen der Dunkelheit. Können wir ihnen da nicht einfach etwas Leichtes vorsetzen, damit sie auf dem Weg dorthin nicht umfallen?"

„Du meinst ein kontinentales Frühstück anstatt des Buffets?" Tripp überlegte kurz, bevor er antwortete. „Das könnten wir natürlich, aber auf unserer Website wird explizit ein umfangreiches Frühstücksbuffet erwähnt. Zukünftig müssen wir das direkt bei der Buchung abklären. So oder so, das Essen muss qualitativ hochwertig sein, und wir brauchen auch für ein eingeschränktes klassisches Angebot auf jeden Fall glutenfreie Muffins oder Gebäck."

„Dann lass uns mal nach ein paar Rezepten suchen." Ich blätterte sämtliche Kochbücher durch, die er bereitgelegt hatte, und merkte schon nach wenigen Minuten, dass Mahlzeiten für Menschen mit Zöliakie ziemlich kompliziert herzustellen waren. „Ich kenne nicht einmal die meisten der Zutaten. Haben wir irgendwas von diesem Zeug hier?"

„Nein. Ich habe aber bei *Sundry* angerufen und mit Peyton gesprochen. Er meinte, er habe all die verschiedenen Mehle – Mandel, Kokos, Reis und Kartoffel – und etwas namens Xanthan, das in vielen dieser Rezepte vorkommt. Allerdings nicht im üblichen Sortiment, da er sie nur an die Leute verkauft, die gezielt danach fragen."

„Wieso das?"

„Weil viele Leute glutenfrei mit gesund gleichsetzen. Gluten ist jedoch ein Protein, das in diversen Getreidesorten vorkommt, und man sollte es wirklich nur dann meiden, wenn man eine Unverträglichkeit hat. Ich bin mir sicher, dass Menschen, die daran leiden, begeistert sind von all den Optionen, die es inzwischen für sie gibt, aber es handelt sich hierbei um ein ernstzunehmendes gesundheitliches Problem und nicht um einen Modetrend."

Je mehr Tripp sich mit der Thematik Essen beschäftigte, desto leidenschaftlicher wurde er.

„Es ist irgendwie sexy, wenn du dich so in etwas reinsteigerst." Ich strich mit einem Finger über die Knöchel seiner zur Faust geballten Hand, die auf der Theke lag.

Anfangs versuchte er noch, ernst zu bleiben, dann jedoch machte sich ein breites Grinsen auf seinem Gesicht breit, und er gab mir einen flüchtigen Kuss. „Ich muss mich wirklich auf diese Sache konzentrieren."

„In Ordnung, ich werde mich benehmen."

In der nächsten Stunde durchstöberten wir sämtliche Kochbücher sowie relevante Webseiten und fanden zehn verschiedene Rezepte, die zu probieren er sich zutraute. Er hatte gerade angefangen, eine Einkaufsliste zusammenzustellen, als wir die Haustür aufgehen hörten und eine Gruppe Leute hereinkam. Unser *Pine Time* war jetzt zwar bereits seit einem Monat geöffnet, doch noch immer musste ich mir jedes Mal auf die Zunge beißen, um nicht jeden anzuschnauzen, der, ohne zu klingeln, in mein Heim spazierte. Zumindest heute gelang mir das recht gut. Unsere ersten Gäste hingegen, die ich diesbezüglich zurechtgewiesen hatte, hatten sich bestimmt gefragt, wo sie hier gelandet sein mochten.

Im Foyer standen sechs Personen, die sich neugierig umblickten und bei dem, was sie sahen, in Begeisterungsrufe ausbrachen.

„Sie müssen die Wakefield-Gruppe sein", begrüßte ich sie. „Ich bin Jayne O'Shea, die Besitzerin des *Pine Time*."

Eine Frau mit kupferrotem Haar, das ihr bis über die Schultern fiel, drehte sich zu mir um, bedachte mich mit einem Lächeln, das so strahlend war wie ihre weißen Zähne und streckte mir die Hand entgegen, als wollte sie gerade einen geschäftlichen Deal abschließen. „Ms O'Shea, welch wahre Freude, Sie kennenzulernen. Ich bin Gin Wakefield."

Bevor ich hierhergezogen war, hatte ich für die Polizei in Madison gearbeitet und war dort schon auf etliche Prominente gestoßen. Die meisten von ihnen waren Politiker und der breiten Masse oft nicht bekannt, aber für mich zählte jeder, der regelmäßig im Rampenlicht stand, als Promi. Gin Wakefields Gesicht war mir nicht ganz so vertraut wie ihr Name, der auf jedem Produkt prangte, das sie verkaufte. Doch als mir klar wurde, wer diese lebhafte Frau war, die da vor mir stand, jagte mir ein kleiner Schauer über den Rücken.

Mitte vierzig, einen Meter siebzig groß, elfenbeinfarbene Haut, blassblaue Augen, rundliche Figur, aber keinesfalls übergewichtig. Um die Hüfte trug sie eine kleine schwarze Tasche mit einem roten Erste-Hilfe-Kreuz darauf. War sie etwa Diabetikerin?

„Das Vergnügen ist ganz meinerseits, Ms Wakefield."

Ihr Lächeln wurde weicher, und sie schüttelte den Kopf, während sie meine Hand mit beiden Händen umschloss. „Ich kannte Ihre Großeltern. Es tut mir so leid, was Ihrer Großmutter zugestoßen ist. Lucy war eine Frau, die mich, so muss ich zugeben, als Kind eingeschüchtert hat. Doch je älter ich wurde und besonders, nachdem ich mein eigenes Geschäft eröffnet hatte, desto mehr begriff ich, wie stark sie war. Es hat Jahre gedauert, bis ich verstand, dass sie für mich zu einer Art stillen Mentorin geworden war, die ich mir stets zum Vorbild genommen hatte. Keine Spielchen, immer das Wohl der Mehrheit im Blick. Ihr Tod ist ein wahrer Verlust."

Obwohl ich mich nach wie vor freute, sie kennenlernen zu dürfen, musste ich zugeben, dass die anfängliche Begeisterung etwas nachgelassen hatte. Zwar schien sie eine nette Person zu sein, doch die fast schon feierlich klingenden Äußerungen über Grandma sowie auch ihr Lächeln wirkten irgendwie aufgesetzt. Nicht, dass ich an ihren Worten zweifelte, doch sie klangen wie für einen Auftritt vor der Kamera einstudiert. So etwas passierte wohl, wenn man ständig in der Öffentlichkeit stand.

„Danke", sagte ich. „Ich weiß Ihre Anteilnahme zu schätzen. Das sind Ihre Mitarbeiter, nehme ich an?"

„Ganz genau. Das ist mein A-Team." Sie strahlte erneut und begann, mir jeden Einzelnen vorzustellen, angefangen bei den beiden Männern. „Dies hier ist Kim Robbins, mein Finanzchef/Finanzvorstand."

Mitte vierzig, ungefähr einen Meter achtzig groß, über hundert Kilo schwer, leicht gebräunte Haut, kurzes schwarzes Haar, ordentlich gestutzter Ziegenbart.

Professionell gekleidet in Jeans und Sportsakko, war Kim durchaus ein stattlicher Typ, aber wahrscheinlich probierte er ein wenig zu viel von den eigenen Produkten. Schlagartig bereute ich, dass ich heute wieder vier halbe Scones verdrückt hatte.

Er hielt sein Handy hoch. „WLAN-Passwort?"

„Ich gebe es Ihnen gleich, zusammen mit Ihrem Zimmerschlüssel", versprach ich.

„Das ist Leif Forsberg", fuhr Ginger fort, „unser Chefpatissier."

Mitte zwanzig, schlank, circa einen Meter siebzig groß, das sandblonde Haar zu einem krausen Pferdeschwanz zusammengefasst, Vollbart mit einigen Lücken. Leif wirkte sehr darauf bedacht zu gefallen, denn er stand direkt hinter Gin, als würde er nur darauf warten, dass sie einen Wunsch äußerte, den er erfüllen konnte.

Meeka kam angetrabt, setzte sich direkt vor mich und musterte jeden einzelnen Gast wie ein Drill Sergeant, der seine Truppen inspizierte.

„Dann haben wir hier noch Latoya Craig", fuhr Gin fort. „Sie lässt sich alle unsere preisgekrönten Spezialitäten einfallen."

„Spezialitäten?", wandte ich mich an die Frau mit dem stacheligen, kurzen, schwarzen Haar, der schwarzen Kunststoffbrille und einer Vielzahl von Tattoos, die ihren rechten Arm zierten. „Etwa auch glutenfreie Produkte?"

„Natürlich", erwiderte Latoya mit heiserer Stimme, in der leichter Spott mitschwang. „Essen Sie glutenfrei oder spielen Sie mit dem Gedanken, sich künftig so zu ernähren?"

Tat ich das? Tripps Worte darüber, dass das keine Modeerscheinung sei, hallten in meinem Kopf nach.

„Nein", antwortete ich. „Ich mag und vertrage eigentlich so ziemlich alles, was man mir vorsetzt. Leider haben gerade zwei Leute eingecheckt, die auf glutenfreies Essen bestehen, was uns vorher nicht bekannt war. Mein Partner und Koch, Tripp Bennett, war darauf nicht vorbereitet. Mittlerweile hat er ein paar Rezepte gefunden, die er probieren könnte, aber ..."

„Ich kann ihm gerne ein paar Tipps geben", bot Latoya an.

„Entschuldigung, wenn ich unterbreche ..." Ein weiteres Gruppenmitglied, eine Frau in schwarzen Sportleggings und einer schwarzen Jacke, trat einen Schritt vor. „Ich fühle mich seit etwa einer Stunde nicht wohl. Es könnte mit dem zu tun haben, was ich zu Mittag gegessen habe."

„Sonja", sagte Gin, „geht es dir noch nicht besser? Warum

hast du denn nichts gesagt? Das tut mir ja so leid. Jayne, Sonja ist unsere Tortendesignerin. Wäre es möglich, dass sie direkt auf ihr Zimmer geht?"

„Natürlich." Ich deutete auf das Wohnzimmer zu ihrer Rechten. „Es gibt auch eine Toilette auf halbem Weg den Flur hinunter links, nur für den Fall. Nehmen Sie doch kurz Platz, ich bringe Ihnen sofort Ihren Schlüssel."

„Die Firma zahlt für den kompletten Aufenthalt", sagte Gin. „Kim bleibt noch kurz hier und kümmert sich um das Finanzielle."

Schnell verschaffte ich mir einen Überblick über die Truppe. Es waren sechs Personen, jedoch hatten sie nur fünf Zimmer reserviert. „Werden sich zwei von Ihnen ein Zimmer teilen?"

„Ich habe ihr wieder und wieder gesagt", meinte Kim und starrte auf sein Handy, als würde es sich von selbst mit dem Internet verbinden, „dass Leif und ich kein Problem damit haben, zusammen zu schlafen. Aber Ginger wollte davon nichts wissen."

„Die Tage hier sollten für uns ein Anlass zum Feiern sein", erklärte Gin. „Wir hatten ein so fantastisches Jahr, dass ich sie alle für ihre harte Arbeit belohnen wollte. Übrigens" – sie deutete auf eine schüchtern wirkende, junge Frau, die noch an der Tür stand – „das ist Mandy."

Die junge Frau hob unbeholfen die Hand, während sie knallrot anlief. „Misty."

„Misty ist eine unserer Spülerinnen", fuhr Gin unbeirrt fort, als wäre es keine große Sache, dass ihr der Name eines A-Team-Mitglieds entfallen war. „Eine Küche kann unmöglich ohne sauberes Geschirr funktionieren, also schätzen wir Mistys Einsatz sehr. Wir hatten eine Art Lotterie für das Küchenpersonal veranstaltet, und sie hat gewonnen. Somit darf sie das Wochenende hier mit uns verbringen. Jedenfalls möchte ich, dass jeder seinen eigenen Rückzugsort hat, um sich zu entspannen. Eine Zimmerteilung kommt also nicht infrage. Schließlich geht es bei Mabon genau darum: Zeit für Ruhe, Erholung und Reflexion."

„Ich nehme an, Sie sind eine Wicca." Eine Sekunde später fiel mir ein, dass ich die Antwort auf diese Frage bereits kannte.

„Ja, früher zumindest." Sie hob das Kinn, und das Lächeln verschwand aus ihren Augen. „Ich war die beste Küchenhexe, die es hier je gab."

Ich wartete darauf, dass das Megawatt-Lächeln zurückkehrte oder etwas anderes geschah, um die plötzliche Spannung um sie herum zu lösen. Aber offensichtlich hatte sie es absolut ernst gemeint.

„Wir haben noch immer nicht die Zimmersituation geklärt", sagte ich daher. „Sie sind eine Person zu viel."

„Eigentlich hatte ich ohnehin vor, im *The Inn* zu übernachten", verkündete Gin. „Ich bin sicher, dass sich alle hier sehr wohlfühlen werden, und mir wird es im Dorf genauso ergehen, denn ich kann es kaum erwarten, einige meiner alten Freunde wiederzusehen."

Damit überließ sie alles Weitere Kim Robbins, winkte ihren Leuten noch einmal königlich-herablassend zu, machte auf dem Absatz kehrt und verschwand.

Kapitel Fünf

Nachdem Kim mir die Firmenkreditkartennummer gegeben und alle Gäste der Wakefield-Gruppe ihre Schlüssel und Zimmerzuweisungen erhalten hatten, ging ich zurück in die Küche, um zu sehen, ob Tripp mit seiner Einkaufsliste fertig war.

„Ich habe keine Ahnung, ob die ein besonderes Fingerspitzengefühl erfordern", sagte er über seine glutenfreien Rezepte, „aber ich schätze, die beste Art es herauszufinden ist, es einfach zu versuchen."

„Einer unserer Gäste ist Bäckerin und darauf spezialisiert." Ich erzählte ihm von Latoya. „Sie hat angeboten, dir ein paar Tipps zu geben."

„Das wäre großartig." Er entspannte sich ein wenig. „Zuerst muss ich allerdings zu *Sundry* fahren und die Zutaten besorgen. Willst du mitkommen?"

„Ist es schlimm, dass ich das fast wie eine Einladung zu einem Date empfinde?"

„Keine Ahnung, aber ich habe gerade das Gleiche gedacht."

Während ich schnell in meine Wohnung lief, um Meekas Leine zu holen, schaute Tripp nochmals kurz bei unseren

Gästen vorbei, um sicherzugehen, dass sie gut versorgt waren, bevor wir sie allein hier zurückließen. Bei seinem alten, rostigen Pick-up-Truck trafen wir wieder aufeinander.

„Hast du jemals darüber nachgedacht, dir einen neuen Wagen zuzulegen?", fragte ich, als die Beifahrertür beim Schließen ein grausig quietschendes Geräusch von sich gab.

„Klar, einen mit viel Power und mehr Lack als Rost. Aber aktuell ist mir finanzielle Sicherheit wichtiger als ein neuer fahrbarer Untersatz."

Sundry, das einzige Lebensmittelgeschäft im Ort, glich halb einem altmodischen Markt, halb einem Wildwest-Gemischtwarenladen. Sein Besitzer, Peyton, stand hinter dem Tresen. Er hatte etwas von einem Drill Sergeant an sich, allerdings auf eine ruhige, gelassene Art. Sein kahler Kopf glänzte dermaßen, dass man denken konnte, er trüge einen Heiligenschein, und doch konnte seine hin und wieder leicht ruppige Art so manchen Kunden einschüchtern. Wenn er jedoch lächelte, wirkte er aufgrund der tiefen Fältchen um seine Augen und in seinem von der Sonne gegerbten Gesicht wie ein gemütlicher Teddybär.

„Ich habe alles zusammengesucht, was ich noch hinten hatte." Er zeigte Tripp den Inhalt zweier Kartons. „Probiere deine Rezepte aus und sag mir, was funktioniert hat und was nicht. Mein Personal kümmert sich nur um die Dinge des alltäglichen Bedarfs, aber wenn du mir bis Ende Oktober eine Liste mit deinen Lieblingszutaten zusammenstellst, sorge ich dafür, dass du sie rechtzeitig erhältst, um gut durch den Winter zu kommen."

„Den Winter?", fragte Tripp verblüfft. „Bist du denn nicht da?"

„Nein." Er legte die Dinge, die Tripp nicht wollte, auf den Tresen hinter sich. „Sosehr ich dieses Dorf auch liebe, gegen Ende von Samhain packt mich das Fernweh. Die Welt ist groß, und ich will so viel wie möglich von ihr sehen, solange mir das das noch möglich ist."

„Das finde ich großartig", sagte ich, während ich die Tüte mit Xanthan genauer in Augenschein nahm. „Das Beste daran ist, dass ich meine Reisen mit der Suche nach neuen Produkten für den Laden kombinieren und als Geschäftsausgaben absetzen kann." Er deutete auf einen Korb am Ende des Tresens. „Letzten Winter war ich in Peru und habe diese Schönheiten entdeckt."

„Lila Kartoffeln." Tripp nahm ein paar der langen, dünnen, zylindrischen Knollen in die Hand. „Von denen habe ich schon gehört, auch, dass sie gesünder sein sollen, aber noch nie eine probiert. Und ich wusste gar nicht, dass du die im Sortiment hast."

„Wenn du dir öfters die Zeit nehmen würdest, dich genauer im Lebensmittelbereich umzuschauen", begann Peyton in seiner typischen, schroff-direkten Art, „anstatt nur in der Heimwerkerabteilung herumzuhängen, würdest du feststellen, dass wir eine große Auswahl an ausgefallenen Leckerbissen führen."

Dann zwinkerte er mir zu und lächelte. Da war er wieder, der gemütliche Teddybär.

„Das werde ich ab jetzt machen", versprach Tripp. „Ich war so darauf fokussiert, das B&B zum Laufen zu bringen, dass es oftmals einfacher war, Nahrungsmittel online zu bestellen. Offensichtlich habe ich einiges verpasst. Gib mir doch mal ein paar Pfund davon. Dann probiere ich die morgen zum Frühstück aus."

„Vergiss nicht, du lebst in Whispering Pines." Peyton wog drei Pfund der lilafarbenen Knollen ab. „Ein Laden ohne eine Portion Schrulligkeit hat hier nichts verloren."

„Und wohin geht's dieses Jahr?", fragte ich, während ich ihm die Geschäftskreditkarte reichte.

„Slowenien. Man sagt, dort gäbe es fantastischen Käse."

Mit unseren Kisten voll glutenfreier Zutaten, sicher unter einer Decke auf dem Rücksitz verstaut, damit die neugierige Meeka nicht darin herumschnüffeln konnte, traten wir den

Rückweg an. Wir waren fast am Parkplatz auf der Westseite angekommen, als Tripp plötzlich die Idee kam, zum Abendessen irgendwo einzukehren.

„Das würde es dann auch offiziell zu einem Date machen", entgegnete ich grinsend. Kaum zu glauben, wie mich etwas so Einfaches so glücklich machen konnte. „Und wohin möchtest du?"

„Ich war schon ewig nicht mehr im *Triple G*. Wie wär's mit Kneipenessen?"

„Kneipenessen geht immer."

Da motorisierte Fahrzeuge im Dorf verboten waren, stellten wir den Wagen auf dem öffentlichen Parkplatz ab und spazierten Hand in Hand das kurze Stück zum Pub.

Die Dorfschenke *Grapes, Grains, and Grub* war heute Abend etwa zur Hälfte gefüllt. Die meisten Leute saßen in der Gaststube, denn es lag schon ein Hauch Herbstkühle in der Luft, doch Tripp und ich wollten jede Minute draußen genießen. Der Winter würde uns früh genug nach drinnen zwingen. Nachdem wir Meeka auf einem umzäunten, speziell für die Hunde der Gäste errichteten Bereich abgesetzt hatten, baten wir um einen Tisch auf der Terrasse.

Maeve, die Besitzerin, bekam unser Anliegen mit und kam persönlich zu uns herüber. „Ich habe den perfekten Platz für euch."

Sie führte uns durch das weitläufige Gebäude, das einst ein Wohnhaus gewesen war. Die Wand zwischen der ursprünglichen Küche und dem Esszimmer war herausgerissen worden, um Platz für eine größere Küche zu schaffen, und die restlichen Zimmer hatten sich in einladende Gasträume verwandelt. Wir kamen an einem vorbei, in dem ausschließlich Zweiertische standen – perfekt für private oder romantische Anlässe. Eine größere Stube, in der die Tische in unterschiedlichen Formen und Größen bunt durcheinandergewürfelt waren, strahlte eine ausgelassene, fröhliche Atmosphäre aus. Und dann gab es noch jenen

Raum mit einem langen Esstisch, an dem die Gastgeberin Fremde zusammensetzte, die spätestens beim Nachtisch zu Freunden geworden waren.

Der Außenbereich des *Triple G* verdoppelte die Kapazität des Pubs. Die riesige Terrasse bestand aus mehreren Ebenen, und wir stiegen diverse Treppen hinauf und hinunter, bis wir in der äußersten Ecke angelangten. Dort befand sich, erhöht und von Kiefern umgeben, eine kleine Plattform.

„Wir nennen das hier unser Liebesnest." Sie reichte uns die Speisekarten und schaltete den Heizpilz ein.

„Es ist perfekt", sagte Tripp. „Vielen Dank, Maeve."

„Du hast Gin Wakefield noch nicht getroffen, oder?", fragte ich Tripp, nachdem wir bestellt und unsere Biere bekommen hatten.

„Diesen Ton kenne ich doch. Was hat sie getan?"

„Nichts. Sie ist einfach … interessant." Ich erzählte ihm von der Rivalität zwischen ihr und Sugar und davon, dass auch Reeva am Backwettbewerb teilzunehmen gedachte.

„Klingt für mich nach dem üblichen Whispering-Pines-Drama." Er hielt meinem Blick stand, während er einen Schluck aus seinem Krug nahm. „Meldet sich dein Bauchgefühl bereits?"

Er kannte mich einfach zu gut. Unter all den Werkzeugen, die mir als Sheriff zur Verfügung standen – mein Deputy, mein Diensthund, meine Glock, Handschellen und so weiter –, war mein Bauchgefühl vermutlich das wichtigste. Wenn ich darauf hörte, brauchte ich die anderen oft gar nicht.

„Ja, tut es. Ich weiß nicht, was oder warum, aber sie hat irgendetwas in mir ausgelöst. Vielleicht liegt es einfach daran, dass ich den Umgang mit Promis nicht gewohnt bin." Ich wedelte mit der Hand in der Luft herum, als würde ich etwas auf meinem Whiteboard auswischen. „Jetzt aber genug von dem geschäftlichen Kram."

Die nächsten zwei Stunden vergingen wie im Flug. Wir ließen uns die saftigen Burger schmecken, tranken hervorragendes Bier und schmiedeten Pläne, wohin wir reisen würden, wenn wir unser Leben so gestalten könnten wie Peyton. Wenn wir das *Pine Time* im Februar tatsächlich für einen Monat zu schließen gedachten, wie wir es schon öfter besprochen hatten, sprach eigentlich nichts dagegen, nach Peru zu fliegen und dort unsere eigenen lila Kartoffeln zu suchen.

)☾☿☽(

Am nächsten Morgen ging ich schon zeitig hinüber ins Haus. Normalerweise frühstückten Tripp und ich in aller Ruhe zusammen, bevor ich zur Arbeit ging und er um halb acht das Buffet eröffnete. Heute jedoch stand um halb sechs eine Ratssitzung an.

So trat ich also um kurz vor fünf durch die Terrassentüren in den großen Salon – und blieb abrupt stehen. Leif und Kim saßen bereits auf einem der Sofas, beide in Kochbücher vertieft. Offenbar konnten sie selbst im Urlaub nicht vom Thema Essen ablassen. „Sie sind aber früh auf."

„Wir sind Bäcker", erwiderte Leif schulterzuckend. „Na ja, Kim zwar nicht, aber für uns ist vier Uhr normal. Bis halb fünf zu schlafen, war schon der pure Luxus."

„Latoya war übrigens auch zur gewohnten Zeit wach", warf Kim ein und blätterte eine Seite in dem Buch um, das er gerade eingehend studierte. „Sie hilft Ihrem Freund beim Backen – Muffins oder Brötchen oder so was."

Ich riss die Augen auf. „Wollen Sie damit andeuten, Tripp ist um vier Uhr aufgestanden?"

Er nickte, und Leif grunzte: „Yep."

In der Küche herrschte wieder einmal das reinste Chaos. Diesmal lagen jedoch nicht die Bücher überall verstreut, sondern die Zutaten für glutenfreie Kreationen. Tripp und Latoya standen auf der anderen Seite der Kücheninsel, und Tripp hing förmlich an ihren Lippen.

„Xanthan ist ein Verdickungsmittel", erklärte Latoya gerade. „Es wirkt außerdem als Stabilisator, damit sich die Zutaten nicht trennen."

„Könnte ich nicht einfach Maisstärke verwenden?", fragte er.

„Für manche Dinge ja. Maisstärke muss allerdings erhitzt werden, um zu verdicken, also eignet sie sich gut für Saucen beispielsweise. Xanthan braucht man einfach nur hinzuzufügen und es erledigt seinen Job. Beide sind aber glutenfrei."

Tripp notierte alles eifrig in seinem Büchlein, während ich auf dem Weg zu meiner Kaffeetasse kurz neben ihm stehen blieb.

Halbherzig begrüßte er mich mit einem flüchtigen Kuss auf den Mundwinkel und einem gemurmelten „Morgen", während er mir einen kleinen Teller mit Muffins und Gebäck reichte. „Probier die mal und sag mir, wie sie dir schmecken."

Und schon konzentrierte er sich wieder auf seine Lehrerin. So wie es aussah, würde es heute kein Frühstück mit meinem Freund geben.

Also gesellte ich mich mit meinen glutenfreien Leckereien und meiner Kaffeetasse zu den anderen im großen Raum.

„Gehören die Tripp oder Ihnen?", fragte ich, deutete auf die mir unbekannten Bücher, die über den Couchtisch verteilt lagen, und steckte mir ein Stück eines Cranberry-Muffins in den Mund. Wenn ich nicht gewusst hätte, dass es sich um ein Spezialgebäck handelte, hätte ich das nie vermutet, denn er war wirklich gut.

„Die hat Gin gekauft, als wir auf dem Weg hierher in Milwaukee Halt gemacht haben", erklärte Leif.

„Sie ist immer auf der Suche nach dem nächsten Trend für ihre Läden." Kim warf ihm einen genervten Blick zu und verdrehte die Augen, und Leif reagierte mit einem wissenden Grinsen, bevor er sich wieder seiner Lektüre widmete. „Manchmal ist es ein Lebensmittel oder eine Zutat, dann wieder ein neues Küchen-Gadget, das wir nachbauen, verbessern und ins Sortiment aufnehmen könnten. Egal was, ihr Kopf ist immer im Geschäftsmodus."

„Außer, sie bäckt", fügte Leif hinzu, die Augen nach wie vor auf das Buch gerichtet. „Wenn sie sich im Backrausch befindet, ist alles andere nebensächlich."

Obwohl an ihren Aussagen nichts auszusetzen war, schwang unterschwellig eine gewisse Unzufriedenheit darin mit. Ein Bäcker im Flow sollte doch etwas Positives sein. Bei ihm jedoch klang es so, als hätte er es mit einer Tyrannin anstatt einer konzentrierten Arbeitgeberin zu tun.

„Es muss interessant sein, auf diesem Niveau mit Lebensmitteln zu arbeiten." Ich biss herzhaft von dem Zimtgebäck ab. Auch das war okay, aber nicht so gut wie der Muffin. „Erzählen Sie mir doch etwas über das Bäckereigeschäft."

Die nächsten zehn Minuten lauschte ich interessiert Leifs Ausführungen über einen normalen Arbeitstag als Chef-Patissier. Man merkte ihm seine Leidenschaft fürs Essen deutlich an, aber um mit gerade mal fünfundzwanzig eine Top-Position bei Ginger Wakefield zu ergattern, brauchte es auch Talent.

„Und warum blättern Sie in Koch- und Backbüchern, Kim?", erkundigte ich mich. „Ich dachte, Sie wären lediglich für die Finanzen zuständig?"

„Anweisung von der Chefin." Zuerst wirkte er genervt, dann jedoch fügte er resigniert hinzu: „Und ich bin ein Teamplayer."

Ich wollte gerade fragen, was es mit dieser Anweisung auf sich hatte, als ich Misty entdeckte, die Spülhilfe, die ganz allein in der Ecke am Fenster saß. Sie war so still und unauffällig, dass ich sie bisher überhaupt noch nicht wahrgenommen hatte. Ich entschuldigte mich bei den beiden Herren und ging zu ihr hinüber.

„Alles in Ordnung?", erkundigte ich mich.

„O ja, danke." Sie bedachte mich mit einem breiten Lächeln und entblößte dabei ihr Gebiss mit fürchterlich schiefstehenden Zähnen. Hoffentlich bot Wakefield ihren Mitarbeitern auch eine vernünftige Zahnversicherung an. „Ich genieße einfach nur den Blick auf den See. Es ist so schön hier und so friedlich, im Gegensatz zu Chicago."

„Ich bin schon oft in Chicago gewesen, aber für mich ist Madison groß und hektisch genug." Ich spürte, dass es für sie noch einen anderen Grund gab, sich in der Ecke zu verkriechen, abgesehen von der Aussicht. „Muss schon etwas seltsam sein, so als einzige Nicht-Köchin unter all den anderen, oder?"

Mit einem dankbaren Lächeln flüsterte sie mir zu: „Sie haben ja keine Ahnung. Als ich erfuhr, dass ich diese Reise gewonnen hatte, war ich anfangs total aufgeregt. Hierher zu kommen und in Ihrem wunderschönen Bed & Breakfast zu übernachten, klang nach richtig viel Spaß. Mittlerweile jedoch wünschte ich, ich hätte gefragt, ob ich eine Freundin mitbringen dürfte." Sie blickte verstohlen zu ihren Kollegen hinüber. „Abgesehen davon, dass wir in derselben Küche arbeiten, habe ich mit denen nichts gemeinsam."

„Sie haben also nicht vor, die Karriereleiter nach oben zu klettern?"

Meeka gesellte sich zu uns und schnüffelte an meinem Gebäck. Ich hielt die Hand hoch, für sie das Signal, damit aufzuhören, und sie ließ sich mit einem leisen Schnaufer auf den Boden plumpsen.

„Nein, das hier ist nur ein Job", antwortete Misty. „Damit ich meine Lehrbücher bezahlen kann."

„Sie sind Studentin? Was studieren Sie denn?"

„Personalwesen." Erneut schaute sie zu Kim und Leif hinüber. „Die Fahrt hierher war interessant. Kim, Leif, Latoya, Sonja und ich haben den Firmenvan genommen, Ms Wakefield ist mit dem eigenen Auto angereist." Für einen Moment verstummte sie und zog die Stirn kraus. Warum?

Erinnerte sie sich an etwas Spezielles während dieser Reise? „Jedenfalls habe ich von der oberen Führungsetage einiges an Gemeckere mitbekommen."

„Ihrem Gesichtsausdruck nach zu urteilen, ist es also nicht unbedingt ein Zuckerschlecken, da dazuzugehören?" Erst jetzt wurde mir bewusst, was ich da gerade gesagt hatte. „Sorry, das Wortspiel bezogen auf Essen war nicht beabsichtigt."

Misty lachte, stimmte mir jedoch zu. „Wir sind wohl nie wirklich zufrieden mit dem, was wir haben, oder?"

„Apropos Kollegen … ist Sonja noch krank?"

„Das weiß ich ehrlich gesagt nicht. Ich wollte sie noch eine Weile schlafen lassen und dann einmal nach ihr sehen."

„Im Dorf gibt es eine recht gute Klinik. Für ernstere Erkrankungen ist sie zwar nicht ausgestattet, aber ein Magen-Darm-Infekt sollte für sie kein Problem darstellen. Melden Sie sich, falls Sie denken, dass sie Hilfe braucht. Tripp oder ich erklären Ihnen gerne den Weg dorthin."

Misty nickte auf eine Art und Weise, die mir klarmachte, dass sie noch mehr zu diesem Thema zu sagen hatte. Also wartete ich.

„Schon ein bisschen seltsam, diese Lebensmittelvergiftung von Sonja", fuhr sie schließlich fort. „Sie und Latoya hatten nämlich, als wir zum Mittagessen anhielten, dasselbe Gericht gewählt. Latoya geht es gut, und ich kann mich nicht erinnern, dass Sonja während der Fahrt noch etwas anderes zu sich genommen hat." Sie zuckte mit den Schultern, als wollte sie den Gedanken abtun. „Aber was weiß ich als kleine Spülkraft schon über derartige Dinge?"

Immerhin war sie eine sehr aufmerksame Spülkraft, und wieder einmal meldete sich mein Instinkt zu Wort. Nur zu gern hätte ich mich noch weiter mit ihr unterhalten, aber ich musste los zur Ratssitzung. Noch einmal begab ich mich in die Küche, in der Hoffnung auf einen ordentlichen Abschied von Tripp. Der jedoch lauschte nach wie vor gebannt Latoyas Erklärungen.

Ich schaffte es gerade mal so, ihre Aufmerksamkeit lange genug zu erregen, um meine Meinung kundzutun: „Nein zum Zimtgebäck, ja zu den Preiselbeermuffins und ein klares Ja zu den Frischkäse-Happen."

Dafür bekam ich zumindest ein „Danke" und einen schnellen Kuss auf die Wange.

Dieser Tag fing wirklich seltsam an, und in Whispering Pines konnte das nichts Gutes bedeuten.

Kapitel Sechs

Passend zu dem heutigen Eindruck, dass nichts so lief wie gewohnt, war auch Emery nicht am Empfang, als ich im Gasthof ankam. Ich konnte mich nicht erinnern, ihn jemals nicht auf seinem Posten angetroffen zu haben. Obendrein war der Sitzungssaal leer. War ich heute tatsächlich ausnahmsweise einmal die Erste? Ich warf einen Blick auf meine Armbanduhr. Nur noch zehn Minuten bis zum vereinbarten Treffen. Flavia müsste längst hier sein. Normalerweise war sie immer vor allen anderen da, denn so konnte sie sich über jeden beschweren, der zu spät kam. Aber fünf Uhr dreißig war wohl selbst für sie zu früh. Es sei denn, ich hatte den Tag verwechselt.

Nachdem ich vielleicht eine Minute lang durch den Saal getigert war und überlegt hatte, wie lange ich wohl auf die anderen warten sollte, tauchte Lupe im Türrahmen auf.

„Ich bin da", verkündete sie schwer atmend, als hätte sie die Strecke von ihrem gemieteten Cottage bis hier im Laufschritt zurückgelegt. „Und ich bin bis spät in die Nacht aufgeblieben, um einen Vorschlag für den Zirkel auszuarbeiten."

Lieber Gott, bitte mach, dass ich mir den richtigen Tag notiert habe.

„Ich bin schon total gespannt." Als sie jedoch ansetzte, ins Detail zu gehen, unterbrach ich sie. „Nein, nicht jetzt. Ich sollte ihn mir besser zusammen mit den Übrigen anhören. Setz dich in die Lobby, ich hole dich, wenn wir so weit sind."

„Aber darf ich nicht …?"

Ich schüttelte nur den Kopf, und sie machte auf dem Absatz kehrt und ging stirnrunzelnd wieder nach draußen. Eine Sekunde später erschien Sugar.

„Sie haben ja gar keine Schachteln dabei?", fiel mir direkt auf. „Wo sind denn die Scones? Sie bringen doch sonst immer welche mit."

Ich hätte besser auf ihren Gesichtsausdruck achten sollen, bevor ich fragte. Schon gestern hatte sie wegen Gin Wakefield übel gelaunt gewirkt, aber heute war sie noch mürrischer.

„Sie wollen etwas essen?", fragte sie herausfordernd, wie ein Elternteil, der an seine Grenzen gerät und seine anspruchsvollen Kinder in ihre Schranken weist. „Das Mabon-Fest öffnet in neunzig Minuten seine Pforten. Dann können Sie sich zwölf Stunden lang den Bauch vollschlagen."

Okay, besser kein Wort mehr darüber.

„Ich habe gestern Gin Wakefield getroffen", begann ich, fragte mich aber direkt, warum ich das für ein besseres Thema hielt.

„Und Sie leben noch, um darüber zu reden? Es überrascht mich, dass sie Sie nicht zerfleischt und ausgespuckt hat. Tun Sie sich selbst einen Gefallen und bitten Sie Morgan, für Sie einen Schutzzauber gegen diese Frau zu wirken. Je weiter sie von diesem Dorf entfernt ist, desto besser."

Ich wartete eine Minute, bevor ich fragte: „Mir wurde erzählt, dass zwischen Ihnen einiges im Argen liegt, doch ist es nicht eine Art Wicca-Kodex, zu vergeben und den Groll loszulassen … oder wie auch immer diese Regel lauten mag?"

Sugars Blick verfinsterte sich. „Ich nehme an, dass Violet Ihnen gestern im *Bean Grinder* ihre Version meiner Vergangenheit mit Wakefield erzählt hat. Aber hat sie auch erwähnt, wie diese Frau mir an der Kochschule den Platz als Jahrgangsbeste weggeschnappt hat? Wegen zwei Punkten." Sie hielt mir zwei Finger direkt vor die Nase. „Zwei lächerlichen Punkten!"

Ich konnte ihre Verärgerung natürlich nachvollziehen, aber solange Gin dem entsprechenden Dozenten nicht ein paar *besondere Gefälligkeiten* erwiesen hatte, war dieser Platz vermutlich fair verdient gewesen. Allerdings behielt ich diesen Gedanken vorsichtshalber für mich.

„Doch, das hat sie", bestätigte ich.

„Und dann nennt sie ihr Geschäft *Wakefield's Treats and Sweets.* Kommt Ihnen das nicht irgendwie bekannt vor?"

Ich zögerte, unsicher, ob ich darauf tatsächlich antworten sollte.

„*Treats and Sweets?*", wiederholte Sugar, diesmal mit Nachdruck. „*Treat Me Sweetly?* Sie hat es nicht einmal fertiggebracht, sich einen eigenen Namen auszudenken. Von daher kann ich kaum glauben, dass sie überhaupt in der Lage ist, eine Firma zu führen. Ich meine, was genau musste sie denn schon groß tun, um diesen letzten Auftrag zu ergattern? Sie haben doch bestimmt davon gehört, oder? Den mit den Backutensilien?"

Zu meinem Glück kam just in diesem Moment Violet herein, mit einem strahlenden Lächeln im Gesicht und in jeder Hand eine Kaffeekanne haltend. Maeve folgte ihr auf dem Fuß. Dankbar für die Gelegenheit, Sugar und ihrem Groll zu entkommen, ging ich hinüber zu dem Eckschrank, entnahm ihm ein Tablett mit Tassen und brachte es zum Tisch.

„Ist das tatsächlich Kaffee oder hast du uns etwas von diesem sündhaft guten Schoko-Chai mitgebracht?", erkundigte ich mich.

„Leider nur ganz normaler Kaffee." Violet stellte die Kannen auf dem Tisch ab. „Der Chai schmeckt nur frisch gebrüht. Komm einfach später vorbei, dann mache ich dir einen.“

Ich schenkte mir eine Tasse ein und ging, die nach wie vor finster dreinblickende Sugar ignorierend, hinüber zu Maeve auf der anderen Seite des Raums. „Nochmals tausend Dank für das schöne, ruhige Plätzchen, das Sie Tripp und mir gestern Abend gegeben haben. Ich weiß nicht, ob Sie absichtlich alle übrigen ans andere Ende der Veranda gesetzt haben, aber wir haben die Ruhe sehr genossen.“

„Ich beobachte Sie beide schon eine geraume Zeit.“ Maeve riss drei Päckchen mit Süßstoff auf, kippte sie in ihre Tasse und rührte um. „Sie sehe ich ständig im Dorf herumlaufen, und ihn zumindest hin und wieder. Aber Sie beide zusammen? Nie! Sie sollten wirklich öfter etwas gemeinsam unternehmen. Und einfach auf der Veranda zu sitzen, zählt nicht als Date.“

Trotz des leicht mürrischen Tons rührte mich ihr Verkupplungsversuch. Wie Peyton kam auch Maeve mitunter etwas kratzbürstig rüber, aber die Leute hier wussten, dass sie sich immer auf sie verlassen konnten.

„Das Abendessen war gut?“ Sie kostete von ihrem Kaffee und fügte noch ein weiteres Päckchen Süßstoff hinzu.

„Es waren die saftigsten Burger und die knusprigsten Pommes, die ich seit Langem gegessen habe. Und da mein Geschäftspartner ein ziemlich guter Koch ist, will das was heißen.“

Mr Powell, der Besitzer des *The Busted Knuckle*, dem Dorfreparaturservice, kam herein und machte seinem Ruf als tollpatschigster Mann der Welt wieder einmal alle Ehre. Als er nämlich auf seinem Stuhl Platz nehmen wollte, verfehlte er die Sitzfläche und landete mit dem Hintern auf dem Boden.

„Alles okay.“ Er kam auch direkt wieder auf die Füße, aber als er sich über den Tisch beugte, um sich Kaffee einzuschenken, schob Violet ihm schnell eine Tasse zu und verhinderte so das nächste Malheur.

Zumindest etwas heute war wie immer.

Kurze Zeit später betraten Cybil und Effie, die älteren Wahrsagerinnen des Dorfes, den Sitzungssaal. Kaum hatten sie mich erblickt, warfen sie mir unisono finstere Blicke zu, und ihre Lippen bewegten sich in einem stummen, synchronen Murmeln.

„Haben sie schon mit Ihnen gesprochen?", fragte Jola, die an ihnen vorbei in den Raum huschte.

„Ich glaube, Effie wollte es letzte Woche tun, aber dann fiel ihr wohl wieder ein, dass Lily Grace bei dir eingezogen ist."

Die beiden Frauen hatten Lily Grace und Jola nie erzählt, dass sie Schwestern waren. Seit ich dieses Geheimnis im Zuge der Aufklärung eines vierzig Jahre alten Todesfalls gelüftet hatte, gaben sie mir die Schuld daran, dass Lily Grace das Wahrsagerinnen-Dreieck verlassen hatte.

„Und? Wie läuft es zwischen euch?", erkundigte ich mich. „Das Zusammenwohnen, meine ich."

„Es wird von Tag zu Tag besser. Wir hatten einen heftigen Streit, aber seitdem läuft es richtig gut. So allmählich lernen wir uns kennen."

Morgan kam hereingeschwebt, strahlend und gelöst, ganz so wie gestern, als ich sie auf der Veranda ihres Ladens angetroffen hatte.

„Seid gesegnet, ihr alle. Ist das nicht ein wunderschöner Tag?"

„Vorsicht", warnte ich sie, „sonst machst du Violet in der Kategorie *Bestgelaunter Dorfbewohner im Morgengrauen* noch ihren Titel streitig."

Sie lächelte nur und nahm am Tisch Platz.

Als Gegengewicht zu ihrer überschwänglichen Fröhlichkeit erschien kurz darauf Creed, der Zirkusdirektor, mit einer Miene, als hasse er das Leben und jeden darin … ziemlich ungewöhnlich für ihn, war er doch sonst die Nettigkeit in Person.

„Steht heute überhaupt irgendetwas auf der Tagesordnung?", knurrte er.

„Nur ein Punkt, soweit ich weiß", erwiderte ich. „Lupe Gomez möchte etwas mit uns besprechen."

„Sonst nichts? Und dafür haben wir uns alle zu nachtschlafender Zeit aus dem Bett gequält? Hätte das nicht bis nächsten Monat warten können?"

Endlich tauchte Flavia auf, und nur ein paar Sekunden später erschien auch Laurel, ein riesiges Tablett mit Muffins vor sich her balancierend.

„Der Göttin sei Dank, ich bin am Verhungern." Morgan hatte sich bereits zwei der übergroßen Muffins geschnappt, noch bevor Laurel ihre süße Last abstellen konnte.

„Hat Wesley die gebacken?", fragte Violet sie. „Welche Sorte ist das?"

„Kürbis mit Frischkäsefüllung und Puderzucker-Topping", erklärte sie. „Und nein, die habe ich selbst gemacht."

Sugar riss ungläubig die Augen auf. „Du?"

„Ja, ich", entgegnete Laurel gereizt. „Man muss keine Küchenhexe sein, um backen zu können, weißt du."

Während die beiden sich ein bissiges Wortgefecht über Backkünste lieferten und die anderen sich ungeniert an den Muffins bedienten, kam Reeva in den Raum gehinkt, ging zu ihrem Stuhl und ließ sich vorsichtig und mit schmerzverzerrtem Gesicht darauf nieder.

„Ist alles okay mit Ihnen?", erkundigte ich mich besorgt und stand schon kurz davor, jemanden zu verhaften, nachdem ich auch noch ihr Veilchen entdeckt hatte. „Was ist passiert?"

Reeva drehte sich so langsam zu mir um, als hätte sie einen Metallstab im Rücken stecken, der vom Scheitel bis zum Steißbein reichte. „Das fragen Sie mal besser meine Schwester."

Flavia saß kerzengerade da und verzog keine Miene. „Ich habe keine Ahnung, wovon du redest."

„Du hast mich mit einem Ungeschicklichkeits-Fluch belegt, oder etwa nicht?"

Um Himmels willen, schon wieder so ein Hokuspokus. Seit mittlerweile drei Wochen lagen die Schwestern sich ständig in den Haaren, und so allmählich trieb ihr permanentes Gezänk uns alle in den Wahnsinn.

Reeva zeigte auf ihr blaues Auge. „Nicht nur, dass ich gegen eine Tür gelaufen bin und mir das hier eingehandelt habe. Ich bin auch noch die Treppe runtergestürzt und habe mir das Steißbein geprellt. Und dann hätte ich mir gestern Abend beim Kochen fast den kleinen Zeh abgehackt, als mir ein Messer aus der Hand gerutscht ist." Als Beweis hob sie einen dick bandagierten Fuß hoch und verzog dabei vor Schmerz das Gesicht. „Ich habe in meinem ganzen Leben noch nie ein Messer fallen lassen."

Creed ließ genervt den Kopf auf die Tischplatte sinken. „Das Aufräumen nach der gestrigen Abendvorstellung hat ewig gedauert Ich will eigentlich nur noch zurück in meinen Wohnwagen und schlafen. Können wir bitte Ms Gomez hereinholen und das hinter uns bringen?"

Gute Idee. Ich sprang auf, eilte in die Lobby und winkte Lupe zu mir. Sie katapultierte sich förmlich vom Sofa und kam im Laufschritt auf mich zu.

Ich schenkte ihr ein aufmunterndes Lächeln. „Nur zu. Die Bühne gehört dir."

„Ich danke Ihnen allen vielmals für diese Gelegenheit, mich erklären zu dürfen." Bei diesen einleitenden Worten warf sie Flavia einen vielsagenden Blick zu, wohl hoffend, dass die Mutter des Mannes, mit dem sie seit drei Monaten liiert war, sich gnädig zeigen würde. „Ich möchte heute Morgen mit Ihnen darüber sprechen, was ich tun könnte, um eine Einwohnerin Ihres Dorfes zu werden."

Flavia stieß ein kleines, pikiertes Quieken aus. Egal, was Lupe gleich sagen oder tun würde – ich war überzeugt, sie würde gegen sie stimmen. Erstaunlicherweise hatte sie sich, seit Lupe und Martin ein Paar wurden, extrem zusammengerissen. Allerdings war jedem klar, dass sie ihre spitze Zunge nur ihrem Sohn zuliebe im Zaum hielt und es kaum erwarten konnte, dass die Reporterin endlich wieder von hier verschwand.

Die übrigen Ratsmitglieder rutschten unruhig auf ihren Stühlen herum, räusperten sich oder gossen sich Kaffee nach.

„Ich habe meine Hausaufgaben gemacht", fuhr Lupe fort, „und weiß, dass ich, um hier dauerhaft leben zu dürfen, einen Job brauche. Allerdings habe ich den bereits, und sogar einen, den ich von zu Hause ausüben kann. Somit würde ich niemandem eine Stelle wegnehmen, die er oder sie womöglich dringend benötigt. Wie Sie wissen, arbeite ich für ein Online-Reisemagazin. Zusätzlich verfasse ich freiberuflich Artikel, die ich an andere Verlage verkaufe. Und ich habe angefangen, an einem Roman zu schreiben." Sie warf mir einen schelmischen Blick zu. „Er handelt von einer blitzgescheiten, aber manchmal etwas dreisten Ermittlerin, die ihre eigenen Verbrechen inszeniert – nur um sie dann zu lösen und als Heldin dazustehen."

Den Rest bekam ich gar nicht mehr mit, so fassungslos war ich über das Konzept ihres Buches. Meinte sie das ernst? Vor ein paar Wochen hatte ich ihr eines Abends alles anvertraut, was mich belastete: wie aufgebracht ich über einige von Sugars Anschuldigungen war, mit denen sie mir zu verstehen gab, dass *sie und einige der anderen Dorfbewohner* der Ansicht seien, die Mordserie habe erst mit meiner Ankunft im Dorf begonnen. Zwar beschuldigten sie mich nicht direkt, die Verbrechen selbst begangen oder inszeniert zu haben. Dennoch schienen alle zu glauben, dass ich auf irgendeine mystische Weise damit zu tun hatte. Sie waren überzeugt, dass ich, indem ich einige düstere Geheimnisse aus der Vergangenheit von Whispering Pines aufgedeckt hatte, eine Art dunklen Dämon heraufbeschworen hätte, der jetzt das Dorf heimsuchte. Um die schreckliche Anschuldigung etwas abzumildern, versicherte sie mir noch, man vertraue darauf, dass ich gleichzeitig auch hierherberufen wurde, um diesen zu vertreiben und das Dorf wieder ins Gleichgewicht zu bringen. Oder so etwas in der Art.

„Jayne?"

Ich blinzelte und bemerkte, dass Morgan mich anstarrte.

„Alles in Ordnung? Lupe hat ihre Präsentation beendet. Da du sie auf die Tagesordnung gesetzt hast, solltest du jetzt das Wort an die Mitglieder übergeben, damit sie ihre Fragen stellen können."

Ich funkelte Lupe wütend an und konnte noch immer kaum fassen, dass sie tatsächlich beabsichtigte, aus meinen Problemen Profit zu schlagen. „Entschuldigung, ich war mit den Gedanken woanders. Du möchtest also im Dorf bleiben. Könntest du bitte nochmals kurz wiederholen, wie du dir das vorgestellt hast?"

Sie räusperte sich. „Ich habe den Mitgliedern bereits gesagt, dass ich ja schon einen Job habe. Mein Vorschlag wäre, dass ich neben meiner freiberuflichen Tätigkeit und dem Schreiben meines Romans ein eigenes Unternehmen gründe … Ich würde gern eine Dorfzeitung herausgeben."

„Hat jemand Fragen dazu?", wandte ich mich an den Zirkel, und meine Stimme bebte vor Wut.

Alle wechselten bedeutsame Blicke, schwiegen jedoch. Schließlich meldete Flavia sich zu Wort.

„Nicht direkt Fragen, aber eine Anmerkung. Wenn ich richtig informiert bin, sind Sie seit Beginn der Sommersaison hier, Ms Gomez. Sie haben das Dorf also in seiner geschäftigsten Zeit erlebt und können nachvollziehen, wie es in diesen Monaten hier abgeht. Aber: Hat man eine erlebt, kennt man alle. Abgesehen von anderen Leuten wird es im nächsten Jahr nicht viel anders ablaufen. Worüber wollen Sie dann berichten?"

„Ich habe diesen Sommer bereits viele Einheimische interviewt", erklärte Lupe, „es jedoch noch nicht geschafft, über alle zu schreiben. Darüber hinaus gibt es viele weitere Menschen, die ich bisher noch nicht kennenlernen durfte. Jeder hat eine Geschichte zu erzählen – es gilt nur herausfinden, welche. Mit Ihnen beispielsweise habe ich noch gar nicht gesprochen."

Flavia versteifte sich und schniefte pikiert. „Mein Punkt ist, dass hier von November bis Mai absolut nichts passiert. Womit also wollen Sie in diesen Monaten Ihre Seiten füllen?"

Leises, zustimmendes Gemurmel erfüllte den Saal.

„Mein Plan ist eine wöchentliche Zeitung", fuhr Lupe fort, „mit Storys über verschiedene Dorfbewohner. Ich beabsichtige, jede Woche einen anderen in den Mittelpunkt zu stellen."

Niemand reagierte.

„Dazu würde ich Sie alle zu Hause aufsuchen. Die Zeitung soll während der Wintermonate als eine Art Brücke zwischen den Bewohnern dienen, da es ja offensichtlich allen wichtig ist, miteinander in Kontakt zu bleiben."

„Das ist es auch", sagte Cybil.

„Stimmt", bestätigte Laurel. „Wir treffen uns jeden Sonntag, entweder im Gasthaus oder im *Triple G*, essen zusammen und tauschen uns über die Ereignisse der vergangenen Woche aus. Und wenn jemand Hilfe bei etwas braucht, erarbeiten wir einen Plan."

„Dem kann ich nur zustimmen", mischte sich Mr Powell ein und lehnte sich in seinem Stuhl zurück, sodass dieser gefährlich zu schwanken begann. „So sehr ich Ihren Enthusiasmus auch zu schätzen weiß, gibt es wirklich keinen Grund dafür, dass wir eine Zeitung bräuchten. Wir kennen uns bereits alle, und sollte es etwas geben, das wir nicht wissen, fragen wir einfach."

Übereinstimmend nickten alle, und ich konnte sehen, wie Lupes Hoffnung schwand.

Sie beschrieben Whispering Pines genau so, wie es meine Großmutter vorgesehen hatte. Die Verbindungen zwischen den Menschen hier waren deutlich stärker als in den meisten anderen Gemeinden.

„Man kann unmöglich alles über seine Mitbürger wissen", beharrte Lupe. „Ich könnte ausführliche Porträts über jeden einzelnen erstellen, sodass man danach das Gefühl hat, die Person genauso gut zu kennen wie die engsten Familienmitglieder. Das ist es doch, was Whispering Pines im Grunde ausmacht, oder? Sie alle sind eine große Familie."

Sie begann, die Namen der Menschen aufzuzählen, über die sie Artikel zu schreiben gedachte, doch Effie schnitt ihr das Wort ab.

„Wenn es Dinge gibt, die wir nicht übereinander wissen, dann liegt das daran, dass die betreffende Person sie lieber für sich behalten möchte. Der Grat zwischen Fürsorge und Eindringen in die Privatsphäre ist sehr schmal."

„Hat jemand dem noch etwas hinzuzufügen?", fragte ich.

Niemand meldete sich.

„Gut, dann sollten wir dieses Gesuch wohl zur Abstimmung bringen", fuhr ich fort. Ich deutete in Flavias Richtung, denn sie hatte ja darauf bestanden, die Sitzung zu leiten und damit auch die Beschlussfassung zu kontrollieren.

„Scheint klar, wie das ausgehen wird", sagte sie mit kaum verhohlener Genugtuung in der Stimme. „Wer ist gegen Ms Gomez' Vorschlag, eine Dorfzeitung zu gründen und dauerhaft hier ansässig zu werden?"

Elf der dreizehn Vorstandsmitglieder meldeten sich und signalisierten damit deutlich ein Nein. Nur Reeva und ich hielten uns noch zurück.

„Und wer befürwortet den Antrag?"

Reeva streckte den Arm in die Höhe, was ihr sichtlich Schmerzen bereitete. Lupe zwang sich zu einem dankbaren Lächeln und wandte sich dann mir zu. Als sie begriff, dass ich für ihr Gesuch nicht die Hand heben würde, klappte ihr die Kinnlade herunter.

„Sheriff O'Shea?", hakte Flavia nach. „Sie haben noch nicht abgestimmt."

„Da es das Ergebnis ohnehin nicht ändern würde, möchte ich mich lieber enthalten."

„Auch gut", erwiderte sie. „Somit lautet der Beschluss: elf dagegen, einer dafür, eine Enthaltung. Vielen Dank, dass Sie dem Gemeinderat Ihren Vorschlag präsentiert haben, Ms Gomez, aber leider sieht dieser keine Notwendigkeit darin, Ihrem Plan einer Dorfzeitung zuzustimmen. Und da Sie nirgends in Whispering Pines beschäftigt sind, lehnen wir zudem Ihren Antrag auf dauerhaften Wohnsitz in unserer Gemeinde ab, bis Sie eine Anstellung bei einem der örtlichen Betriebe nachweisen können."

Kapitel Sieben

Da mir bewusst war, dass Lupe mir vermutlich einiges zu sagen hätte – mit Sicherheit wären es wütende Worte, die nicht jeder mitbekommen musste –, verließen Meeka und ich eiligen Schrittes den Sitzungssaal und machten uns auf den Weg zur Wache. Dort traf ich erfreulicherweise auf meinen Deputy.

„Hey, Sheriff."

„Hallo, Martin. Seit wann bist du denn hier?" Ich nahm meiner Kleinen ihr Geschirr ab, und sie schoss direkt zu ihrer Lieblingszelle, sprang auf die mit der Wand verschraubte Pritsche und rollte sich zu einem Fellknäuel zusammen. Zwar hatte ich ihr endlich ein Kissen besorgt und es in eine ruhige Ecke meines Büros gelegt, aber wenn ihre Zelle leer war, zog sie sich nach wie vor für ihr Nickerchen lieber dorthin zurück.

„Ich habe dich erst heute Nachmittag zurückerwartet. Du bleibst die ganze Woche hier, oder?"

„Da die meisten meiner Ausbilder Cops sind, haben sie nichts dagegen, dass ich zeitweise herkomme, um dich zu unterstützen. Offensichtlich hat sich der Ruf von Whispering Pines als Mordhochburg inzwischen in den Polizeikreisen herumgesprochen. Also ja, diese Woche kannst du mit mir rechnen, aber nächste muss ich definitiv zurück."

„Ausgezeichnet. Ich bin froh, dass du wieder da bist, hoffe aber, dass du nichts zu tun bekommst und schon früher wieder verschwinden kannst."

Just in diesem Moment flog die Tür auf, und Lupe kam hereingestürmt. Ihre Miene ließ keinen Zweifel daran, dass es gleich richtig krachen würde.

„Wie konntest du mir das nur antun?" Ihr Akzent war stark, die Worte schossen nur so aus ihr heraus, und ihr heißblütiges Temperament drohte überzukochen. „Du weißt, wie wichtig es mir ist hierzubleiben. Ich hätte mit deiner Unterstützung gerechnet." Dann entdeckte sie Reed an seinem Schreibtisch, lief zu ihm hin und warf sich in seine Arme.

Nachdem sie einige Sekunden eng umschlungen dagestanden hatten, fragte ich: „Sollen wir vielleicht in mein Büro gehen und die Sache klären?"

„Ich habe keine Geheimnisse vor Martin." Sie sprach jetzt etwas langsamer, aber der Akzent war nach wie vor deutlich herauszuhören. „Wir können gerne vor ihm über alles reden."

„Dann sollte mich vielleicht erst mal eine von euch auf den neuesten Stand bringen." Er schob die Hände in die Taschen, seine Art, eine Mauer hochzuziehen und neutral zu bleiben. „Was ist denn passiert?"

„Ich hab dir doch erzählt, dass ich den Rat um Erlaubnis bitten wollte, eine Dorfzeitung zu gründen", erklärte Lupe. „Erinnerst du dich?"

„Natürlich tue ich das. Ich nehme an, es ist nicht gut gelaufen?"

„Warum fragst du das nicht deine Chefin?" Sie funkelte mich böse an und murmelte etwas auf Spanisch.

Warum klangen leise, wütende Worte in einer anderen Sprache immer wie ein Fluch?

„Zunächst einmal", begann ich, „sollte dir klar sein, dass meine Stimme keinen Unterschied gemacht hätte."

„Du hast großen Einfluss in diesem Dorf", beharrte Lupe. „Hättest du für mich gestimmt, hätten vielleicht noch einige der anderen ihre Meinung geändert."

Reed bedachte mich mit einem ähnlich erbosten Blick wie sie. „Du hast gegen sie gestimmt?"

„Ich habe mich enthalten."

„Was nicht weniger verletzend ist, als wenn du Nein gesagt hättest." Lupe runzelte die Stirn und fügte, eindeutig darauf bedacht, mir ein schlechtes Gewissen zu machen, hinzu: „Ich dachte, du wärst meine Freundin."

Am liebsten hätte ich ihr an den Kopf geworfen, dass eine wahre Freundin nie die Sorgen der anderen für kommerzielle Zwecke nutzen würde … in diesem Fall für den Roman, für den sie sich so begeisterte. Dafür war jetzt jedoch nicht der richtige Moment.

„Lupe, hör mir zu." Nichts, was ich ihr jetzt sagte, würde einen Unterschied machen, aber es entsprach der Wahrheit. „Um ehrlich zu sein, war ich ihrer Meinung. Du hast die Argumente, die sie vorgebracht haben, selbst gehört: Würdest du wirklich eine Zeitung gründen, hättest du kaum etwas zu berichten. Im Winter passiert einfach nicht genug, um auch nur eine vierteljährliche Ausgabe zu füllen, ganz zu schweigen von einer wöchentlichen oder monatlichen."

„Ihr gebt mir ja nicht einmal eine Chance."

„Nicht dafür, ausgerechnet hier in Whispering Pines." Sie konnte mich nicht dazu bringen, einem Vorhaben zuzustimmen, das von vornherein zum Scheitern verurteilt war. „Schau mal, ich liebe gute Geschichten genauso wie jeder andere, aber es tut mir leid – das wäre einfach kein Geschäft, das dieser Gemeinde einen Nutzen bringt. Gäbe es nichts anderes, was du tun könntest? Es ist ja nicht so, dass du nur eine einzige Gelegenheit für einen Vorschlag hast. Du kannst uns gern weitere Pläne vorlegen. Du bist doch eine kluge Frau, und ich bin mir sicher, du findest einen Weg, um hierbleiben zu dürfen."

Zwar antwortete sie nicht darauf, aber ich konnte sehen, wie es in ihrem Kopf arbeitete. *Bestimmt nur deshalb, weil sie wütend auf mich ist*, versuchte ich mir einzureden, aber etwas an ihrem Gesichtsausdruck machte mich stutzig. Was genau brütete sie aus?

Nachdem ich schnell einige E-Mails beantwortet hatte, beschloss ich, nochmals loszuziehen und der Eröffnung der Mabon-Festlichkeiten beizuwohnen. Als ich in den Hauptraum trat, musste ich feststellen, dass nicht nur Lupe, sondern auch Martin verschwunden war. Na klasse! Jetzt war mein Deputy ebenfalls sauer auf mich. Ich rief nach Meeka, die sich erst ausgiebig streckte und gähnte, bevor sie zur Eingangstür trottete.

Ich beugte mich zu ihr hinunter, legte ihr das Geschirr an und fragte: „Du bist mir aber nicht ebenfalls böse, oder?"

Sie lehnte sich an mich und wedelte mit dem Schwanz. Dieser Hund war einfach Balsam für meine Seele.

Rund um den Pentagramm-Garten im Zentrum des Dorfes hatte sich bereits eine große Menschenmenge versammelt. Ein Hauch von Aufregung lag in der Luft, während alle auf den offiziellen Auftakt des Festes warteten. Am Seestrand, zwischen dem *The Inn* und dem Hafen, hatte sich ein Kreis aus Trommlern zusammengefunden. Vom Zirkus waren Artisten herübergekommen, die die Leute mit ihren Kunststücken unterhielten. Clowns mischten sich unter die Menge, machten ihre Späße und halfen Interessierten beim Schminken der Gesichter. Es gab ein Zelt, in dem Gedichte vorgelesen und literarische Diskussionen geführt wurden. Ich hatte mir fest vorgenommen, das Bastelzelt zu besuchen, sobald es meine Zeit erlaubte. Dort wurden Kurse angeboten, wie man Füllhörner herstellte … kleine natürlich, nicht solche Ungetüme, wie sie im Zentrum aufgestellt wurden. Auch die Wahrsagerinnen waren vertreten, und wie immer bildete sich vor ihrem Wagen schnell eine lange Schlange. Direkt daneben saßen Effie und Cybil und warfen mir noch immer giftige Blicke zu. Ganz ehrlich, so langsam sollten sie über die Sache mit den Mädels hinwegkommen.

Mitten in der ganzen Aufregung ertönte laut Jolas Stimme: „Wer sich für die Essenswettbewerbe angemeldet hat, möge mir bitte folgen."

Neugierig schloss ich mich der Gruppe von etwa fünfundzwanzig bis dreißig Teilnehmern an, die auf einen Platz hinter dem *Shoppe Mystique* zusteuerte. Dort setzte Jola an, einige der Regeln zu erklären.

„Einige von euch", begann sie, nachdem sich alle versammelt und beruhigt hatten, „sind mit diesem Wettbewerb bereits vertraut, andere hingegen das erste Mal dabei. So oder so gibt es ein paar neue Vorschriften, die ihr kennen solltet."

Gin Wakefield tauchte neben mir auf. Es dauerte kaum zwei Sekunden, bis Sugar sie entdeckt hatte, und die beiden funkelten einander böse an.

„Ich bin mir sicher, ihr seid alle mit der Thematik Nahrungsmittelallergien vertraut", fuhr Jola fort. „Für die Sicherheit unserer Gäste müsst ihr ab sofort eure Zutatenlisten aushängen. Es gibt keine Einschränkungen bei dem, was ihr kocht oder backt − ihr könnt alles zubereiten, was ihr wollt. Wir brauchen nur Transparenz bei den Inhaltsstoffen, um mögliche Risiken zu vermeiden. Gibt es dazu irgendwelche Fragen?"

Alle sahen sich gegenseitig an, doch niemand meldete sich zu Wort.

„In Ordnung", sagte Jola. „Wenn es Klärungsbedarf bezüglich potenziell problematischer Zutaten gibt oder ihr gesundheitliche Bedenken habt, kommt bitte jederzeit zu mir. Jetzt hat Laurel noch weitere Anweisungen für euch."

Laurel, mürrischer als ich sie je zuvor erlebt hatte, trat vor die Gruppe und forderte alle überflüssigerweise zur Ruhe auf.

„Tragt ihr alle ein grünes Armband? Dieses gilt nämlich als Nachweis, dass ihr angemeldet seid und teilnehmen dürft."

Alle hoben die Hand – bis auf Gin. „Ms Wakefield, es ist mir eine Freude, Sie dabei zu haben." Die Anwesenden keuchten überrascht auf und drehten sich um, um einen Blick auf die berühmte Konditorin zu erhaschen. „Sobald wir hier fertig sind, hole ich Ihnen Ihr Armband."

„Die Anmeldefrist war vor zwei Wochen", rief Sugar dazwischen. „Wenn Ginger Wakefield sie verpasst hat, ist sie draußen."

„Sugar." Gin wandte sich ihr mit ihrem üblichen Kameralächeln zu. „Wie schön, dich zu sehen. Es muss Jahre her sein. Und wie nett von dir, dass du dich um mich sorgst, aber meine Assistentin hat alle Unterlagen rechtzeitig und weit vor Ablauf der Frist eingereicht. Ich habe bisher lediglich noch kein Bändchen bekommen."

„Irgendwelche Fragen zu den neuen Bestimmungen?", hakte Laurel nach, während die beiden weiter über diesen Punkt diskutierten.

„Ja, ich hätte tatsächlich eine." Das kam natürlich wieder von Sugar. „Gibt es da nicht die Regel, dass dies ein Wettbewerb für Amateure ist?"

„Es ist ein *offener und freundschaftlicher* Wettstreit", entgegnete Laurel, „an dem jeder teilnehmen darf. Und die Bewertung erfolgt anonym, das heißt, selbst die Jury weiß nicht, wer welchen Beitrag abgeliefert hat. Somit hat jeder die gleiche Chance."

„Da wäre eine Sache, die mich brennend interessiert, Sugar", sagte Gin mit honigsüßer Stimme. „Da du der Ansicht zu sein scheinst, es wäre ein Wettbewerb für Amateure, jedoch selbst teilnimmst … heißt das, dass du dich selbst nicht als Profi siehst?"

Die Angesprochene wirbelte herum und fauchte zurück: „Kannst du dich nie mit dem zufrieden geben, was du hast?"

„Oh, ich bin sogar sehr zufrieden", erwiderte Gin mit

einem breiten Lächeln. „Ich führe ein gesegnetes Leben. Wer das Privileg hat, mit dem, was er liebt, erfolgreich zu sein, der kann doch gar nicht anders als überglücklich zu sein, oder?"

Sugar ballte die Hände so fest zu Fäusten, dass die Knöchel weiß hervortraten, und machte einen Schritt auf sie zu. „Warum konntest du nicht einfach wegbleiben? Du und deine Mutter habt unser Dorf vor Jahren verlassen. Du gehörst nicht mehr hierher."

Aus Gins Blick sprach der pure Hass, dass sogar ich ein Stück zurückwich.

Dennoch blieb sie nach außen hin so ruhig und gelassen, wie ihr Gegenüber aufgebracht war. „Einmal Dorfbewohnerin, immer Dorfbewohnerin. Ich verstehe überhaupt nicht, warum du dich so aufregst. Du hast Laurel doch gehört: Es ist ein anonymer Wettbewerb. Vielleicht bekommst du ja dieses Mal die zwei Extrapunkte."

„Die Kategorie für die Kochabteilung heute lautet Käse", lenkte Laurel die Aufmerksamkeit zurück auf sich, den Blick jedoch fest auf die beiden Frauen gerichtet. „Das bedeutet, dass Käse die Hauptzutat eures Gerichts sein muss. Die Bäcker haben freie Wahl. Ihr könnt also alles einreichen, was ihr wollt. Und was die jüngeren Teilnehmer anbelangt: Für euch gelten die gleichen Kategorien wie für die Erwachsenen, aber selbstverständlich tretet ihr gegen eure Altersgenossen an.

Euer Beitrag muss jeden Tag bis vier Uhr auf eurem Tisch stehen", fuhr sie kurz darauf fort und betonte jedes Wort. „Heute habt ihr dafür etwas mehr als sieben Stunden. Am Ende der heutigen Bewertung geben wir dann die Kategorie für morgen bekannt, und euch bleiben dann fast vierundzwanzig Stunden Zeit bis zur Abgabe eurer nächsten Kreation. An den Fristen gibt es nichts zu rütteln. Wenn euer Tisch um vier Uhr leer ist, seid ihr ausgeschieden." Mit leichtem Stirnrunzeln wanderte ihr Blick über die Gruppe der Teilnehmer und blieb am Ende an Sugar und Gin haften. „Vergesst nicht, das ist ein *freundschaftlicher* Wettbewerb."

Sugar hob das Kinn und wandte sich erneut Gin zu. „Ganz ehrlich? Eigentlich ist es sogar gut, dass du antrittst. So wird, wenn du verlierst, jeder sofort wissen, was für eine Niete du bist – und dass Erfolg offensichtlich käuflich ist."

Als Ginger einen Schritt auf sie zu machte, ging ich endgültig dazwischen.

„So, das reicht jetzt! Schon klar, Sie beide haben seit klein auf Differenzen, aber darunter sollten die Übrigen nicht zu leiden haben. Also bitte Abstand, meine Damen, und bleiben Sie fair." Da sie sich weiterhin finster anstarrten und keine von beiden zurückwich, startete ich einen letzten verzweifelten Versuch, indem ich an ihre Überzeugungen appellierte. „Denken Sie an Ihr Karma."

Die Wicca glaubten daran, dass alles, was man tat, dreifach auf einen zurückfiel. Eine gute Tat vollbracht? Dann bekam man drei gute Dinge zurück. Etwas Schlechtes getan? In diesem Fall erwartete einen ein Leben voller Missmut und Verbitterung … siehe Flavia.

Sugar wandte sich, leise vor sich hin murrend, ab und schlurfte davon.

„Danke, Sheriff", sagte Gin, und ihr Tonfall verriet, dass sie meinte, ich hätte ihr gerade aus der Patsche geholfen.

„Wofür? Ich habe für keinen von Ihnen Partei ergriffen. Niemand bekommt hier eine Sonderbehandlung." Ich blickte zu Meeka hinab, die schwanzwedelnd zu mir aufsah. „Außer vielleicht mein Hund."

Gin musterte mich einen Moment lang prüfend. „Sie finden also, dass alle Bewohner hier gleich sind? Wie schön wäre das vor zwanzig Jahren gewesen."

Was meinte sie damit? Bezog sie sich darauf, dass ihre Mutter damals keinen Laden eröffnen durfte? Damals bestand der Rat nur aus den sogenannten Ursprünglichen, den ersten Siedlern. Gins Mutter hatte ein Geschäft geplant, das direkt mit dem einer der alteingesessenen Familien konkurriert hätte. Ich konnte nachvollziehen, warum sie dachte, man hätte für jene Partei ergriffen. Gleichzeitig verstand ich auch, wie wichtig es war, dass ein neues Unternehmen nicht nur Abwechslung, sondern auch einen Mehrwert für die Gemeinschaft bot.

„In den Augen des Gesetzes, Ms Wakefield, sind die Menschen das. Zumindest so lange, bis jemand dagegen verstößt."

Sie zögerte kurz, dann ging sie davon, gefolgt von ihrem Küchenteam.

Kapitel Acht

KURZ VOR HALB VIER SCHLENDERTE ICH ÜBER DEN DORFPLATZ.
Zwischen dem *Ye Olde Bean Grinder* und *Grapes, Grains, and Grub* stieß ich auf Tripp, der offensichtlich auf mich gewartet hatte. Er saß auf einem Picknicktisch und hatte die Ellbogen auf die Knie gestützt. Der Kragen seiner alten, abgewetzten Lederjacke war gegen die Kälte hochgeschlagen, und eine olivgrüne, lässig übergestülpte Wollmütze hielt sein welliges blondes Haar in Schach. Obwohl er nichts weiter tat als dazusitzen, war er noch immer der attraktivste Mann, der mir je begegnet war.

„Wo genau findet denn der Wettbewerb statt?", fragte er, nachdem er mich in seine Arme gezogen hatte.

Ich deutete mit dem Daumen über die Schulter in Richtung See. „Sie haben hinter dem Gasthaus eine ganze Reihe Tische aufgestellt. In einer halben Stunde geht die Bewertung los."

Bereits über eine Stunde zuvor hatten sich dort die ersten Leute versammelt, und nach der Bekanntgabe der Gewinner durfte man die Beiträge kostenlos probieren, nach dem Motto: *Wer zuerst kommt, mahlt zuerst.* Denn anders als an den Ständen rund um den Pentagramm-Garten, wo das Essen schier unerschöpflich schien, galt hier: wenn weg, dann weg.

Tripp musterte die Menschenmenge und verkündete seine Befürchtung, dass wir es niemals bis nach vorn schaffen würden.

„Bleib einfach direkt neben mir", sagte ich und tippte auf meinen Sheriffstern. „Mir macht man immer Platz."

„Ist das nicht Missbrauch von Autorität?", fragte er und zog skeptisch eine Augenbraue hoch. Als ich darauf lediglich mit einem Blinzeln und einem ausdruckslosen Blick reagierte, zuckte er nur mit den Schultern. „Na gut, dann schauen wir uns mal den Trommelkreis genauer an."

Dem Rhythmus folgend, gingen wir hinunter zum Strand neben dem Hafen, wo sich etwa fünfzig Personen eingefunden hatten. Tripp schloss die Augen und wiegte sich im Takt. Etwas Wildes, Ungebändigtes haftete ihm in diesem Moment an.

„So bist du all die Jahre durchs Land gezogen, nicht wahr? Ein Freigeist, ohne Sorgen. Na ja, abgesehen davon, dass du nach deiner Mutter gesucht hast."

„Mag sein. So genau kann ich das nicht sagen." Noch immer gab er sich der Musik hin. „Aber ich muss zugeben, es war schön, keine wirklichen Verpflichtungen zu haben und nur mit dem zu leben, was in meinen Trailer passte." Mit einem halb geöffneten Auge schielte er zu mir herüber. „Aber auch einsam. Ich mag es, eine feste Basis zu haben und jemanden, mit dem ich mein Leben teilen kann."

Das war nachvollziehbar, dennoch beneidete ich ihn ein wenig um diese Erfahrung. „Ich wünschte, ich hätte dich damals schon kennenlernen dürfen."

Er lächelte. „Da waren wir noch nicht bereit füreinander."

Ich wollte gerade etwas darauf erwidern, als er einen Finger auf meine Lippen legte, einen Arm um meine Taille schlang und sich mit mir zur Musik bewegte. Allerdings hielt ich zumindest ein Auge offen, schließlich war ich im Dienst.

Eine Stimme über einen Lautsprecher kündigte an, dass die Bewertung des Koch- und Backwettbewerbs gleich beginnen würde. Vorsorglich, falls nach der Siegerehrung Ärger entstehen sollte, schob Sheriff Jayne die von der Musik beflügelte, normale Jayne beiseite. Obwohl ich es hasste, ständig so paranoid zu sein, war die öffentliche Sicherheit nun mal mein Job. Anstatt die Menge mit meinem Stern und meiner Uniform zu teilen, durchquerten wir das *The Inn* und traten durch die Hintertür des Restaurants wieder ins Freie.

Dort wurden die unterschiedlichsten Speisen präsentiert – von einfacher Hausmannskost bis hin zu aufwendigeren Kreationen. Die Kandidaten standen an ihren Tischen und erklärten uns stolz ihre Rezepte. Tripp machte sich direkt Notizen zu den Gerichten, die er nach der Bewertung probieren wollte, denn er war auf der Suche nach neuen Ideen für zukünftige *Pine-Time*-Menüs. Wenn wir den Winter über Gäste empfangen wollten, müsste er drei Mahlzeiten am Tag zubereiten, weil die übrigen Restaurants im Dorf nur ein oder zwei Tage die Woche geöffnet hatten.

Wir blieben an Reevas Tisch stehen, auf dem sich die verschiedensten Brotsorten stapelten.

„Ich nenne das meine *Tour durch Italien*", erklärte sie und benannte jede einzelne Sorte. „Traditionelles italienisches Brot, Kräuter-Brotsticks, Knoblauchknoten, Parmesan- und Prosciutto-Zupfbrot sowie Rosmarin-Oliven-Focaccia."

„Wie viel Küchenhexen-Magie haben Sie da hineingemischt?", neckte ich sie.

Sie zwinkerte mir lediglich verschwörerisch zu.

„Könnten Sie mir von jedem ein kleines Stück aufheben?", bat Tripp, wie zuvor auch schon bei den anderen Teilnehmern, und dank seines charmanten Grinsens bekam er überall Kostproben. Ich würde ihn wohl nachher nach Hause rollen müssen.

„Sie sehen deutlich glücklicher aus als vorhin", sagte ich

zu Sugar, als wir bei ihr ankamen. „Offensichtlich sind Sie zuversichtlich, dass Ihre Produkte gut ankommen."

Sie stand neben einem knapp einen Meter hohen, dreistöckigen Turm aus Keksen, Riegeln und Scones.

„Das sind alles die Favoriten unserer Kunden." Sie rückte ein paar Brownies zurecht und deutete dann auf einen leeren Tisch. „Und das Beste überhaupt ist, dass Wakefield sich noch nicht hat blicken lassen. Vielleicht hat sie endlich kapiert, dass industriell hergestellte Waren niemals so gut sein können wie sorgfältig von Hand Gemachtes."

„Die letzte Minute ist angelaufen", warnte einer der freiwilligen Helfer des Dorfes über sein Megafon. „Teilnehmer, Sie haben nur noch knapp sechzig Sekunden, um Ihre Beiträge an Ihre Tische zu bringen."

„Sugar", begann ich, „Sie wissen doch, dass hier Platz ist für alle Arten von …"

Noch bevor ich meinen Satz zu Ende bringen konnte, ging ein kollektives Raunen durch die Menge, die sich in der Nähe des *The Inn* aufhielt, und auch der rosige, selbstbewusste Ausdruck auf Sugars Gesicht wich bleichem Entsetzen, als sie sah, was auf uns zukam. „Das kann doch nicht wahr sein."

„Was ist das denn?", fragte Tripp.

Ich drehte mich um und erspähte Latoya und Leif, die einen gut drei Meter hohen, kegelförmigen Turm aus etwas heranschleppten, das wie eine Pyramide aus Hefeteigbällchen aussah. Gin folgte dicht dahinter, die Hände erhoben, um das Gebilde notfalls aufzufangen, falls es kippen sollte.

„Das ist ein Croquembouche", flüsterte Reeva fast ehrfürchtig. Ich war mir nicht sicher, ob sie so leise redete, weil sie einfach sprachlos war oder um zu verhindern, dass Sugar es hörte.

„Ein was?" Ich passte meine Lautstärke der ihren an.

„Davon habe ich schon gehört", sagte Tripp, „aber gesehen habe ich so etwas noch nie. Es ist ein französisches Dessert. Die kleinen Bällchen nennen sich *choux*-Gebäck."

„Schuh-Gebäck?", wiederholte ich und verzog das Gesicht.

Er lachte. „Dieselbe Aussprache, aber ganz andere Zutaten. Es besteht aus kleinen, mit Vanillecreme gefüllten Windbeuteln."

„Und was hält sie zusammen?" Ich war felsenfest davon überzeugt, dass gleich einer der unteren Windbeutel wegrutschen und den ganzen Turm zum Einsturz bringen würde.

„Karamell", erklärte Reeva. „Jedes Gebäckteil wird in geschmolzenes Karamell getaucht und haftet somit an den anderen."

Tatsächlich. Feine Fäden, die wie goldene Fasern wirkten, zogen sich rund um die Windbeutel. „Woraus bestehen die gleich noch mal?"

„Aus Zuckerfäden." Tripp starrte ehrfürchtig auf das Gebilde. „Irgendwann probiere ich das auch mal aus."

„Das sagst du bei fast jedem Gericht", neckte ich ihn.

Als Latoya und Leif naherkamen, traten wir zur Seite. Jetzt konnten wir sogar winzige Dekorationen erkennen, die sich in die Hohlräume schmiegten, wo die runden Windbeutel sich nicht berührten.

Tripp kniff die Augen zusammen. „Das sind ja Monde, Sterne, Pentagramme, winzige Maiskolben, Kürbisse …"

„Passend zur Jahreszeit", stellte Reeva mit einem anerkennenden Nicken fest. „Sehr schön gemacht."

„Die Zeit ist abgelaufen!", rief der Helfer, gerade als Gin sich noch einmal vergewisserte, dass der Croquembouche exakt so auf dem quadratischen, gut einen mal einen Meter großen Tisch stand, wie sie es wollte.

Ein weiterer Helfer, ebenfalls ein Dorfbewohner, der stets einen Frack mit Schwalbenschwänzen und einen Zylinder trug, nur für den Fall, dass der Zirkus einmal spontan einen Zeremonienmeister brauchte, wie er behauptete, trat durch die Tür des Gasthauses.

„Die Jury kommt jeden Moment heraus", verkündete er mit einer ausladenden Geste, während er die Namensschilder von den Tischen nahm. „Ich bitte jetzt alle Teilnehmer, von ihren Ständen zurückzutreten."

„Damit sie nicht wissen, wer von uns was gemacht hat", erklärte Reeva.

„Warum macht man sich dann überhaupt die Mühe mit den Namensschildern?", fragte ich.

„Sie setzen uns jeden Tag um, sodass wir nicht immer die gleichen Plätze einnehmen. Das gewährt ein zusätzliches Maß an Anonymität." Dann stellte sie sich zusammen mit den anderen an die Seite.

Der Mann im Frack bat Tripp und mich, uns hinter das Absperrseil zu den übrigen Zuschauern zu gesellen. Eine Minute später traten die Juroren aus dem Gebäude. Wesley, der Chefkoch des *The Inn*, und Maeve, die Besitzerin des *Triple G*, würden die warmen Speisen beurteilen und fingen auch direkt mit diesen an, da die meisten Gerichte eben nur richtig heiß und frisch aus dem Ofen ihren vollen Geschmack entfalteten. Zudem begannen sie mit den Kindern, die allmählich unruhig wurden, und würden sich erst im Anschluss den Erwachsenen widmen. Laurel und Sylvie, eine der Kellnerinnen des *The Inn*, fungierten als Juroren für die Backwaren. Auch sie begaben sich zuerst zu den minderjährigen Teilnehmern.

„Sugar sieht schon wieder verärgert aus", flüsterte ich Honey zu, die rechts von mir stand. „Liegt das nur an Gin?"

„Teilweise", antwortete Honey. „Sie hatte schon damals für ihr Abschlussprojekt an der Kochschule einen Croquembouche kreiert. Allerdings war der nur ungefähr einen Meter fünfzig hoch, wohingegen dieses Exemplar drei Meter zu messen scheint."

„Gin versucht offensichtlich alles, Ihre Schwester fertigzumachen", murmelte ich, und Honey stimmte mir zu.

„Nie hätte ich gedacht, dass die Dessertwelt so erbarmungslos sein kann."

„Sie haben ja keine Ahnung." Honey runzelte die Stirn. „Nur schade, dass bei vielen der Konditoren der Geschmack zugunsten der Präsentation leidet."

Ich beugte mich zu Tripp hinüber und wiederholte, was Honey über den Croquembouche gesagt hatte.

„Dennoch verständlich, dass sie mit so etwas gewinnen könnte." Er fixierte die Jury. „Immerhin ist es ein süßes Meisterwerk."

Die Spannung wuchs mit jedem Tisch, den Laurel und Sylvie in Augenschein nahmen. Und da schon wir so nervös waren, konnte ich mir nur zu gut vorstellen, wie es den Wetteifernden ergehen mochte.

„Die Juroren bewerten jeden Beitrag nach vier verschiedenen Aspekten", erklärte Honey. „Sie vergeben je zehn Punkte für Geschmack, Qualität, Präsentation und Originalität sowie einen für ihren persönlichen Favoriten. Reeva beispielsweise pokert hoch. Wenn auch nur eines ihrer Brote von minderer Qualität ist, könnte das ihre Gesamtpunktzahl drücken. Die Preisrichter addieren dann die Einzelwertungen, und der oder die Teilnehmende mit der höchsten Punktzahl erringt den Tagessieg. Die Medaillen werden erst am Ende des letzten Wettkampfes vergeben. Dann werden die Punkte kumuliert, also zählt wirklich alles."

Als die Juroren sich zur Beratung ins Gasthaus zurückzogen, stürzte sich Sugar auf Gin.

„Was zum Teufel soll das sein?" Sie deutete auf den Turm.

Ginger bedachte sie mit einem kleinen, fast hinterlistigen Lächeln. „Das ist nun mal mein Glanzstück. Der erste Beitrag bei einem Wettbewerb ist ausschlaggebend, wie die Jury dein Können einschätzt. Deshalb sollte er sie beeindrucken. Und atemberaubende Kreationen sind eben meine Spezialität." Sie machte eine abwertende Handbewegung in Richtung von Sugars Tisch. „So wie deine offensichtlich Kekse und Scones."

Sie grinste. „Ganz nett, wie ich zugeben muss, aber weit entfernt von einem echten Hingucker."

„Aber zum Dahinschmelzen lecker!", rief Honey dazwischen, bemüht, die Ehre ihrer Schwester zu verteidigen. „Zudem wird für Präsentation und Geschmack die gleiche Punktzahl vergeben."

Sugar funkelte sie böse an und zischte: „Du sollst mich doch aufbauen und uns nicht auf eine Stufe stellen."

„Ich ...", setzte Honey zu einer Erwiderung an, beendet den Satz jedoch nicht.

„Lassen wir sie das unter sich austragen", schlug ich vor und legte ihr eine Hand auf die Schulter.

Sugar und Gin erinnerten mich an streitende Pfauen, beide mit gespreiztem Rad und jederzeit bereit, aufeinander loszugehen, nur um ihre Überlegenheit zu demonstrieren. Ich kannte Ginger nicht wirklich, hatte sie bisher ja nur einmal getroffen und wusste nur das Wenige, das ich in dem Gespräch mit Violet erfahren hatte. Dennoch fand ich, dass konkurrenzorientiert und eitel wie ein Pfau ihre Persönlichkeit recht gut beschrieb. Sugar hingegen zeigte völlig unterschiedliche Wesenszüge. Manchmal war sie so süß wie ihr Name, dann wiederum so sauer wie Brausebonbons.

„Deine Schwester ist ziemlich aufgebracht", merkte ich an.

„Ja, sie will Gin unbedingt schlagen", erwiderte Honey. „Und wenn sie auf den zehnten und Gin auf den elften Platz käme, würde sie das trotzdem als Sieg betrachten."

Wir alle warteten mit klopfendem Herzen auf die Rückkehr der Juroren, die nach wie vor im Gasthaus waren. Als sie schließlich erschienen, lauschten wir atemlos der Verkündung. Sieger in der Kategorie Kinderkochen war ein dreizehnjähriger Junge mit einem braven Politikerhaarschnitt. Sein Beitrag war ein kunstvoll geschichteter Turm aus Käse- und Hähnchen-Enchiladas, verfeinert mit schwarzen Bohnen und roter Sauce. Beim Kinder-Backwettbewerb gewann ein ehrgeiziges fünfzehnjähriges Mädchen im Kochkittel, das kleine Kürbis-Pekan-Käseküchlein präsentierte. Während die beiden für Fotos posierten, geschossen von Lupe, die mich natürlich den ganzen Nachmittag über ignoriert hatte, traten die Juroren erneut vor, um die Gewinner bei den Erwachsenen bekannt zu geben.

Bei den Köchen setzte sich Peyton von *Sundry* durch. Sein Soufflé aus vier verschiedenen Käsesorten war goldbraun gebacken und ragte imposant über den Rand der Auflaufform hinaus.

„Wir möchten nochmals daran erinnern", betonte Laurel, bevor sie zur Verkündung des Erstplatzierten in der Erwachsenen-Backkategorie überging, „dass dies eine anonyme Challenge war. Während die Kandidaten ihre Beiträge herausbrachten, befanden sich alle Juroren im Konferenzraum des Gasthofs, der keine Fenster hat."

„Ich habe irgendwie ein ungutes Gefühl", flüsterte ich Tripp zu.

„Der Gewinner des ersten Tages in dieser Kategorie ist der Croquembouche."

Kapitel Neun

EINES MUSSTE MAN GIN WAKEFIELD ZUGUTEHALTEN: SIE sagte nichts. Sie setzte lediglich ihr Kameralächeln auf, legte die Handflächen zusammen und verbeugte sich dankbar vor den Juroren, bevor sie der jubelnden Menge zuwinkte.

„Das kann doch nicht dein Ernst sein!", ging Sugar auf Laurel los. „Sie tritt bei diesem freundschaftlichen Amateur-Wettbewerb mit einem ganzen Team professioneller Konditoren im Rücken an …"

„Die Regeln besagen nirgendwo", unterbrach Laurel sie, „dass nur eine Person das Gericht oder Gebäck herstellen darf. Ein Team ist völlig in Ordnung. Oder hat Honey dir nicht ebenfalls geholfen?"

Sugar wurde knallrot wie eine Tomate, stieß ein kleines Fauchen aus und presste schließlich wütend die Lippen aufeinander.

„Das muss ihr nicht leicht gefallen sein", sagte ich zu Honey.

„Was? Gegen Gin Wakefield zu verlieren", fragte sie, „oder Laurel nicht anzugehen?"

Ich überlegte kurz. Zuerst hatte ich gedacht, es wäre die

Niederlage gegen Gin, doch die zweite Option schien ebenso passend.

„Ich habe so eine Ahnung, dass ich ihr morgen wohl bei ihrem Beitrag helfen werde."

„Und wie fühlen Sie sich dabei?", fragte ich.

Ein Lächeln breitete sich auf ihrem Gesicht aus, und sie flüsterte: „Aufgeregt."

Gut für sie. Sugar würde zwar die Anerkennung für ihren Beitrag einheimsen, genau wie Gin für ihr Team, aber wenigstens durfte Honey mitmischen.

Ein paar Schritte von uns entfernt schloss Sugar die Augen, atmete tief durch und bedanke sich artig bei der Jury. Sie war eben durch und durch ein Profi. Dann beugte sie sich zu Gin hinüber und zischte, gerade laut genug, damit Tripp, Honey und ich es hören konnten: „Du solltest morgen dein Bestes geben, Wakefield, denn jetzt geht es richtig los."

„Jetzt zum morgigen Tag!", rief Laurel und hob das Megafon. „Die Kategorie für den Kochwettbewerb morgen lautet Barbecue."

Tripp stöhnte auf. „Hätte ich gewusst, dass ich den Smoker noch einmal benutzen könnte, hätte ich mich ebenfalls angemeldet", schmollte er.

Der war schon bei der Eröffnungsparty unseres *Pine Time* zum Einsatz gekommen, und seitdem bohrte er immer wieder nach, ob wir ihn nicht für unser Bed & Breakfast kaufen könnten.

„Deine geräucherten Rippchen hätten haushoch gewonnen." Ich tätschelte ihm sanft den Kopf. „Nächstes Jahr."

„Ihr könnt zubereiten, was immer ihr wollt", fuhr Laurel fort, „aber die Saucen und Gewürzmischungen müssen eure eigenen Kreationen sein. Und für die Bäcker lautet die Kategorie Kuchen. Jede Art von Kuchen ist erlaubt, solange alles handgemacht ist." Sie hielt inne, wartete auf Fragen und zwang sich zu einem Lächeln. „Herzlichen Glückwunsch an die Gewinner. Viel Glück morgen, alle zusammen."

„Irgendetwas stimmt nicht mit ihr", sagte ich zu Tripp.

„Mit Laurel? Wie kommst du denn darauf?"

Ich zuckte mit den Schultern. „Keine Ahnung. Normalerweise ist sie immer so positiv und ausgeglichen, aber aktuell wirkt sie irgendwie angespannt und gereizt. Und für die Leiterin eines solchen Wettbewerbs geradezu zurückhaltend. Normalerweise springen die Koordinatorinnen herum wie Cheerleaderinnen nach einer Überdosis Koffein."

„Vielleicht ist es einfach der Stress, das alles zu organisieren." Er deutete mit dem Daumen über die Schulter. „Ich werde mich mal mit ein paar Teilnehmern über ihre Beiträge unterhalten. Willst du mitkommen? Es gibt bestimmt noch Kostproben."

„So verlockend das auch klingt, sollte ich besser erst einmal eine Runde durch den Gemeinschaftsbereich drehen und sicherstellen, dass alles unter Kontrolle ist." Bisher hatten sich alle Besucher vorbildlich verhalten, sodass ich Reed gar nicht extra von seiner Schule in Green Bay hätte herbeordern müssen. Es gab nichts, das ich nicht allein hätte regeln können. „Treffen wir uns um sieben am Negativitätsbrunnen?"

„Musst du irgendwelchen Frust loswerden?"

Der Negativitätsbrunnen war ein strahlend weißer Marmorbrunnen im Zentrum des Pentagramm-Gartens. Statt Wünsche hineinzuwerfen, flüsterte man seine Sorgen und alles, was einen belastete, in seine Hände, ließ sie dann auf den Grund des Brunnens sinken, und alle Probleme trieben davon … wohin auch immer die Negativität verschwinden mochte.

„Aktuell eigentlich nicht." Abgesehen von dem Gezanke zwischen Sugar und Gin. Und natürlich den Streitereien zwischen Flavia und Reeva. Und den bösen Blicken, mit denen Cybil und Effie mich permanent bedachten. Vielleicht könnte ich sie einfach in den Brunnen werfen. Die Frustrationen natürlich, nicht die Leute. Ich zog seinen Kopf zu mir herunter und gab ihm einen flüchtigen Kuss. „Er ist einfach ein guter Treffpunkt."

Als ich mich zum Gehen wandte, wehrte sich Meeka vehement und zog wie verrückt an der Leine. Sie wollte bei Tripp bleiben, weil das für sie Futter bedeutete. Egal, ob er in der Küche hantierte oder sich zum Essen an den Tisch setzte – es fielen immer mal ein paar Krümel ab.

„Ich kann sie gern mitnehmen", bot er an.

„Sie hat bereits die letzten zwei Stunden alles verputzt, was ihr unter die Schnauze kam. Und einige der Leute haben ihr sogar absichtlich kleine Häppchen von ihrem Essen zugeworfen. Wenn sie so weitermacht, wird sie noch krank."

„Willst du damit andeuten, dass ich kein guter Hundesitter bin?"

„Das würde ich niemals sagen, zumindest nicht laut." Ich grinste ihn breit an und zog meinerseits an der Leine, aber mein Vierbeiner sträubte sich weiterhin vehement. Da musste ich wohl stärkere Geschütze auffahren. „Meeka, arbeiten!", befahl ich in strengem Ton.

Sie ließ den pelzigen Kopf sinken und gab ein ärgerliches Prusten von sich, was in etwa dem Augenverdrehen eines bockigen Teenagers gleichkam. Trotzdem folgte sie dem Befehl und trottete, wenn auch schmollend, neben mir her. Keine zehn Schritte später hatte sie bereits festgestellt, dass auch anderen Leuten Essen auf den Boden fiel. Überall lagen Krümel und Bröckchen herum, und sie schlang wahllos alles in sich hinein.

Vor dem *Grapes, Grains, and Grub* traf ich auf meinen Deputy. „Irgendwelche Probleme? Hat sich das Schulschwänzen eine Woche lang gelohnt?"

„Wenn es so bleibt, dann nein", sagte Reed. „Mabon zieht eher ein ruhigeres Publikum an, nicht zu vergleichen mit dem in der Sommersaison."

Er hatte recht. Es gab zwar eine Handvoll Kinder, aber die meisten Besucher waren Erwachsene, und ich schätzte die Altersspanne auf dreißig bis siebzig Jahre.

„Es lohnt sich trotzdem immer, hierherzukommen." Er errötete leicht. „Man weiß ja nie, was passieren könnte."

„Lohnenswert, weil du Lupe wiedersiehst?", neckte ich ihn. „Ist sie eigentlich immer noch ungehalten? Und wie steht es mit dir?"

„Sie wird sich wieder beruhigen. Und ich war dir nie böse. Ich verstehe nur nicht, warum du dich enthalten hast. Auch wenn es, so wie es klingt, keinen Unterschied gemacht hätte, wäre Lupe nicht so sauer. Zumindest nicht auf dich."

Was diese Entscheidung anbelangte, hatte ich in einer Zwickmühle gesteckt. Ich konnte nicht für sie stimmen, weil ich ihre Idee nicht für gut befand, und hätte ich gegen sie gestimmt, wäre sie doppelt so wütend auf mich gewesen, wie sie es ohnehin schon war.

„Ich habe ihr von vornherein gesagt, dass es nicht funktionieren wird." Martin schaute sich vorsichtig um, um sicherzugehen, dass Lupe sich nicht heimlich an uns herangeschlichen hatte. „Nach Samhain gibt es sowieso nichts Neues mehr zu berichten."

„Das hat deine Mutter ihr auch gesagt." Was für ein Glück, dass wir uns in dieser Sache einig waren. „Übrigens, ich fände es gut, wenn du übers Wochenende noch hierbleibst. Sollte es zu keinerlei nennenswerten Vorkommnissen kommen, kannst du am Sonntagabend oder Montagmorgen nach Green Bay zurückfahren."

Er willigte ein, setzte seine Patrouille fort und steuerte das *The Inn* an, nachdem ich ihm verraten hatte, dass ich Lupe dort zuletzt gesehen hatte. Wir hatten gerade den *Shoppe Mystique* erreicht, als Meeka erneut kräftig an der Leine zog, als hätte sie eine Witterung aufgenommen. Sie schleifte mich zu einem Grasfleck hinter dem Laden, knabberte an ein paar Halmen und übergab sich prompt.

„Ich habe dich noch gewarnt, nicht alles zu fressen, was herumliegt", schimpfte ich sie, ging dann aber neben ihr in die Hocke, um sie hinter den Ohren zu kraulen. „Armes Mädchen. Komm, wir schauen, ob Morgan etwas hat, das deinem Hundebauch guttut."

Shoppe Mystique erstrahlte in herbstlichem Glanz: Getrocknete Blumen in tiefem Purpur, warmem Gelb, herbstlichem Orange und leuchtendem Rot hingen von den Deckenbalken. Direkt am Eingang empfing uns eine kleinere Version jener großen Füllhörner aus dem Pentagramm-Garten. Auch dieses quoll über vor Erntegaben und dominierte die Auslage. Selbst die Luft roch nach Herbst, dank des Kürbisgewürz-Räucherwerks, das auf dem Tresen vor sich hin glimmte.

„Seid gesegnet", begrüßte uns Morgan beim Eintreten.

„Hey." Selbst nach vier Monaten im Dorf wusste ich immer noch nicht, wie man auf Wicca-Grüße angemessen reagierte. „Hast du etwas, das einen Hundemagen beruhigt?" Ich warf meinem Westie einen mitleidigen Blick zu. „Jemand hat zu viel von dem reichhaltigen Festessen genascht."

Wir beobachteten Morgan, wie sie diverse Fläschchen mit ätherischen Ölen zusammensuchte. Nachdem sie eine Mischung hergestellt hatte, rief sie Meeka zu sich, rieb ihr ein paar Tropfen auf den Bauch und drückte mir anschließend das kleine Fläschchen in die Hand.

„Fenchel, Koriander, Ingwer, Pfefferminze, Estragon, Anis und Kümmel. Das sollte helfen. Aber natürlich wäre es noch besser, wenn sie das richtige Futter zu sich nähme." Sie zog dramatisch eine ihrer rabenschwarzen Augenbrauen in die Höhe, und Meeka wandte sich beschämt ab, als hätte sie den Vorwurf genau verstanden. „Träufle ihr heute Abend vor dem Schlafengehen noch ein wenig davon auf den Bauch."

„Wusste ich es doch, dass du etwas für sie hast. Wie läuft das Fest?"

„So gut wie immer. Es ist einfach solch eine friedvolle Zeit."

„Friedvoll wäre jetzt nicht unbedingt das Wort, das mir dazu einfallen würde." Ich gestikulierte in Richtung der Leute draußen auf dem Platz. „Es ist so viel los. Die Gerüche der Essensstände und das kontinuierliche Stimmengewirr. Dazu noch der Beat der Trommler, der sich mit der Karaoke-Musik des *Triple G* vermischt. Überfordert dich das alles nicht?"

„Natürlich sehe und höre ich das ebenfalls, aber wir müssen den Besucheransturm schätzen, solange er anhält. Spätestens im April werden wir wieder nach Geschäftigkeit lechzen."

Ich starrte sie verwirrt an. „Und was ist mit all deinem Gerede über *Whispering Pines, wie es sein sollte*? Ich dachte, du kannst den Winter kaum erwarten?"

„Dem ist auch so", versicherte sie mir auf ihre ruhige, typische Morgan-Art. „Aber ist es nicht wunderbar, dass es immer wieder etwas Neues gibt, worauf wir uns freuen dürfen?"

Dem war kaum etwas entgegenzusetzen, also erzählte ich ihr von den Kochwettbewerben und den Gewinnern. „Ich mache mir ein wenig Sorgen wegen dem, was zwischen Sugar und Gin Wakefield abläuft."

„Was ist mit den beiden?" Nachdem sie ein Regal mit Kränzen in Tresennähe auf Vordermann gebracht hatte, machte sie sich nun daran, die Apothekenfläschchen mit getrockneten Kräutern wieder alphabetisch zu sortieren.

„Du musst doch von den Streitereien zwischen ihnen wissen. Oder warst du damals, als Ginger hier lebte, noch gar nicht im Dorf?"

„Doch, war ich, aber noch ganz klein. Hin und wieder kamen mir Gerüchte über eine Küchenhexe namens Ginger zu Ohren. Einige der älteren Dorfbewohner behielten sie auch nach ihrem Weggang im Auge, und sobald ihr Geschäft in Chicago florierte, flammten wieder die ‚Erinnerst du dich an Gin?'-Geschichten auf." Sie schmunzelte leicht. „Unweigerlich wandeln sich diese liebevollen Rückblicke irgendwann in solche über den Streit zwischen den Süßwarenläden. So zumindest nannten sie es."

„Wurde dieser Streit jemals beigelegt?"

„Leider nein. So wie Mama es mir erklärte, packten Gin und ihre Mutter eines Nachts ihre Sachen und verließen das Dorf, ohne sich von irgendjemandem zu verabschieden. Sie waren sehr verletzt." Sie neigte fragend den Kopf. „Woran denkst du gerade?"

„Vorrangig daran, dass es eine schier endlose Menge an Gerüchten über Gin zu geben scheint. Jeder erzählt etwas anderes über sie. Außerdem habe ich mich an etwas erinnert, das du vor ein paar Wochen gesagt hast, über Vergrabenes, das faulen und enorme Probleme verursachen könnte, wenn man es nach langer Zeit wieder ausgräbt."

Sie richtete die Gegenstände auf ihrem Tisch für Lotionen und Tinkturen, hörte mir dennoch aufmerksam zu. „Dasselbe kann auch für aufgestaute Wut gelten."

„Genau darüber mache ich mir Sorgen."

Sie wandte sich mir zu und spielte nachdenklich mit einer der vielen Ketten um ihren Hals. „Normalerweise würde ich sagen, du machst dir zu viele Gedanken. In diesem Fall jedoch könnte es klug sein, die beiden im Auge zu behalten."

Kapitel Zehn

Noch bevor die Essensstände am ersten Tag des Mabon-Festes ihre Pforten schlossen, entschied ich mich, Feierabend zu machen. Die Menge war so ruhig und friedlich, dass weder Reed noch ich wirklich anwesend sein mussten ... zumindest nicht in offizieller Funktion. Falls doch etwas passieren sollte, war ich ja jederzeit über Funk erreichbar. Also machte ich mich auf die Suche nach Tripp. Er war noch immer im Ausstellungsbereich hinter dem Gasthof, ins Gespräch mit einigen Teilnehmern vertieft.

„Von mir aus können wir nach Hause fahren", sagte ich. „Wie schaut's mit dir aus?"

Er zögerte, offensichtlich noch nicht wirklich bereit, sich von den Leuten zu trennen, zu denen er bereits eine Art Verbindung aufgebaut hatte. Dann jedoch gab er nach, allerdings erst, nachdem er allen versprochen hatte, am nächsten Tag wiederzukommen. Und den ganzen Heimweg über redete er über nichts anderes als über Peyton und Gino, einen Mann, der mit seiner Holzofenpizza mit fünf verschiedenen Käsesorten bei den Erwachsenen den zweiten Platz belegt hatte.

„Gino besitzt einen richtigen Pizzaofen." Aus seinem Blick

sprach der pure Neid. „Nächste Woche fahre ich mal bei ihm vorbei, um ihn mir anzuschauen."

„Also willst du einen Smoker *und* einen Pizzaofen?"

„Wow, super, tausend Dank!"

„Nein, das war keine Zusage!" Ich schüttelte den Kopf und gab ihm einen leichten Klaps auf den Arm.

Als wir den Wald, der unsere Einfahrt flankierte, hinter uns gelassen hatten, bemerkten wir, dass im großen Salon sämtliche Lichter brannten.

„Was bitte geht denn da vor sich?", fragte Tripp erstaunt.

„Das werden wir wohl gleich herausfinden. Ich gehe mich nur schnell umziehen, komme aber danach direkt rüber."

Anstatt wie gewöhnlich bellend durch den Garten zu flitzen und unsichtbare Eindringlinge zu verjagen, trottete Meeka heute Abend nur gemächlich an der Grundstücksgrenze entlang. Offensichtlich machte ihr ihr Bäuchlein noch immer zu schaffen. Vielleicht war das ja die Lektion, die sie gebraucht hatte, um endlich nicht mehr alles zu fressen, was gut roch.

Nachdem ich in Leggings und ein weites Flanellhemd geschlüpft war, ging ich hinüber ins Haupthaus und fand Gin Wakefield samt ihrer Angestellten im großen Salon versammelt vor.

„Was machen die denn da?", fragte ich Tripp, der in der Küche schon mit den Vorbereitungen fürs morgige Frühstück beschäftigt war.

„Sie tüfteln an ihrem nächsten Wettbewerbsbeitrag. Angeblich hätten sie hier mehr Ruhe. Im Gasthaus waren ihnen zu viele Leute."

Er quirlte das, was sich in der Rührschüssel vor ihm befand, mit weit mehr Nachdruck als üblich.

„Was ist los mit dir?"

„Wie oft hat Laurel noch mal betont, dass das hier ein freundschaftlicher Wettbewerb sein soll?" Er deutete mit dem Kopf in Richtung unserer Gäste. „Als ich reinkam, habe ich

Fetzen von ihrem Gespräch aufgeschnappt. Offensichtlich ist Ms Wakefield fest entschlossen, jedes einzelne Event zu gewinnen."

„Man sagt, sie könne extrem ehrgeizig sein. Ich gehe mal lauschen. Vielleicht kann ich noch etwas in Erfahrung bringen."

„So neugierig?", neckte er mich, doch ich ließ mich nicht von meinem Vorhaben abbringen.

„Nein, kein Red Velvet", erklärte Gin gerade ihrem Team. „Das ist nicht nur ein Klischee, sondern passt auch überhaupt nicht zu einem Herbstthema."

„Da hat sie recht." Leif hielt ein Stück Papier in die Höhe. „Auf unserem Bewertungsbogen steht, dass wir für die Präsentation die volle Punktzahl bekommen haben – mit einer handschriftlichen Notiz, die uns dafür lobt, Herbstfarben und Deko eingebunden zu haben."

„Wir müssen größer denken", forderte Gin. „Raus aus den üblichen Mustern. Wir brauchen etwas, auf das sonst niemand kommt."

„Dunkle Schokolade mit Salzkaramellfüllung?", schlug Misty vor.

Gin legte den Kopf schief und schenkte der Spülhilfe ein Lächeln, das irgendwo zwischen Anerkennung und Herablassung anzusiedeln war. „Schon besser. Immerhin passt die Karamellfarbe zur Jahreszeit. Wie aber stellen wir es an, um sie einzigartig zu machen?"

„Wie wäre es mit einer gesünderen Variante?", fuhr Misty fort, offensichtlich ermutigt durch den positiven Kommentar ihrer Chefin. „Ich habe heute mit dem örtlichen Imker über seinen Honig gesprochen …"

Von einem Moment auf den anderen erlosch deren Lächeln, und ihre Stimme bekam einen schneidend scharfen Unterton. „Willst du mich umbringen? Warum mischst du dich überhaupt ein? Du bist keine Bäckerin, sondern lediglich eine kleine Spülhilfe."

Die schüchterne junge Frau zuckte zusammen und verschwand förmlich in ihrem Sessel.

„Beruhige dich, Ginger", sagte Kim mit fester Stimme, während Latoya Misty tröstend die Hand auf die Schulter legte. „Wir haben sie ausdrücklich darum gebeten, hier dabei zu sein. Manchmal kommt gerade der beste Einfall von Außenstehenden, und sie hatte schon etliche gute Ideen. Wie hätte sie denn von deiner Allergie wissen sollen?"

„Wer mich kennt, weiß, dass ich allergisch auf Honig und Bienenstiche reagiere." Gin lehnte sich erschöpft in ihrem Stuhl zurück und presste eine Hand an die Stirn.

Kim seufzte. „Sie wollte damit ja nicht sagen, dass du deine Kreation selbst probieren sollst."

„Eigentlich ist es ein toller Vorschlag", stimmte Latoya zu, fügte aber sofort hinzu: „Natürlich nicht das mit dem ,du sollst es selbst essen'-Teil, aber ich habe ein paar großartige Rezepte für Kuchen mit alternativen Süßungsmitteln. Beispielsweise diese Frau heute mit all den verschiedenen Brotsorten …"

„Reeva Long", erklärte Ginger. „Sie ist eine der Dorfbewohnerinnen."

„Reeva", murmelte Leif und fuhr mit dem Finger die Zeilen auf seinem Papier nach unten. „Sie wurde Zweite. Ich habe danach noch ein wenig mit ihr geplaudert. Sie meinte, sie habe eine lobende Notiz dafür bekommen, dass sie mehr als einen Beitrag auf ihrem Tisch hatte."

„Genau darauf wollte ich mit meiner Idee hinaus", mischte Latoya sich erneut ein. „Ich habe bestimmt ein halbes Dutzend Rezepte für Honigkuchen. Wir könnten …"

„Kein Honig!", wiederholte Gin scharf und erstickte damit weitere Diskussionen im Keim. „Ihr wisst genau, dass ich nichts unter meinem Namen herausgebe, das ich nicht selbst probiert oder in meiner Küche verwendet habe. Und Honig fällt ja wohl flach!"

Die Angestellten verstummten und warfen einander verstohlene Blicke zu. Alle wirkten erschöpft.

Mit einem tiefen Seufzer erhob sich Ginger. „Ich gehe kurz nach draußen, um frische Luft zu schnappen. Wenn ich zurück bin, möchte ich eine Entscheidung. Wir haben Zeit bis morgen um vier Uhr nachmittags. Je schneller wir uns einigen, desto eher könnt ihr das Fest und das Dorf genießen." Sie hielt inne, als sie mich hinter sich entdeckte, und fragte: „Gibt es hier Alkohol? Aktuell könnte ich töten für ein Glas Wein."

Dann stürmte sie aus dem Raum, und kaum war die Terrassentür ins Schloss gefallen, ging das Gemurre los.

„Ich dachte, es sollte ein unbeschwertes Wochenende werden, oder etwa nicht?", fragte Leif.

Latoya fuhr sich mit den Händen durchs Haar, sodass die ohnehin schon stachligen Strähnen kerzengerade abstanden. „Genau, die Belohnung für ein mehr als erfolgreiches Jahr."

„Und war das hier nicht eigentlich als ein freundschaftlicher Wettbewerb gedacht?", hakte Leif nach und sah mich an.

„So habe ich es auch verstanden", bestätigte ich, als mir klar wurde, dass er eine Antwort von mir erwartete. „Tut mir leid, dass die Sache so aus dem Ruder läuft."

Vielleicht sollte der Rat darüber nachdenken, zukünftig nur noch Amateure zuzulassen. Obwohl das die Sache wohl auch nicht unbedingt weniger verbissen machen würde.

Latoya und Leif wandten sich gleichzeitig zu Kim um, als erwarteten sie, dass er das Problem löste. Er warf hilflos die Hände in die Luft. „Ihr wisst doch, wie sie ist. Es ist wegen dieser Frau. Sugar."

„Vielleicht sollten wir ihr versehentlich ein Honigküchlein zum Probieren geben", schlug Latoya vor.

Alle im Raum, mich eingeschlossen, waren entsetzt über diese Äußerung.

„Nicht, um sie umzubringen", beeilte sich Latoya hinterherzuschieben. „Gott bewahre. Gerade so viel, dass sie einen allergischen Schock bekommt und für ein oder zwei Tage außer Gefecht gesetzt ist."

Leif runzelte die Stirn. „Toy, das ist echt krank."

Kims Blick huschte von ihnen zu mir und wieder zurück. „Euch ist schon klar, dass direkt hinter uns der Sheriff steht?"

Latoya legte den Kopf auf die Sofalehne und drehte sich zu mir. „Ich lasse nur ein bisschen Dampf ab. Es ist ja nicht verboten, so etwas zu sagen, oder?"

„Nein", erwiderte ich, den Blick fest auf sie gerichtet. „Solange es dabei bleibt." Ich verließ den Salon, versuchte mir einzureden, dass ihre Wut nur dem Frust über ihre Chefin geschuldet war, und ging zurück zu Tripp in die Küche. Er maß gerade aus seinem Korb voller Spezialzutaten irgendein Mehl ab. „Da drüben geht es ganz schön hitzig zu."

„Müssen wir uns Sorgen machen?", fragte er, als ich ihm von Latoyas Äußerung erzählte.

„Ich hoffe mal nicht. Sag mal, haben wir noch Wein von unserem letzten Wein-und-Käse-Abend übrig?"

Er dachte kurz nach und lachte dann. „Ich hatte drei Kisten gekauft, in der Annahme, dass das für mindestens zwei dieser Events reichen würde, doch schon jetzt sind nur noch drei Flaschen übrig. Die letzte Gruppe hat ihn förmlich inhaliert."

„Offensichtlich wirst du, was die Sorten anbelangt, immer mehr zum Experten."

Er deutete mit dem Ellbogen auf die Speisekammer. „Rotwein steht im Regal. Weißwein ist im Kühler."

Was wir als Speisekammer bezeichneten, war das frühere Büro meiner Großmutter. Dafür war es eigentlich viel zu klein gewesen, aber perfekt, um Lebensmittel und kleinere Küchengeräte zu lagern. Sogar einen Weinkühler hatten wir dort untergebracht. Erst vor Kurzem mussten wir ein Schloss an der Tür anbringen, nachdem Tripp einen Gast dabei erwischt hatte, wie er zu später Stunde noch Essen für sich und seine Frau zubereiten wollte.

Da Gin nicht gesagt hatte, ob sie Rot- oder Weißwein bevorzugte, nahm ich von beidem eine Flasche an mich, dazu zwei Gläser und einen Korkenzieher. In den letzten vierundzwanzig Stunden hatte ich von verschiedenen Dorfbewohnern zahlreiche Geschichten über ihre Zeit in Whispering Pines gehört. Es wäre bestimmt interessant, ihre eigene Version zu erfahren.

Ich öffnete die Tür, die zur Terrasse hinausführte, und fand sie dort stehen, den Blick auf den See gerichtet. Sie drehte sich abrupt um, entspannte sich aber direkt wieder, als sie mich erkannte.

„Entschuldigung, dass Sie diesen kleinen Wutausbruch miterleben mussten." Dann entdeckte sie die Flaschen in meiner Hand. „Bitte sagen Sie mir, dass eine davon für mich ist."

„Gleich eine ganze Flasche?", scherzte ich.

„Wenn wir keinen Kuchen zu backen hätten, spräche nichts dagegen. Ist eine davon Rotwein?"

Ich hielt eine der beiden hoch, um zu zeigen, dass es tatsächlich ein Rotwein war. Nachdem ich die Flasche Weißwein beiseitegestellt hatte, öffnete ich den roten und schenkte ihr ein großzügiges und mir selbst ein kleines Glas ein.

Sie nahm es dankend entgegen und fragte: „Gibt es an diesem Teil des Sees einen Strand, an dem man spazieren gehen könnte?"

„Ja, einen kurzen, entlang der Küstenlinie, aber es ist sehr felsig und ich würde nicht empfehlen, nachts dort entlangzulaufen. Wenn Sie möchten, können wir uns aber auf den Steg setzen."

Gin nahm einen Schluck von ihrem Wein, lächelte und forderte mich mit einer Geste auf, ihr zu folgen. „Ist das ein Malbec?"

„Ich habe ehrlich gesagt keine Ahnung. Tripp ist hier der Weinexperte. Ich trinke einfach und sage ihm, ob er mir schmeckt oder nicht. Und der hier ist richtig gut."

Einen Moment lang starrte sie demonstrativ auf die Flasche und fragte dann: „Was steht denn auf dem Etikett?"

Ich merkte, wie ich errötete, während ich den Namen laut vorlas. „Malbec."

Während wir zum Ende des sieben Meter langen Stegs gingen, machte ich mir im Geist eine Notiz, dass wir ihn wohl bald würden abbauen müssen, denn wenn der See zufror, könnte er Schaden nehmen. Aktuell jedoch stand er unseren Gästen noch zur Verfügung, und es überraschte mich immer wieder, wie viele Leute ihn nutzten. Im Frühjahr hatten wir sogar Adirondack-Stühle hier aufgestellt, ideal, um es sich bequem zu machen und den Ausblick zu genießen.

Über den Sommer hatte ich zudem Gefallen am Kajakfahren gefunden. In ein Kajak zu klettern und wieder herauszukommen, ohne ins Wasser zu fallen, war allerdings etwas, das ich nicht sonderlich gut hinbekam. Also hatte Tripp den Steg etwas abgesenkt, damit es leichter für mich war. Das bedeutete nun, dass Gin und ich entweder unsere Schuhe ausziehen und unsere Füße im immer kälter werdenden Wasser baumeln lassen oder mit hochgezogenen Beinen auf den Planken sitzen mussten.

„Hat sich Whispering Pines sehr verändert, seit Sie hier gelebt haben?", fragte ich, nachdem ich mich im Schneidersitz niedergelassen hatte.

„Eigentlich interessiert Sie doch eher die Feindschaft zwischen Sugar und mir, oder, Sheriff?"

„Stimmt, aber andere Dinge ebenso. Zum Beispiel, warum Sie nach der Akademie nicht ins Dorf zurückgekehrt sind. Von Violet habe ich schon eine Version gehört, Morgan hat noch einiges ergänzt, aber es wäre schön, auch die Ihre zu hören. Wenn Sie darüber sprechen möchten."

„Ich bin mir nicht sicher, wer Violet ist", sagte Gin und nippte an ihrem Wein.

„Sie leitet das örtliche Café."

„Ah, ja. Sie ist eine neugierige Person und tratscht gerne, nicht wahr?"

Ich stieß ein Prusten aus, während ich ebenfalls einen Schluck aus meinem Glas nahm. „Das ist noch stark untertrieben, aber sie verbreitet niemals wissentlich falsche Informationen."

Dann lehnte ich mich zurück und lauschte gute zehn Minuten lang Gins Erzählungen. Dass sie mit zwölf ins Dorf gekommen war und sich sofort mit Sugar angefreundet hatte. Das bestätigte auch Violets Geschichte. Doch sobald sie alt genug waren, ihre Werke beim Mabon-Wettbewerb einzureichen, wurden sie zu erbitterten Rivalinnen.

„Seitdem haben sie das Mindestalter gesenkt", meinte sie mit einem Anflug von Neid in der Stimme. „Ich weiß nicht, wie es um Sugar stand, aber ich war mit dreizehn ganz sicher schon bereit anzutreten Es war die reinste Qual, bis sechzehn warten zu müssen. Und dann holte natürlich jede meiner Kreationen den ersten Preis."

Ich bemerkte die vielsagende Pause, die auf diesen Satz folgte. „Wirklich jede?"

„Nun ja, vielleicht habe ich Sugar das ein oder andere Mal gewinnen lassen."

Sie gewinnen lassen … Ihrem Tonfall nach zu urteilen, glaubte ich nicht, dass sie scherzte.

„Ich habe es hier wirklich geliebt." Sie starrte gedankenverloren hinaus auf den See. „Nach dem Abschluss der Gastronomieschule war ich fest entschlossen, ins Dorf zurückzukehren. So allmählich wurde der Ort richtig touristisch, und jeder konnte sehen, dass man mit dem, was man liebte, hier auch wirklich seinen Lebensunterhalt verdienen konnte."

„Violet hat mir erzählt, dass Ihre Mutter ein Geschäft eröffnen wollte."

„Mutter wollte, dass ich das tue. Ihre Idee, aber mein Laden. Wir haben oft darüber gesprochen. Das *Treat Me*

Sweetly verkaufte Eis, Scones und ein paar Sorten Kekse, aber Kuchen, Brote oder aufwendigere Desserts wie Éclairs hatten sie nicht im Angebot." Sie lächelte. „Ich liebe Éclairs. Jedenfalls beschloss ich damals, dass genau das mein Weg sein sollte. Ich genieße es, mir Zeit zu nehmen und Desserts zu kreieren, die man zuerst mit den Augen verschlingt, bevor man sie kostet."

„Aber der Rat hat Ihren Antrag abgelehnt."

„Leider. Sugar war außer sich, weil ich zur Jahrgangsbesten gekürt wurde. Ich nehme an, davon haben Sie ebenfalls gehört?"

„Ja."

„Vielleicht wäre alles anders gekommen, wenn ich Zweite geworden wäre. Aber Mundpropaganda ist nun mal die stärkste Form der Werbung, wissen Sie, und sie verlor kein gutes Wort über mich." Gin nahm erneut einen Schluck Wein. „Sugars Eltern saßen im Rat, und mir war von vorneherein klar, dass sie gegen mich wären. Mit einer einstimmigen Ablehnung jedoch hatte ich nicht gerechnet." Sie trank noch einen Schluck. „Ein Süßwarenladen, so sagten sie, sei für ein so kleines Dorf völlig ausreichend."

Während der Sommermonate ging es im *Treat Me Sweetly* drunter und drüber. Ich hatte selbst schon mitbekommen, wie Leute lieber umkehrten, anstatt sich in die Schlange einzureihen, die oft bis vor die Tür und den Ziegelsteinpfad hinunterreichte. Das Dorf hätte problemlos eine zweite Konditorei tragen können. Manchmal, damals wie heute, war der Rat einfach nicht vorausschauend genug.

„Morgan hat mir erzählt, Sie und Ihre Mutter waren so verletzt, dass Sie mitten in der Nacht gegangen sind, ohne sich zu verabschieden."

Ein Schatten huschte über Gins Gesicht. „Ja, das stimmt. Meine Mutter …" Ihre Stimme brach und sie brauchte einen Moment, um sich zu sammeln. „Es war unglaublich schwer für sie, Whispering Pines zu verlassen."

Da steckte zweifellos mehr dahinter. Gin wurde bei diesem Thema sichtlich emotional. Zeit, die Stimmung ein wenig zu heben. „Aber wie es scheint, hat sich für Sie alles sehr gut entwickelt, oder?"

Sie lachte. „Ja, ich hatte großen Erfolg. Dennoch muss ich zugeben, dass mir diese Abfuhr damals ziemlich zugesetzt hat. Von Menschen abgelehnt zu werden, die einen angeblich lieben und akzeptieren, war eine bittere Pille, die es zu schlucken galt."

„Ist das der Grund, warum Sie an diesem Wettbewerb teilnehmen wollten? Um sich zu rächen?"

Sie kippte den letzten Rest Wein hinunter, griff nach der Flasche auf dem Steg hinter uns und schenkte sowohl ihr Glas als auch meines noch einmal voll. „Ehrlich gesagt, ich bin mir nicht sicher."

„Wie können Sie sich bei einer derartigen Sache nicht sicher sein?"

„Weil ich bereits enorme Erfolge vorweisen kann. Ich habe Dutzende renommierter Preise erhalten und höre oft, dass ich zu den besten Bäckerinnen des Landes gehöre. Sugar jetzt zu schlagen, würde sich kaum wie eine Genugtuung anfühlen."

„Halten Sie sich denn selbst ebenfalls für die Beste?"

„Glauben Sie, ich will nur angeben? Oder dass ich mich selbst zu wichtig nehme?"

Die Antwort auf diese Frage verkniff ich mir. Stattdessen sah ich ihr über mein Glas hinweg in die Augen und ließ mir den vollmundigen, leicht schokoladigen Wein bewusst auf der Zunge zergehen. Eigentlich bevorzugte ich ja süßere Weißweine, aber dieser schmeckte echt gut. Allerdings weckte er auch das Verlangen nach einem Stück Cheddar-Käse in mir.

„Ich habe drei renommierte Geschäfte in der Gegend von Chicago", fuhr Gin fort, „und in ein paar Monaten eröffnen wir ein weiteres in Milwaukee, gerade rechtzeitig zum Weihnachtsfest. Meine Desserts für den Einzelhandel verkaufen sich von Jahr zu Jahr besser. Anfang dieses Jahres bot mir ein Unternehmen einen Vertrag über mehrere Millionen Dollar an, um meinen Namen und mein Gesicht auf eine Serie von Backutensilien zu setzen." Sie begann, ein wenig zu lallen. Offensichtlich war sie bereits leicht beschwipst. „Ich habe ihnen gesagt, dass das Letzte, was dieses Land braucht, noch mehr von dem Zeug sei. Daraufhin haben sie das Angebot erhöht und mir erklärt, dass die Leute nur hochwertige Sachen wollen und alles, was von Gin Wakefield kommt, damit in Verbindung bringen. Also, sagen Sie es mir: Wenn man all das in Betracht zieht, was bleibt mir da anderes übrig, als mich selbst so zu sehen?"

Für mich klang das tatsächlich nicht nach Angeberei, sondern wie eine nüchterne Aufzählung einer beeindruckenden Vita. Jemand musste nun mal die Beste sein. Warum also nicht sie?

Ich hob mein Glas zu einem Toast. „Sie gehören auf jeden Fall zu den ganz Großen in Ihrem Metier."

„Vielen Dank für den Wein." Sie reichte mir ihr leeres Glas. „Ich sollte dann wohl besser wieder reingehen und sehen, ob mein Team schon etwas ausgetüftelt hat, das mir auch morgen den Sieg beschert."

„Auch wenn Sie damit nicht gewinnen sollten, bin ich mir sicher, es wird wieder großartig sein."

Sie kniff die Augen zusammen, kam dann aber offenbar zu dem Entschluss, dass ich nur einen Scherz gemacht hatte und zwinkerte mir zu. Allerdings hatte ich es ernst gemeint.

Diese Woche sollte gemäß dem Glauben der Wiccas eigentlich der Entspannung und Besinnung dienen. Gin Wakefield schien sich zwar jede Menge Gedanken zu machen, doch von Entspannung war bei ihr und ihren Angestellten bisher nichts zu spüren. Warum war sie hergekommen? Wenn nicht, um in ihrem Erfolg zu baden, gerade hier, wo man ihr so lange die Anerkennung verweigert hatte … Was wollte sie dann erreichen?

Als ich den Garten durchquerte, um ins Haus zurückzugehen, kam Meeka bellend um die Ecke geflitzt. Zuerst dachte ich, eines der Raubtiere im Wald, die offenbar nur sie wahrnahm, hätte sie aufgeschreckt. Doch sie lief direkt auf mich zu, setzte sich vor mich und kläffte erneut. Das hatte nichts mit Spielen zu tun. Es war ihr Alarm-Bellen.

„Was ist denn los, meine Kleine?"

Sie rannte ein paar Meter voraus, blieb dann jedoch stehen und sah sich um, um sicherzugehen, dass ich ihr folgte.

„Na schön. Zeig mir, was dich so in Aufregung versetzt hat."

Zweimal wiederholte sie das Spiel aus Vorlaufen und Zurückblicken, bis wir an der vorderen Hausecke angelangt waren, dort, wo der Wald anfing. Dann blieb sie wie erstarrt stehen, gleich einem Jagdhund, der Witterung aufgenommen hatte, und starrte nach oben … entweder zum ersten Stock oder zum Dach. Jetzt wurde auch ich unruhig. Manchmal war sie ja ein kleiner Clown, aber wenn sie sich so verhielt, stimmte etwas nicht.

Ich kniete mich neben sie und folgte ihrem Blick. Das Einzige, was mir direkt ins Auge stach, war das seitliche Eckfenster. In dem Zimmer brannte Licht, das Fenster stand sperrangelweit offen, und der Vorhang hing nach draußen. Eigentlich hatten wir doch überall Insektengitter installiert. Warum fehlte es ausgerechnet hier?

Zudem befand sich direkt davor eine Feuerleiter mit einem halbrunden Geländer, um Stürze zu verhindern. Einen Moment lang fürchtete ich, jemand sei über diese Rettungsleiter eingebrochen, doch sie war noch hochgezogen.

„Das ist es, was dich in Aufregung versetzt hat? Ein Vorhang?"

Sie tänzelte auf der Stelle und stieß erneut ein kleines, aufgeregtes Bellen aus.

„Mir war gar nicht bewusst, dass du so aufmerksam patrouillierst, wenn du im Garten herumtobst."

Sie rieb ihr Köpfchen an meinem Bein.

„Ein offenes Fenster ist normalerweise kein Problem. Allerdings frage ich mich auch, warum das Fliegengitter fehlt. Und ich vermute, wenn jemand die Leiter hinaufgeklettert wäre, hätte er sie auch wieder hochziehen können. Gute Arbeit, Deputy. Komm, wir gehen nachsehen."

Stolz mit dem Schwanz wedelnd, folgte sie mir ins Haus. Zuerst begaben wir uns in die Küche, wo Tripp noch emsig bei der Arbeit war.

„Es ist schon spät", sagte ich zu ihm. „Hast du für morgen tatsächlich Frühstück geplant?"

„Ja, aber nur etwas ganz Einfaches." Er gähnte herzhaft. „Ein paar verschiedene Muffins, etwas Kürbisbrot und Obst. Und natürlich Kaffee und Saft. Ich habe heute Morgen alle befragt, und sie waren sich einig: Etwas Leichtes ist völlig ausreichend, schließlich werden sie sich auf dem Fest ohnehin den Bauch vollschlagen."

„Dann ab mit dir ins Bett!" Ich nahm ihm das Geschirrtuch aus der Hand und hängte es zum Trocknen über das Spülbecken. „Da ich schon mal hier bin, darf ich dich ein Stück zu deinem Zimmer begleiten?"

Er bot mir den Arm, und ich legte meine Hand in die Beuge seines Ellbogens. Oben im ersten Stock bogen wir nach links ab, gingen den Flur bis etwa zur Mitte entlang und stiegen eine weitere Treppe zum Dachboden hinauf. Es war ein ansehnlicher Raum, hell und freundlich, mit Blick auf den See und die Bäume, und groß genug, um problemlos zu einer Wohnung umgebaut zu werden. An der rechten Außenwand befand sich, in eine Nische geschmiegt, ein zwei Stufen erhöhtes Podest. Wir hatten beschlossen, dass dies der perfekte Platz für sein Bett wäre ... Wenn er denn eines hätte. Aktuell besaß er nur ein altes Sofa.

„Das wird das Projekt, das wir diesen Winter vorrangig in Angriff nehmen", versprach ich ihm. „Ich mag gar nicht daran denken, dass du jede Nacht auf dieser alten Couch schlafen musst."

Er zog mich an sich. „Du weißt, dass es für dieses Problem eine einfache Lösung gäbe."

Natürlich spielte er darauf an, dass er ja genauso gut bei mir schlafen könnte. So verlockend diese Option auch sein mochte, war die Zeit dafür noch nicht reif. Nicht, dass ich das Gefühl gehabt hätte, miteinander zu schlafen würde unserer Beziehung schaden. Aber ich genoss die Dinge so, wie sie gerade waren, sehr, sodass ich nichts überstürzen und diesen Teil des Werbens/Kennenlernens verpassen wollte. Langsam und behutsam – alles in Whispering Pines folgte diesem Rhythmus.

Ich schlang die Arme um seinen Nacken und zog ihn zu einem langen Gute-Nacht-Kuss zu mir herunter. „Schlaf gut. Wir sehen uns beim Frühstück."

Noch ehe er ein Wort sagen konnte, machte ich mich auf den Weg die Treppe hinunter und bog anstatt nach links nach rechts ab. Ich wollte unbedingt noch bei diesem speziellen Zimmer vorbeischauen und prüfen, ob es ein Problem mit dem Fliegengitter am Fenster gab. Vor der Tür des betreffenden Raumes, der den Spitznamen *The Treehouse* trug – so genannt, weil man von dort nur die Kiefern sah, die das Grundstück umgaben –, hörte ich Musik oder Stimmen aus dem Fernseher. Wer wohnte gleich noch hier? Ich dachte zurück an den Check-in der Wakefield-Gruppe und war mir ziemlich sicher, dass es die kranke Frau war. Sarah? War das ihr Name gewesen? Nein, Sonja. Gin hatte sie als ihre Torten-Designerin vorgestellt, aber ich hatte sie seit ihrer Ankunft nicht mehr zu Gesicht bekommen. Morgen war der Kuchentag geplant, und sie war noch nicht einmal nach unten gekommen, um sich mit der Gruppe auszutauschen. Sie musste wirklich krank sein.

Ich klopfte an. „Sonja? Hier ist Jayne O'Shea. Ich wollte nur mal hören, wie es Ihnen geht."

Der Fernseher wurde leiser gedreht, und nach gut dreißig Sekunden hörte ich endlich, wie die Kette ausgehakt und der Riegel zurückgeschoben wurde. Die Tür öffnete sich ein paar Zentimeter, und Sonjas Gesicht erschien. Es war gerötet, und ihr Atem ging unregelmäßig.

„Ms O'Shea, danke, dass Sie nach mir sehen. So langsam fühle ich mich etwas besser. Hundertprozentig fit bin ich aber immer noch nicht." Sie öffnete die Tür ein Stück weiter. „Ganz schön heftig, was ich mir da eingefangen habe. Der Zeitpunkt ist denkbar schlecht, aber ist es nicht immer so?"

„Krankheiten haben tatsächlich die Angewohnheit, Pläne zu durchkreuzen. Ich glaube, das liegt daran, dass unser Stresspegel in Erwartung eines Ereignisses entweder steigt oder fällt." Ich deutete auf das Fenster. „Mein Hund hat bemerkt, dass Ihre Vorhänge nach draußen hängen. Gibt es ein Problem mit dem Fliegengitter?"

Sie warf einen Blick über die Schulter und wandte sich dann wieder mir zu. „Guter Wachhund. Nein, alles in Ordnung. Ich fühlte mich lediglich ein wenig klaustrophobisch." Sie lächelte verlegen. „Bin es nicht gewohnt, den ganzen Tag drinnen zu sitzen. Deshalb habe ich kurz den Kopf rausgesteckt, um frische Luft zu schnappen. Anscheinend habe ich vergessen, das Gitter anschließend wieder anzubringen."

„Brauchen Sie Hilfe dabei?"

„Nein, danke, das schaffe ich schon allein."

„Na schön. Jedenfalls freut es mich zu hören, dass es Ihnen wieder besser geht. Ich kenne die Leute drüben bei *Unity*, dem örtlichen Heilzentrum, sehr gut. Bei denen wären Sie in besten Händen, falls Sie doch noch medizinische Betreuung brauchen."

Sie nickte und lächelte. „Misty hat mir bereits davon erzählt. Ich weiß Ihr Angebot wirklich zu schätzen, denke aber, es wird nicht nötig sein. Jetzt hoffe ich nur noch, dass ich nicht sämtliche Festlichkeiten verpasse."

Sie dankte mir noch einmal und schloss die Tür. Ich hörte, wie sie die Sicherheitskette wieder einhakte und den Riegel vorschob. Merkwürdigerweise war die Röte in ihrem Gesicht während unseres kurzen Gesprächs etwas abgeklungen, und ihr unregelmäßiger Atem hatte sich ebenfalls beruhigt. Tatsächlich wirkte sie auf mich wie eine sehr gesunde kranke Person. Die dünne Schweißschicht auf ihrer Stirn und die geröteten Wangen könnten natürlich von Fieber herrühren. Doch als sie die Tür öffnete, kam es mir irgendwie gekünstelt vor, wie sie die Hand auf den Bauch legte, so als wollte sie ihr Unwohlsein zusätzlich betonen. Das hatte Rosalyn früher auch oft getan, wenn sie irgendwo nicht hin wollte. Sie kam in das Zimmer, in dem wir uns gerade aufhielten, ließ sich stöhnend auf den nächstbesten Stuhl fallen und presste die Hände gegen den Unterleib, um anzudeuten, dass sie viel zu krank sei, um beispielsweise in die Schule zu gehen.

Sonjas Schweißfilm und erhitztes Gesicht konnten auch von körperlicher Anstrengung herrühren. Vielleicht war sie die Feuertreppe hinaufgeklettert? Abgesehen davon, fernzusehen, zu telefonieren oder vielleicht zu lesen – was tat ein gesunder Mensch die ganze Zeit über in seinem Zimmer, wenn er nur vorgab, krank zu sein? Was unweigerlich die nächste Frage aufwarf: Warum überhaupt diese Täuschung?

Kapitel Elf

TRIPP UND MIR SCHIEN ES DIESE WOCHE EINFACH NICHT vergönnt zu sein, zumindest morgens ein wenig Zeit gemeinsam zu verbringen.

„Ich dachte, Sie hätten alle schon um vier mit dem Backen angefangen", sagte ich zu der Wakefield-Gruppe, als ich sie um sechs Uhr morgens im Gemeinschaftsraum vorfand, wo sie sich jede Menge Kaffee reinzogen und Bananen aßen.

„Wir haben bis ein Uhr nachts in der Küche des *The Inn* geschuftet", erklärte Leif. „Als wir endlich alle Kuchen fertig und mit der Krümelschicht versehen hatten …"

„Und sie von Ihrer Hoheit abgesegnet wurden", fügte Latoya hinzu und verdrehte die Augen.

Leif tat es ihr gleich. „Genau, nachdem auch dieser Part erledigt war, durften wir endlich schlafen gehen."

„Was bitte ist denn eine Krümelschicht?", fragte ich neugierig.

„Eine dünne Schicht Glasur", erklärte Latoya, „die die Krümel bindet und verhindert, dass sie später auf der Oberfläche sichtbar sind."

„Aha, verstehe."

„Wir müssen um sieben schon wieder dort sein, um mit

dem Dekorieren zu beginnen." Latoya schob sich den letzten Bissen ihrer Banane in den Mund, warf die Schale in einen Zip-Beutel und hielt diesen Leif und Kim hin, damit auch sie ihre Schalen darin entsorgen konnten. Auf meinen fragenden Blick hin erklärte sie: „Die sammeln und kompostieren wir, wenn wir zurück sind."

Es war eindeutig zu früh am Morgen, um darüber nachzudenken, warum man Müll von Nord-Wisconsin nach Chicago transportierte. Von daher zuckte ich nur mit den Schultern und begab mich in die Küche.

„Wie geht's Meeka heute Morgen?", erkundigte sich Tripp.

„Ich habe ihr vor dem Schlafengehen noch etwas von Morgans Zaubertinktur auf den Bauch gerieben. Sie scheint wieder okay zu sein und hat sogar etwas von ihrem Trockenfutter gefressen, aber mit weniger Appetit als üblich. Ich glaube, sie hat Angst, sich erneut übergeben zu müssen."

Er stellte eine Tasse Kaffee auf dem Tresen vor mir ab und beugte sich dann nah an mich heran. Flüsternd sagte er: „Wusstest du, dass Gin ihre Anmeldung nicht rechtzeitig abgegeben hat?"

„Für den Wettbewerb? Ich war dabei, als Laurel nach den Armbändern fragte, und sie meinte, sie hätte ihres noch nicht erhalten."

„Ich habe zufällig mitbekommen, wie ihr Team sich heute früh darüber unterhalten hat. Sie haben ziemlich gemeckert, von wegen, dass dieses Wochenende doch eigentlich als Auszeit und Belohnung gedacht war … wenn nur diese Frau sie nicht noch in letzter Minute zum Wettbewerb zugelassen hätte. Wäre es möglich, dass Laurel Ms Wakefield vielleicht einen Gefallen geschuldet hat?" Er nahm einen Schluck von seinem Kaffee. „Sie haben wirklich ordentlich rumgemault. Offensichtlich sind sie sich der ausgezeichneten Akustik in diesem Haus nicht bewusst."

„Gibt es sonst noch etwas, worüber ich mir Sorgen machen sollte?"

„Ich denke, sich Sorgen zu machen, wäre übertrieben. Für mich klingt das lediglich nach frustrierten Angestellten, die über ihre Chefin lästern."

Ich erzählte ihm von meinem Verdacht, dass Sonja ihre Krankheit nur vorgetäuscht haben könnte.

„Oder vielleicht fühlte sie sich einfach besser und beschloss, ein wenig Aerobic zu machen." Er war deutlich optimistischer als ich.

„Halte Augen und Ohren offen, ob du noch weiteren Unmut mitbekommst, okay?"

„Ernennst du mich etwa zu deinem Hilfssheriff?" Er beugte sich über den Tresen. „Bekomme ich dann auch ein Paar Handschellen?"

„Das nicht, aber ich werde mich später für jede weitere Information angemessen bedanken." Ich schenkte ihm ein verführerisches Lächeln, und er wackelte vielsagend mit den Augenbrauen.

Dann griff ich nach meinem Kaffee und biss herzhaft in meinen Muffin, während Tripp Brote, Obst und Getränke für unsere Gäste bereitstellte. Anschließend wünschte ich der Gruppe viel Glück mit ihrem heutigen Beitrag und machte mich auf die Suche nach Meeka. Ich fand sie am Bootshaus, wo sie schon wieder Gras fraß.

„Hast du immer noch Bauchweh?"

Sie winselte und zupfte weitere Halme ab.

„Dann lass uns nochmals ein wenig Öl draufmachen. Aber danach geht's an die Arbeit."

Zugegeben, das war strenger, als die meisten anderen Hundebesitzer in solch einer Situation reagiert hätten, aber ich hatte den Verdacht, sie spielte nur Theater, damit jemand ihr den Bauch kraulte. Was ich ohnehin getan hätte.

Ich parkte den Cherokee auf dem Platz hinter dem Revier,

klemmte einen Strafzettel unter den Scheibenwischer eines BMW-Cabrios, dessen Besitzer das riesige Schild „Nur für Mitarbeiter" am Gebäude komplett ignoriert hatte, und ging hinein, um meine E-Mails zu checken. Die meisten waren Spam. Ein paar warben für Konferenzen oder Workshops. Und eine war von Deputy Evan Atkins vom County Sheriff's Department.

Hey, Jayne, ich wollte Ihnen nur ein kurzes Update in Bezug auf Donovan geben.

Ich hatte Donovan Page kurz nach meiner Ankunft im Dorf kennengelernt, als ich ursprünglich mit dem Auftrag herkam, das Haus meiner Großeltern für den Verkauf herzurichten. Als ich zum ersten Mal seinen Laden betrat – *Quins Bekleidungsgeschäft*, das inzwischen *Ivys Boutique* hieß –, wirkte er wie ein ganz passabler Typ. Doch kaum dass ich meinen Einkauf beendet hatte und mich zum Gehen wandte, machte sich ein unbehagliches Gefühl in mir breit. Wie sich später herausstellte, war Donovan nicht nur mein Halbbruder, von dem mein Vater uns nie etwas erzählt hatte, sondern auch noch für den Unfall verantwortlich, der meiner Großmutter das Leben kostete. Als Deputy Atkins ihn bei sich unter Arrest nehmen wollte, gelang es dem Kerl zu entkommen. Seit über zwei Monaten war er nun auf der Flucht und unauffindbar.

Heute Morgen ging eine Nachricht ein, dass ein Mann, auf den Pages Beschreibung passt, in International Falls, Minnesota, gesichtet wurde. Die örtlichen Beamten fahnden nach ihm, und wir schicken ein Team zur Unterstützung hin.

Das letzte Mal wollte ihn jemand angeblich auf Mackinac Island, Michigan, gesehen haben, doch als die Polizisten den gemeldeten Ort erreichten, war er bereits wieder verschwunden. Deputy Atkins und ich gingen davon aus, dass Donovan von dort aus weiter nach Norden gezogen und sich über die Grenze nach Kanada abgesetzt hatte.

Ich vermute, dass er hin und wieder in die Staaten zurückkehrt, vielleicht um zu prüfen, ob wir die Suche nach ihm eingestellt haben. Oder es macht ihm einfach Spaß, Katz und Maus mit uns zu spielen. Aber keine Sorge, wir sind und bleiben dran. Ich bekomme regelmäßig Updates von den Deputys in International Falls und werde Sie über alles Wichtige auf dem Laufenden halten. Wenn Sie also nichts von mir hören, bedeutet das nicht, dass wir ihn verloren haben, sondern nur, dass es aktuell nichts Neues gibt.

Ich würde mein Leben darauf verwetten, dass Donovan akribisch seine heimliche Rückkehr nach Whispering Pines vorbereitete. Er war ein geduldiger Mann, und wenn er etwas wollte, konnte er warten, bis die Zeit reif dafür war. In diesem Fall ging es ihm entweder um Rache an mir, weil ich ihm auf die Schliche gekommen war, oder darum, auf abwegige Weise einen Anspruch an meiner Familie geltend zu machen. Oder beides. Offensichtlich hatte er nie damit gerechnet, dass er erwischt würde, und ganz sicher geglaubt, dass er den Rest seines Lebens in Whispering Pines verbringen und sein Geheimnis wahren könnte, so wie jeder hier. Denn an diesem Ort hatten eigentlich alle etwas zu verbergen. Wie gesagt, ich wusste nicht, was er im Schilde führte, doch ich war überzeugt: Früher oder später würde er wieder im Dorf auftauchen. Und ich war bereit dafür.

Als ich mich wieder meinen Mails zuwandte, entdeckte ich eine Nachricht mit einer Einladung zu einer Konferenz, die diesen Winter in New Orleans stattfinden sollte. Das könnte für Tripp und mich interessant sein. Auch wenn er selbst nicht daran teilnahm, konnte er mich zumindest dorthin begleiten. Während ich noch die Details las, öffnete sich die Eingangstür. Ich lugte um die Ecke und sah Flavia Reed im Hauptraum stehen.

„Ich suche Martin", teilte sie mir mit, noch bevor ich fragen konnte. „Das einzig Gute an diesem Festival ist, dass mein Sohn wieder mal nach Hause kommen konnte." Sie verschränkte die Arme vor der Brust und trommelte mit ihren langen, dünnen Fingern auf ihren Ellbogen herum.

„Ich dachte, Wiccas lieben den Herbst."

„Den Herbst schon, aber dieser Wettbewerb ist lächerlich."

„Gibt es einen bestimmten Grund, warum er Ihnen nicht gefällt?"

Eigentlich konnte ich mir die Antwort denken. Es war allgemein bekannt, dass Flavia in der Küche nichts zustande brachte. Einmal hatte sie mir eine Tasse Tee angeboten, also schien sie zumindest Wasser erhitzen zu können. Aber Martin war überglücklich, dass seine Tante Reeva ihm mittlerweile Kochunterricht gab.

Flavia richtete ihren kalten Blick auf mich. „Wir alle haben unsere Stärken und Talente, aber wir kriegen kein Festival, um damit protzen zu können. Küchenhexen sind solche Angeberinnen." Sie schürzte die Lippen und tat das Thema mit einem schnellen Kopfschütteln ab. „Also, wissen Sie, wo mein Sohn ist?"

„Nein. Ich bin jetzt seit einer halben Stunde hier und habe ihn weder gesehen noch von ihm gehört. Gibt es ein Problem?"

Sie räusperte sich. „Nur, dass ich ihn so gut wie kaum noch zu Gesicht bekomme. Entweder ist er bei diesem Gomez-Weibsstück oder Sie schicken ihn weg aufs College."

Ich steckte eine Kapsel in die Kaffeemaschine auf dem Sideboard und drückte auf Start. Mein Angebot, ihr ebenfalls eine Tasse zu brühen, lehnte sie ab.

„Nur fürs Protokoll", sagte ich, während die Maschine vor sich hin gurgelte, „es war einzig und allein seine Entscheidung, sich weiterzubilden."

„Er hat doch bereits einen Job. Wozu braucht er diese zusätzliche Ausbildung? Was könnte hier im Dorf schon passieren, das sie rechtfertigen würde?"

Ich konnte mich nicht entscheiden, was mich mehr ärgerte: ihre Missachtung höherer Bildung oder ihre Einstellung, dass Whispering Pines dessen nicht würdig sei.

„Im College bekommt man mehr vermittelt als nur

trockenes Wissen", erklärte ich ihr. „Man lernt, mit den unterschiedlichsten Menschen umzugehen und Verantwortung zu übernehmen. Und das bedeutet nicht nur, seine Aufgaben rechtzeitig abzugeben, sondern beispielsweise auch, pünktlich zum Unterricht zu erscheinen."

Ich wandte mich, meine Tasse in der Hand haltend, von der Kaffeemaschine ab und sah, wie Flavia die Unterlagen auf Martins Schreibtisch geraderückte. Dabei ignorierte sie mich geflissentlich.

„Hat Ihr Sohn eigentlich jemals seine eigene Wäsche gewaschen?", fragte ich.

„Nein, wozu denn?" Sie verschloss alle seine Stifte und verstaute sie in der obersten Schublade. „Schließlich hat er mich, die sich um alle häuslichen Arbeiten für ihn kümmert."

Offensichtlich. Beinahe befürchtete ich, dass sie als Nächstes seinen Computerbildschirm mit Taschentuch und Spucke auf Hochglanz polierte. „Und was, wenn er sich irgendwann entscheidet zu heiraten?"

Mit diesem Satz zog ich nun doch ihre Aufmerksamkeit auf mich. „Wissen Sie etwas, was ich nicht weiß? Ist das der Grund, warum diese Lupe hier im Dorf bleiben will? Hat sie ihn etwa verführt und dazu gebracht, sie zur Frau zu nehmen?"

„Ich denke, so weit ist es noch nicht, aber Sie verstehen, worauf ich hinauswill, oder? Was wird passieren, wenn er sich endlich etwas Eigenes sucht und sich selbst versorgen muss?"

„Sie meinen … ausziehen … aus meinem …? Warum sollte er das tun?"

Diese Vorstellung beunruhigte sie offensichtlich noch mehr als die Aussicht auf eine Heirat. Hatte sie etwa erwartet, dass ihre zukünftige Schwiegertochter ebenfalls bei ihr leben würde? Arme Lupe. Oder wer auch immer die Glückliche werden würde.

Um wieder auf den eigentlichen Grund ihres Besuchs zurückzukommen, fragte ich: „Haben Sie schon im

Dorfzentrum nach ihm gesucht? Wahrscheinlich dreht er dort seine Runden."

Ohne ein weiteres Wort rauschte Flavia zur Tür hinaus und den Feenpfad hinunter. Nachdem ich meinen Kaffee ausgetrunken hatte, machten Meeka und ich uns ebenfalls auf den Weg dorthin.

Am Rand des Feenpfads, zwischen dem *Treat Me Sweetly* und dem Secondhand-Laden, hatten die Wahrsagerinnen ihren Wagen aufgestellt. Es handelte sich um eine kleinere Version der großen, im kunstvollen Gingerbread-Stil gehaltenen Gefährte, die dauerhaft im Wahrsagerdreieck standen – einer Lichtung direkt nördlich meines Hauses, gegenüber dem Campingplatz. Diese verfügten über ausreichend Platz, um an einem Ende einen Tisch mit Stühlen und am anderen eine Couch sowie ausladende Sessel unterzubringen. In dem kleinen Wagen hingegen war kaum mehr Platz als für einen Tisch und ein paar Stühle.

Noch bevor ich die Richtung ändern konnte, stellte ich fest, dass ich direkt auf Effie und Cybil zusteuerte. Ich spürte ihre stechenden Blicke auf mir ruhen, und ehe ich mich versah, stolperte ich über meine eigenen Füße. Verzweifelt mit den Armen rudernd, um einen Sturz zu verhindern, verheddterte ich mich in Meekas Leine und prallte schließlich gegen eine kleine Kiefer. Wahrscheinlich hätte ich weniger Aufmerksamkeit erregt, wenn ich auf die Nase gefallen wäre. Und vielleicht hätte mir das auch ein wenig mehr Sympathie und Mitgefühl von vorbeigehenden Passanten eingebracht. So aber erntete ich nur Gelächter.

Meeka starrte mich an und wandte sich dann ab, als wäre es ihr peinlich, mit mir gesehen zu werden.

„So etwas wie den bösen Blick gibt es nicht", sagte ich zu ihr. „Wenn überhaupt, war das ein kleiner Klaps des Karmas. Ich habe Flavia verärgert, und das war jetzt die Retourkutsche."

Ich steuerte auf die beiden alten Damen zu, fest

entschlossen, endlich Klartext mit ihnen zu reden. Ganz gleich, was ihre fiesen Blicke anrichten konnten oder nicht – das ging nun schon seit drei Wochen so, und es musste ein Ende haben. Als ich jedoch ihren Wagen erreichte, waren sie verschwunden. Wahrscheinlich versteckten sie sich irgendwo und amüsierten sich königlich über mich und mein Missgeschick.

Den weiteren Nachmittag verbrachte ich damit, mich mit Touristen zu unterhalten. Manche kamen jedes Jahr zum Mabon-Fest ins Dorf, andere hatten erst durch Freunde von diesem Event erfahren. Ein älteres Ehepaar war auf der Durchreise, wollte eigentlich nur kurz hier zu Mittag essen und beschloss spontan, ein paar Tage zu bleiben.

Kurz vor vier Uhr wartete ich vor dem *The Inn* auf Tripp, als mir eine komplett in schwarz gekleidete Frau ins Auge stach. Und mit komplett meine ich, dass wirklich jeder Quadratzentimeter ihrer Haut von schwarzem Stoff bedeckt war. Dazu trug sie einen Schlabberhut, eine Art Gesichtsmaske, Handschuhe und eine Sonnenbrille, natürlich ebenfalls in schwarz. Der einzige Farbtupfer an ihr waren ihre pinkfarbenen Schuhe. Sie schlenderte von Tisch zu Tisch und hielt überall kurz inne, um sich mit den Köchen und Bäckern zu unterhalten.

„Ein Sonderling ist immer dabei, oder?"

Ich drehte mich um und sah Reed neben mir stehen. „Immer. Irgendetwas an ihr kommt mir bekannt vor, aber ich kann nicht sagen, was genau."

„Vielleicht ist es die Tatsache, dass sie sich hier so perfekt einfügt?"

„Gut möglich", erwiderte ich lachend. „Übrigens, warum nimmst du dir morgen nicht mal einen Tag frei, verbringst etwas Zeit mit deiner Freundin und fährst dann zurück zum College, wann immer du dafür bereit bist? Ach, und vielleicht solltest du auch mal etwas länger bei deiner Mutter vorbeischauen."

„Sie hat mich vor knapp einer Stunde aufgestöbert." Er kniff die Augen zusammen und musterte mich misstrauisch. „Hast du ihr gesagt, dass ich vorhabe auszuziehen?"

„Nein, ich habe weder einen Auszug noch eine Heirat erwähnt."

Sämtliche Farbe wich ihm aus dem Gesicht. „Heirat?"

In diesem Moment begannen die Teilnehmer, ihre Kreationen für den heutigen Wettbewerb herauszubringen. Die Köche mit ihren Grillgerichten wirkten entspannt, während die Bäcker einen ziemlich gestressten Eindruck machten. Nach Gins Croquembouche gestern schien es, als hätten sie alle noch einen draufgesetzt. Die Kuchen sahen allesamt fantastisch aus. Die meisten waren ein echter Hingucker, im Schnitt fast sechzig Zentimeter hoch, doch einmal mehr stach Reevas Schautisch hervor. Von winzigen, mundgerechten Petit Fours über kleine Törtchen, perfekt für zwei, bis hin zu einem mehrstöckigen Prachtbackwerk, das locker ein paar Hundert Leute hätte satt machen können – alles wirkte makellos dekoriert und zum Anbeißen.

Ich entdeckte Briar neben einem Tisch mit einer sechsstöckigen Auslage, die aus dicken Keksen bestand, verziert mit Pentagrammen und Symbolen der dreifachen Mondgöttin.

„Hast du die alle gemacht?", fragte ich.

„Aber natürlich." Sie strahlte übers ganze Gesicht. „Sind sie nicht niedlich?"

„Warst du gestern auch schon beim Wettbewerb dabei? Ich habe dich gar nicht gesehen."

„Ich mache jedes Jahr mit", erwiderte sie, „aber nur am Kuchentag. Mir geht es auch nicht um eine Medaille. Ich weiß einfach, dass sonst niemand Mondkuchen macht, und die dürfen beim Mabon-Fest nun mal nicht fehlen."

Ihre kleinen Wunderwerke im Taschenformat waren in den verschiedensten Farben gehalten. Manche hatten den klassischen Keks-Ton, andere leuchteten in Salbeigrün, Scharlachrot, Goldgelb oder Schokoladenbraun.

„Mondkuchen?", fragte ich. „Die habe ich ja noch nie gesehen. Was genau stellen sie dar?"

„Eigentlich sind sie ein traditionelles chinesisches Gebäck, aber ich habe ihnen die typische Wicca-Note verpasst." Sie erklärte, dass der Teig an sich aus nichts anderem als Mehl, Sirup, Öl und Wasser bestand und sich die Magie im Inneren verbarg. „Wenn man sie aufschneidet, findet man darin ein gesalzenes Eigelb. Es sieht aus wie ein kleiner rotgelber Mond, der in unterschiedlichen Füllungen schwebt." Sie tippte nacheinander auf die verschiedenen Kuchen. „Gewürzte Walnuss mit roter Bohnenpaste. Klassische Vanillecreme. Und diese, mit schwarzer Sesampaste, sind der absolute Renner. Die Illusion eines kleinen Mondes am schwarzen Himmel ist einfach herrlich."

„Das klingt nach jeder Menge Arbeit."

„Allerdings. Ich brauche normalerweise einen ganzen Tag dafür, um sie herzustellen. Der Garten verzeiht mir diese Abwesenheit, aber länger darf es nicht dauern, sonst schließt das Unkraut gleich dreimal so schnell in die Höhe."

Ich musterte sie prüfend und versuchte zu entscheiden, ob sie das ernst meinte. Im Barlow-Garten war schließlich alles möglich. „All diese Variationen klingen fantastisch. Ich würde zu gern mal einen probieren."

„Ich lege einen für dich zurück, und natürlich auch einen für Tripp", versprach Briar.

„Was legen Sie für mich zurück?" Ich drehte mich um und entdeckte meinen Freund hinter mir stehend. Er drückte mir einen Kuss auf die Schläfe, und ich überließ es Briar, auch ihm die Bedeutung ihrer Mondkuchen zu erklären.

Fast alle Teams hatten ihre Beiträge bereits vor sich aufgebaut. Nur zwei fehlten noch. Fünf Minuten vor dem Abgabetermin öffnete sich die Tür des *The Inn*, und Sugar und Honey traten heraus. Ihr Kuchen thronte auf einem

Brett, das fast so groß war wie ihr ganzer Tisch. Nachdem sie es abgesetzt hatten, gingen Tripp und ich hinüber, um ihr Werk zu bestaunen.

„Ist das der Pentagramm-Garten?" Tripp klappte buchstäblich die Kinnlade herunter.

Und genau das war es tatsächlich: ein maßstabsgetreues Modell davon, fast einen Meter im Quadrat. Die Nachbildung des Negativbrunnens in der Mitte enthielt sogar Wasser – oder jedenfalls etwas, das wie Wasser aussah. In jedem der fünf spitzenförmigen Segmente des Pentagramms hatten sie Miniaturausgaben der riesigen Füllhörner arrangiert. Darin befanden sich Heuballen, klitzekleine Kürbisse, noch winzigere Zierkürbisse und Maiskolben. Ich konnte sogar die Bänke ausmachen, auf denen die Leute saßen, um entweder den Blick auf den See oder auf die Läden zu genießen, je nachdem, auf welcher Seite sie sich befanden. Mit Fug und Recht strahlte Sugar vor Stolz.

„Das ist wirklich unglaublich", lobte ich sie.

„Sie beide müssen doch die komplette Nacht durchgearbeitet haben", ergänzte Tripp.

„Fast", bestätigte Sugar. „Ich habe den Kuchen gebacken und mit Fondant-Zuckerguss überzogen. Währenddessen hat Honey all die kleinen Dekorationen gefertigt."

„Du hast ihn nicht einfach nur gebacken", sagte Honey, die nie die Lorbeeren für etwas einheimste, das nicht ihr Verdienst war, „sondern auch noch alles geformt."

„Aber all diese kleinen Heuballen und winzigen Blütenblätter waren dein Werk." Ich trat näher heran, um sämtliche Details genauer in Augenschein zu nehmen. Dabei fiel mir wieder die Miniaturausgabe unseres *Pine Time* ein, die die beiden zu unserer Einweihungsparty mitgebracht hatten. Bereits bei der Haustorte hatten die Feinarbeiten mich sprachlos gemacht, aber dieses Prachtwerk war noch zehn Mal aufwendiger. Und so etwas in weniger als vierundzwanzig Stunden zu bewerkstelligen, grenzte an ein Wunder.

„Ich übe schon seit langer Zeit", gab Honey zu, „aber Sugar war stets an meiner Seite. Sie war mir eine große Hilfe."

„Also, ganz ehrlich", begann Tripp, „ich kann mir nicht vorstellen, dass irgendetwas das hier noch toppen könnte."

Gerade als wir alle sicher waren, dass Team Wakefield die Frist nicht einhalten würde, taten sie es erneut. Weniger als eine Minute vor Ablauf der Zeit traten sie mit ihrer eigenen Kreation aus dem Gasthaus heraus auf den Platz. Ihr Werk war eine rund sechzig Zentimeter hohe Nachbildung eines der Dorfhäuser, und bei näherem Hinsehen stellte sich heraus, dass es sich dabei um das *Treat Me Sweetly* handelte.

„Was bitte soll das denn bedeuten?", fragte Sugar, gleichermaßen erstaunt wie misstrauisch. „Schon klar, dass sie noch immer wegen unseres Ladens verbittert ist, aber hätte sie sich nicht einen neutralen Ort wie etwa das *The Inn* aussuchen können? Wie soll ich darauf reagieren, dass jemand unser Geschäft nachbaut?"

„Das weiß ich auch nicht", sagte ihre Schwester kopfschüttelnd, „aber du musst zugeben, dass es eine großartige Werbung ist."

Jetzt trat auch der Mann im Smoking heraus und verkündete, dass die Teilnehmer sich von ihren Tischen entfernen sollten. Deren Aufstellung war im Vergleich zu gestern geändert worden, um die Anonymität zu wahren.

„Das scheint mir ein riskanter Schachzug von Gin zu sein", sagte ich zu Honey, die erneut rechts von mir stand. „Wenn sie das *Treat Me Sweetly* sehen, werden sie dann nicht annehmen, dass das euer Werk ist?"

„Durchaus möglich", stimmte sie mir zu. „Je nachdem, wie Laurel heute drauf ist, könnte das zu unserem Vor- oder Nachteil sein."

Wohl wahr. Was hatte Wakefield vor?

Laurel, Wesley, Maeve und Sylvie erschienen, und die Jury begann mit der Bewertung. Es dauerte eine gefühlte Ewigkeit, bis sie alle unterschiedlichen Barbecue-Kreationen probiert hatten, und noch länger, bis sie die Backkreationen durchgegangen waren. Andere Teilnehmer hatten Reevas Taktik imitiert, mehr als einen Beitrag auszustellen, und die Preisrichter musste wirklich alles verköstigen.

„Ich hoffe, es gibt irgendwo in der Nähe einen Vorrat an Insulin", flüsterte Tripp mir ins Ohr. „Lange kann es nicht mehr dauern, und einer oder eine von ihnen wird einen Zuckerschock erleiden."

Die längste Zeit verbrachten die Juroren damit, Sugars und Honeys Pentagramm-Garten zu inspizieren. Wenn man die *Oohs* und *Aahs* richtig interpretierte, waren sie sehr beeindruckt. Es war fast herzzerreißend, ihnen dabei zuzusehen, wie sie hineinschnitten, aber der Geschmack machte immerhin ein Viertel der Gesamtpunktzahl aus. Ebenso lange betrachteten sie Gins Nachbildung des Süßwarenladens. Ehrlich gesagt, ich hatte keine Ahnung, wie sie sich entscheiden würden. Jedes der Werke bestach durch unzählige Details und war von Bäckerinnen mit gleich hohem Können gefertigt worden. Für mich hätten beide Teams die volle Punktzahl verdient. Jetzt kam es wohl nur noch auf den Geschmack an.

Als die Preisrichter ihre Begutachtung und Verkostung beendet hatten, gingen sie wieder hinein, um sich auf ein Ergebnis zu einigen, und die Teilnehmenden durften an ihre Tische zurückkehren. Bevor Sugar hinter ihrem Miniatur-Pentagramm-Garten verschwand, machte sie einen kurzen Abstecher zum Wakefield-Tisch, um Gins Kuchen genauer zu begutachten. Ihr Lächeln verblasste und sie lief knallrot an, während sie etwas anstarrte, das wir anderen nicht sehen konnten.

Aus Sorge, ihre Schwester könnte knapp vor einem Herzinfarkt stehen, eilte Honey zu ihr hinüber und packte sie am Arm. „Was ist los? Geht es dir gut?"

„Schau dir das an!" Sie befreite sich aus Honeys Griff und

deutete mit beiden Händen auf den Kuchen, der ihren Süßwarenladen darstellte.

Es dauerte einen Moment, bis diese verstand, worüber Sugar so aufgebracht war. Dann jedoch warf auch sie, eine Frau, die ich noch nie zuvor zornig erlebt hatte, Gin Wakefield Blicke zu, aus denen die blanke Mordlust sprach.

„Die Preisrichter haben entschieden", verkündete der Mann im Smoking. „Teilnehmer, bitte kehren Sie an Ihre Tische zurück."

„Es spielt keine Rolle, wer diesen Tag gewinnt", zischte Sugar Gin laut genug zu, sodass wir es alle hören konnten. „Du willst Krieg? Du bekommst ihn! Sei besser auf der Hut, Wakefield."

Ein Raunen ging durch die Menge, während sich die Leute laut fragten: „Hast du gehört, was sie gerade gesagt hat?"

„War das eine Drohung?"

„Steht etwa der nächste Mord in Whispering Pines bevor? Wegen eines Kuchens?"

Wenig amüsiert über diese Äußerung, drehte ich mich um, um zu sehen, von wem sie kam, blickte jedoch lediglich in ein Meer von unbeteiligten Gesichtern. Als Honey zu mir zurückkehrte, fragte ich: „Was hat sie denn getan?"

„Tja, der Kuchen ist tatsächlich eine exakte Nachbildung unseres Ladens." Ihre Stimme klang angespannt, als kämpfte sie gegen Tränen an. „Auf dem Schild allerdings steht *Wakefield's Treats and Sweets.*"

Kapitel Zwölf

„Seit wir das Fest verlassen haben, hast du kaum ein Wort gesagt." Tripp schaltete den Heizstrahler auf der Terrasse vor meiner Wohnung ein und setzte sich neben mich auf das Sofa. „Wo bist du mit deinen Gedanken?"

„Bei dem Backwettbewerb."

„Ein echter Krimi, was?"

Das bezog sich offensichtlich darauf, dass Sugar und Honey heute gewonnen hatten. Die schiere Menge an Details – Blumen, Kürbisse, Heubündel und das ‚Wasser' im Brunnen, was auch immer es gewesen sein mochte – hatte sie ganz nach oben katapultiert.

„Ja, es geht verdammt hart zu", stimmte ich zu, „aber das ist es nicht, was mich beunruhigt, sondern eher der Kommentar, den Sugar Gin gegenüber vom Stapel gelassen hat. Bei dieser Aussage, die ja fast schon einer Morddrohung gleichkam, hielten die Menschen den Atem an. Und du kennst ja den Ruf, der unserem Dorf mittlerweile vorauseilt, oder?"

„Schon, aber …"

„Und ist dir Laurels Gesichtsausdruck aufgefallen, als Sugar das Wakefield-Schild auf dem Süßwarenladen-Kuchen entdeckt hat? Ich schwöre, sie war begeistert, um nicht zu sagen völlig aus dem Häuschen. Was bitte sollte das denn?"

„Ich …"

„Und warum hat Gin das überhaupt gemacht? Ich meine, was hat sie sich dabei gedacht? Wollte sie Sugar und Honey herausfordern?"

Mit einem flinken Griff drehte Tripp mich auf den Rücken, küsste mich leidenschaftlich und ließ seine Hände an meinen Seiten auf- und ab sowie über die Rundungen meiner Hüften gleiten. Ich vergrub die Finger meiner einen Hand in seinen wilden blonden Locken, während ich ihm mit der anderen über seinen muskulösen Rücken strich. Seine Berührung auf meinem Bauch, der heiße Haut-auf-Haut-Kontakt unter meinem Shirt, jagte elektrische Schauer durch meinen Körper. Als seine Küsse jedoch immer weiter meinen Hals hinabwanderten, musste ich ihm Einhalt gebieten.

„Was sollte das denn?", fragte ich, leicht atemlos.

„Ich wollte dich nur ein wenig ablenken." Er ließ sich auf mich fallen, und sein Herz schlug so heftig, dass ich es durch unsere Kleidung hindurch spüren konnte. „Hat es funktioniert?"

„Dessen bin ich mir noch nicht sicher." Ich schob ihn von mir, strich mein Haar glatt und richtete mein Shirt. „Wovon haben wir gerade gesprochen?"

Er grinste, lehnte sich auf dem Sofa zurück und stieß einen tiefen Seufzer aus. „*Du* über den Wettbewerb. Ich habe gar nichts gesagt und nur überlegt, ob ich deinen BH öffnen sollte." Er ergriff meine Hand und verflocht seine Finger mit meinen. „Und ich fand, dass du schon wieder aus einer Mücke einen Elefanten machst. Sugar und Gin sind seit drei Jahrzehnten Rivalinnen und haben sich wahrscheinlich seit zwei Jahrzehnten nicht gesehen. Sie bekämpfen sich eben auf die Art und Weise, die Frauen am besten beherrschen, und das ist in ihrem Fall nun mal das Backen."

Ich wollte ihn gerade für seinen Chauvinismus

zurechtweisen, hielt aber inne. Erstens war er selbst Koch und nicht der Ansicht, dass eine Frau nur hinter den Herd gehörte. Zweitens hatte er recht. Sie waren beide professionelle Bäckerinnen und jede auf ihre eigene Weise unglaublich talentiert. Ihr Schlachtfeld war die Küche.

„Wohl wahr", gab ich zu. „Es war nur ein Krieg der Worte und des Fondants, und nichts weiter."

Tripp schmunzelte. „Das gefällt mir. Worte und Fondant." Dann sah er mich schief von der Seite an. „Weißt du überhaupt, was ein Fondant ist?"

„Ja, tue ich." Ich streckte ihm die Zunge heraus und machte mir mental eine Notiz, das später, sobald er weg war, im Internet zu recherchieren.

Wir ließen das Tischfeuer absichtlich aus, um den strahlend weißen Vollmond, der sich auf der Oberfläche des Sees spiegelte, in seiner vollen Pracht genießen zu können. Eine dicke Decke und unsere eng aneinander geschmiegten Körper hielten uns ausreichend warm. Ich kuschelte mich an seine Brust, während er einen Arm über meine Schultern legte. In der Ferne heulte ein Wolf, wahrscheinlich einer aus dem Zirkus. Es war ein langgezogener, einsamer Laut. Abgesehen davon war es eine absolut ruhige, friedliche Nacht.

„Nach dieser Woche", begann ich, „haben wir noch eine letzte Wicca-Zeremonie."

„Genau. Halloween." Bei dem Gedanken daran wurde er richtig aufgeregt. „Ich kann es kaum erwarten. Das war schon immer mein Lieblingsfeiertag."

„Wirklich? Ich dachte immer, du wärst eher ein Weihnachtsmensch."

„Weihnachten ist in Ordnung, aber für mich war es immer eher enttäuschend. Jedes Jahr hoffte ich, dass meine Mutter auftauchen würde, wie ein Geschenk, das Santa Claus vorbeibringt. Aber sie kam nie."

Ich verspürte einen kleinen Stich im Herzen.

„Du musst mich jetzt aber nicht bemitleiden", sagte er. „Ich bin schon lange darüber hinweg."

„Trotzdem … vielleicht können wir uns ja etwas einfallen lassen, um das Fest dieses Weihnachten für dich besonders zu machen." Das klang jetzt zweideutiger, als ich beabsichtigt hatte.

Ich selbst hatte Weihnachten von jeher geliebt. Nicht, dass ich all die Sachen geschenkt bekam, die ich mir gewünscht oder dass meine Familie den Tag großartig gefeiert hätte. Dad war meistens für irgendeine Ausgrabung im Ausland, also waren wir nur zu dritt. Mom bestellte Essen zum Liefern, und manchmal schauten wir zusammen einen Film an. Ansonsten war es ein Tag wie jeder andere. Nein, was Weihnachten zu etwas Besonderem für mich machte, war die Hoffnung und das Versprechen auf all die guten Dinge, die noch kommen würden.

„Was ich sagen wollte", versuchte ich es noch einmal, „war, dass ich nach der Samhain-Feier viel mehr hier sein werde. Ich erinnere mich, dass Sheriff Brighton mir einmal erzählt hat, dass er im Winter fast immer von zu Hause aus arbeitet."

„Das klingt großartig." Er hielt inne, bevor er fragte: „Wie lange es wohl dauern wird, bis ich dich verrückt mache?"

Ich zuckte mit den Schultern. „Ich bin bereit, es auszuprobieren."

Wir saßen noch eine halbe Stunde beisammen, bis Tripp verkündete, dass er jetzt ins Bett müsse. Meeka folgte ihm hinüber zum Haus, blieb vor der Terrassentür stehen und gab ein leises Bellen von sich, als wollte sie ihm eine gute Nacht wünschen, bevor sie ihre letzte nächtliche Runde drehte. Während sie ihr Ding machte, zog ich die Decke enger um mich, stellte mich ans Geländer, atmete tief die klare Nachtluft ein und ließ meinen Blick über die gltzernden Wellen wandern. Die hoch aufragenden Kiefern standen über mir wie allgegenwärtige Beschützer. Oder vielleicht wie stille Beobachter. Diese Bäume hatten mit Sicherheit schon viel gesehen, und manchmal wünschte ich mir, sie könnten tatsächlich flüstern, mir von den vergangenen Geheimnissen erzählen, die Whispering Pines sonst noch in sich barg. Andererseits machte das Wissen um das, was kommen würde, die Enthüllung nicht unbedingt leichter.

)⊛(

Ich versuchte es diese Woche ein letztes Mal, gemeinsam mit Tripp zu frühstücken, und war überrascht, das große Wohnzimmer um halb sechs leer vorzufinden.

„Keine Bäcker heute Morgen?", fragte ich.

„Noch nicht. Was sollen sie für heute vorbereiten? Eine Art Picknick, oder?"

„Ja, so etwas in der Art." Ich füllte mir eine Kaffeetasse und goss Tripp nach. „Heißt das, wir können heute tatsächlich mal wieder unsere Routine durchziehen?"

Ich geriet richtig in Aufregung. So allmählich sollte ich lernen, flexibler zu sein.

Während wir gemeinsam aßen, schmiedeten wir Pläne für die Renovierung des Dachbodens. Die Ideen klangen so großartig, dass wir es kaum erwarten konnten, endlich anzufangen. Tripp bereitete gerade das Frühstück für unsere Gäste zu, als Latoya und Leif kurz nach sechs die Treppe herunterkamen.

„Durften Sie endlich mal ausschlafen?", fragte ich.

„Ja, verrückt, oder?" Latoya warf Leif einen Blick zu, bei dem ich mich fragte, was die beiden letzte Nacht wohl getrieben haben mochten. „Die heutigen Beiträge sind ziemlich einfach. Also nichts, was wir bis tief in die Nacht hätten vorbereiten müssen."

„Wir sollten uns etwas Zünftiges einfallen lassen, das man bequem auf ein Picknick oder eine Wanderung mitnehmen kann, das nicht gekühlt werden muss und sich ohne Besteck essen lässt."

„Stimmt", sagte ich, „jetzt erinnere ich mich." Also hatte Tripp mit seiner Vermutung richtig gelegen.

„Wir haben auf dem Fest zu Abend gegessen", fuhr Leif fort, „und uns danach ins *The Inn* zurückgezogen, um die Details auszuarbeiten. Nachdem wir uns vergewissert hatten, dass alle nötigen Zutaten vorrätig waren, kamen wir direkt hierher zurück und sind sogar mal zeitig ins Bett. Das war – wann? Kurz nach zehn?"

Latoya nickte zustimmend, sagte aber nichts.

„Dann viel Glück heute", wünschte ich ihnen und traf im Flur auf Tripp, der gerade ein Tablett voller Essen ins Speisezimmer trug. „Ich fahre dann mal los zum Revier", sagte ich.

„Treffen wir uns wieder um vier?", fragte er.

„Sagen wir um drei. So können wir vorher noch kurz beim Trommelkreis vorbeischauen oder uns ein paar Gedichtlesungen anhören, bevor die Preisverleihung beginnt." Ich ging zurück in meine Wohnung, zog mein Uniformhemd an und stopfte alles Notwendige in die Taschen meiner Cargohose.

Kaum hatte ich Meeka ihr Geschirr angelegt, meldete sich mein Walkie-Talkie.

„Jayne? Bist du da? Hier spricht Violet."

Ein mulmiges Gefühl machte sich in mir breit, denn ein Funkspruch so früh am Morgen verhieß nichts Gutes. Ich zog das Gerät vom Gürtel und drückte die Sprechtaste. „Ja, Violet, ich höre. Was gibt's?"

„Nichts, was dir gefallen wird. Auf dem Feenpfad liegt eine Leiche."

Nachdem sie mir den genauen Fundort genannt hatte, rannte ich zurück ins Haus, um Tripp Bescheid zu geben.

„Irgendeine Ahnung, wer es ist?", fragte er.

Die Gespräche im Speisesaal waren heute Morgen so laut

und lebhaft, dass kaum jemand uns hören konnte. Trotzdem senkte ich die Stimme.

„Ich habe sie gar nicht erst ins Detail gehen lassen, nicht mal gefragt, ob es sich um einen Mann oder eine Frau handelt." Dann fuhr ich mir mit den Händen über das Gesicht und murmelte zwischen meinen Fingern hindurch: „Aber nach gestern würden mir da spontan zwei Personen einfallen."

Tripp zog mich in eine Umarmung, die mich erdete und ein wenig beruhigte. „Damit hat sich unser Treffen um drei wohl erledigt, oder?"

„Ich rufe dich an, falls es sich ändern sollte." Dann schaltete ich in den Polizeimodus und verließ das Haus.

)ЭӔ(

Wie angekündigt stand Violet neben der Leiche und hielt Wache. Zwar hatte ich auf dem Weg hierher nicht extra am Revier gehalten, um mein Ermittlungsset zu holen, doch ein Paar Latexhandschuhe steckte immer in einer Tasche meiner Cargohose, sodass ich direkt loslegen konnte. Ich streifte sie über und suchte am Opfer nach einem Puls, während Violet mir ihre Version der Ereignisse des Morgens schilderte. Sie wusste nicht viel, außer dass Ruby die Leiche auf dem Weg zur Arbeit im *Twisty Skein* gefunden hatte und es sich offenbar um Gin Wakefield handelte.

Nachdem sie sich aufgemacht hatte, um zuerst Ruby zu holen und anschließend Meeka am anderen Ende des Feenpfades abzulösen, richtete ich meine Aufmerksamkeit wieder auf das Opfer. Das war jetzt der sechste Todesfall in Whispering Pines innerhalb der vier Monate, die ich hier lebte. Dass ständig Leichen im Dorf auftauchten, überraschte mich mittlerweile nicht mehr, doch wer und warum tötete, blieb mir stets ein Rätsel. Ebenso wie die schier endlosen Möglichkeiten, auf die ein Mensch umkommen konnte. Und ich betete zu welcher Kraft im Universum auch immer, die über mich wachte, dass ich gegenüber diesen Details niemals abstumpfen mochte.

Als ich Wakefield zuletzt gesehen hatte, stauchte sie abwechselnd ihr Team zusammen, weil es bei der „*Treat Me Sweetly*"-Nachbildungstorte nicht genug Liebe zum Detail gezeigt hatte, warf Sugar selbstgefällige Blicke zu, weil sie den Namen ihres Unternehmens auf deren Familienbetrieb angebracht hatte, und tat deren Drohungen diesbezüglich als Nichtigkeit ab. Was aber war danach geschehen?

Wie aus dem nichts blitzte plötzlich die Erinnerung an unseren gemeinsamen Abend auf dem Steg auf, als wir uns einen guten Malbec geteilt hatten. In dieser Stunde spürte ich eine unerwartete Nähe zu der Frau, die hinter den Süßigkeiten steckte. Und wieder einmal wurde mir schmerzhaft bewusst, wie erstaunlich widerstandsfähig der menschliche Körper einerseits war, wie er sich von den härtesten Belastungen erholen konnte … und gleichzeitig doch so zerbrechlich. Eine falsche Bewegung, ein unbedachter Moment, und alles war vorbei.

Ich atmete tief aus und trat ein paar Schritte zurück, um die Szene in ihrer Gesamtheit zu erfassen. Wakefields linke Hand steckte unter ihrem Körper, ihr rechter Arm war über den Kopf ausgestreckt, in einem Winkel von etwa fünfundvierzig Grad vom Körper weg. Meine Vermutung war, dass sie gestürzt sein musste.

Ich falle. Mein rechter Arm …

Oder vielleicht einfach zusammengebrochen.

Ich sinke auf die Knie und stütze mich mit der rechten Hand ab. Meine linke …

Warum befand die sich unter ihr? Womöglich hatte sie einen Herzinfarkt erlitten und sich instinktiv an die Brust gefasst.

„Hey, Sheriff."

Ich drehte mich um und entdeckte Reed, der aus

westlicher Richtung vom Dorfplatz her auf mich zukam. In Händen hielt er zwei Becher, in denen sich vermutlich Kaffee befand. Guter Mann.

„Wieso kommst du zu Fuß zur Arbeit?"

„Mir blieb nichts anderes übrig, nachdem ich gestern nach Hause gelaufen bin. Es war eine so schöne Nacht mit Vollmond und allem drum und dran." Er reichte mir einen der Becher und blickte auf das Opfer. „Ist das Ms Wakefield?"

„Ich würde sagen, die Wahrscheinlichkeit liegt bei neunundneunzig Prozent."

„Irgendwelche unmittelbaren Ideen, was passiert sein könnte?" Er neigte den Kopf zur Seite, kam näher und beugte sich vor, um sie sich genauer anzusehen. „Was stimmt nicht mit ihrer Hand?"

„Das habe ich mich auch gerade gefragt."

Sie war stark geschwollen. Nicht wie bei jemandem, der zu viel Salz zu sich genommen und dadurch Wasser eingelagert hatte, sondern so richtig dick, dass die Finger kleinen Würstchen glichen und die gespannte Haut jeden Moment zu platzen drohte.

„Vielleicht hat sie sich die Hand gebrochen?" Ich deutete nach Norden. „Sie war wahrscheinlich auf dem Weg zu Unity, um das überprüfen zu lassen."

Reed verzog das Gesicht und schüttelte den Kopf – wie jedes Mal, wenn ich den Namen des neuen Dorftempels für Heilkunst und Yoga erwähnte. Dabei war er alles andere als ein alter Griesgram, nur mit Veränderungen tat er sich manchmal schwer.

„Wie aber geht das, dass man mit einem Knochenbruch bäuchlings und mausetot auf dem Feenpfad landet?", überlegte ich laut. „An so etwas stirbt man doch nicht, zumindest nicht so schnell. Klar wäre es möglich, dass sich aufgrund eines gebrochenen Knochens ein Blutgerinnsel bildet, sich löst und zum Herzen wandert. Das könnte tödlich enden. Ich habe auch schon von Fällen gehört, in denen

Fettgewebe aus dem Knochenmark in den Blutkreislauf gelangt ist und ein Gefäß verstopft hat. Dafür müsste es allerdings ein größerer Knochen sein, zum Beispiel der vom Oberschenkel."

„Du weißt echt die unglaublichsten Sachen", sagte Reed anerkennend. „Übrigens, ich habe, wie besprochen, Dr. Bundy angerufen, bevor ich das Haus verließ. Er ist unterwegs."

„Großartig. Danke." Bis der Gerichtsmediziner eintraf, gab es nicht viel, was wir hier machen konnten. „Auch wenn ich bezweifle, dass wir etwas finden werden, könnten wir, während wir auf ihn warten, schon mal die Umgebung nach Auffälligkeiten absuchen."

„Okay. Ich laufe schnell rüber zum Revier und hole das Tatort-Kit." Er hatte sich kaum zum Gehen gewandt, als er nochmals innehielt und fragte: „Wie sollen wir diesen Fall unter Verschluss halten?"

Gute Frage. „Lange werden wir das nicht schaffen. Das Beste, was wir tun können, ist, die Lage so gut wie möglich unter Kontrolle zu halten, sobald die Nachricht die Runde macht."

„Sosehr es mir auch widerstrebt, überhaupt daran zu denken, geschweige denn, es laut auszusprechen … Aber du weißt genau, wer hier verdächtig wirkt."

Er meinte natürlich Sugar. Während ich bei der Leiche stand und die Ereignisse der letzten zwei Tage Revue passieren ließ, spukte immer wieder diese eine Frage in meinem Kopf herum: War sie es gewesen? War die Rivalität zwischen den beiden Frauen so stark, dass selbst Jahre später ein einfacher Backwettbewerb in einem Mord enden konnte?

„Ja, das tue ich, aber darum kümmern wir uns, wenn die Zeit gekommen ist."

Während Reed zur Wache eilte, beschloss ich, auf mehr als unprofessionelle Weise den Grad der Totenstarre zu überprüfen, einfach, um meine eigene Neugier zu befriedigen. Eine eher rudimentäre Methode, um herauszufinden, wie lange jemand tot war, bestand darin, den Körper abzutasten. Die Leichenstarre setzte innerhalb von zwei bis drei Stunden nach dem Ableben eines Menschen ein. Während der ersten sechsunddreißig Stunden verhärteten sich die Muskeln allmählich, danach begannen sie, sich wieder zu entspannen. Ein warmer, noch weicher Leib deutete auf ein kürzliches Ableben innerhalb der letzten zwei bis drei Stunden hin. Ein warmer, sich jedoch versteifender Körper war ein Beweis dafür, dass der Tod vor drei bis acht Stunden eingetreten war, und ein kalter, erstarrter Körper für einen Zeitraum von acht bis sechsunddreißig Stunden. Und war die Person kalt, aber schlaff, ließ das darauf schließen, dass sie schon vor mehr als sechsunddreißig Stunden verstorben war.

In diesem Moment entdeckte ich Meeka, die aus östlicher Richtung auf mich zugelaufen kam.

„Steht Violet jetzt Wache?", fragte ich sie.

Sie gab ein kleines Bellen von sich, das wie ein *Jap* klang, und blieb dann mitten auf dem Weg stehen, gegen den Wind gewandt, den Blick jedoch fest auf unser Opfer gerichtet.

„Ganz ruhig, Deputy, Platz."

Sie gehorchte meinem Befehl, starrte jedoch nach wie vor gebannt auf Gin Wakefield. Blue, die Katze, so genannt wegen ihrer fast neonblauen Augen, kam aus dem Wald getrottet, und setzte sich neben sie. Ich hatte das Dorfkätzchen erst ein paar Wochen zuvor kennengelernt. Sie gehörte niemandem, machte sich aber überall dort heimisch, wo man sie willkommen hieß. Jetzt saßen die beiden sonst ständig rangelnden und sich spielerisch jagenden, reinweißen Kumpel einträchtig und respektvoll nebeneinander.

Ich wandte mich wieder Wakefield zu und überlegte. Zuletzt gesehen hatte ich sie am Vortag gegen fünf Uhr. Laut Leif und Latoya war sie bis etwa zehn Uhr mit ihnen zusammen gewesen. Es war jetzt fast sieben, und Ruby hatte Gins Leiche gegen sechs Uhr fünfzehn entdeckt. Dieser grobe Zeitrahmen deutete darauf hin, dass Gin höchstens neun

Stunden tot war. Da die Totenstarre erfahrungsgemäß am Kopf begann und sich nach unten bis zu den Füßen ausbreitete, würde ich nun also meinen hochgradig unwissenschaftlichen Drucktest am unteren Teil ihres Körpers durchführen. Zuerst tastete ich meine eigene Wade ab, um ein Gefühl für lebendige Muskeln zu bekommen, und legte dann meine behandschuhten Finger auf ihr Bein.

„Und, was hat sich bei der Untersuchung ergeben?", fragte Martin und stellte die Tasche mit den Utensilien, die wir für unsere Ermittlungen benötigten, ein paar Schritte entfernt ab.

„Durch die ganzen Schichten kann ich keine Temperatur feststellen, aber die Totenstarre setzt langsam ein. Sie ist also seit mindestens drei Stunden tot. Hast du sie letzte Nacht überhaupt gesehen?"

Er starrte gedankenverloren in Richtung der Bäume und ging offensichtlich die Ereignisse des vergangenen Abends nochmals im Geist durch. „Lupe und ich waren noch ewig im Zentrum, bis um sieben alle Essensstände geschlossen wurden. Danach sind wir rüber zum *Triple G* auf ein paar Bier, und dann habe ich sie zu ihrer Hütte zurückbegleitet. Wir haben den südlichen Weg genommen, um den Pentagramm-Garten herum und am *The Inn* vorbei. Das müsste so gegen zehn Uhr gewesen sein. Ms Wakefield selbst habe ich nicht gesehen, aber einige ihrer Angestellten sind zu dieser Zeit aus dem Gasthaus gekommen."

Bei diesem detaillierten Bericht konnte ich mir das Lächeln nicht verkneifen. Hätte ich ihm vor vier Monaten solch eine Frage gestellt, hätte er wahrscheinlich geantwortet: „Keine Ahnung. Es wimmelte nur so von Menschen." Seine Beobachtungsgabe hatte sich wirklich drastisch verbessert.

„Du hast Lupe also vom *Triple G* nach Hause gebracht. Das ist ein guter Kilometer. Und von dort aus bist du noch die komplette Strecke bis zu dir zu Fuß gegangen? Warum hast du nicht das Auto genommen?"

Er zuckte mit den Schultern. „Ich musste über einige Dinge nachdenken."

Ich musterte ihn misstrauisch, bohrte jedoch nicht weiter nach. „Erinnerst du dich zufällig noch an die Teammitglieder, die um diese Uhrzeit das Lokal verlassen haben?"

„Es waren die beiden Männer und die Frau mit den Tattoos."

„Okay, also Kim Robbins, Leif Forsberg und Latoya Craig. Nur die drei? Sonst niemand? Misty Wagner war nicht bei ihnen?"

„Wer ist Misty Wagner?"

„Die Spülhilfe. Anfang zwanzig, sehr ruhig, dünnes, hellbraunes Haar."

„So jemand ist mir nicht aufgefallen."

Das arme Mädchen. Hoffentlich hatte sie sich im *Triple G* herumgetrieben, Bier getrunken und Billard gespielt, und nicht die ganze Nacht allein in ihrem Zimmer gesessen. Mir gefiel die Vorstellung, dass sie insgeheim eine wilde Partygängerin sein könnte.

„Leif und Latoya kamen zuerst heraus", fuhr Reed fort, hielt dann aber erneut inne und starrte in die Ferne. „Kim hat noch mit jemandem in der Lobby gesprochen, aber ich konnte nicht erkennen, mit wem."

„Konntest du zumindest hören, was er gesagt hat?"

„So etwas wie ‚Gute Nacht' und ‚Wir sehen uns morgen früh'."

„Wahrscheinlich Gin, aber es könnte auch Laurel gewesen sein. Sie scheinen sich alle gut mit ihr zu verstehen. Oder Wesley … Aber nein, der muss das Lokal in der Regel am Morgen öffnen und wäre um diese Zeit schon zu Hause gewesen."

„Höchstwahrscheinlich war es Ms Wakefield. Wie deckt sich das mit deinem Zeitrahmen?"

„Wenn man das, was du gesehen hast, mit meinem Rigor-Test kombiniert, ergibt sich ein Todeszeitfenster zwischen zehn Uhr gestern Abend und vier Uhr heute Morgen. Dr. Bundy kann es bestimmt noch genauer eingrenzen.“

Da wir auch nach diesem Gespräch noch immer nichts weiter zu tun hatten, als auf dessen Eintreffen zu warten, begannen wir nun tatsächlich, die Umgebung abzusuchen. Da Wakefield mit dem Gesicht nach unten lag, wäre es sogar möglich, dass sie erschossen wurde. Wir sollten gezielt nach einer Patronenhülse Ausschau halten. Natürlich konnte ‚Schuss‘ auch noch eine ganz andere Bedeutung haben. Womöglich stießen wir auf eine Spritze. Oder aber sie wurde erwürgt, und es läge noch irgendwo ein Seil herum. Aber, ganz ehrlich, keiner von uns beiden rechnete damit, auf etwas von Interesse zu stoßen. In erster Linie wollten wir uns irgendwie beschäftigen, bis der Gerichtsmediziner eintraf und wir den Leichnam umdrehen durften, um somit eine bessere Vorstellung davon zu bekommen, womit wir es tatsächlich zu tun hatten.

Wir hatten den Wald kaum fünf Minuten lang durchkämmt, als plötzlich eine Frau auf uns zugeeilt kam.

Kapitel Dreizehn

„WER IST SIE? ES IST GIN WAKEFIELD, NICHT WAHR? O MEINE Göttin. Ich kann nicht glauben, dass sie tot ist. Was ist passiert?"

Ruby McLaughlin zeigte sich stets entweder gelassen und konzentriert, wenn sie ihren handwerklichen Arbeiten nachging, oder aber völlig überdreht. Ein Mittelding gab es nicht. Im Moment war sie Letzteres, genährt von der Aufregung, Wakefields Leiche gefunden zu haben.

„Ruby", ermahnte ich sie mit strenger, aber gleichzeitig sanfter Stimme, „du musst dich beruhigen und mit mir reden."

Sie legte die Handflächen auf das Brustbein, atmete tief durch ihre schmale Nase ein, presste dann die Lippen zusammen und ließ die Luft wieder entweichen. Sie war jemand, der alle Blicke auf sich zog. Ihr fast weißes Haar reichte ihr auf der rechten Seite stufig bis zum Kinn, während die linke Seite auf etwa einen halben Zentimeter abrasiert war. Ihre elfenbeinfarbene Haut war so makellos wie Porzellan und somit der perfekte Hintergrund für ihren charakteristischen rubinroten Lippenstift. Sie wirkte zwar wie Anfang zwanzig, doch Gerüchten zufolge war sie bereits Ende dreißig. Welche Art von Wicca-Hexe sie auch immer sein mochte – offenbar hatte sie einen Zauber gefunden, der sie jung aussehen ließ.

„Okay", sagte sie mit leiser, weicher Stimme. „Ich denke, es geht mir jetzt besser. Tut mir leid."

„Kein Grund, sich zu entschuldigen. Eine Leiche zu finden, kann sehr verstörend sein. Erzähl mir, was heute Morgen passiert ist."

„Sorry, dass ich kurz unterbreche", mischte Reed sich ein, „aber ich würde jetzt dann anfangen, Fotos zu machen, okay?"

„Prima, danke dir." Ich zog Ruby ein Stück den Pfad hinunter, weg von der der toten Frau, und wiederholte meine Frage.

„Der Tag startete ganz normal", begann Ruby. „Ich verließ mein Haus gegen sechs Uhr, um zur Arbeit zu gehen. Da ich das Mabon-Fest so sehr liebe, erledige ich meinen Papierkram diese Woche lieber früh am Morgen anstatt wie üblich nach Feierabend, damit ich später zumindest noch ein paar Stunden dabei sein kann."

„Wann genau hast du Ms Wakefields Leiche entdeckt?"

Sie bestätigte die Uhrzeit, die mir Violet bereits genannt hatte, und schnappte hörbar nach Luft. „Ich wusste sofort, dass es Gin war." Dann schlug sie die Hand vor den Mund und sagte, mehr zu sich selbst als zu mir: „Es geht mir gut." Nach einer kurzen Pause fuhr sie fort: „Ich wohne auf der Westseite des Dorfes, ungefähr in der Nähe des Parkplatzes … du weißt schon, die Gegend, in der Violet, Honey und Sugar, Flavia und die meisten anderen Wiccas ihre Häuser haben."

„Ja, ich kenne die Gegend. Also warst du heute Morgen auf dem Weg zum *Twisty Skein* …"

„Richtig. Da ich in den letzten Tagen abends immer länger wach war und morgens etwas früher aufgestanden bin, habe ich heute beschlossen, mir bei *Ye Olde Bean Grinder* einen dieser fantastischen Kokos-Chai-Lattes zu holen. Hast du den schon probiert? Er ist einfach köstlich."

„Ich hatte mal einen mit Vollmilch und Schokolade. Der war auch gut."

Aufgrund meiner Wahl von nicht-veganer Milch verzog Ruby missbilligend den Mund. „Wie auch immer, ich nahm also mein Getränk in Empfang, verstaute es sicher in meinem Fahrradkorb und radelte weiter zu meinem Laden. Und da bin ich auf die arme Ms Wakefield gestoßen."

„Weißt du noch, wann das ungefähr war?"

Sie tippte mit den Fingern gegen ihr Kinn und dachte nach. „Von zu Hause bis zum *Bean Grinder* brauche ich kaum zehn Minuten, also war ich spätestens um zehn nach sechs dort. Ein paar Minuten habe ich noch mit Violet geplaudert, das macht dann ..." Sie rechnete kurz nach. „Wahrscheinlich bin ich gegen zwanzig nach sechs los zum *Twisty* und habe Ms Wakefield kurz vor halb sieben gefunden."

Ihre Stimme brach, und ich gab ihr ein paar Sekunden, um sich wieder zu fangen.

„Nachdem du die Leiche entdeckt hast ..."

Bei dieser sachlichen Formulierung zuckte Ruby sichtlich zusammen.

„Entschuldigung. Nachdem du Ms Wakefield entdeckt hattest, was hast du dann gemacht?"

„Nun, ich bin natürlich sofort vom Fahrrad gestiegen. Immerhin war ich ja auf dem hölzernen Steg unterwegs und wollte nicht in den Wald ausweichen. Man weiß nie, was man dort versehentlich zertreten könnte."

Prompt meldete sich meine zynische innere Stimme zu Wort: *Richtig, du willst ja nicht eine der kleinen Feen plattmachen.* Dann allerdings gab ich mir in Gedanken einen Klaps. Es war doch eine gute Sache, die Natur zu respektieren, speziell hier in diesem Dorf.

Also versuchte ich es noch einmal. „Was ich eigentlich

wissen will, ist, wann genau du umgekehrt bist und Violet gebeten hast, mich zu kontaktieren?"

„Ah, okay, jetzt verstehe ich. Natürlich habe ich meinen Weg erst einmal nicht fortgesetzt. Und da Blue, die weiße Katze, neben Ms Wakefield Wache hielt, hatte ich auch kein schlechtes Gewissen, mich nochmals vom Tatort zu entfernen. Das ist jetzt für dich wahrscheinlich kein Detail, das ins Gewicht fällt, aber ich fand es irgendwie rührend, wie sie auf sie aufzupassen versuchte. Jedenfalls wusste ich, dass sie im *Bean Grinder* ein Funkgerät haben, also kehrte ich um, fuhr zurück und berichtete Violet von meiner Entdeckung, und sie hat dich umgehend verständigt. Das kann ich bestätigen, weil ich direkt neben ihr stand und dadurch mitbekam, wie sie mit dir sprach."

Ihre Aussage deckte sich genau mit Violets Anruf um halb sieben. „Okay, danke dir. Damit kann ich die Zeitachse besser nachvollziehen."

„Sind denn all diese Details wirklich wichtig?", fragte Ruby neugierig.

„Wir wissen nie, welche relevant sein könnten und welche nicht, solange wir die Todesursache nicht kennen. Deshalb stelle ich auch gleich zu Beginn so viele Fragen wie möglich. Jetzt ist noch alles frisch in deinem Kopf und du kannst dich an mehr Sachen erinnern, als wenn ich später am Tag oder sogar erst morgen auf dich zukäme."

„Das leuchtet mir ein. Gibt es sonst noch etwas, das du von mir brauchst? Weitere Angaben, die dir weiterhelfen könnten?"

„Eine letzte Frage hätte ich noch."

Mein ernster Tonfall schien sie nervös zu machen.

„Das könnte wichtig sein, also überlege bitte gut, bevor du antwortest. Bist du heute Morgen auf deinem Weg zum Laden sonst noch jemandem begegnet? Du warst ja ziemlich früh unterwegs, also hätte dir eine andere Person eigentlich sofort auffallen müssen."

Erneut schloss sie die Augen, als wolle sie die Bilder aus der Erinnerung heraufbeschwören, und atmete tief ein. Ihre langen, feingliedrigen Finger fuhren durch die Luft, als würde sie die Route, die sie durchs Dorf genommen hatte, nachzeichnen. Sie begann an ihrer linken Schulter und zog eine Linie, die sich in einem Halbkreis nach unten und wieder hinauf wölbte – ein Hinweis darauf, dass sie wohl südlich um den Pentagramm-Garten herumgefahren war, wobei der nördliche Weg vom *Bean Grinder* aus der direktere gewesen wäre.

Plötzlich riss sie die Augen auf. „Da waren ein paar Leute, die ihre Essensstände aufbauten, aber nicht mehr als vier. Leute, meine ich, nicht Tische. Vor dem *Shoppe Mystique* war der Weg blockiert, also radelte ich um den Garten herum, anstatt ihn wie üblich zu durchqueren. Ach ja, und draußen vor dem *The Inn* stand Laurel."

Laurel? Die Momente, in denen sie in den letzten Tagen ungewohnt mürrisch gewirkt hatte, schossen mir wieder durch den Kopf, obwohl das nichts bedeuten musste. Ganz bestimmt nichts, was sie mit einem Todesfall in Verbindung bringen würde.

„Laurel befand sich also draußen vor ihrem Gasthaus", wiederholte ich. „Und was hat sie da gemacht?"

„Nichts. Sie stand einfach nur da", sagte Ruby. „Hast du das nicht selbst schon mal erlebt? Normalerweise will sie einfach ein wenig Sonne tanken, aber da ich für gewöhnlich nicht so früh zur Arbeit fahre, weiß ich nicht, ob das Teil ihres Morgenrituals ist, um zu sich selbst zu finden. Überraschen würde es mich nicht."

Mich ebenso wenig. So war sie einfach. Ein paar Minuten allein im Freien, mehr brauchte sie nicht, um wieder Kraft zu schöpfen und ihre anspruchsvollen Gäste zu ertragen. Leider musste ich aufgrund dieses Hinweises nun auch mit ihr über Gin sprechen.

„Okay, gut", ermutigte ich Ruby. „Du hast also Laurel und

die vier Leute in der Nähe des Pentagramm-Gartens gesehen. Sonst noch jemanden?"

Sie überlegte einen Augenblick, dann schüttelte sie den Kopf. „Nur noch Violet und Basil im *Bean Grinder.*"

„War zu dieser Zeit sonst noch jemand im Café?"

„Keine Menschenseele." Sie stieß einen sehnsüchtigen Seufzer aus. „Wenn da nicht die Arbeit wäre, würde ich mich liebend gerne hin und wieder eine Weile dort hineinsetzen. Du verstehst, was ich meine?"

Ich lächelte. Nur zu gut. Es war ein Kopf-an-Kopf-Rennen zwischen *Ye Olde Bean Grinder* und *Shoppe Mystique* um das kuscheligste Cottage im Dorf, und das Café gewann mit minimalem Vorsprung. Der Grund war simpel: Es machte zwar Spaß, in Morgans Laden mit all seinen bunten Kleinigkeiten herumzustöbern, doch im *Bean Grinder* roch es herrlich nach Kaffee, und durch die niedrige Decke hatte ich jedes Mal das Gefühl, als würde mich der Raum selbst in eine warme Umarmung ziehen.

„Oh, warte." Ruby hob die Hand wie ein Stoppzeichen. „Lily Grace war da. Sie saß ganz ruhig und kaum wahrnehmbar in einer Ecke und machte offensichtlich ihre Hausaufgaben."

Für den Bruchteil einer Sekunde fragte ich mich, ob ich sie mir ebenfalls vornehmen sollte, und hätte beinahe laut aufgelacht. Dieser Gedanke war so was von absurd, dass ich ihn direkt wieder von mir schob.

Schnell machte ich mir noch ein paar Notizen zu Rubys Aussage. „Es tut mir leid, dass dein Morgen so traumatisch verlaufen ist. Sollte ich noch weitere Fragen haben, schaue ich bei dir im Laden vorbei. Aber fürs Erste kannst du wieder an die Arbeit gehen. Allerdings wäre ich dir sehr dankbar, wenn du vorerst Stillschweigen über diese Sache bewahren würdest. Sicher kannst du dir vorstellen, welches Chaos über das Dorf hereinbrechen wird, sobald die Nachricht die Runde macht."

Allein bei der Vorstellung, wie die Nachrichtenteams aus

Milwaukee, Madison und womöglich sogar aus Minneapolis und Chicago in Whispering Pines einfallen würden, lief es mir kalt den Rücken hinunter. Das würde das Ende des diesjährigen Mabon-Festes bedeuten. Ich lebte nun schon lange genug hier, um zu wissen, wie sehr die Wiccas an ihren Festen hingen. Und nun musste womöglich ausgerechnet dieses – eines ihrer liebsten – vorzeitig abgebrochen werden.

Während Reed weitere Fotos machte, suchte ich den Wald erneut nach möglichen Spuren ab und wartete auf Dr. Bundy. Er tauchte etwa fünfzehn Minuten später auf.

„Wir haben eine Wette abgeschlossen", sagte der graubärtige Mann anstelle einer Begrüßung. „Wie lange es wohl dauern würde, bis in Whispering Pines der nächste Tote auftaucht?"

„Und wie haben Sie getippt?", fragte ich und runzelte die Stirn.

Darauf jedoch ging er nicht weiter ein. „Übrigens hat Joan gewonnen. Ihre Wette war, dass morgen etwas passieren würde."

Joan war seine Rezeptionistin. „Sie spielt viel Bingo, nicht wahr?"

„Ja, sie besucht jeden Samstag das Potawatomi Casino in Milwaukee. Woher wussten Sie das?"

Ich zuckte mit den Schultern. „Nur so eine Ahnung."

„Gut, was haben wir diesmal?" Dr. Bundy streifte sich ein Paar Latexhandschuhe über und spähte über meine Schulter hinweg auf die Leiche auf dem Holzsteg.

„Das werde ich erst wissen, wenn Sie sie umgedreht haben, befürchte aber, es handelt sich um Gin Wakefield."

„Die Bäckerin?"

„Schauen Sie so entsetzt drein, weil sie eine Berühmtheit ist oder weil Sie ein heimlicher Fan ihrer Backwaren sind?"

Er tätschelte seinen prallen Bauch. „Ein absoluter Fan. Was für ein Jammer. Andererseits, jeder Tod ist bedauerlich."

Donovans silberner Pferdeschwanz huschte vor meinem inneren Auge vorbei. „Vielleicht nicht jeder."

Dr. B musterte mich kurz aus zusammengekniffenen Augen, ignorierte jedoch meinen Einwand und wandte sich an Reed. „Sind Sie fertig mit den Fotos, Deputy?"

„Zumindest mit denen aus diesem Blickwinkel." Er trat zur Seite. „Ich muss aber noch weitere Aufnahmen machen, sobald sie auf dem Rücken liegt."

„Kein Problem." Der Gerichtsmediziner gab den Sanitätern, die ihn begleiteten, das Zeichen, die Leiche umzudrehen, und zuckte direkt überrascht zusammen. „Damit hätte ich jetzt nicht gerechnet."

Gin Wakefields Gesicht war so stark angeschwollen, dass man kaum noch ihre Augen sehen konnte, und auch ihre Lippen waren dreimal so groß wie normal.

„Allergische Reaktion?" Ich erinnerte mich an das Gespräch neulich im großen Saal. „Sie ist allergisch gegen Honig und Bienenstiche."

Der Arzt kniete sich neben sie und legte eine Hand auf ihren Oberschenkel.

Überrascht von dieser Aktion fragte ich: „Was machen Sie denn da?"

„Ich suche nach einem Puls, was Sie zwar sicher schon getan haben, aber da der restliche Körper so stark angeschwollen ist, probiere ich es an der Oberschenkelarterie. Allerdings finde ich keinen." An die Sanitäter gewandt, bat er: „Reichen Sie mir bitte mal zwei Beutel." Dann zeigte er auf eine Stelle an ihrem Handrücken, während er einen Plastikbeutel darum befestigte, um mögliche Spuren auf der Haut oder unter den Fingernägeln zu sichern. „Sehen Sie das?"

Ich ging neben ihm in die Hocke und entdeckte ein winziges, erhabenes Mal, umgeben von kleinen roten Pusteln.

„Ist das ein Insektenstich?" Wie hatte er das nur so schnell bemerkt?

„Möglicherweise. Aber angesichts ihrer bekannten Allergie und der heftigen Reaktion gehe ich stark von einem Bienenstich aus." Grunzend richtete er sich wieder auf. „Ich werde sie auf Bienengift testen. Machen Sie ruhig weiter mit den Fotos, Deputy."

„Wenn sie so stark allergisch ist und von einer Biene …"

„Bienen", unterbrach er mich. „Mehrere Stellen an ihrem Körper sind geschwollen. Eine Biene sticht nur einmal. Hornissen und Wespen, das sind die Biester, die einen immer wieder attackieren. Genau wissen werde ich es natürlich erst, wenn ich sie untersucht habe, aber ich könnte wetten, dass ich auf zahlreiche kleine Stachel mit Giftbeuteln stoßen werde. Die Stelle auf ihrer Hand ist leicht zu erkennen, aber ich kann fast garantieren, dass es noch weitere gibt."

„Okay, wenn dem so war", sagte ich und deutete auf den Weg, den sie vermutlich genommen hatte, „dann kann man mit ziemlicher Sicherheit davon ausgehen, dass sie auf dem Weg zum Gesundheitszentrum war, um sich helfen zu lassen."

„Wenn sie so allergisch gewesen wäre", korrigierte der Arzt mich erneut, „hätte sie eigentlich jederzeit einen Epinephrin-Autoinjektor bei sich getragen. Ich werde bei der Obduktion prüfen, ob sie sich selbst gespritzt hat. Vielleicht hat der Pen nicht richtig funktioniert. Das kommt zwar selten vor, aber es passiert. Oder vielleicht hätte sie zwei Injektionen gebraucht und hatte nur einen bei sich. Aber gut, das sind aktuell nur Vermutungen."

Während Reed weiter fotografierte, fiel mir auf, dass Wakefield eine grüne, karierte Schlafanzughose, hellbraune Wildlederschläppchen ohne Socken und ein übergroßes weißes T-Shirt mit der Aufschrift „I Love Maldives" und einer Palme auf der Vorderseite trug. Sonst nichts. Die letzte Nacht war kalt gewesen, und sie hatte nicht einmal einen Pullover dabei. Egal, was auch immer ihr zugestoßen sein mochte, es sah nicht danach aus, als sei es hier auf dem Weg geschehen, denn in dieser Aufmachung wäre sie nie freiwillig nach draußen gegangen.

Als Martin fertig war, wies Dr. Bundy die Sanitäter an, Wakefield in einen Leichensack zu legen und sie anschließend zum Krankenwagen zu bringen. Er, Martin und ich standen währenddessen respektvoll schweigend daneben. Sobald sie weggefahren waren, bat ich: „Wäre es möglich, dass Sie diesen Vorfall vorerst geheim halten?"

„Nicht ich bin derjenige, um den Sie sich Sorgen machen müssen", antwortete der Arzt. „Ich gehe davon aus, dass ihr Team schon bald Wind davon bekommt."

„Das ist zu befürchten." Ich schüttelte stöhnend den Kopf. „Nachrichtensender und Reporter sind das Letzte, was wir jetzt hier brauchen."

Dr. Bundy legte mir tröstend eine Hand auf die Schulter und versprach, sich zu melden, sobald er vorläufige Ergebnisse hatte. „Ich kann die Autopsie sofort durchführen, denn jetzt, wo der Labor-Day-Trubel vorüber ist, haben wir etwas Luft. Sobald der Winter kommt, geht es wieder volle Kanne los: glatte Straßen, rücksichtslose Schneemobilfahrer, Eisangler, die nicht warten wollen, bis das Eis auf den Seen dick genug ist und so weiter." Er seufzte, winkte zum Abschied und machte sich ebenfalls auf den Weg.

„Lass mich raten," sagte Reed. „Du willst, dass ich noch bleibe, statt nach Green Bay zurückzufahren?"

„Ja, bitte. Ich habe das Gefühl, dass hier bald alles drunter und drüber gehen wird."

Kapitel Vierzehn

NACHDEM DR. BUNDY UND DIE SANITÄTER FORT WAREN, durchkämmten Reed und ich noch eine weitere halbe Stunde den Wald auf der Suche nach Hinweisen darauf, dass jemand in Wakefields Tod verwickelt gewesen sein könnte. Leider fanden wir nichts, was auch nur im Entferntesten verdächtig wirkte. Es sah tatsächlich so aus, als seien die Bienen sowohl die Waffe als auch der Täter gewesen. Allerdings wollte ich, bis die Obduktion das endgültig bestätigte, die Ermittlungen so beginnen, als handelte es sich um einen Mord. Das schien keine so abwegige Annahme zu sein, schließlich war seit meiner Ankunft im Dorf fast jeder Tod Mord oder Totschlag gewesen.

Nachdem wir unsere Suche beendet hatten, standen wir mitten auf dem Feenpfad, nicht nur unschlüssig, wie wir jetzt vorgehen sollten, sondern auch, um die letzten ruhigen Minuten zu genießen. Sobald wir den Weg verließen und die Nachricht von Gin Wakefields Tod die Runde machte, würde im Dorf das Chaos ausbrechen.

„Lass uns folgendermaßen verfahren", schlug ich vor. „Ich fange mal an, mit den Leuten zu reden, um herauszufinden, ob schon jemand weiß, was Gin zugestoßen ist. Und für dich habe ich einen Sonderauftrag."

Reed straffte die Schultern und richtete sich ein Stück auf. „Sonderauftrag?"

„Freu dich nicht zu früh, so speziell ist er nun auch wieder nicht." Er wusste bereits über Wakefields Allergien Bescheid, und hatte mitbekommen, dass Dr. Bundy annahm, sie sei von Bienen gestochen worden. „Ich möchte, dass du Informationen über Reaktionen auf Bienenstiche und Honig sammelst, denn ich bin mir ziemlich sicher, dass es genau darauf hinausläuft."

„Kann ich machen." Er wandte sich sofort in Richtung Revier, denn Recherchieren war eine seiner großen Leidenschaften, hielt dann jedoch nochmals inne. „Sonst noch etwas?"

„Halte einfach die Stellung. Ich könnte wetten, dass uns bald die Leute die Bude enrennen. Und fülle vorher bitte das Tatort-Kit wieder auf, okay? Ach ja, und sag Violet, sie kann jetzt zurück in ihr Café."

Er salutierte knapp. „Aye, aye."

Als Meeka und ich das Ende des Weges erreichten, trafen wir dort auf eine ansehnliche Menschenmenge. Mindestens ein Dutzend oder mehr Touristen wollten wissen, warum sie nicht einfach mit ihrem Morgenkaffee durch den Wald spazieren durften. Zum ersten Mal seit Wochen schauten mich auch Effie und Cybil, die neben dem kleinen Wahrsagerwagen standen, fragend an, statt mich mit bösen Blicken zu durchbohren. Ich schüttelte nur knapp den Kopf, um ihnen zu signalisieren, dass ich aktuell nichts sagen konnte. Und eine weitere Person, der ich am meisten zu begegnen fürchtete, war natürlich ebenfalls da.

„Was ist los, Sheriff?" In Lupes viel zu lauter Stimme schwang Bitterkeit mit.

„Bist du allen Ernstes sauer auf *mich*?", flüsterte ich ihr zu. „Wieso behandelst du mich so? Als ob ich der Grund wäre, dass dein Gesuch abgelehnt wurde. Und jetzt erwartest du tatsächlich, dass ich dir etwas erzähle?"

Sie verschränkte die Arme vor der Brust. „Ja, ich bin sauer auf dich. Ich dachte, du wärst meine Freundin."

Die Menge, die langsam näher rückte, war natürlich brennend daran interessiert, was ich auf ihre Frage antworten würde.

„Alles in Ordnung, Leute", rief ich. „Ihr könnt den Feenpfad jetzt wieder benutzen. Danke für eure Geduld." Ich wies mit dem Kinn zur Seite, um Lupe anzudeuten, dass sie mir folgen sollte, während ich meinen Weg zum *The Inn* fortsetzte. „Was hast du von mir erwartet? Dass ich für dich vor dem Rat ein Plädoyer halte?"

„Ja, oder dass du zumindest irgendetwas tust." Sie blinzelte die Tränen zurück. „Du weißt doch, wie sehr ich mir wünsche, hierbleiben zu dürfen."

„Der alleinige Wunsch reicht aber in diesem Dorf leider nicht aus." So allmählich wurde ich ihr gegenüber ungeduldig. Es war nichts Verwerfliches daran zu fragen, aber sie schien zu glauben, dass sonst nichts weiter nötig sei, um zu bekommen, was sie wollte. „Schau, Tripp wollte genauso gern bleiben wie du, und der Rat hat ihn ebenfalls abgelehnt."

„Und jetzt wohnt er bei dir."

Ich musterte sie aus zusammengekniffenen Augen. „Heißt das, du erwartest, dass ich dich ebenfalls in mein B&B einziehen lasse?"

Sie zuckte leicht mit den Schultern.

„Lupe, Tripp ist mein Freund, und nicht nur das: Er ist auch mein Geschäftspartner." Ein Bild meiner Großmutter blitzte vor meinem inneren Auge auf, wie sie Familien bei sich aufnahm. Und wenn das Haus bis auf den letzten Raum gefüllt war und trotzdem noch Leute kamen, baute sie einfach neue Cottages dazu. „Es tut mir leid, aber ich bin nicht die Lösung für dein Problem. Wenn du jedoch dauerhaft ein

Zimmer im *Pine Time* mieten willst, ließe sich das natürlich arrangieren."

Als sie immer mehr mit den Tränen kämpfte, ließ ich meinen Blick zu Meeka wandern. Sie und Blue spielten mittlerweile fangen. Gerade schnappte sie nach Blues Schwanz, die schlug natürlich zurück, und meine Kleine jaulte auf. Offensichtlich hatte die weiße Katze sie mit ihren scharfen Krallen am Po erwischt.

„Du hast dich einfach der Stimme enthalten", platzte es aus Lupe heraus.

Ich dehnte meinen Nacken, indem ich den Kopf von einer Seite zur anderen drehte, um die sich dort aufbauende Spannung zu lösen. „Deine Idee war gar nicht so schlecht. Hättest du sie in einem anderen Dorf vorgestellt, hätte sie wahrscheinlich großen Anklang gefunden. Aber du weißt ja inzwischen selbst, Whispering Pines ist anders als die meisten Orte. Hier gibt es einfach keinen Bedarf für eine Zeitung."

Sie schüttelte den Kopf. „Es geht um mehr als nur das. Warum hast du nicht für mich gestimmt?"

Ich war sehr stolz auf meinen Instinkt und die Fähigkeit, Leute zu durchschauen, aber die von Lupe waren genauso scharf … Und gerade setzte sie sie gegen mich ein.

„Wegen der Handlung deines Buches." Ich wartete auf ihre Reaktion. Als nichts kam, wurde ich deutlicher. „Deine Hauptfigur inszeniert ihre eigenen Verbrechen? Ich hatte dir im Vertrauen erzählt, wessen Sugar mich beschuldigt und wie sehr mich das verletzt hat. Und es tut noch immer weh. Und du machst daraus einen Roman?"

Lupe klappte die Kinnlade herunter. „Du denkst also, ich schreibe über dich? Ehrlich, Jayne, dir sollte doch klar sein, dass es nichts weiter ist als eine Geschichte, wenn auch eine sehr gute. Ich habe keine Sekunde daran geglaubt, dass Sugar mit ihrem Vorwurf recht haben könnte, und weiß doch, dass du nicht das Geringste mit den Todesfällen hier zu tun hast. Aber wie bei *Dexter*, dieser Serie über den Serienkiller, der nur böse Menschen tötet, war der Autorin in mir sofort klar: So eine Story kann man sich nicht entgehen lassen." Sie hob die linke Hand in die Luft und legte die rechte über ihr Herz. „Ich schwöre, es geht nicht um dich. Meine Hauptfigur ähnelt dir in keiner Weise. Wenn, dann noch eher mir, denn sie ist Latina."

Wir waren beide gleichermaßen angespannt, aber aus sehr unterschiedlichen Gründen. Ich war von einigen Dorfbewohnern als Retterin von Whispering Pines auserkoren worden und hatte keine Ahnung, wie ich diesem Anspruch gerecht werden sollte. Lupe kämpfte um ihr berufliches Überleben und schien zu scheitern.

„Waffenstillstand?", fragte ich.

Ihr kompletter Körper entspannte sich. „Waffenstillstand. Und jetzt erzähl mir, was heute Morgen im Wald passiert ist."

Das war wieder die Lupe, die ich kannte: Sie kam direkt zur Sache. „Lass mich gleich zu Beginn sagen, abgesehen von mir wissen nur eine Handvoll Leute, wer das Opfer ist, und das soll auch so bleiben. Gelangt diese Sache also an die Öffentlichkeit, kann ich die undichte Stelle schnell ausmachen."

„¡Ay, Dios mio!", murmelte sie. „Würdest du bitte damit aufhören?" Es war kein Bitte, sondern ein Befehl. Ihr Akzent wurde mit jedem Wort ausgeprägter. „Wir führen diese Diskussion jedes Mal, wenn du mir Informationen gibst. Zum letzten Mal: Ich will Neuigkeiten aus erster Hand erfahren und werde dieses Privileg nicht missbrauchen."

Ich atmete tief durch. „Gin Wakefield ist tot."

„Nein! Gin Wakefield? Was ist passiert?"

„Wir wissen noch nicht viel. Dr. Bundy räumt der Obduktion Vorrang ein. Reed ist zurück auf der Wache und recherchiert ein paar Dinge, und ich war gerade auf dem Weg zum Gasthaus, um mit den Leuten dort zu reden."

Wie immer, wenn ich Martin erwähnte, hellte sich Lupes Gesicht auf. „Was versucht er denn herauszufinden?"

Es gab zwar diverse Informationen, die ich mit ihr zu teilen bereit war, doch im Falle eines Mordes konnte nur der Täter genau wissen, wie das Opfer zu Tode kam. Deshalb hielt ich mich, was dieses Detail betraf, äußerst bedeckt, denn wenn das zu früh bekannt würde, könnte es den kompletten Fall gefährden.

Als sie merkte, dass ich darauf nicht antworten würde, drängte sie nicht weiter. „Auch gut. Was kann ich tun? Wie kann ich dich unterstützen?"

„Wie gesagt, alles, was ich habe, ist eine Leiche und eine mögliche Todesursache, aber keine Ahnung, ob ein Verbrechen dahintersteckt oder Wakefield einfach Pech hatte. Im Moment hilfst du mir am meisten, wenn du Normalität vortäuschst. Sprich weiterhin mit den Leuten auf dem Fest, wie du es bisher getan hast. Stelle deine subtilen Fragen und halte Augen und Ohren offen, ob es vielleicht jemanden gibt, der die Frau nicht leiden konnte."

„Mache ich."

„Sicher kannst du dir vorstellen, was hier abgehen wird, sobald die Neuigkeit die Runde macht."

„*Ay, sí.* Wir werden von Fernsehteams und Journalisten überrollt. Gin Wakefield war eine nationale Berühmtheit."

„Ganz genau. Ich weiß nicht, wie Whispering Pines mit dieser Art von Publicity umgehen wird."

„Und es wird sich nicht mit ein, zwei Tagen erledigt haben", warnte Lupe. „Die Menschen werden noch monatelang hierher strömen, nur um den Ort zu sehen, an dem eine der beliebtesten Bäckerinnen des Landes gestorben ist."

Verdammt! An die langfristigen Folgen hatte ich überhaupt noch nicht gedacht. „Ich verspreche dir, sobald es etwas gibt, wobei du mir helfen kannst, melde ich mich. Aber das Beste, was du aktuell für mich tun kannst, ist, weiter an deinem Artikel zu arbeiten."

Sie schlug die Hacken zusammen, nahm Haltung an wie

ein Soldat und marschierte dann in Richtung Pentagramm-Garten davon.

Im *The Inn* hatten es sich einige Gäste in der Lobby am Kamin gemütlich gemacht. Weitere standen am Empfangstresen und warteten darauf, mit Emery zu sprechen, der erst kürzlich zum leitenden Rezeptionisten befördert worden war. Als Nächstes winkte wohl der Posten des stellvertretende Managers, denn er wusste fast genauso viel über den Ort und die Umgebung wie Laurel. Gerade gab er einem Paar Mitte fünfzig Tipps für ein paar idyllische Wanderwege in der Gegend.

„Tut mir leid, wenn ich kurz störe, aber es dauert nur eine Sekunde", sagte ich zu den beiden, beugte mich zu Emery hinüber und raunte ihm zu: „Hat der Zimmerservice schon mit der Reinigung begonnen?"

„Soviel ich weiß, noch nicht." Wie so oft überschlug sich seine Stimme. „Die Mädels wollten in den nächsten zwanzig Minuten oder so anfangen. Was ist denn los, Sheriff?"

„Sie dürfen auf keinen Fall Gin Wakefields Zimmer betreten. Ich werde gelbes Absperrband an der Tür anbringen. Niemand außer Deputy Reed oder mir geht da rein, verstanden?"

Emery fielen fast die Augen aus dem Kopf. „Gibt es ein Problem mit Ms Wakefield?"

„Nichts, worüber ich gerade sprechen kann, und nichts, das anderen gegenüber erwähnt werden sollte. Ist das klar?"

Er presste die Lippen zusammen und nickte.

„Wissen Sie zufällig, wo ich Laurel finden kann?"

„Als ich sie zuletzt sah, war sie im Speisesaal und hat sich auf den heutigen Wettbewerb vorbereitet."

„In welchem Zimmer ist Ms Wakefield untergebracht?"

„Zehn", antwortete er, ohne zu zögern. Er kannte seine Gäste wirklich gut.

„Ich gehe kurz mal nach oben. Wenn Sie Laurel sehen,

sagen Sie ihr bitte, dass ich sie sprechen muss und gleich zurück bin."

Er gab mir einen Zweitschlüssel für Nummer zehn und bestätigte mir, dass ansonsten nur Wakefield selbst einen Schlüssel dafür hatte. Dann griff er zum Telefon, um den Zimmerservice zu informieren, dass dieser Raum tabu war.

Im zweiten Stock angekommen, überprüfte ich zuerst die Tür. Sie war geschlossen, aber nicht verriegelt. Es gab auch keinerlei Anzeichen für ein gewaltsames Eindringen. Ich brannte darauf, mich im Inneren genauer umzuschauen, hatte aber leider keine Ausrüstung dabei, nicht einmal Handschuhe, da ich mein einziges Paar bereits am Tatort benutzt hatte. Also schnappte ich mir ein Taschentuch aus einer Schachtel, die auf dem Tisch im Flur stand, und legte es über den Türgriff, um keine zusätzlichen Fingerabdrücke zu hinterlassen.

Ich hatte sie kaum geöffnet, als mir auch schon der unerträgliche Geruch von überreifen Bananen entgegenschlug. Außerdem hatte jemand das Zimmer komplett auf den Kopf gestellt. Das Bettzeug war zerwühlt und Gins Sachen lagen auf dem Boden verstreut, als hätte jemand gezielt nach etwas gesucht.

Meeka streckte die Nase über die Schwelle und schnüffelte. Sie schlug nicht an, also waren keine Drogen im Spiel. Und, was noch wichtiger war: Es gab offensichtlich keine weiteren Leichen.

„Draußen bleiben!", befahl ich ihr, und sie trippelte rückwärts und setzte sich brav in den Flur. Ich warf erneut einen Blick ins Innere und rief dann mit lauter Stimme: „Hier spricht Sheriff O'Shea. Ist jemand hier drinnen?"

Nach ein paar Sekunden rief ich erneut, und als weiterhin keine Antwort kam, trat ich ein, penibel darauf achtend, nichts zu berühren. Nach drei Schritten lugte ich um die Ecke ins Badezimmer. Auch hier war niemand, aber im Gegensatz zum Schlafzimmer herrschte Ordnung. Entweder Reed oder ich mussten schnellstmöglich mit dem Ermittlungsset herkommen und alles überprüfen.

Ich zog die Tür wieder zu, stellte sicher, dass sie dieses Mal abgeschlossen war und spannte ein gelbes Polizeiband in X-Form über den Rahmen. Kurz dachte ich an den Gaffer-Effekt, den es bei den anderen Gästen auslösen würde, und stand schon kurz davor, es wieder abzunehmen. Aber das größere Risiko war, dass die Zimmermädchen hereinkommen und beim Anblick des Chaos alles reinigen und sämtliche Spuren verwischen würden. Der Neugier der Gäste würde ich mich stellen, wenn es so weit war.

Als ich die enge, knarrende Treppe wieder herunterkam und am Empfangstresen vorbeiging, starrte mich Emery an, als wäre ich eine Bombe, die jeden Moment explodieren könnte. Ich bedachte ihn mit einem mahnenden Blick, und er wandte sich wieder den vor ihm wartenden Gästen zu.

Da draußen in den Straßen gerade ein Food-Festival stattfand, war das Restaurant des Gasthauses geschlossen und der Speisesaal leer. Das war eine Premiere seit meiner Ankunft im Dorf, denn normalerweise waren immer zumindest ein paar Tische besetzt. Ich trat durch die Schwingtüren, die in die Küche führten, auf der Suche nach Laurel, und stieß stattdessen auf Wesley, den Küchenchef, und einen seiner Mitarbeiter, beide über ein Notizbuch gebeugt.

„Sheriff O'Shea." Wesley zuckte ob meines plötzlichen Auftauchens zusammen.

Knapp einen Meter achtzig groß, kurze, dunkelbraune Haare, gut zwanzig Kilogramm Übergewicht.

„Traue niemals einem dünnen Koch", pflegte Grandma immer zu sagen, von daher musste sie Wesley geliebt haben. Er wirkte rundlich, gesund und zufrieden – wie ein Mann, der gern aß und auch dazu stand. Und die typische Hausmannskost, die er zubereitete, war einfach köstlich. Könnte ich so kochen wie er, hätte ich mit Sicherheit auch etliche Kilo mehr auf den Hüften. Schlagartig fiel mir ein, dass Tripps Kochkünste denen von Wesley in nichts nachstanden. Nur gut, dass ich in diesem Dorf so viel laufen musste.

„Tut mir leid, dass ich Sie erschreckt habe", entschuldigte ich mich. „Ich dachte, das Restaurant hätte zu."

„Wir servieren aktuell zwar nichts", erklärte er, „aber arbeiten müssen wir trotzdem, denn wir nutzen das Mabon-Fest, um unsere Speisekarte zu überdenken. Ich bin ja einer der Juroren für den Kochwettbewerb, und hin und wieder stoße ich auf einen Beitrag, der perfekt zu unserem altmodischen Konzept zu passen scheint, sodass wir ihn genauer unter die Lupe nehmen. Und da wir bis zum Memorial Day nur eine kleine Anzahl an Gästen haben werden, testen wir die neuen Gerichte an ihnen aus, um zu sehen, welche gut genug ankommen und es auf die Karte für die nächste Saison schaffen. Aber entschuldigen Sie, ich schweife ab. Kann ich etwas für Sie tun?"

„Kein Grund, sich zu entschuldigen. Da Tripp und ich jetzt ja sozusagen ein Mini-Gasthaus führen, bin ich an sämtlichen Profi-Tricks interessiert. Vorrangig allerdings war ich auf der Suche nach Laurel. Haben Sie sie gesehen?"

„Irgendwo hier muss sie stecken, denn sie bereitet sich gerade auf den heutigen Wettbewerb vor. Allerdings ist es äußerst schwierig, diese Frau festzunageln. Sie ist ständig in Bewegung. Vielleicht sollten Sie mal draußen nachsehen."

Ich dankte ihm und war schon fast zur Tür hinaus, als ich mich doch noch einmal umdrehte. „Eigentlich … Wenn Sie einen Moment Zeit hätten, könnten Sie mir vielleicht noch bei etwas anderem helfen."

Den Ausdruck, der sich auf Wesleys Gesicht breitmachte, kannte ich nur zu gut. Sobald ein Polizist anfing, Fragen zu stellen, vermuteten die Leute sofort, dass etwas Schlimmes passiert sein musste oder sie selbst in Schwierigkeiten steckten.

„Die Wakefield-Truppe hat Ihre Küche in den letzten

Tagen ganz schön in Beschlag genommen, oder?", begann ich. „Wie kam es dazu?"

„Laurel hat darauf bestanden", entgegnete er knapp, aber der Frust war ihm deutlich anzuhören. „Was hätte ich tun sollen? Das hier ist zwar mein Reich, aber das Gebäude gehört nun mal ihr."

„Sie scheinen aber nicht glücklich über die Invasion zu sein."

Er lachte zwar, aber es klang alles andere als fröhlich. „Invasion ist das richtige Wort. Einen anderen Koch auf diese Weise in mein Heiligtum zu lassen, grenzt beinahe an Blasphemie. Ehrlich gesagt, wäre es nicht Gin Wakefield gewesen, hätte ich einen Aufstand gebaut. Aber jemanden von ihrem Rang und Namen hier backen zu lassen, ist fast schon so, als hätte meine Arbeitsstätte einen Ritterschlag erhalten."

„Waren Sie die ganze Zeit über dabei, während die Truppe hier vor sich hin werkelte?"

„In der ersten Nacht schon. Fernando, mein Souschef, übrigens auch." Er deutete auf den Mann, der neben ihm stand. „Ihnen bei der Herstellung dieses Croquembouche zuzusehen, war eine wahre Ehre. Obwohl sie normalerweise in verschiedenen Bereichen ihrer Bäckerei arbeiten, waren sie an diesem Abend ein perfekt eingespieltes Team. Gin hielt sich im Hintergrund und überwachte jede Bewegung, während die beiden anderen die Arbeit machten." Er stockte kurz und ergänzte dann: „Insgesamt waren sie zu fünft. Wakefield, die beiden Bäcker, ein Mann und eine Frau, ihre Spülhilfe, und der andere Typ. Keine Ahnung, wer das war."

„Vermutlich der Finanzchef", erklärte ich. „Und welchen Eindruck hatten Sie von den anderen?"

Er sah mich aus großen Augen an, als hätte er die Frage nicht ganz verstanden. „Sie haben einfach die Anweisungen befolgt, so wie es sich für gutes Küchenpersonal gehört."

Bei dieser Äußerung entfuhr Fernando ein Lachen, was er

aber direkt mit einem kleinen Hustenanfall zu überspielen versuchte.

„Willst du dazu etwas sagen, Nando?", fragte Wesley.

„Nein, nichts, Chef."

„Fernando", begann ich, „ich führe gerade tatsächlich eine offizielle Ermittlung durch. Wenn es etwas gibt, das ich Ihrer Meinung nach wissen sollte, sagen Sie es mir bitte."

„Sheriff", mischte Wesley sich ein. „Was geht hier eigentlich vor sich?"

„Im Moment kann ich noch nicht viel sagen." Ich wählte meine Worte mit Bedacht, um nichts über Gingers Tod zu verraten. „Offensichtlich wurde ein Verbrechen begangen …"

„Und das Wakefield-Team ist darin verwickelt?", fragte Fernando. Das *Ja* war kaum über meine Lippen gekommen, als auch schon alles aus ihm heraussprudelte. „Jeder Chef, für den es sich zu arbeiten lohnt, verlangt von seinem Personal Höchstleistungen, und Ms Wakefield war besonders fordernd. An sich nichts Ungewöhnliches, doch immer, wenn sie die Küche verließ, beschwerten sich die anderen über sie." Er zuckte mit den Schultern. „Aber eigentlich war es nur das übliche Geplänkel."

„Willst du damit andeuten, dass das bei euch genauso abläuft, sobald ich außer Hörweite bin?", fragte Wesley bestürzt.

„Natürlich, Boss, denn besonders gegen Ende der Sommersaison kannst du richtig anstrengend werden."

„Erinnern Sie sich vielleicht an etwas Spezielles, was Ms Wakefields Leute gesagt haben?", hakte ich nach.

„Sie meinen etwas, das sie verdächtig machen könnte?" Fernandos erwartungsvoller Blick war mir nur zu vertraut, signalisierte er doch, dass er darauf brannte, bei der Aufklärung eines Verbrechens mitzuhelfen.

Ich tat mein Bestes, um neutral zu bleiben und ihn nicht zu beeinflussen. „Was an einem Arbeitsplatz als verdächtig gilt, kann an einem anderen ganz normal sein, und ich weiß ja nicht, welche Gespräche unter Kochkollegen so üblich sind. Aber gab es womöglich irgendetwas, das Ihnen ungewöhnlich vorkam? Jedes kleine Detail könnte wichtig sein."

Wesley und ich beobachteten, wie Fernando scheinbar in seinem Gedächtnis kramte, auf der Suche nach etwas, das für mich relevant sein könnte.

„Ich war zu dem Zeitpunkt mit meiner eigenen Arbeit beschäftigt und habe wahrscheinlich nicht alles mitbekommen", fuhr er nach einer Weile fort. „Allerdings glaube ich, gehört zu haben, wie einer der Männer – keine Ahnung wer – etwas in der Art sagte, dass Ms Wakefield absolut egoistisch und stets nur auf ihren eigenen Vorteil bedacht sei. Zwar ging er nicht weiter ins Detail, aber mir kam es so vor, als spräche er über etwas Bestimmtes. Und auch die anderen schienen genau zu wissen, was er meinte, denn sie stimmten ihm zu. Dann sagte der andere Typ so etwas wie: *Das hat sich alles eh bald erledigt.*"

Wesley verschränkte die Arme über seinem beachtlichen Bauch. „Das klingt ja fast nach einer Verschwörung."

„Genau das dachte ich mir auch." Ich sah Fernando prüfend an. „Sind derartige Verschwörungstheorien Standard-Küchengeplänkel?"

Er senkte den Kopf. „Nein, absolut nicht. Es war die erste Nacht, in der sie hier waren, und ich gebe zu, ich empfand eine gewisse Ehrfurcht ihnen gegenüber. Ich schätze, ich wollte einfach glauben, dass man, wenn man es so weit gebracht hat" – er wandte sich seinem Chef zu – „nichts gegen dich oder das Gasthaus, aber wenn man für jemandem wie Ginger Wakefield arbeitet, hat man das große Los gezogen und ist doch sicher mit seinem Job zufrieden. Deshalb habe ich diesen Nörgeleien auch weiter keine Bedeutung beigemessen." Er zuckte mit den Schultern. „Das war wohl ziemlich naiv von mir."

„Hilft Ihnen das bei Ihren Ermittlungen weiter, Sheriff?", fragte Wesley.

„Ehrlich gesagt, ich bin mir noch nicht sicher. Wir sind dabei, die Einzelheiten des Geschehens zu rekonstruieren. Und da man anfangs nie weiß, was tatsächlich wichtig ist und was nicht, könnte sich diese Information später noch als relevant herausstellen. Einstweilen vielen Dank für Ihre Zeit."

„Sie wissen ja, wo Sie uns finden, falls Sie noch Fragen haben", sagte Wesley, und Fernando stimmte zu.

„Das tue ich. Vorrangig möchte ich Sie beide bitten, über dieses Gespräch Stillschweigen zu bewahren. Wie ich schon sagte, wir fangen gerade erst an, alles zusammenzutragen und wollen unter allen Umständen vermeiden, dass Gerüchte die Runde machen."

Dann schnappte ich mir Meeka, und gemeinsam verließen wir die Küche, durchquerten den Speisesaal und traten durch die Hintertür hinaus in den Veranstaltungsbereich. Wie Wesley vorausgesagt hatte, trafen wir dort auf Laurel. Sie lag ausgestreckt auf einem der Liegestühle und rührte sich nicht.

Kapitel Fünfzehn

ZUGEGEBEN, EINEN MOMENT LANG DACHTE ICH, LAUREL SEI tot … eigentlich keine abwegige Annahme hier in diesem Dorf. Dann jedoch sah ich, wie sich ihr Brustkorb hob und senkte, und mir wurde klar, dass sie lediglich die Sonne genoss.

„Laurel?", sprach ich sie leise an.

Sie schirmte ihre Augen mit der Hand ab und lugte darunter hervor, bevor sie sich aufrecht hinsetzte. „Was ist los? Was ist mit Gin passiert?"

Offenbar umgab mich, wann und wo auch immer ich auftauche, um Leute gezielt zu befragen, eine Art besondere Aura. Ich sah Laurel fast täglich, aber so wie heute hatte sie noch nie auf mich reagiert. Woher wusste sie diesmal, dass etwas nicht stimmte?

„Was lässt Sie glauben, dass Gin etwas passiert ist?", hakte ich nach.

Sie erhob sich von ihrer Liege und kam zu mir herüber. „Ihr Team war heute Morgen hier, sie selbst jedoch ist nicht aufgetaucht."

„Wann genau sind sie eingetroffen?" Ich zog das kleine Buch und den Stift aus der Tasche meiner Cargohose, um mir Notizen zu machen.

„Lassen Sie mich überlegen." Sie stemmte die Hände in die Hüften und starrte auf den Boden, während sie offensichtlich die Ereignisse des Morgens Revue passieren ließ. „Da ich als Jurorin eingeteilt bin, wäre es nicht richtig, wenn ich wüsste, woran die Teilnehmer arbeiten. Also habe ich Emery gebeten, mir einen Kaffee aus der Küche zu holen. Er erwähnte, dass noch niemand da war. Das war gegen halb acht."

„Sind Sie sich sicher, was die Uhrzeit anbelangt?"

„Ja. Ich hatte nämlich um halb neun ein Telefongespräch und wollte vorher noch meine Notizen durchgehen. Direkt davor steckte Latoya den Kopf herein und fragte, ob ich Ginger gesehen hätte. Das bedeutet, sie sind irgendwann zwischen halb acht und halb neun eingetroffen."

Tripp hatte das Frühstück für sieben Uhr angesetzt, etwas früher als sonst, damit sie ihren Backzeitplan einhalten konnten. Das passte also ins Bild. „Das war später als an den vorherigen Tagen. Warum?"

„Die heutigen Beiträge sind weniger aufwendig als die gestrigen, also mussten sie nicht so zeitig hier sein. Das hatte Gin gestern Abend noch verkündet, kurz bevor sie zusammengepackt haben. Ich war zufällig in der Lobby, als die drei aufgebrochen sind, und habe es mit angehört. Allerdings weiß ich, dass es in ihrer Küche zugeht wie in einer Militäreinheit. Wenn sie also acht Uhr sagt, sollten alle spätestens um zehn vor acht da sein."

„Pünktlich ist schon zu spät", warf ich ein.

„Ganz genau."

„Was haben Sie Latoya geantwortet?"

„Dass ich Gin nicht gesehen hätte, und ihr vorgeschlagen, doch einmal in ihrem Zimmer nachzuschauen. Waren Sie auch schon oben?"

„Ja, war ich. Keine Spur von ihr."

Laurel versteifte sich. „Jayne, was ist mit Gin passiert?"

Mir war klar, sollte ich ihr von Gins Ableben erzählen,

würde es viel schwieriger werden, von ihr Informationen zu bekommen. Daher wich ich der Frage aus. „Haben Sie etwas von Unstimmigkeiten innerhalb des Teams mitbekommen? Geschäftlicher Natur, meine ich."

Sie warf mir einen Blick zu, der verriet, dass sie spürte, ich hielt etwas zurück. „Nein, nichts dergleichen. Allerdings würde ich das eh nicht erfahren. Welche Art von Unstimmigkeiten sollen das denn sein?"

Ich wiederholte, was mir Fernando über Kim, Latoya und Leif erzählt hatte – dass sie jedes Mal über Gin herzogen, sobald diese die Küche verließ.

Diese Aussage entlockte Laurel ein herzliches Lachen. „Ich weiß, dass Sie alles andere als naiv sind, von daher sollte Ihnen doch bewusst sein, dass Angestellte von jeher über ihre Chefs meckern. Ich habe das früher auch getan, und Sie sicherlich ebenfalls. Und auch Martin mag aktuell noch an Ihren Lippen hängen, als wäre jedes Ihrer Worte Gesetz, aber warten Sie's ab … bald wird auch er über Sie stöhnen."

Das klang scharf und hätte nicht sein müssen. „Sie wirken seit einigen Wochen ziemlich mürrisch, Laurel. Ich dachte, der Herbst wäre die Lieblingszeit der Wiccas?"

„Warum fragen Sie mich nicht direkt, was Sie wissen wollen?" Sie dehnte sich ausgiebig, wobei ihre Wirbelsäule bedrohlich knackte.

„Ruby vom *Twisty Skein* hat mir erzählt, sie hätte Sie heute Morgen gegen zwanzig nach sechs draußen gesehen."

Laurel starrte nur geradeaus. Offensichtlich musste ich die Aussage wohl als Frage umformulieren.

„Haben Sie heute Morgen gegen sechs Uhr zwanzig vor dem Gasthaus gestanden?"

„Ja, habe ich. Wie Sie wissen, gönne ich mir häufig ein paar Augenblicke nur für mich, tanke ein wenig Sonne und schnappe frische Luft. Das hilft mir, während meines stressigen Tages entspannt und konzentriert zu bleiben."

„Gegenwärtig wirken Sie gestresster als sonst. Was ist los?"

„Sie sehen doch selbst, wie verrückt es hier gerade zugeht. Natürlich ist es nicht so heftig wie zur Hochsaison im Sommer, aber da muss ich zusätzlich zum Gasthof und den Cottages ja nicht auch noch einen Koch- und Backwettbewerb organisieren und bewerten. Um das alles zu bewältigen, stehe ich aktuell sehr früh auf und gönne mir ein paar Minuten draußen, da ich ansonsten nicht mehr dazu komme. Haben Sie daran etwas auszusetzen?"

„Natürlich nicht."

Ich trat einen halben Schritt zurück und musterte sie prüfend. Seit meiner Ankunft in Whispering Pines hatte ich Laurel noch nie anders als extrem beschäftigt erlebt, doch die viele Arbeit schien ihr nichts auszumachen – im Gegenteil: Sie blühte regelrecht darin auf. In letzter Zeit jedoch war sie nicht mehr sie selbst. Eine Minute lang wartete ich darauf, dass sie weiterreden würde, aber sie schwieg beharrlich. Es gab nur einen Weg, sie dazu zu bringen, mir zu sagen, was wirklich los war. Doch derartige Nachrichten zu überbringen, war nie einfach. Vermutlich würde es sich wie ein Schlag ins Gesicht anfühlen, aber außer bei Familienmitgliedern oder engen Freunden wählte ich immer die „Ruck-zuck-Pflaster-ab"-Methode.

„Laurel, heute Morgen, um kurz vor halb sieben, wurde Gin Wakefields Leiche auf dem Feenpfad gefunden."

Als sie erblasste und leicht zu schwanken begann, trat ich schnell näher, bereit, sie aufzufangen. Zu oft hatte ich schon erlebt, dass Menschen bei derartigen Nachrichten, auf die sie nicht vorbereitet waren, ohnmächtig wurden. Wenn eine Person ohnehin schon wackelig wirkte, ließ ich sie vorsichtshalber Platz nehmen, bevor ich mit Details aufwartete. Behutsam führte ich sie zurück zu ihrem Liegestuhl und setzte mich neben sie.

„Was ist passiert?", fragte Laurel, nachdem der erste Schock ein wenig nachgelassen hatte.

„Wir wissen es noch nicht genau. Der Gerichtsmediziner wird heute die Obduktion durchführen."

Wie aus einem Dämmerzustand erwachend, platzte sie heraus: „Moment mal – glauben Sie etwa, ich hätte etwas damit zu tun?"

„Nein, aber in letzter Zeit verhalten Sie sich äußerst seltsam. Deshalb denke ich, dass Sie vielleicht mehr wissen, als Sie bisher preisgegeben haben. Stimmt es, dass Sie Gin in letzter Minute einige Gefallen getan haben?" Als sie sich nicht sofort äußerte, fügte ich hinzu: „Tripp hat zufällig mitbekommen, wie ihr Team darüber sprach, dass sie ihre Unterlagen nicht rechtzeitig eingereicht hätte. Trotzdem haben Sie sie noch zum Wettbewerb zugelassen. Warum diese Sonderbehandlung?"

Laurel überlegte einen Moment lang, bevor sie antwortete. „Ein weiteres Whispering-Pines-Geheimnis, nur dass das Dorf mit diesem ausnahmsweise nichts zu tun hat. Jeder wusste, wie eng Sugar und Gin als Kinder befreundet waren. Tatsächlich hatten viele, Mitleid mit Honey, als Gin auftauchte, weil Sugar plötzlich all ihre Zeit mit dem neuen Mädchen verbrachte."

Ihre Worte waren scharf, knapp und von einer gewissen Attitüde geprägt.

„Sie waren eifersüchtig?"

„Das war ich", gab sie, ohne zu zögern, zu. „Aber nicht auf die Freundschaft der beiden. Ich hatte meine eigenen Vertrauten, die Kids aus dem Rudel. Außerdem waren sie fünf Jahre jünger als ich. Nein, ich war eifersüchtig auf sie, weil sie als Teenager so kochen und backen konnten wie sonst niemand."

„Sie beneideten sie um ihre Küchenhexen-Fähigkeiten."

„Genau. Gastfreundschaft gehört zu meinem Leben, seit meine Mutter das *The Inn* eröffnet hat. Ich kann ein Zimmer so herrichten, dass Sie sich darin wohler fühlen als in Ihren eigenen vier Wänden. Ich kann dafür sorgen, dass es Ihnen während Ihres Aufenthalts hier an nichts fehlt. Nach einem

Urlaub in meinem Hotel sind Sie erholt und entspannt und haben nur den einen Wunsch, baldmöglichst wiederzukommen. Das ist mein *Hexentalent*, wie manche es nennen mögen. Das Einzige, was ich nicht beherrsche, ist, Mahlzeiten für meine Gäste zuzubereiten."

„Aber die Muffins, die Sie neulich gebacken haben, waren fantastisch."

Sie neigte dankbar den Kopf, winkte dann jedoch gleich ab. „Es gibt schon ein paar Dinge, die ich hinbekomme, aber nichts im Vergleich zu dem, was Sugar, Gin und Reeva zaubern. Ich war so neidisch auf sie, dass ich manche Nächte kaum schlafen konnte." Dann schüttelte sie sich, als würde sie versuchen, die quälenden Erinnerungen zu vertreiben. „Mittlerweile bin ich so gut wie darüber hinweg. Ich liebe mein Leben wirklich und bin sehr glücklich, das *The Inn* führen zu dürfen. Es ist befriedigend zu wissen, dass meine Gäste sich bei ihrer Abreise so viel besser fühlen als bei der Ankunft. Aber einmal im Jahr ..."

„Bringt das Mabon-Fest alles zurück", vervollständigte ich den Gedanken für sie.

„Ja. Dann rückt wieder die Anerkennung für die Köche und Bäcker in den Vordergrund, und die alte Eifersucht kehrt zurück. Die Dorfbewohner, die mich seit Jahren kennen, sind daran gewöhnt. Sie wissen zwar nicht genau, warum, aber sie rechnen jedes Jahr damit, dass ich ab Ende September schlechte Laune habe. Somit sind Sie die Einzige, die sich darüber wundert, weil Sie erst seit vier Monaten hier sind. Normalerweise schaffe ich es, zumindest für meine Gäste ein fröhliches Gesicht aufzusetzen, damit niemand bemerkt, dass mich etwas beschäftigt. Diesmal jedoch, das muss ich ehrlich zugeben, fällt es mir schwerer. Die ganze Situation mit Gin und so ..." Ein leises, kummervolles Stöhnen entrang sich ihrer Kehle. „Ich kann immer noch nicht glauben, dass sie tot ist."

„Wenn ihre Anwesenheit die Sache für Sie doch nur noch

mehr verkompliziert hat, warum haben Sie ihr dann den Gefallen getan?"

Sie warf die Hände in die Luft. „Weil sie mich darum gebeten hat, und Gastfreundschaft steht für mich stets an erster Stelle. Es ist mir ein Bedürfnis, jedem so gut es geht entgegenzukommen." Da steckte doch mehr dahinter? Also wartete ich geduldig, und schließlich gab sie zu: „Ich hatte ein schlechtes Gewissen wegen dem, was man ihr nach Beendigung der Kochschule angetan hat."

„Sie meinen, dass man ihr ein eigenes Geschäft verweigerte?"

„Richtig. Es war so oder so ungerecht, aber da ihre Mutter krank war, machte es die Sache noch schlimmer."

„Ihre Mutter war krank? Das wusste ich nicht." Ich rief mir die Unterhaltung mit Gin am Steg erneut ins Gedächtnis. Das erklärte, warum sie so emotional wurde, als wir auf ihre Mutter zu sprechen kamen.

„Ja, ich bin mir nicht sicher, was genau es war. Etwas Neurologisches, denke ich. Jedenfalls war es chronisch. Sie mussten Unmengen an Arztrechnungen bezahlen."

„Wann haben Sie Gin zuletzt gesehen?"

„Letzte Nacht." Sie schlug die Hände vors Gesicht und atmete tief aus. „Das Team hat gestern Abend entweder den Konferenzraum oder den Speisesaal benutzt, um ihren Plan auszuarbeiten. Gegen zehn Uhr waren sie fertig, und nachdem die anderen gegangen waren, saßen Gin und ich noch eine weitere Stunde in der Lobby zusammen und unterhielten uns." Endlich liefen die Tränen, die sie so lange zurückzuhalten versucht hatte. „Es war ein wundervolles Gespräch. Ich erzählte ihr, wie sehr ich sie um ihre Karriere beneidete, die sie um die ganze Welt führte, und sie gestand, wie gerne sie etwas Ähnliches wie ich hätte, um im Dorf bleiben zu können." Sie schniefte. „Gin hat Whispering Pines wirklich geliebt. Wir wollten heute Abend zusammen essen."

„Sie ist also gegen elf Uhr auf ihr Zimmer gegangen?" Ich notierte mir das auf meiner Zeitachse.

„Richtig."

Das würde sich mit meiner Schätzung bezüglich der Leichenstarre decken. Und stimmte auch mit dem überein, was Reed mir berichtet hatte, nämlich, dass er ihre Mitarbeiter gegen zehn Uhr das Gebäude verlassen sah.

„Wissen Sie, wann sie gestorben ist?", fragte Laurel und korrigierte sich dann schnell: „Ich meine, wann ungefähr?"

„Zwischen elf und vier. Genaueres kann ich derzeit noch nicht sagen, Aber das, was Sie mir gerade erzählt haben, würde dazu passen. Eine letzte Frage hätte ich noch: Als Sie heute Morgen draußen waren, haben Sie da sonst noch jemanden in der Nähe des Pentagramm-Gartens gesehen? Insbesondere jemanden in der Nähe des Feenpfades?"

Sie starrte nachdenklich auf den See. „Ein paar Leute haben ihre Essenstische aufgebaut. Ruby ist mit ihrem Fahrrad vorbeigefahren." Sie runzelte die Stirn und sah mir dann geradewegs in die Augen. „Drüben am Feenpfad war noch eine weitere Person, aber diese Antwort wird Ihnen nicht gefallen."

„Es gehört nicht zu meinem Job, Antworten zu mögen oder nicht. Ich konzentriere mich darauf, Fakten zu sammeln und die Wahrheit herauszufinden. Wer war diese Person?"

„Sugar."

Kapitel Sechzehn

LAUREL HATTE VÖLLIG RECHT. DIESE ANTWORT GEFIEL MIR ganz und gar nicht. Tatsächlich war es die letzte, die ich hören wollte.

„Es war wirklich Sugar, die Sie heute Morgen in der Nähe des Feenpfades gesehen haben?", hakte ich nochmals nach.

„Ja, kurz nachdem Ruby an mir vorbeifuhr", versicherte sie mir.

„War sie schon mal so früh unterwegs? Immerhin stehen Bäcker, soviel ich weiß, meist vor Sonnenaufgang auf."

„Hin und wieder. Sie und Honey sind in der Regel wirklich schon um fünf in der Bäckerei, obwohl die erst um neun öffnet."

„Aber dieses Mal war etwas anders?" Inzwischen war Laurel nicht mehr so auskunftsfreudig. Ich musste ihr buchstäblich alles aus der Nase ziehen.

„Wenn ich sie um diese Zeit sehe, dreht sie normalerweise nur eine Runde um die Cottages, bewundert die Blumen und genießt die frische Luft. Manchmal läuft sie auch um den Pentagramm-Garten herum. Heute allerdings entfernte sie sich zielstrebig vom Laden, wenn Sie verstehen, was ich meine. Es glich keinem gemütlichen Spaziergang, sondern sah eher so aus, als hätte sie etwas vor."

„Haben Sie mitbekommen, wohin sie ging?"

„Nein, nur dass sie sich Richtung Osten wandte. Vielleicht wollte sie wirklich nur ein wenig herumwandern, aber wenn ich raten müsste, würde ich sagen, sie wollte zu *Sundry*."

Vor meinem inneren Auge zeichnete sich das Dorf wie auf einer Landkarte ab. Es gab einen südlichen Einstieg zum Feenpfad, der näher bei *Sundry* wieder hinausführte. Sie hätte den Weg dort betreten, Gin begegnen und mit ihr in einen Streit geraten können. Ein Streit, der wegen eines Kuchens mit dem Tod endete?

Nein, das ergab keinen Sinn. Laurel hatte Sugar gegen halb sieben vorbeilaufen sehen, und zu diesem Zeitpunkt musste Wakefield bereits seit zwei, drei Stunden tot gewesen sein.

„*Sundry* wäre am naheliegendsten", folgerte Laurel und unterbrach damit meine Gedankengänge. „Vermutlich brauchte sie noch Zutaten für ihren heutigen Beitrag."

„Um die Uhrzeit hat der Laden doch noch gar nicht geöffnet."

„Für die normale Kundschaft natürlich nicht, aber Sugar betreibt schließlich einen Süßwarenladen. Sie können sicher sein, dass sie einen besonderen Draht zu Peyton hat."

Auch wieder wahr. Soweit ich wusste, bestellten Sugar und Honey zwar all ihre Zutaten bei einem Restaurantlieferanten, dessen Kontaktdaten sie auch Tripp gegeben hatten. Aber natürlich kam es immer mal wieder vor, dass etwas ausging, und in so einem Fall würde Peyton ihnen bestimmt bis zur nächsten Lieferung aushelfen. Wie jeder andere Ladenbesitzer in diesem Dorf wollte auch er nur eines: zufriedene Kunden. Und dafür war er, falls nötig, rund um die Uhr erreichbar.

„Sie haben sie also in diese Richtung laufen sehen. Aber haben Sie auch mitbekommen, ob und wann sie zurückkam?"

Laurel schüttelte den Kopf. „Ich war nicht so lange

draußen. Keine fünf Minuten später bin ich wieder reingegangen, um meine Arbeit aufzunehmen."

Auch diese Details und ungefähren Zeiten notierte ich mir. „Fürs Erste müssen wir über diese Sache Stillschweigen bewahren. Die Nachricht über einen weiteren mysteriösen Todesfall und die Möglichkeit, dass einer der Dorfbewohner verwickelt sein könnte, wäre ein ziemlicher Schock für alle."

Sie runzelte die Stirn. „Sie glauben doch nicht wirklich, dass Sugar die Täterin war?"

„Ich kann die Dinge, die sie gestern Nachmittag gesagt hat, nicht ignorieren. Und jeder hat gehört, wie sie Gin warnte, sie solle sich in Acht nehmen."

„Und das halten Sie für eine ernst zu nehmende Drohung?" Sie gab ein skeptisches Lachen von sich.

In meiner Zeit als Polizistin hatte ich viele Arten von Drohungen erlebt, aus denen am Ende bitterer Ernst wurde. Einige bestanden nur darin, dass jemand mit dem Finger auf das spätere Opfer zielte, so als hielte er eine Pistole in Händen. Andere waren verbale Einschüchterungen, wie das, was Sugar Gin am Vortag an den Kopf geworfen hatte. Und es gab natürlich auch solche, die explizite Beschreibungen dessen enthielten, was eine Person einer anderen antun würde. Menschen konnten so grausam sein.

„Man kann nie mit Bestimmtheit sagen, ob etwas ernst gemeint ist oder nicht. Eines jedoch weiß ich sicher: Ich würde meinen Job nicht richtig machen, wenn ich das nicht wenigstens überprüfe."

)☉(

Die Glocke über der Tür des *Treat Me Sweetly* bimmelte fröhlich, als ich eintrat. Honey war allein und wischte gerade die großen braunen Holzregale ab, auf denen dutzende Apothekergefäße, gefüllt mit traditionellen Süßigkeiten, standen. Sie drehte sich um und schenkte Meeka und mir ein strahlendes Lächeln.

„Ja, hallo, Sheriff. Und Deputy Meeka. Unsere Gefriertruhen vorne sind heute wegen des Festes leer, aber ich kann Ihnen beiden etwas von hinten holen, falls gewünscht."

„Danke, Honey, aber darum sind wir nicht hier. Ist Sugar da?"

Sie stellte ein Glas mit harten, runden Bonbons zurück ins Regal. „Nein, sie musste noch eine Besorgung machen."

„Jetzt? Sollten Sie beide nicht schon längst Ihre Beiträge für den heutigen Wettbewerb vorbereiten?"

„Darum musste sie ja los. Jemand hat bei *Sundry* sämtliche Bananen aufgekauft."

Sofort fiel mir wieder der intensive Geruch ein, der aus Gins Hotelzimmer geströmt war, kaum dass ich die Tür geöffnet hatte. Dieses simple Detail, das die beiden Frauen verband, ließ meinen Instinkt von einem kleinen Funken zu einem lodernden Inferno aufflammen. Hatte Gin etwa gewusst, dass ihre Rivalin die Bananen brauchen würde und sie aus Trotz aufgekauft? Auf der anderen Seite hatte Sugar ausgerechnet jetzt die Stadt verlassen, kurz nachdem ihre Erzfeindin tot aufgefunden wurde. Dabei sollte sie doch für den Wettstreit, der ihr so viel bedeutete, alles geben. Wollte sie wirklich nur eine Besorgung erledigen?

„Wann erwarten Sie sie zurück?"

Gerade entstaubte Honey ein Glas mit Zitronendrops, und wandte sich anschließend den wie kleine Fässer aussehenden Root-Beer-Bonbons zu. „Kommt darauf an. Theoretisch jede Minute, außer sie bekommt sie nirgends. Dann müsste sie nach Ashland fahren."

„Ashland? Das ist ja eine halbe Weltreise. Sind die Bananen wirklich so wichtig?"

„Sie sind das Hauptthema", entgegnete sie mit einem kleinen, müden Seufzer. „Sugar plant acht verschiedene Bananendesserts. Oder zumindest sechs, wenn wir nicht mehr genug Zeit haben sollten. Und Sie kennen ja meine Schwester: Wenn sie sich einmal etwas in den Kopf gesetzt hat, gibt es kein Zurück mehr."

Als Nächstes wandte sie ihre Aufmerksamkeit einem Glas mit Zuckerröhrchen zu. „Was hätten Sie denn von ihr gebraucht, Jayne?"

Ihr Tonfall machte deutlich, dass sie wusste, ich war dienstlich hier. Offenbar strahlte ich wieder einmal diese besondere Aura aus. Und genau aus diesem Grund brauchte Whispering Pines keine Zeitung. Man konnte einander schon auf den ersten Blick ansehen, wenn etwas nicht stimmte. Sogar ich, dabei war ich erst seit vier Monaten hier. Die Menschen, die ihr ganzes Leben hier verbracht hatten, mussten vermutlich nicht einmal ein Wort sagen, um miteinander zu kommunizieren.

„Ich habe mich neulich ein wenig mit Gin Wakefield unterhalten, und sie hat mir von ihrer Kindheit hier im Dorf erzählt. Was können Sie mir über die Beziehung der beiden sagen?"

„Ach, sie waren wie alle anderen Mädchen in diesem Alter." Honey stellte ein Glas Necco Wafers zurück und drehte sich endlich zu mir um. „Manchmal konnten sie nicht länger als fünf Minuten ohneinander leben, und dann wieder fanden sie den Anblick der jeweils anderen unerträglich."

„Aber es wurde noch schlimmer, nicht wahr? Gin behauptete, Ihre Eltern waren dafür verantwortlich, dass sie hier kein Geschäft eröffnen durfte."

Sie setzte sich an einen der kleinen Tische und deutete mir an, ihr gegenüber Platz zu nehmen. Dann stieß sie einen Seufzer aus, der aus den entlegensten Tiefen ihrer Seele zu kommen schien. „Ich weiß nicht genau, was zwischen den beiden vorgefallen ist, als sie die Gastronomieschule besuchten. Sugar wurde zuerst angenommen und war überglücklich. Ich glaube, sie war enttäuscht, dass Gin dieselbe Akademie gewählt hat. Das kann ich auch irgendwie nachvollziehen. Sie wollte einfach einmal etwas nur für sich selbst haben, was in einem Dorf dieser Größe ziemlich schwer ist. Zwar meinen es alle nur gut, aber sie wissen schon, was in deinem Leben passiert, bevor du überhaupt Zeit hattest, es gebührend zu feiern. Das ist jetzt natürlich etwas übertrieben, aber ich denke, Sie verstehen, was ich meine."

„Tja, es hat eben Vor- und Nachteile, in einem so kleinen Ort zu leben. Und nachdem beide ihren Abschluss in der Tasche hatten, wurde alles noch heftiger, oder?"

„Definitiv. Sugar hatte so hart gearbeitet und das ganze Jahr über den Spitzenplatz in ihrer Klasse gehalten. Und dann, ganz am Ende, hat Gin ihr den streitig gemacht, ihr sozusagen den Sieg vor der Nase weggeschnappt. Das hat sie nie verwunden."

„Ist das der Grund, warum Ihre Eltern Ginger und ihrer Mutter das eigene Geschäft verweigerten?"

Honey wurde schlagartig sehr still, und als sie schließlich antwortete, standen ihr Tränen in den Augen. „Es hatte nichts damit zu tun, dass sie Gin bestrafen wollten. Was damals niemand im Dorf wusste, war, dass Papa an Krebs erkrankt war und bald sterben würde." Sie hielt erneut inne und fügte dann mit schmerzverzerrtem Gesicht hinzu: „Offensichtlich ist es doch möglich, Dinge in Whispering Pines geheim zu halten."

„Geheimnisse zu bewahren ist nicht das Problem. Vielmehr geht es darum, von vornherein zu verhindern, dass sie überhaupt passieren."

„Das stimmt wohl. Jedenfalls hatten Sugar und ich nach ihrem ersten Jahr an der Schule davon erfahren. Mom gab uns zu verstehen, dass sie den Laden unmöglich allein führen könnte, und meine Schwester erklärte sich sofort bereit, ihn direkt nach ihrem Abschluss zu übernehmen. Sie hat Whispering Pines schon immer geliebt, von daher bedeutete es für sie auch kein Opfer, für immer hierzubleiben."

„Trotzdem verstehe ich nicht, wie das mit der

Entscheidung Ihrer Eltern zusammenhängt, Gin den Laden zu verweigern."

„Sie wollten uns beschützen. Mom und Dad beschlossen, das Dorf zu verlassen, sobald Sugar sich eingearbeitet hatte, und zu Moms Schwester nach Oregon zu ziehen. Auf diese Weise wollte Dad den gut gemeinten Einmischungen der Dorfbewohner entgehen, während seine Krankheit fortschritt, und sie stünde nach seinem Tod nicht allein da. Sie baten uns natürlich mitzukommen, und als wir ablehnten, wollten sie einfach sicherstellen, dass wir gut klarkommen. Und das bedeutete eben: keine Konkurrenz im Ort, die uns möglicherweise verdrängen oder unsere Einnahmen so stark schmälern würde, dass wir uns nicht mehr über Wasser halten könnten. Beides wäre denkbar gewesen, wenn Gin ein Geschäft eröffnet hätte."

„Also haben sie dafür gesorgt, dass es dazu nicht kommt."

Honey neigte den Kopf in Richtung Hinterzimmer. Wollte sie sichergehen, dass sich Sugar nicht doch dort aufhielt? „Alle wussten, dass Gin die Einfallsreichere war, doch was bodenständiges Backen anbelangte, konnte niemand Sugar das Wasser reichen. Nicht einmal Gin Wakefield bekam Kekse, Riegel und einfaches Brot so hin wie sie. Natürlich hätte sie sie in den anspruchsvolleren Bereichen übertreffen können – Törtchen, Kuchen, Pies, aufwendigere Desserts, solche Dinge. Auf jeden Fall bin ich überzeugt, dass sie uns Kundschaft weggenommen hätte."

„Glauben Sie, genau das ist bei ihrem Abschlussprojekt passiert? Gin hat sie schlichtweg ausgestochen?"

„Davon bin ich sogar überzeugt. Es würde mich nicht wundern, wenn Gin sich die ganze Zeit zurückgehalten hätte, nur um die Dozenten mit ihrem finalen Projekt vom Hocker zu hauen." Sie überdachte kurz ihre Worte und ruderte ein wenig zurück. „Na ja, das klingt vielleicht ein bisschen übertrieben."

„Deshalb ist es Ihrer Schwester so wichtig, sie in diesem

Wettbewerb zu schlagen? Ein Zweikampf auf heimischem Terrain?"

„Richtig. Sugar interessiert sich weder für Gins Beliebtheit noch für deren finanziellen Erfolg. Alles, was ihr am Herzen liegt, ist dieses Dorf." Sie faltete ihr Staubtuch zu einem ordentlichen Quadrat zusammen und legte es auf den Café-Tisch. „Warum reden wir eigentlich so viel über die beiden? Ich nehme an, Sie wollen die Zeit, bis meine Schwester zurückkommt, nicht einfach nur mit Geplauder überbrücken, oder?"

Bei ihr versuchte ich, das Pflaster ein wenig langsamer abzuziehen. „Das, was ich Ihnen jetzt sagen muss, fällt mir nicht leicht. Gin wurde heute Morgen tot aufgefunden."

Honey nahm die Nachricht mit einem stillen Kopfnicken auf und brach dann in Tränen aus. Sie weinte fast zwei Minuten lang, dann trocknete sie sich die Augen und setzte eine steinerne Miene auf. „Und Sie denken, meine Schwester ist dafür verantwortlich?"

„In den letzten Tagen kam es zu etlichen Spannungen zwischen den beiden, und auch die eine oder andere Drohung wurde ausgesprochen. Speziell gestern, als Gin eine Nachbildung Ihres Ladens präsentierte, war Sugar außer sich vor Wut. Das haben alle mitbekommen."

„Sie war es nicht." Eine andere Erklärung bot sie mir nicht an, aber die Gewissheit in ihrer Stimme brachte mich fast dazu, es sofort dabei zu belassen.

„Haben Sie Beweise dafür?"

„Sie war es nicht."

„Nur zu gerne möchte ich Ihnen das glauben", versicherte ich ihr in aller Aufrichtigkeit, „und ich hoffe wirklich, dass ich ihre Unschuld beweisen kann. Im Moment jedoch ist sie eine Verdächtige, und ich muss sie vorladen und befragen."

„Sie war es nicht." Sie verschränkte die Arme vor der Brust und drehte sich weg.

So allmählich schwand meine Geduld. „Honey, sie hat

nicht nur vor den versammelten Dorfbewohnern Drohungen ausgesprochen, sie ist auch noch aus der Stadt verschwunden. Sie haben gesagt, sie sollte bald zurück sein. Ich hoffe inständig, dass dem so ist, denn sollte sie in der nächsten Stunde nicht auftauchen, muss ich das Büro des County Sheriffs verständigen und ein BOLO veranlassen."

„Könnten Sie sich vielleicht verständlicher ausdrücken?" Ich hatte Honey noch nie so wütend erlebt.

„Sie zur Fahndung ausschreiben lassen! BOLO bedeutet: *be on the lookout*. In dem Fall würde ihre Schwester, wenn ein Beamter sie findet, umgehend festgenommen. Sollten Sie also die Möglichkeit haben, sie zu kontaktieren, dann tun Sie das besser sofort und raten Sie ihr, umgehend zurückzukommen."

Kapitel Siebzehn

Ich trat aus dem *Treat Me Sweetly* hinaus auf die Straße und nahm mein Walkie-Talkie vom Gürtel. Eigentlich wollte ich direkt Reed rufen und ihm das von Sugar erzählen, als mir gerade noch rechtzeitig einfiel, dass es im Dorf ja noch zehn weitere Funkgeräte gab und es höchst prekär wäre, wenn jemand mithören würde.

„Sieht so aus, als müssten wir zurück zum Revier", sagte ich zu Meeka. Doch als ich mich in Bewegung setzte, stemmte sie die Pfoten in den Boden und bewegte sich keinen Millimeter. „Was ist los?", fragte ich irritiert, bis es mir einfiel: Sie hatte keine Hundekekse bekommen. „Das tut mir leid, Kleine, aber ich kann auf keinen Fall nochmals da reingehen und Honey um welche bitten."

Meeka jedoch schien entschlossen, ihre Leckerlis um jeden Preis einzufordern, und ließ sich einfach auf die Straße plumpsen. Was für eine verwöhnte Fellnase!

Da fast jeder Laden im Dorf Belohnungshäppchen für pelzige Besucher vorrätig hatte, hoffte ich, vielleicht auch an einem der Tische fündig zu werden. Es dauerte tatsächlich nicht lange, bis ich ein Banner mit Pfotenabdrücken entdeckte.

„Okay, dann lass uns mal schauen, ob wir da was abstauben können", sagte ich und deutete in die entsprechende Richtung.

Das schien sie verstanden zu haben, denn sie sprang schwanzwedelnd auf und folgte mir zu dem Stand. Die Frau dort, eine Wicca aus der Gegend, die jedes streunende Tier aufnahm, das ihren Weg kreuzte, hatte kleine Pergamenttütchen mit Snacks in verschiedenen Geschmacksrichtungen für Hunde und Katzen vorbereitet.

„Damit werden Sie den Markt im Sturm erobern", lobte ich, als mein Westie null Komma nichts ihren Keks verschlungen hatte und um mehr bettelte. „So aufdringlich und fordernd ist mein Hund nämlich sonst nie. Sie hält das für unter ihrer Würde."

Ich warf ihr noch ein Leckerli zu, und die Frau drückte mir eine weitere Tüte in die Hand. „Es kann mit Sicherheit nichts schaden, wenn der örtliche K-9 so davon angetan ist."

„Definitiv. Brauchen Sie vielleicht ein Maskottchen?", scherzte ich.

„Gut möglich", erwiderte sie. „Ich arbeite gerade an meiner Website, um die Produkte auch online zu verkaufen."

Ich wünschte ihr Glück und kehrte zur Wache zurück, wo ich Reed vorfand, mit glasigen Augen auf seinen Bildschirm starrend.

„Immer noch auf der Suche nach Bienenstichen und Honigallergien?", fragte ich, während ich Meekas Napf am Wasserspender in der Ecke auffüllte.

„Warum macht Recherche nur so süchtig?", antwortete er seufzend. „Eigentlich hatte ich meine Antworten schon vor über einer Stunde gefunden, aber zu lesen, auf wie viele verschiedene Arten Menschen durch diese Phänomene gestorben sind, ist faszinierend." Er hielt inne. „Das klingt jetzt vermutlich ziemlich unsensibel, oder?"

„Nein, durchaus wissenschaftlich. Was hast du in Erfahrung bringen können?"

„Wusstest du, dass eine Honigbiene stirbt, nachdem sie gestochen hat, weil ihr Stachel einen winzigen Widerhaken hat, der im Opfer stecken bleibt? Und sich, wenn sie versucht, ihn herauszuziehen, die Eingeweide rausreißt? Aber selbst dann wird weiterhin Gift durch den Stachel gepumpt." Er hob eine Hand, die Fingerspitzen fest zusammengepresst, und öffnete und schloss sie wieder, womit er vermutlich den Ausstoß des Giftes darstellen wollte.

„Ja, Dr. Bundy erwähnte etwas in der Art, dass er wahrscheinlich Stachel samt Giftbeutel am Opfer finden würde, aber seine Beschreibung klang nicht ganz so dramatisch. Was genau hast du sonst noch herausgefunden?"

„Jede Menge. Für jemanden, der nicht allergisch ist, wären ungefähr fünfhundert Stiche nötig, um an der Wirkung zu sterben. Das gilt für Erwachsene, bei einem Kind würden zwischen dreißig und fünfzig reichen."

„Gut, aber Gin Wakefield war hochgradig allergisch."

„Richtig. Ich habe tatsächlich von Fällen gelesen, in denen Menschen an einem einzigen Stich gestorben sind. Durch die Anaphylaxie kann der Tod anscheinend innerhalb von Sekunden eintreten." Er scrollte durch eine Seite auf seinem Computer. „Bei Honig ist das eigentliche Problem der darin enthaltene Pollen."

„Ich frage mich, ob sie auch unter Heuschnupfen gelitten hat."

„Darüber habe ich auch etwas Interessantes gelesen." Er richtete sich ein wenig auf, bereit, mir seinen kleinen Fun-Fact zu präsentieren. „Ich bin auf Studien gestoßen, die belegen, dass Honig mit winzigen Pollenrückständen, auf die eine Person normalerweise reagiert, die Allergie unter Umständen lindern kann."

„Das ist ja interessant. Es wirkt also wie eine Art Impfstoff."

„Anscheinend. Vielleicht hat Ms Wakefield versehentlich etwas mit Honig gegessen."

„Durchaus möglich, aber sie war so verschwollen, dass ich eher eine Anaphylaxie durch Bienengift vermute."

„Eine starke Allergie gegen Honig kann ebenfalls eine Anaphylaxie auslösen." Er zeigte auf seinen Computer, um zu verdeutlichen, dass seine Recherche ihn das gelehrt hatte.

„Generell stimme ich dir zu. Es wäre natürlich vorstellbar, dass sie etwas zu sich genommen hat, das der Auslöser dafür war, aber eher unwahrscheinlich. Sie bestand darauf, dass alle eine Zutatenliste ihrer Gerichte veröffentlichen, und was das betraf, war sie regelrecht besessen. Einer ihrer Angestellten erwähnte, einen Honigkuchen backen zu wollen, und sie ist völlig ausgerastet …"

„Woran denkst du gerade?", fragte Reed, als ich mitten im Satz innehielt.

„Latoya Craig hat einen Witz darüber gemacht, sie wolle Wakefield aus Versehen Honig geben. Zwar hat sie direkt danach beteuert, es sei nicht ernst gemeint gewesen und niemals ihre Absicht, ihr so viel unterzujubeln, dass es tödlich enden könnte …"

„Aber trotzdem." Martin verzog das Gesicht und schüttelte den Kopf. „Nicht lustig."

„Ganz und gar nicht. Wie auch immer, dank deiner Recherchen haben wir ein besseres Verständnis dafür, was Ginger widerfahren sein könnte. Gute Arbeit. Jetzt müssen wir nur noch auf die Autopsieergebnisse warten."

„Wie sind deine Verhöre gelaufen?" Fast schon widerwillig schloss er den Browser. Er recherchierte wirklich gern

Ich erzählte ihm von meinen Gesprächen mit Wesley, Fernando und Laurel im Gasthof, und anschließend von der Unterhaltung mit Honey.

Er wirkte nicht überrascht. „Hast du eine andere Reaktion von ihr erwartet?"

„Nein, es lief sogar deutlich besser als erwartet. Apropos – das ist auch der Hauptgrund, warum ich zurückgekommen bin. Ursprünglich wollte ich dich über Funk kontaktieren, dann aber nicht das Risiko eingehen, dass einer der Dorfbewohner mithört. Auf diese Art dürfen wir uns aktuell nicht über Gin Wakefield austauschen."

„Alles klar. Was wolltest du mir sagen?"

„Sugar hat die Stadt verlassen, um Besorgungen zu erledigen."

„Sie hat die Stadt verlassen? Das ist ja überhaupt nicht suspekt."

„Ganz genau. Damit ist sie auf der Verdächtigenliste um eine weitere Stelle nach oben gerutscht. Solltest du sie vor mir irgendwo entdecken, bring sie sofort aufs Revier."

Er salutierte zustimmend. „Und was das Herausfinden durch andere anbelangt: Hast du schon mit ihren Angestellten gesprochen?"

„Das ist der nächste Punkt auf meiner Liste. Sie waren im Gasthof, sind aber noch mal weg, um nach ihrer Chefin zu suchen. Ich werde Tripp anrufen und sehen, ob sie ins *Pine Time* zurückgekehrt sind. Wenn nicht, dann fange ich an, das Dorf abzuklappern. In der Zwischenzeit musst du rübergehen und Wakefields Zimmer im *The Inn* untersuchen."

„Ich? Ganz allein?"

Reed war schon Deputy gewesen, bevor ich nach Whispering Pines kam, doch Sheriff Brighton hatte ihn eher wie einen Büroangestellten behandelt als wie einen Ordnungshüter. Eine echte Schande. Reed verfügte über ein ausgezeichnetes Gespür, besaß jedoch wenig Selbstvertrauen, bis er eine Aufgabe ein- oder zweimal eigenständig gemeistert hatte. Sheriff Brighton hatte ja keine Ahnung, was ihm da entgangen war. Oder vielleicht doch. Schließlich war er in diverse Vertuschungen verwickelt gewesen und wollte seinen Deputy womöglich bewusst klein halten, damit der nichts davon aufdecken konnte.

„Du hast doch bereits Tatorte mit mir zusammen gesichert und weißt, dass du Unmengen an Fotos machen musst. Und was den Inhalt ihres Zimmers betrifft – lass dir Zeit und geh alles gründlich durch. Wenn dir etwas verdächtig vorkommt, pack es ein und bring es mit. Du schaffst das."

Er schlug sich mit der Handfläche gegen die Stirn. „Mist … wusste ich es doch, dass ich etwas vergessen habe. Ich sollte doch das Ermittlungs-Kit wieder auffüllen."

Er holte eine laminierte Checkliste sämtlicher Ausrüstungsgegenständen aus seiner Schublade und machte sich an die Arbeit. Währenddessen rief ich Tripp an.

„Wie läuft's?", erkundigte er sich. „War das Opfer jemand, den wir kannten?"

Trotz der Ernsthaftigkeit des Themas musste ich lächeln. Er benutzte inzwischen denselben Polizeijargon wie ich. „Sind die Wakefield-Mitarbeiter da?"

Er zögerte kurz. „Nein, sie sind direkt nach dem Frühstück gegangen. Gibt es einen Grund, warum du mit einer Gegenfrage antwortest?"

„Den gibt es allerdings, und ich muss dringend mit ihnen reden." Ich sprach bewusst langsam und betonte besonders das Wort *ihnen*, in der Hoffnung, er könnte sich ohne weitere großartige Erklärungen selbst einen Reim darauf machen.

Und tatsächlich schnappte er nach Luft. „Du machst Witze. *Sie*?"

„Sie."

„Wow." Er hielt kurz inne und fragte dann: „Warum eigentlich dieses geheimnisvolle Gerede?"

„Weil ich lieber übervorsichtig bin. Mir wird jetzt schon heiß und kalt bei der Vorstellung, dass es herauskommt und das Dorf von Nachrichtenteams überrannt wird."

„Stimmt, das wäre ein Albtraum. Also, sie sind nach dem Frühstück abgezogen, so gegen acht, und bisher ist keiner mehr aufgetaucht. Zumindest habe ich niemanden gesehen. Ich nehme an, sie treiben sich irgendwo im Ort herum."

„Sind denn alle gegangen? Auch Sonja? Oder ist die noch in ihrem Zimmer?"

„Sie ist kurz runtergekommen für Toast und Tee, aber

gleich darauf wieder hoch. Die anderen drei sind weggefahren."

„Moment mal …" Diese Truppe schaffte mich allmählich. „Da fehlt doch noch jemand. Mit den Dreien meinst du wohl Kim, Latoya und Leif, und Sonja ist im B&B geblieben. Was ist denn mit Misty?"

„Sie ist so unauffällig, dass ich sie glatt vergessen habe. Sie war bis etwa zehn auf ihrem Zimmer, und als ich sie an der Tür sah und ansprach, meinte sie nur, sie wollte einen Spaziergang machen."

„Interessant."

„Inwiefern?"

„Dass sie die anderen nicht ins Gasthaus begleitet hat."

„Sie bäckt ja nicht."

„Ich weiß, aber müsste sie nicht trotzdem dabei sein, um zumindest beim Aufräumen und Spülen zu helfen, während sich die Übrigen auf den heutigen Beitrag konzentrieren?"

„Theoretisch ja."

„Der Sache sollte ich nochmals genauer nachgehen. Vielen Dank für die Infos. Ich muss los, die anderen drei suchen." Ich wollte gerade auflegen, als mir noch etwas einfiel. „Unser Treffen habe ich übrigens nicht vergessen, nur weiß ich aktuell noch nicht, ob ich es schaffe."

„Kein Problem. Ich werde sowieso dort sein, also komm einfach dazu, sollte es deine Zeit erlauben."

Obwohl seine Worte locker klangen, entging mir nicht der scharfe Unterton. Aber vielleicht war es auch nur das Schuldgefühl, das mir in den Ohren klingelte. Selbst wenn ich es nicht würde einrichten können, ihn zu treffen, freute ich mich, dass er vorhatte, das Fest erneut zu besuchen. So wie ich Morgan hatte, brauchte auch er dringend einen Freund hier im Dorf. Vielleicht den Typen mit dem Pizzaofen.

Gerade als ich mein Büro verließ, sah ich, wie Reed sich fertig machte und das Ermittlungs-Kit sowie die Kameratasche auf dem Rollwagen sicherte.

„Das Ding wiegt richtig viel, wenn es komplett bestückt ist", sagte er und deutete mit dem Kinn auf das Ausrüstungsset.

„Ich muss auch noch mal zurück ins Gasthaus", sagte ich. „Von daher begleite ich dich."

Als Emery uns beide hereinkommen sah, sprang er alarmiert auf. „Gleich zu zweit? Was ist denn los? Gibt es ein Problem? Müssen wir den Gasthof evakuieren?"

„Beruhigen Sie sich, Emery." Ich warf einen Blick über die Schulter zu einem älteren Mann, der es sich, die Füße auf der Kaminstufe, in einem Ohrensessel bequem gemacht hatte und sanft vor sich hin schnarchte. Auch wenn niemand sonst in der Empfangshalle war, senkte ich die Stimme. „Deputy Reed wird jetzt den Raum oben inspizieren. Sie haben dafür gesorgt, dass niemand vom Reinigungspersonal ihn betreten hat, oder?"

„Selbstverständlich", versicherte er mir. „Natürlich sind beide hier vorbeigekommen und haben gefragt, ob sie wirklich nicht putzen sollen. Immerhin liegt die letzte Reinigung schon zwei Tage zurück."

„Moment mal …" Reed hob die Hand. „Zwei Tage? Ms Wakefield hat ihr Zimmer gestern nicht saubermachen lassen?"

„Nein." Er schüttelte den Kopf und stoppte dann abrupt. „Warten Sie … Nein, das stimmt so nicht. Gestern früh wurde geputzt. Später jedoch ließ uns einer ihrer Angestellten wissen, dass sie am Abend keinen Turndown-Service wünschte. Das kam mir bereits etwas merkwürdig vor, weil sie beim Einchecken so explizit darauf bestanden hatte."

„Turndown-Service?", fragte ich.

Emery zuckte mit den Schultern. „Wenn Sie mich fragen, ist das eh eine ziemlich alberne Sache. Manche Gäste fordern, dass wir am Abend die Decke für sie zurückschlagen, damit sie nur noch ins Bett schlüpfen müssen. Zudem schalten wir auch das Licht ein und passen die Raumtemperatur an. Ms

Wakefield legte sehr großen Wert auf diesen Service. Normalerweise klappen wir die Decke nur so weit zurück, dass die Kissen frei liegen. Bei ihr jedoch sollte diese exakt halb zurückgeschlagen sein, die Nachttischlampe brennen und die Zimmertemperatur um zweiundzwanzig Uhr exakt siebzehn Grad betragen. Oh, und sie bestand auf eine Karaffe mit frischem Wasser und einem Glas auf ihrer Kommode."

„Das ist in der Tat recht spezifisch", stimmte Reed zu.

„Sie haben ja keine Ahnung, mit welchen Wünschen wir uns rumschlagen müssen."

„Wer hat Ihnen gesagt, dass sie diesen Service gestern nicht wollte?", hakte ich nach.

Er schüttelte den Kopf. „Alles, was ich weiß, ist, dass es eine Frau war. Und sie hat auch nicht mit mir gesprochen, sondern mit einer der Reinigungskräfte."

„Ms Wakefields Mitarbeiterinnen sind alle sehr unterschiedlich. Von daher sollte es nicht schwierig werden herauszufinden, um wen es sich handelte. Wem genau hat sie diese Bitte vorgetragen?"

„Gardenia, aber die hat bereits Dienstschluss."

Ich machte mir eine Notiz, Gardenia bei Bedarf danach zu fragen. „Also hat außer den Reinigungskräften niemand sonst versucht, dort hineinzugelangen?"

„Die drei Bäcker waren hier", sagte Emery.

„Wann war das?", fragte Reed.

„Heute Morgen. Sie sollten sich hier mit ihrer Chefin treffen, aber Ms Wakefield ist nicht erschienen."

„Das muss gewesen sein, bevor ich mit Ihnen gesprochen habe", merkte ich an. „Sie haben Ihnen aber keinen Zutritt gewährt, oder?"

„Nein." Emery versteifte sich, als hätte ich ihn aufgefordert, ein Gesetz zu brechen. „Ich darf keinen Schlüssel herausgeben, solange die Person, auf deren Namen das Zimmer gebucht ist, sich nicht ausdrücklich damit einverstanden erklärt. Die Frau mit den Tattoos war ein bisschen hartnäckig. Sie behauptete, Ms Wakefield habe gesagt, es sei in Ordnung, aber ich entgegnete, ich müsste das von der Dame persönlich hören. Natürlich hat sie mehrmals versucht, mich umzustimmen, aber ich bin hartnäckig geblieben."

„Guter Mann." Mein kurzzeitig rasender Puls beruhigte sich wieder. „Deputy Reed wird jetzt das Zimmer überprüfen. Er wird Ihnen Bescheid geben, wenn er fertig ist und ob die Zimmermädchen dann hineindürfen. Möglicherweise werden Sie sie aber noch ein wenig länger hinhalten müssen."

„Alles klar, Sheriff. Kein Problem."

„Zudem müssen Sie mir noch einen weiteren Gefallen tun", flüsterte ich ihm verschwörerisch zu.

Emery setzte sich ein wenig aufrechter hin, wie immer darauf brennend zu helfen, wo er nur konnte.

„Wenn einer von Ginger Wakefields Angestellten zurückkommt, verständigen Sie mich bitte sofort. Es ist wichtig, dass ich mit ihnen spreche."

„Über das Walkie-Talkie, oder soll ich auf dem Revier anrufen?", fragte er.

Ich wog die Vor- und Nachteile jeder Option ab, aber am Ende siegte die Dringlichkeit. Dennoch mussten wir die Angelegenheit so unverfänglich wie möglich halten. „Über Funk, aber sagen Sie einfach: ‚Sie haben mich gebeten anzurufen', und sonst nichts. Verstanden?"

„Weil wir die Sache unter Verschluss halten wollen", sagte Emery mit einem dramatischen Zwinkern. „‚Sie haben mich gebeten anzurufen'. Alles klar, so mache ich es."

Es war unmöglich, über seinen Eifer nicht zu lächeln.

Kapitel Achtzehn

Nachdem wir Reed geholfen hatten, die Ausrüstung nach oben zu tragen – obwohl er darauf bestand, dass das nicht nötig sei –, bahnten Meeka und ich uns unseren Weg durch die Menschenmenge des Mabon-Festes und begaben uns auf die Suche nach Kim, Leif und Latoya. Ich hatte zwar keine Fotos von ihnen, was die Sache erleichtert hätte, aber wir fanden ziemlich schnell einen Mann, der bei der Bewertung zugesehen hatte und wusste, von wem ich sprach.

„Die Frau mit den Tattoos und dieser bärtige Typ mit dem langen Pferdeschwanz?", fragte er.

„Genau die", bestätigte ich. „Womöglich war auch noch ein großer Mann im Anzug bei ihnen."

„Ja, die habe ich vielleicht vor dreißig Minuten gesehen." Er deutete in Richtung Hafen. „Dort unten beim Trommelkreis."

Als ich jedoch dort ankam, war das Trio nirgends zu entdecken. Eine Frau immerhin kannte Latoya von ihrer Website.

„Klar sind mir die aufgefallen", sagte sie und zappelte aufgeregt herum. „Toy ist ja so cool. Ich habe sie gebeten, mein Shirt zu signieren." Sie öffnete ihren Reißverschluss und zeigte mir die Rückseite ihres T-Shirts als Beweis.

Ich stimmte ihr zu, dass das Autogramm cool war, und fragte: „Wissen Sie zufällig, wohin sie gegangen sind?"

„Sie meinte, sie wolle sich etwas zu trinken holen." Die Frau deutete in Richtung des *Triple G.*

Keine Wakefield-Köche im *Triple G*, aber ein Mann, der eindeutig zu viel von dem Pumpkin-Ale probiert hatte, war sich sicher, sie an einem sandigen Ort gesehen zu haben. Davon ausgehend, dass er damit den öffentlichen Strand meinte, machten Meeka und ich uns auf den Weg. Dort trafen wir auf eine Handvoll Menschen, alles Eltern, die faul auf Decken herumlagen, während ihre Kleinen sich im Sand austobten. Auch ihnen war die Wakefield-Truppe aufgefallen, und sie waren felsenfest davon überzeugt, dass sie zum Meditationskreis wollten. Die Leute dort schickten uns weiter zum Negativitätsbrunnen.

Natürlich waren sie, als wir da ankamen, ebenfalls nirgends mehr zu sehen. Erschöpft von dem endlosen Herumgehetze beschloss ich, mir erst einmal eine kurze Pause zu gönnen, aber leider waren sämtliche Gartenbänke und Picknicktische besetzt.

„Sei gesegnet, Jayne."

Ich hatte gar nicht bemerkt, dass wir mittlerweile vor dem *Shoppe Mystique* standen. Morgan saß auf ihrer Terrasse und sah aus wie die strahlende Königin des Festes, die auf ihre Untertanen herabblickte. Als sie mich genauer musterte, runzelte sie die Stirn.

„Du siehst geschafft aus, Sheriff. Was ist los?"

Es gab nur eine Handvoll Leute im Dorf, denen ich bedingungslos vertraute, und dazu zählten selbstverständlich Tripp, mein Deputy Martin und natürlich Morgan und Briar.

„Ich brauche erst einmal etwas zu essen", sagte ich zu ihr.

„Wir sind schon das ganze Dorf abgelaufen auf der Suche nach … Ich erzähle es dir gleich."

„Natürlich. Hol dir etwas bei einem der Stände, ich warte auf dich im Lesezimmer.“

Als ich mich an einem der nahe gelegenen Tische in die Schlange einreihte, um mir das größte Pulled-Pork-Sandwich zu holen, das ich je gesehen hatte – ungelogen, die Fleischschicht war locker fünfzehn Zentimeter hoch, auf einem ebenso großen Brötchen –, entdeckte ich erneut die Frau in Schwarz. Einige Leute starrten sie an, andere wichen vor ihr zurück. Mit ein paar wenigen schien sie sich zu unterhalten, denn auch wenn ich ihren Mund hinter der Sturmhaube nicht sehen konnte, deutete das leichte Nicken ihres Kopfes auf ein Gespräch hin. Diese Verkleidung war schon irgendwie witzig.

Als ich endlich an die erste Stelle vorgerückt war, bemerkte ich, dass der Verkäufer einer der Schausteller unseres lokalen Zirkus war.

„Wenn ich nicht gerade einen Auftritt habe, grille ich gerne für die Truppe.“ Zusammen mit meinem Monster-Sandwich reichte er mir eine Gabel. „Ich stehe auf große Dinger, und hierfür brauchen Sie unbedingt eine Gabel.“ Mit einem Zwinkern legte er noch eine riesige Portion gegrillter Kartoffel-Wedges dazu. „Es sei denn, Sie mögen es ein wenig wild und schmutzig.“

So hungrig und müde, wie ich war, brauchte es noch zwei weitere anzügliche Bemerkungen, bis ich begriff, dass er mich anzumachen versuchte. Ich trat einen Schritt zurück, kniff die Augen zusammen und spürte, wie mein Nacken heiß wurde.

Die abendlichen Zirkusvorstellungen für Erwachsene standen ganz unter dem Motto *sexy*. Eine Gruppe von Frauen in tief ausgeschnittenen, aufreizenden Harlekin-Kostümen und Männern in hautengen, diamantgemusterten Leggings, Narrenhüten und nackten Oberkörpern waren ein fester Bestandteil des Aufwärmprogramms vor der Show und mischten sich schamlos flirtend unters Publikum.

„Sie sind einer der Narren, nicht wahr? Mit Hemd hätte ich Sie fast nicht erkannt."

Der Mann trat einen Schritt von seinem Tisch zurück und verbeugte sich theatralisch. „Zu Ihren Diensten."

Sein anzügliches Grinsen verriet mir genau, welche Art von Diensten er damit meinte.

Ich wackelte warnend mit dem Finger. „Erstens: Ich habe einen Freund. Zweitens: Bringen Sie mich nicht dazu, Sie in Gewahrsam zu nehmen wegen …" Ich war so verlegen, dass ich die Drohung nicht beenden konnte.

Er grinste erneut verwegen, fügte noch eine Essiggurke hinzu und ließ seine Finger dabei langsam über meine gleiten, bevor er die Hand zurückzog. „Falls es nicht reichen sollte, kommen Sie einfach noch mal vorbei, Sheriff."

Willow, Morgans Assistentin, beäugte neugierig meinen Teller, als ich den *Shoppe Mystique* betrat. „Das riecht ja köstlich. Warum bist du so rot im Gesicht? Draußen hat es doch gerade mal zehn Grad."

Ich ignorierte ihre Frage und hielt ihr stattdessen den Teller hin. „Nimm dir gerne ein paar Wedges. Ich habe zwar Hunger, aber diese Portion schaffe ich nie im Leben allein."

Sie ließ sich nicht zweimal bitten, griff zu und biss herzhaft hinein. Dann deutete sie auf den hinteren Bereich des Ladens. „Morgan wartet auf dich."

Auf dem Weg dorthin musste ich mich an mindestens einem Dutzend Kunden vorbeidrängen. Im Leseraum jedoch war Morgan die Einzige, friedlich in ihrer gewohnten Ecke auf dem abgewetzten Samtsofa sitzend. Ich stellte meinen Teller auf den kleinen, quadratischen Couchtisch in der Mitte des Zimmers und holte dann am kostenlosen Getränkespender um die Ecke einen Becher Wasser für Meeka.

„Ich habe dir einen Mabon-Tee gemacht", rief Morgan zu mir herüber.

Als ich zu ihr zurückkehrte, hockte Meeka bereits vor dem Tisch und starrte auf mein Sandwich.

„Hast du deine Lektion gestern nicht gelernt?", schalt ich sie. „Menschenessen ist zukünftig tabu für dich."

Ich zog die extra Tüte mit den Hundekeksen aus meiner Tasche und stellte sie ihr vor die Füße. Ein Schnüffeln, und sie gab sich zufrieden.

„Was ist ein Mabon-Tee?" Noch bevor Morgan antworten konnte, nahm ich einen Schluck. Wie all ihre Tees schmeckte er köstlich.

„Apfel, Hagebutten, Hibiskus und Himbeere." Sie gönnte mir ein paar Minuten, um mehrmals in mein Sandwich zu beißen, und fragte dann: „Was ist denn los? Wieso bist du seit Stunden im Dorf unterwegs?"

„Es hat einen weiteren Todesfall gegeben." Ich deutete mit dem Kinn in Richtung Durchgang. „Aktuell versuche ich alles, um es geheim zu halten."

„Keine Sorge, hier drin kann uns niemand hören", versicherte mir Morgan.

„Es gibt keine Tür." Stirnrunzelnd sah ich zu dem Durchgang hinüber, der doppelt so breit war wie eine normale Türöffnung.

Sie jedoch lächelte nur, und ihr Blick verriet mir, dass sie irgendetwas getan hatte, um sicherzustellen, dass niemand uns belauschen konnte. Sicherlich wollte sie mich glauben machen, sie hätte einen Hexenzauber gewirkt, aber womöglich war es einfach nur eine Frage der Akustik.

„Wer ist gestorben?", fragte sie und wäre fast vom Sofa gerutscht, als ich ihr den Namen nannte. „Was genau ist passiert?"

„Wir wissen es noch nicht. Diesmal werde ich Dr. Bundy nicht wegen der Autopsieergebnisse belästigen, denn beim letzten Mal habe ich den armen Mann mit all meinen Anrufen fast in den Wahnsinn getrieben. Er hat mir versprochen, den Bericht so schnell wie möglich zu schicken, also werde ich mich ausnahmsweise in Geduld üben. " Ich aß noch eine Gabel von dem Pulled Pork, stöhnte genüsslich auf und erklärte dann, dass wir vermuteten, Gin sei von Bienen gestochen worden.

„Wie schrecklich. Und nach wem hast du heute gesucht?"

„Nach ihren Mitarbeitern. Ehrlich gesagt werde ich langsam ein wenig skeptisch. Extrem viele Leute, fast schon zu viele, wollen sie heute im Ort gesehen haben."

„Zu viele Leute? Inwieweit sollte das ein Problem darstellen?", fragte Morgan verwundert.

„Damit so viele Personen einen bemerken, muss man entweder wirklich auffällig aussehen oder etwas tun, das die Aufmerksamkeit auf sich zieht. Auf mich wirkte es fast so, als wollten sie um jeden Preis wahrgenommen werden. Vielleicht, um sich ein Alibi zu verschaffen?"

„Womöglich bist du einfach nur misstrauisch."

„Das bringt mein Job nun mal mit sich."

Sie starrte mich mit hochgezogenen Augenbrauen an.

„Na gut, vielleicht irre ich mich ja. Aber selbst wenn, muss ich sie trotzdem finden. Sie sollten schließlich erfahren, was mit ihrer Chefin passiert ist." Ich spießte die nächste Gabel voll Fleisch auf. Der Narr verstand wirklich etwas von der perfekten Zubereitung von Schweinefleisch. Bevor ich sie mir in den Mund schob, bat ich: „Lass uns über etwas anderes reden. Was passiert, wenn das Fest vorbei ist?"

„Mit dem Abschluss von Mabon ist die Sommersaison in Whispering Pines offiziell zu Ende. In vier Wochen gibt es noch ein Samhain-Treffen, aber das geht nur über zwei Tage und fällt weitaus kleiner aus als dieses Event."

„Zwei Tage?" Ich schnippte mit den Fingern. „Pipifax."

„Bis dahin werden Mama, ich und die anderen grünen Hexen unsere Gärten winterfest machen. Das heißt, alles ernten, was noch zu ernten ist, und Samen sammeln, die wir im Winter drinnen vorziehen können, um sie im Frühjahr ins Freie zu setzen. Und empfindliche Pflanzen ins Haus holen, denn der erste Frost kann jetzt jederzeit zuschlagen." Sie lehnte sich in ihrem Zweisitzer zurück und seufzte. „Wenn all das erledigt ist, können wir uns auf den Winter einstellen. So etwas nennt man wohl Einnisten. Habt ihr beide, Tripp und du, schon entschieden, wie es mit dem *Pine Time* weitergehen soll?"

„Er redet ständig davon, die Aufenthalte für Gäste auf lange Wochenenden zu beschränken, dienstags bis donnerstags zu schließen und den Betrieb im Februar komplett einzustellen. Zudem müssen wir den Winter dafür nutzen, den Dachboden in eine Wohnung für ihn umzubauen."

Morgan grinste mich an. „Wie lange wollt ihr das eigentlich noch hinauszögern?"

„Was meinst du damit?" Ich schob mir zwei Kartoffelecken in den Mund. Eigentlich war ich schon ziemlich gesättigt, aber es schmeckte einfach zu gut.

„Findest du es nicht ein bisschen albern, dass ihr beide auf demselben Grundstück in getrennten Gebäuden wohnt? Warum zieht ihr nicht einfach zusammen?"

„Ich habe dir doch schon gesagt, dass wir es langsam angehen lassen wollen. Du selbst hast mir vor einem Monat erst geraten, einen Gang zurückzuschalten und den Augenblick zu genießen. Und jetzt drängst du mich plötzlich, die Beziehung voranzutreiben?"

„Wir haben darüber gesprochen, dass du den Moment leben sollst, indem du weder an der Vergangenheit festhältst noch zu sehr in die Zukunft schaust. Ist dieser Abstand nur deshalb da, weil du tatsächlich nichts überstürzen willst? Oder vielleicht doch eher der Angst geschuldet, die Ereignisse der Vergangenheit erneut durchleben zu müssen?"

Damit spielte sie auf Jonah an. Wir waren ziemlich lange zusammen gewesen, und ich war überzeugt, dass ich ihn liebte und den Rest meines Lebens an seiner Seite verbringen wollte. Es dauerte tatsächlich sieben Jahre, bis ich begriff, dass er nicht der Mensch war, für den ich ihn gehalten hatte. Und Tripp datete ich erst seit ungefähr zwei Monaten.

„Hör auf, mich zu analysieren", sagte ich, den Mund voller Kartoffeln.

Morgan lachte leise in sich hinein.

„Du bist in letzter Zeit richtig gut gelaunt", merkte ich an. „Hat etwa River erneut bei euch vorbeigeschaut, ohne dass du mir davon erzählt hast?"

Drei Wochen, nachdem er unser kleines Dorf besucht hatte, tuschelten die Leute immer noch über River Carr, einen Mann, der aussah wie eine Kreuzung aus Hexenmeister und Todesengel. Es schien, als hätte Morgan einen echten Fang gemacht, und viele in der Stadt, Frauen wie auch Männer, waren ganz schön neidisch.

„Ich habe dir doch gesagt, dass er nicht wiederkommt", entgegnete sie.

„Das, was er Tripp gegenüber geäußert hat, klang aber ganz anders", neckte ich sie. „Eher so, als hätte er den festen Vorsatz, bald wieder bei dir vorbeizuschauen."

Sie versuchte, ein Lächeln zu unterdrücken, was ihr jedoch gründlich misslang. „Das mögen seine Abschiedsworte an Tripp gewesen sein, aber nein – weder habe ich ihn wiedergesehen noch etwas von ihm gehört."

Ich tätschelte ihr tröstend das Knie. „Arme kleine Hexe."

Sie legte den Kopf in den Nacken und schloss die Augen. „Sei versichert, ich komme auch dann klar, wenn er sich nie wieder blicken lassen sollte."

„Aber du hättest prinzipiell nichts dagegen, wenn er doch käme, oder?" Ich stellte meinen Teller, auf dem noch ein halbes Sandwich und eine beachtliche Menge Kartoffelecken lagen, auf den Tisch vor uns. „Wenn ich noch mehr esse, platze ich. Außerdem muss ich los, weiter nach Gin Wakefields Team suchen. Kannst du nicht vielleicht irgendeinen Ortungszauber wirken?"

Morgan richtete sich auf und faltete die Hände.

„Natürlich kann ich das. Wir brauchen vier blaue Kerzen, einen Kelch Wasser, verschiedene Räucherkegel und ..."

Ich hob die Hand, um sie zu unterbrechen. „Vergiss es! Im Prinzip weiß ich schon den ganzen Tag, wo sie hingegangen sind, aber jedes Mal, wenn ich an bewusstem Ort ankomme, sind sie schon wieder weg. Was ich wirklich brauche, ist ein *Bleibt-wo-ihr-seid*-Zauber. Hast du so einen auf Lager?"

„Ich könnte mir etwas einfallen lassen." Und das war ihr voller Ernst.

„Sollte ich sie bis zum Ende des Tages nicht gefunden habe, komme ich nochmals vorbei. Bisher haben sie noch nicht ausgecheckt, also schlage ich mein Lager notfalls im Flur des *Pine Time* vor ihren Zimmern auf." Dann stupste ich Meeka sanft mit der Spitze meines Trekkingstiefels an, und sie fuhr hoch. „Komm, Kleine, lass uns gehen."

Sie gähnte, streckte sich und schnüffelte nach den letzten Kekskrümeln, die sie vielleicht übersehen haben könnte.

„Sei gesegnet", sagte Morgan und begleitete uns zur Ladentür. „Viel Erfolg bei eurer Suche."

Wir hatten vielleicht zehn Schritte auf dem roten Backsteinweg zurückgelegt, als wir auf Schwester Agnes stießen.

„Wie ungewöhnlich, Sie zu Fuß unterwegs zu sehen", begrüßte ich sie.

Agnes Plunkett fuhr stets mit dem Fahrrad durchs Dorf, trug dabei eine schwarze Nonnentracht, bevorzugte knallpink lackierte Fußnägel und war vor Jahren aus ihrem Orden ausgeschlossen worden. Warum sie exkommuniziert worden war, wollte sie mir nicht sagen – trotzdem führte sie weiterhin den Titel *Schwester* und behauptete, irgendwo auf den knapp tausend Hektar Land, auf dem Whispering Pines lag, eine „Un-Kirche" zu leiten. Um die Dinge noch weiter zu verkomplizieren, rief sie den Menschen beim Vorbeiradeln Wicca-typische Grüße zu, betonte aber, mit dieser Religion selbst nichts am Hut zu haben. Kurz gesagt: Schwester Agnes machte mich total kirre.

„Ich habe mein Fahrrad an einem Baum nahe dem Feenpfad angekettet." Sie deutete vage in dessen Richtung. „Einfach zu viele Leute heute für eine gemütliche Tour. Apropos Feenpfad, ich habe gehört, dass es dort Ärger gab?"

Stell dich dumm, flüsterte die normale Jayne der Sheriff-Jayne zu. *Gute Idee*, erwiderte diese. „Welchen Ärger denn?"

Agnes runzelte die Stirn, aber nach einem Augenblick der Verwirrung glätteten sich ihre Züge, und sie zwinkerte mir verschwörerisch zu. „Ich verstehe."

Wusste sie von Gin Wakefield? War sie heute Morgen durch den Wald gefahren und dabei womöglich auf sie gestoßen? Das waren die Fragen, die ich ihr eigentlich stellen sollte, aber inmitten der Menschenmenge wollte ich dieses Thema nicht anschneiden. Stattdessen fragte ich: „Was ist Ihnen denn zu Ohren gekommen?"

„Eigentlich nichts." Sie zwinkerte mir erneut zu und wechselte das Thema. „Wann schauen Sie denn endlich mal bei meiner Kirche vorbei?"

Je öfter ich mit Schwester Agnes sprach, desto mehr kam ich zu der Überzeugung, dass sie nicht nur schrullig, sondern auch mental etwas instabil war.

„Sie haben mir nie gesagt, wo ich diese Kirche finden kann, Agnes. Und wenn ich nicht weiß, wo sie ist, kann ich Ihnen auch schwerlich einen Besuch abstatten."

Sie deutete vage nach rechts. „Ganz im Norden."

„Das ist nicht gerade hilfreich."

Sie kicherte und gab mir spielerisch einen Klaps auf den Arm, doch nur Sekunden später wurde sie plötzlich todernst. Es war irgendwie gruselig.

„So viel Tod." Ihre Stimme klang ein bisschen wie die von Lily Grace, wenn sie sich in Trance befand. „Das muss doch schrecklich belastend für Sie sein, und bestimmt haben Sie tausend Fragen."

„Nicht wirklich." Was hatte sie vor? „Bisher habe ich meine Antworten immer bekommen."

Sie hielt einen Moment lang inne, bevor sie erwiderte: „Offensichtlich nicht immer. Es gibt da eine Sache, mit der Sie seit Monaten zu kämpfen haben. Eine, auf die Sie einfach keine Antwort finden. Kommen Sie zur Kirche, wann immer Sie bereit dafür sind."

Der erste Gedanke, der mir kam, war, dass sie wusste, wo sich die Wakefield-Truppe aufhielt. Doch darum ging es ihr scheinbar nicht. Die aktuelle Situation lag erst Stunden zurück, während sie auf Monate oder Jahre anspielte.

Noch bevor ich nachhaken konnte, machte sie auf dem Absatz kehrt und verschmolz mit der Menge der Besucher des Mabon-Festes.

Und obwohl ich keine Ahnung hatte, was diese Äußerung bedeuten sollte, kroch mir die Gänsehaut die Arme hoch und ließ keinen Zweifel daran, dass etwas Unheilvolles auf mich zukam.

Kapitel Neunzehn

DER TRUBEL RUND UM DEN MARKTPLATZ WURDE MIR allmählich zu viel. Sowohl Meeka als auch ich waren mittlerweile komplett überfordert. Sie brauchte ihr Nickerchen und ich ein paar Minuten für mich, um all das, was ich im Laufe des Tages erfahren hatte, in Ruhe zu überdenken. Wir befanden uns gerade auf dem Rückweg zur Wache auf dem Feenpfad, fast genau an der Stelle, an der Wakefields Leiche gefunden wurde, als mein Walkie-Talkie sich meldete.

„Sheriff O'Shea?"

Ich nahm mein Gerät vom Gürtel. „Hier Sheriff O'Shea. Wer spricht?"

Eigentlich hätte ich es mir denken können – die brüchige Stimme am anderen Ende hatte nichts mit einer schlechten Verbindung zu tun. „Hier ist Emery. Sie hatten mich gebeten zurückzurufen."

Okay, das Wakefield-Team war also wieder im *The Inn* aufgetaucht. So viel zum Thema Auszeit. „Ich bin gleich da. Bitte sorgen Sie dafür, dass sie nicht erneut verschwinden."

Wir machten auf dem Absatz kehrt, gingen zurück in

Richtung des Dorfplatzes und hatten gerade den Einstieg zum Pfad passiert, als wir auf Reed trafen.

„Mit dem Zimmer bin ich fertig", berichtete er.

Ich hob die Hand, um ihn davon abzuhalten, mir schon jetzt die Ergebnisse seiner Untersuchung mitzuteilen. „Gerade hat Emery sich bei mir gemeldet. Gins Truppe ist wieder im Gasthof eingetroffen. Ich werde sie mir direkt einmal vorknöpfen. Mein Kopf ist gerade so voll, dass ich mich immer nur auf eine Sache konzentrieren kann. Über das, was du herausgefunden hast, sprechen wir, sobald ich zurück auf dem Revier bin."

„Kein Problem. Ich lade schon mal sämtliche Fotos herunter und fange an, meinen Bericht zu schreiben."

Ich betrat die Lobby und eilte direkt auf Emery zu. „Wo sind sie?" An die Frau gewandt, die an der Rezeption stand und die ich offensichtlich erschreckt hatte, fügte ich hinzu: „Entschuldigung, es dauert nur einen Moment."

„In der Küche", sagte Emery. „Kann ich sonst noch etwas tun, um zu helfen?"

„Im Moment nicht." Dann gab ich ihm einen kräftigen Klaps auf die Schulter. „Vielen Dank für den Anruf."

Mit einem kleinen, stolzen Lächeln im Gesicht widmete er sich wieder seinem Gast.

Die Wakefield-Truppe hatte die Küche inzwischen vollständig in Beschlag genommen. Auf einem der vier Edelstahltische türmten sich in bunter Unordnung Mehl, Zucker, Butter, Eier und ein kleiner Berg weiterer Zutaten. Leif und Latoya arbeiteten an getrennten Tischen jeweils an unterschiedlichen Dingen – erkennbar an den verschiedenen Backutensilien. Kim saß etwas abseits, gänzlich auf seinen Laptop konzentriert. Misty stand am Spülbecken, die Arme bis über die Ellbogen in Geschirr und Schaum eingetaucht. Wie üblich fehlte nur Sonja.

Als Meeka und ich eintraten, drehten sich alle zu uns um, und sofort rief Latoya:

„Keine Tiere in der Küche!"

„Meeka ist kein normales Haustier", stellte ich klar, „sondern mein Hilfssheriff. Dennoch werde ich sie natürlich von Ihren Nahrungsmitteln fernhalten." Damit hatte ich mich in die Defensive begeben, bevor ich überhaupt ein Wort sagen konnte. „Du musst leider hierbleiben, Kleine."

Widerstandslos kroch sie unter einen Schrank in der Nähe der Tür und legte ihren Kopf auf die Pfoten. Na großartig. Wahrscheinlich war es darunter extrem schmutzig und sie würde heute Abend ein Bad brauchen.

„Wie können wir Ihnen helfen, Sheriff?", fragte Kim und klappte den Deckel seines Laptops herunter.

„Ich habe Neuigkeiten über Gin, die Sie wissen sollten."

Misty schaute kurz verstohlen in meine Richtung, konzentrierte sich aber sofort wieder auf ihr Geschirr.

Auch Latoya blickte von ihrer Arbeit auf. „Gibt es ein Problem?"

„Hat jemand von Ihnen sie heute schon gesehen?", erkundigte ich mich.

„Nein, haben wir nicht." Leif klopfte sich das Mehl von den Händen. „Wir haben schon den ganzen Vormittag nach ihr gesucht, überall im Dorf. Haben Sie sie gefunden?"

„Es tut mir sehr leid, Ihnen mitteilen zu müssen", begann ich und riss das Pflaster dabei sehr langsam ab, „dass wir heute früh auf Ms Wakefields Leiche gestoßen sind."

„Ihre Leiche?" Latoya, die gerade Gemüse schnippelte, erstarrte. „Wollen Sie damit sagen, dass Gin tot ist?"

„Was ist denn vorgefallen?", fragte Kim und sprang auf.

„Ja, das ist sie", antwortete ich auf Latoyas Frage. „Allerdings wissen wir noch nicht genau, was der Auslöser war. Der Gerichtsmediziner hat sie mitgenommen und führt gerade eine Autopsie durch. Bis spätestens morgen früh erwarte ich seinen Bericht."

Kim klammerte sich an die Tischkante und sank zurück auf seinen Stuhl.

„Ich würde gerne einzeln mit jedem von Ihnen sprechen", fuhr ich fort, „und hoffe, Sie können mir weitere Informationen zur Klärung dieses Falls liefern. Der Speisesaal ist aktuell leer und wir könnten uns dorthin zurückziehen. Wer möchte anfangen?"

Sie wechselten Blicke untereinander, dann hob Leif die Hand. „Ich komme direkt mit."

Ich wartete, während er sich die Hände wusch, und führte ihn dann in den hinteren Bereich des traditionell-altmodischen Speisesaals vorbei an Holztischen in unterschiedlichen Formen und Größen – einige klein und rund, andere groß und rechteckig, alle mit schwarzen Tischdecken eingedeckt und mit Blumenarrangements in warmen Herbsttönen dekoriert. An einem davon, in der äußersten Ecke, neben dem großen, bodentiefen Steinkamin, deutete ich ihm an, auf einem Stuhl mit dem Rücken zum Raum Platz zu nehmen. Dann setzte ich mich ihm gegenüber, und Meeka ließ sich neben mir auf dem Boden nieder, blieb aber aufmerksam.

„Dies ist eine rein informelle Befragung", erklärte ich Leif, während ich meinen Sprachrekorder aus der Tasche zog und ihn auf den Tisch zwischen uns stellte. „Die Aufzeichnung ist nur für mich gedacht, damit ich mich während unseres Gesprächs voll auf Sie konzentrieren kann und später nichts vergesse."

Zudem würde sie mir erlauben, vermehrt auf seine Körpersprache zu achten, die manchmal mehr sagte als tausend Worte.

Die Hände in seinem Schoss gefaltet und mit nach vorne gebeugten Schultern antwortete er mit einem knappen „Okay".

„Für die Aufnahme bitte ich Sie, mir Ihren Namen zu nennen und zu sagen, wie lange Sie schon für *Wakefield's Treats and Sweets* arbeiten."

„Ich bin Leif Forsberg, und es sind jetzt ungefähr sieben

Jahre." Ein nostalgisches Lächeln umspielte seine Lippen, und er wischte sich mit der Hand über Mund und Bart. Kaum zu glauben, wie schnell er emotional wurde. „Noch bevor ich die Highschool abschloss, habe ich mich bei Ginger Wakefield beworben, im Grunde genommen als das, was Misty jetzt macht: als Küchenhilfe."

„Hatten Sie damals schon Ahnung vom Backen?"

„Allerdings." Er lächelte noch breiter. „Ich konnte nie genug von Kochserien bekommen und zog mir jede Sendung auf YouTube und Netflix rein. Daran hat sich bis heute nichts geändert, aber mittlerweile bin ich nicht mehr ganz so besessen davon. Meine Liebe zum Backen hatte ich bereits im zarten Alter von fünf Jahren entdeckt. Ich verbrachte jede freie Minute in der Küche und sah zu, wie meine Großmutter und meine Tanten die Mahlzeiten zubereiteten. Sie plauderten und lachten, stritten gelegentlich, weinten oder arbeiteten schweigend vor sich hin. Aber ganz egal, wie die Stimmung war … am Ende versammelten wir uns alle um den Tisch und genossen gemeinsam das Essen. Schon erstaunlich, was man allein durchs Zusehen lernen kann."

„Ein fünfjähriger Lehrling." Er schmunzelte, was mir zeigte, dass ihm diese Bezeichnung gefiel. „Okay, das klingt so, als wäre Ihnen Ihr Weg von Anfang an vorbestimmt gewesen."

„Der Meinung war ich auch. Also habe ich mich bei Wakefield's als Küchenhilfe beworben und bekam die Stelle. Nach einem Jahr fand ich dann endlich den Mut, Gin etwas von den Kreationen, die ich zu Hause zubereitet hatte, probieren zu lassen." Erneut schienen die Gefühle ihn zu übermannen. „Im Nachhinein mag das vielleicht albern klingen, aber es war etwas, das ich immer für Nachbarschaftsfeiern gemacht habe. Mein von allen geliebtes Monkey Bread."

Ich lächelte, hatte jedoch keine Ahnung, was das sein sollte. „Was bitte ist denn Monkey Bread?"

„Das ist einfach ein süßes Hefebrot, das zu kleinen Kugeln gerollt wird." Er gestikulierte wild in der Luft herum, als würde er kleine Teigbällchen modellieren. „Man taucht den Teig in geschmolzene Butter, wälzt ihn dann in Zimt und Zucker und wirft die Kugeln in eine Gugelhupfform. Oder aber man gibt den gebutterten Teig in die Form und streut braunen Zucker und Pekannüsse darüber. Kommt in jeder geselligen Runde richtig gut an. Speziell Kinder lieben es, weil sie vom großen Laib kleine Stücke abreißen können."

„Es fand also Ms Wakefields Zustimmung?"

Er richtete sich voller Stolz auf. „Allerdings. Sie ließ mich direkt etwas Einfaches in der Backstube zubereiten und sagte, ich hätte definitiv Talent, wobei meine doch eher rudimentären Kenntnisse noch ausbaufähig wären. Bevor sie also gewillt war, mich in ihr Team aufzunehmen, bestand sie darauf, dass ich zunächst die Gastronomieschule besuchte."

„Also sind Sie nach Chicago gegangen?"

„Ja." Er straffte stolz die Schultern. „Habe meine Abschluss auf genau derselben Schule gemacht, die auch sie besuchte."

„Und jetzt leiten Sie die Patisserie-Abteilung des Unternehmens, richtig?"

„Richtig."

„Das war ein schneller Aufstieg."

Bei dieser Bemerkung runzelte er die Stirn.

„Sorry, das sollte jetzt nicht wertend gemeint sein", versicherte ich ihm. „Ich war auch ungefähr in Ihrem Alter, als ich bei der Polizei von Madison zum Detective ernannt wurde. Wobei ich ja nicht viel älter bin als Sie."

Er entspannte sich wieder, aber seine Stimme zitterte leicht, als er fortfuhr. „Gin hat mich von Anfang an unter ihre Fittiche genommen." Er schüttelte den Kopf, als könne er sein Glück kaum fassen. „Wie hoch stehen die Chancen dafür? Ich könnte Ihnen jetzt keine Zahl nennen, aber sie liegt wohl fast bei null. Die Zahl derjenigen, denen sich so eine Gelegenheit bietet, meine ich."

„Manchmal führt uns das Universum genau an den Platz, der für uns bestimmt ist."

Er atmete zitternd ein und ebenso stockend wieder aus. „Ich schätze, da haben Sie recht."

„Mr Forsberg, glauben Sie, dass Gin ermordet wurde?" Ich hielt inne und wartete auf eine Reaktion, aber viel kam nicht. Der Mann stand ohnehin schon unter Schock wegen ihres Todes. Er rutschte auf seinem Stuhl hin und her und starrte mich an, als wartete er darauf, dass ich fortfuhr. „Haben Sie irgendeine Ahnung, wer ihr nach dem Leben getrachtet haben könnte?"

Er schüttelte vehement den Kopf. „Nein. Ich kann mir beim besten Willen nicht vorstellen, dass jemand sie umbringen wollte. Klar, sie konnte streng sein, aber sie war auch ein sehr herzlicher Mensch."

„Ihnen ist also niemand bekannt – weder innerhalb noch außerhalb der Wakefield Corporation –, der ein persönliches oder berufliches Problem mit ihr hatte?"

„Die Einzige, die mir einfällt, ist diese Frau hier, die den Süßwarenladen betreibt", sagte er nach kurzem Überlegen.

„Hatte Gin jemals über Sugar gesprochen, bevor Sie alle hierhergekommen sind?"

„Nein, ich habe zuvor nie von ihr gehört. Sie hat sie das erste Mal in jener ersten Nacht erwähnt, nachdem wir uns hier mit Laurel und Wesley getroffen hatten, um die Küche zu besichtigen. Eigentlich murmelte sie nur leise vor sich hin über jemanden namens Sugar. Danach setzten wir uns zusammen, um zu überlegen, was wir für den ersten Wettbewerbstag zubereiten könnten, und Gin sagte irgendetwas davon, dass sie Sugar schlagen müsse."

Das deutete zwar auf nichts in Zusammenhang mit Gingers Tod hin, dennoch notierte ich mir die zeitliche Abfolge. Sie hatten also die Küche inspiziert und ihr Rezept für den ersten Tag ausgearbeitet – alles in jener Nacht. Somit hatte Laurel sie nicht nur nach Ablauf der Frist noch zugelassen, sondern ihr offenbar auch vorab schon das Thema verraten.

„Toy und ich lachten sogar noch über den Kommentar", fuhr Leif fort. „Wir dachten, ‚Sugar schlagen' wäre ironisch gemeint und hätte irgendetwas mit einer neuen Mode-Diät zu tun. Dann jedoch erzählte sie uns, dass diese Frau eine Rivalin aus Kindertagen sei." Leif schüttelte den Kopf, eine Geste der Bewunderung. „So entschlossen wie bei diesem Croquembouche habe ich Gin noch nie zuvor erlebt. Was auch immer damals zwischen den beiden vorgefallen sein mag, sie wollte mit diesem Wettbewerb, trotz all ihres geschäftlichen Erfolgs, irgendetwas beweisen. Ihn für sich gewinnen."

Das passte zu dem, was ich bereits wusste. Leider hatte Leif mit dieser Äußerung gerade ein weiteres Häkchen in die *Schuldig*-Spalte für Sugar gesetzt, und sie ließ mich auch Laurel nochmals in einem anderen Licht sehen.

„Fällt Ihnen sonst noch etwas ein, das mir helfen könnte herauszufinden, was mit Gin passiert ist?"

Er lehnte sich in seinem Stuhl zurück und starrte in die Ecke der Zimmerdecke. Nach ein paar Sekunden, in denen ihm erneut die Tränen in die Augen traten, schüttelte er den Kopf. „Nichts. Ich verstehe einfach nicht, wie das geschehen konnte."

„Genau das versuche ich herauszufinden. Danke für Ihre Zeit, Mr Forsberg. Das wären im Moment alle Fragen, die ich an Sie habe. Würden Sie bitte entweder Kim oder Latoya als Nächstes rausschicken?"

Leif schoss aus seinem Stuhl hoch, als wäre gerade ein Feuerwerkskörper unter ihm explodiert, und stürmte aus dem Saal zurück in Richtung Küche.

Kapitel Zwanzig

Latoya Craig kam in den Speisesaal marschiert wie eine Frau auf einer Mission. Sie ließ sich auf den Stuhl plumpsen, auf dem Leif eben noch gesessen hatte, und richtete das bunt gemusterte Bandana auf ihrem Kopf.

„Mir ist schon klar, dass diese Befragung wichtig ist", begann sie, „aber wenn wir sie so kurz wie möglich halten könnten, wäre ich Ihnen sehr dankbar."

„Müssen Sie irgendwohin?" Ich drückte auf den Aufnahmeknopf meines Diktiergeräts.

„Nein, aber bis vier Uhr muss unser heutiger Beitrag fertig werden."

Jetzt war ich tatsächlich überrascht. „Selbst nach dem, was ich Ihnen gerade über Gin erzählt habe, wollen Sie heute an dem Wettbewerb teilnehmen?"

Sie sackte in sich zusammen und schien sichtlich mit ihren Gefühlen zu kämpfen. Als sie wieder sprach, klang ihre Stimme sanfter, gedämpfter. „Diese Competition war Gin unglaublich wichtig. Ich denke, das Mindeste, was wir für ihr Andenken tun können, ist, alles zu geben und sie für sie zu gewinnen." Sie deutete vage in Richtung Küche. „Wir sind fast fertig. Es fehlt nur noch der letzte Feinschliff."

Ein edler Gedanke. Aber die Trauer um ihre Arbeitgeberin wirkte aufgesetzt, und wie schon bei unserer ersten Begegnung kam mir Latoya kalt und unnahbar vor. Es könnte natürlich auch nur eine Maske sein, eine Art Selbstschutz. Oft ließ das äußere Bild eines Menschen nicht auf sein Inneres schließen.

„Gut, dann wollen wir mal. Erzählen Sie mir etwas über Ihre Beziehung zu Ms Wakefield."

Latoya war eine sehr lebhafte Person. Während sie sprach, fuchtelte sie mit ihren tätowierten Händen unaufhörlich in der Luft herum. In einem Moment verzog sie das Gesicht zu einer Grimasse, im nächsten machte sich ein Lächeln darauf breit. Aus dem Augenwinkel bemerkte ich, dass auch Meeka sie aufmerksam musterte. Fasziniert von dieser rastlosen Frau, richtete sie sich kerzengerade auf und legte den Kopf abwechselnd nach links und nach rechts.

„Dieser Wettstreit ist für mich so, als würde sich der Kreis schließen", begann sie. „Kennengelernt habe ich Gin vor einigen Jahren, als sie am Memorial Day einen Jobwettbewerb veranstaltete."

„Jobwettbewerb? Sie meinen, die Siegerin bekam die Stelle?"

„Ganz genau. Echt kreativ, oder? Es gab mehrere Runden, die sich über das ganze Wochenende hinzogen, und nach jeder halbierte das Publikum die Anzahl der Teilnehmer. Das war Stress pur, glauben Sie mir. Als am Ende nur noch zwei übrig waren, wählte Ginger die Gewinnerin. Sie wollte unbedingt expandieren und auch spezielle Artikel ins Sortiment aufnehmen, wie etwa gluten-, nuss- und laktosefreie Backwaren. Sie wissen schon, all die Schlagworte, die heutzutage durch die Supermärkte geistern. Das Lustige war: Wir wussten nicht einmal, für wen wir überhaupt antraten. Es war ein blinder Wettbewerb."

„Eine interessante Methode, ein Vorstellungsgespräch zu führen."

„Sie hat schon eine Reihe von Mitarbeitern über Geschmackstests gefunden. Und unter Druck zeigt sich die Persönlichkeit am besten." Latoya schwieg einige Sekunden lang, die Lippen zusammengepresst, den Blick ins Leere gerichtet. „Sie pflegte immer zu sagen: ‚Nur die Praxis zeigt, wer wirklich etwas taugt'. Ihr war es egal, ob man ein Stück Papier vorzuweisen hatte, auf dem stand, man könne backen. Und ihrer Meinung nach brauchte man auch kein Talent, um seinen Abschluss zu schaffen, sondern lediglich ausreichend praktische Erfahrung. Sie haben sie doch neulich selbst gehört: Wenn ein Produkt ihren Gaumen nicht überzeugen konnte, wurde es nicht ins Sortiment aufgenommen."

„Als Sie erfuhren, dass Ihre neue Arbeitgeberin *Wakefield's Treats and Sweets* sein würde, haben Sie da sofort zugesagt?"

„Nein, habe ich nicht. Ich hatte mich erst in letzter Minute für den Wettbewerb angemeldet. Anfang der Woche flatterte mir ein Angebot von einem der größten Casinos in Las Vegas ins Haus. Dort wären meine Kreationen täglich Zehntausenden von Gästen serviert worden." Bei dieser Erinnerung lachte sie leise auf. „Sie haben mir auch ein wirklich attraktives Gesamtpaket angeboten, sowohl Vergütung als auch Boni. Eigentlich war ich jung und frei, ohne Verpflichtungen oder Verantwortungen, und wollte nur meinem Herzen folgen, doch immer wieder mischte der Verstand sich ein. Also sollte dieser Wettbewerb eigentlich Klarheit schaffen, aber am Ende machte er die Entscheidung nur noch komplizierter."

„Warum haben Sie sich dann letztendlich für *Wakefield's* entschieden?"

„Es war keine leichte Wahl, glauben Sie mir. Damals besaß Gin nur eine einzige Bäckerei und ein kleines, wenn auch florierendes Catering-Unternehmen. Aber sie schien kurz davor zu stehen, ganz groß herauszukommen, denn als aufstrebende Konditorin war sie in aller Munde. Sie besorgte mir ein Zimmer im obersten Stockwerk eines Hotels an der

Michigan Avenue im Zentrum Chicagos. Eines Abends lud sie mich zu sich zum Essen ein, und sie und Kim verwöhnten mich mit einer Vielzahl kulinarischer Leckerbissen und machten allerlei Zugeständnisse."

„Sie haben die Stelle also auf der Grundlage von Versprechungen angenommen?"

„Durchdachte Versprechungen", korrigierte Latoya mich. „Kim unterbreitete mir ihre aktuellen Gewinn- und Verlustrechnungen. Die Summen waren nicht riesig, die Gewinnspanne jedoch fantastisch, was mir zeigte, dass sie genau wussten, was sie taten. Sie erklärten mir detailliert, wie sie in den nächsten zwei Jahren zwei weitere Standorte in Chicago eröffnen wollten, mit Blick auf noch einen in Milwaukee und möglicherweise sogar in Madison. Schon damals sprach Kim von einer eigenen Produktlinie. Gins Augenmerk galt ausschließlich dem Essen, sein Fokus lag auf der Vermarktung."

„Ist das der große Deal, den sie kürzlich abgeschlossen hat?"

„Ja, genau. Er hat Jahre damit zugebracht, mit verschiedenen Herstellern und Sponsoren zu verhandeln. Das war Teil des Anreizpakets, das mir beim Einstieg zugesichert wurde: ein gewisser Prozentsatz aller kommerziellen Verkäufe, nicht nur an der Food-Line für den Einzelhandel, sondern auch an den Gewinnen aus dem Küchenzubehör."

Ich nickte anerkennend. „Klingt nach einem guten Deal."

Sie lächelte, wenn auch ein wenig traurig. „Einen, den ich unmöglich ablehnen konnte."

„Haben Sie die Entscheidung jemals bereut? Sich je gewünscht, Sie wären doch lieber nach Vegas gegangen?"

„Ich würde lügen, wenn ich behauptete, dass mir das nicht ab und zu in den Sinn kam." Sie holte tief Luft, und ihre Stimmung hellte sich genauso schnell wieder auf. „Doch alles in allem haben sich die Dinge für mich gut entwickelt. Gin hat mir dabei geholfen, mir einen Namen zu machen, und jetzt habe ich einen Weg eingeschlagen, den ich vorher nie für möglich gehalten hätte. Ich habe eine Website für Spezialitäten und einen YouTube-Kanal mit fast einer halben Million Followern. Außerdem arbeite ich mit einem Verlag an einem Kochbuch."

„Klingt, als wollten Sie zukünftig Ihr eigenes Ding durchziehen."

Dieses Mal war ihr Lächeln ein glückliches. „Sie sind sehr scharfsinnig, Sheriff. Genau das habe ich nämlich vor."

„Und wie fand Gin das?"

„Dass ich gehen will? Na ja, ich habe ihr geholfen, eine Menge Geld zu verdienen, also war sie natürlich nicht gerade begeistert. Doch schlussendlich hat sie sich damit abgefunden. Ich meine, sie kann alle Rezepte behalten, die ich für *Wakefield's* entwickelt habe. Ich darf sie zwar in leicht abgewandelter Form ebenfalls verwenden, aber als ihre Angestellte gehören die Rechte an allem, was ich kreiert habe, ihr."

„Das musste doch für Sie ziemlich frustrierend sein. Ich könnte mir nicht vorstellen, mein Herzblut und meine ganze Energie in etwas zu stecken und am Ende keinen Anspruch mehr darauf zu haben."

Sie zuckte mit den Schultern. „Das ist in dieser Branche ganz normal. Ja, es war frustrierend, aber ich kann mir jederzeit andere Rezepte ausdenken. Darüber mache ich mir keine Sorgen."

„Und was jetzt?", hakte ich nach. „Ich meine, Sie haben gerade erfahren, was mit Ihrer Chefin passiert ist. Nun, da sie nicht mehr da ist – bleiben die Rechte bei der Wakefield Corporation oder fallen sie zurück an Sie?"

Sie neigte den Kopf leicht zur Seite, und der Diamantstecker in ihrem linken Nasenflügel glitzerte im Licht der Zimmerbeleuchtung. „Eine wirklich gute Frage. Das muss ich mit unserer Rechtsabteilung klären." Erneut verfiel sie in Schweigen, aber nur für einen kurzen Moment.

Dann warf sie die Hände in die Luft. „Wie auch immer, ich komme auch allein klar. Rezepte zu entwickeln, das ist mein Ding. Und meine Fans halten zu mir. Wenn sie jedoch *Toy's Treats* nur als eine Neuauflage von *Wakefield's* in einer anderen Verpackung sehen, werden sie mir kaum weiterhin folgen."

„So also soll Ihre Firma heißen? *Toy's Treats?*"

„Genau. Meine YouTube-Follower kennen mich als Toy. Ich habe sogar schon ein Logo entwerfen lassen."

„Sie sind also wirklich bereit für den nächsten Schritt."

„Na ja, Sie wissen ja, wie das ist. Man spielt ein bisschen herum, denkt über die Zukunft nach, träumt – und irgendwann nehmen die Ideen Gestalt an. Es gibt unzählige Websites für das Logo-Design. Eines Abends habe ich ein wenig herumgesurft, und zack, wurde ich fündig. Also habe ich es gleich auf YouTube hochgeladen, und alle waren begeistert."

„Sollten die Autopsieergebnisse ergeben, dass Gin ermordet wurde", sagte ich, bewusst den Ton und das Thema abrupt wechselnd, „haben Sie irgendeine Ahnung, wer ihr das angetan haben könnte?"

Der plötzliche Wechsel brachte Latoya jedoch nicht aus dem Konzept. Stattdessen sah sie mir fest in die Augen, beugte sich leicht vor und stellte eine Gegenfrage. „Haben Sie eine Ahnung, wie sie gestorben ist? Ich meine, wenn ich wüsste, was genau passiert ist, hätte ich vielleicht eine bessere Vorstellung davon, wer es gewesen sein könnte."

Ich hielt ihrem Blick stand. „Offensichtlich haben Sie schon jemanden im Sinn?"

Sie lehnte sich zurück und verschränkte die Arme vor der Brust. „Gin Wakefield war eine sehr wohlhabende Frau. Sie hat im Umkreis von Chicago viele kleinere Bäckereien verdrängt, und manche sogar in den Ruin getrieben. Und diese neue Serie mit Küchenartikeln wird sicher auch den Produktlinien anderer Starköche Konkurrenz machen. Wie

Sie sicher wissen, Sheriff – wenn es ums Geld geht, schrecken manche Menschen vor nichts zurück."

Ihre Antwort faszinierte mich. Sie hatte beinahe aggressiv begonnen, so wie sie sich nach vorne lehnte, und wäre noch dazu ihr Ton ein anderer gewesen, hätte ich vermutet, sie sei wütend oder neidisch auf ihre Chefin. Doch Latoya schien ehrlich daran interessiert zu sein, herauszufinden, was passiert war.

„Über das *Wie* kann ich Ihnen noch nichts sagen", erwiderte ich. „Wir warten noch auf den Bericht des Gerichtsmediziners. Aber gibt es jemanden, von dem Sie glauben, dass es sich lohnen könnte, ihn genauer unter die Lupe zu nehmen?"

Sie zog ihr Handy aus der Tasche ihrer Schürze und warf einen Blick auf die Uhr. „Sorry, die Zeit wird echt knapp. Ich könnte aber später eine Liste erstellen und Sie Ihnen zukommen lassen, wenn das für Sie in Ordnung wäre?"

„Klar. Wenn Sie mich nicht auf dem Festgelände herumlaufen sehen, bringen Sie sie mir nach der heutigen Bewertung aufs Revier. Und keine Sorge, falls Sie es vergessen sollten … Ich finde Sie schon."

Sie bedachte mich mit einem knappen Lächeln. „Dessen bin ich mir sicher. Ich nehme an, dass Sie als Nächstes mit Kim sprechen wollen? Ich schicke ihn zu Ihnen herüber."

„Eigentlich wollte ich mir kurz die Beine vertreten. Ich komme einfach mit Ihnen mit."

Ich schaltete das Aufnahmegerät aus und folgte Latoya in die Küche. Meeka lief vor uns her und schlüpfte direkt unter den Schrank, um nicht erneut ausgeschimpft zu werden. Latoya ging zurück an ihren Platz, band sich die Schürze hinter dem Rücken zu und machte sich gleich wieder an die Arbeit, um ihren Teil des heutigen Wettbewerbsbeitrags fertigzustellen.

Kim saß noch immer an dem Nebentisch, jetzt mit dem Handy am Ohr. Ich blieb in der Nähe stehen und verstand zumindest so viel, dass ich mir den Rest zusammenreimen konnte: Er telefonierte mit Anwälten.

Mit finsterem Blick drehte er sich zu mir um. „Kann ich Ihnen helfen, Sheriff?"

„Allerdings. Ich muss mit Ihnen über Gins Tod sprechen."

„Ich habe gerade einen unserer Anwälte in der Leitung. Könnten Sie mir noch eine Minute Privatsphäre gewähren?"

„Aber natürlich. Ich warte einfach dort drüben auf Sie."

Leif, der meinen Kommentar mitbekommen hatte, sah auf und nickte mir zu, als ich zu ihm hinüberging.

„Was ist denn Ihr heutiger Beitrag?", fragte ich.

„Die Kategorie lautet Essen zum Mitnehmen", erinnerte er mich. „Wir haben uns für ein Picknick-Thema entschieden. Ich habe Blätterteig gemacht, den wir zu verschiedenen gefüllten Täschchen verarbeiten. Toy ist für den Hauptgang mit einer würzigen Fleisch-Gemüse-Mischung zuständig."

„Klingt großartig. Ich nehme an, es gibt auch welche zum Dessert?"

„Richtig", bestätigte er. „Dafür verwende ich zwar den gleichen Teig, aber mit süßem Inhalt. Eine Version mit Schokolade, Marshmallow-Creme und gehackten Graham Crackers – sozusagen wie ein S'more –, und eine zweite mit Zimt und Apfel. Ich habe noch über eine dritte Variante mit dunkler Schokolade und Himbeeren nachgedacht, aber das ist nicht gerade saisonal. Wobei der S'more das eigentlich auch nicht ist."

Ich trat einen Schritt zurück und sah den beiden eine Weile bei der Arbeit zu, aber je länger ich dort stand, desto nervöser wirkten sie. Tripp mochte es auch nicht, wenn ich ihm beim Kochen über die Schulter schaute. Schließlich beendete Kim sein Telefonat und erklärte, er könne jetzt fünf Minuten erübrigen.

„Das hier ist eine mögliche Mordermittlung, Mr Robbins." Wollte er mich etwa einschüchtern? Das würde bei mir nicht funktionieren. „Unser Gespräch wird vermutlich länger als fünf Minuten dauern."

Als wir draußen am Tisch Platz nahmen und ich das Diktiergerät zwischen uns platzierte, fragte Kim: „Was lässt Sie glauben, dass Ginger ermordet wurde, Sheriff O'Shea? Haben Sie bereits irgendwelche Anhaltspunkte dafür?"

„Ich gehe lieber auf Nummer sicher und setze auf Effizienz", erklärte ich ihm. „Natürlich beschuldige ich niemanden ohne hieb- und stichfeste Beweise, aber ich halte es für sinnvoll, die möglicherweise entscheidende Zeit von Anfang an zu nutzen und vom Worst-Case-Szenario auszugehen. Wenn die Obduktion dann tatsächlich etwas Problematisches ergibt, kann ich sofort entsprechend reagieren."

„Und Sie glauben, ich könnte etwas mit Gingers Tod zu tun haben?"

„Ich sehe schon, Sie reden nicht lange um den heißen Brei herum. Und so wie ich Sie kennengelernt habe, sind Sie ebenfalls ein Freund von Effizienz."

„Ich bin für die Finanzen des Unternehmens verantwortlich, und wie Sie sich sicher vorstellen können, heißt das bei einer Firma dieser Größe, dass man über eine Menge Dinge den Überblick behalten muss. Wenn ich nicht perfekt organisiert wäre, würde alles im Chaos versinken."

„Sie sind schon lange mit Gin befreundet, nicht wahr?"

„Allerdings. Kennengelernt haben wir uns vor vielen Jahren, als wir im selben Resort auf den Malediven arbeiteten."

„Auf den Malediven?" Für einen Moment wirbelten die Gedanken in meinem Kopf durcheinander, dann erinnerte ich mich an das T-Shirt, das sie getragen hatte, als wir sie auf dem Feenpfad fanden. „Wo genau liegen die noch mal?"

„Im Indischen Ozean, etwa 1.450 Kilometer von der Südspitze Indiens entfernt."

„Warum sollte man solch ein Inselparadies gegen den windigen, kalten Chicagoer Winter eintauschen?"

„Weil Ginger große Pläne hatte." Kim lächelte, als würde er sich an etwas Bestimmtes erinnern, und zum ersten Mal, seit ich ihn kennengelernt hatte, entspannten sich seine Züge ein wenig. „Sie meinte, sie habe in dieser Zeit, als sie exquisite Speisen für Kunden zauberte, die nur das Beste erwarteten, viel gelernt. Aber sie strebte nach mehr. Das Leben auf einer Insel ist idyllisch, aber für jemanden, der so große Träume hatte wie sie, manchmal einfach zu ruhig."

„Hat sie damit gerechnet, dass ihre Träume sich auf diese Weise erfüllen würden?"

„Ich denke schon. Sie sprach oft davon, eine Bäckerei zu eröffnen, dann eine zweite, und schließlich noch weitere, aber auf der Insel gab es dafür keinen Markt. So glücklich sie dort auch war, die Vision einer eigenen Konditoreikette ließ sie nicht mehr los. Unsere Gäste liebten ihr Essen. Sie hatte ein Talent dafür, Desserts zu kreieren, die einem das Gefühl gaben zu sündigen, andererseits aber auch so portioniert waren, dass man wusste, man durfte sich ihnen hingeben. Ergibt das für Sie einen Sinn?"

„Die Drei-Bissen-Regel?", fragte ich. „Meine Großmutter pflegte zu sagen, drei Bissen seien genug, um wirklich zufrieden zu sein."

„Genau. Alles darüber hinaus ist Verschwendung", stimmte Kim mir zu.

Ich musste lachen. „Kannten Sie etwa meine Grandma, Mr Robbins?"

Sein Lächeln wurde wieder ein wenig steifer. „Ich bin mir sicher, sie war eine reizende Frau."

Unwillkürlich hielt ich inne, als mir das Bild der kleinen, resoluten Frau mit den hellblauen Fingernägeln in den Sinn kam. Ein kurzes Blinzeln, und die Erinnerung verblasste. „Ms Wakefield und Sie haben sich also auf der Insel kennengelernt. Sind Sie auch zur selben Zeit von dort weggegangen?"

„Ja. Ginger hatte eine Lebendigkeit an sich, die einfach ansteckend war. Obwohl ich das Leben dort geliebt habe – mitten im Ozean, fernab von dem ganzen gesellschaftlichen Stress."

Der Ausdruck auf seinem Gesicht war mir nur zu vertraut, denn wie oft hatte ich ihn schon bei vielen unserer Touristen gesehen. „Sie waren auf der Suche nach dem Platz, wo sie hingehörten?"

Er kniff leicht die Augen zusammen, sichtlich überrascht von meiner Bemerkung. „In der Tat, das war ich. Und ich habe ihn gefunden. Dann aber trat Ginger in mein Leben, und ich war überzeugt, wenn ich an ihrer Seite bliebe, würde ich diesen Ort nie wieder verlieren."

„Haben Sie sie geliebt?"

„Als Freundin, als Schwester und als zielstrebige Geschäftsfrau – ja, absolut. Wenn Ihre Frage jedoch darauf abzielt, ob ich in sie verliebt war … Nein, Sheriff. Ich bin schwul."

Seine sexuelle Orientierung war mir eigentlich relativ egal. Es ging mir viel mehr darum, ob er tiefe Gefühle für mein Opfer hegte, denn die führten nicht selten zu Affekthandlungen, einem der häufigsten Motive für Mord. „Wie kamen Sie ausgerechnet auf Chicago?"

„Gin hat oft über ihre Kindheit in Whispering Pines gesprochen. Sie hat den Ort sehr vermisst und wollte unbedingt in die Gegend zurück." Er lachte leise. „Genau diese Frage habe ich ihr früher auch gestellt. ‚Du willst wirklich wieder in den eiskalten Norden, obwohl du auf einer tropischen Insel leben könntest?' Aber sie bestand darauf. Und für Chicago entschied sie sich, weil sie meinte, Milwaukee und Madison seien zu klein für ihre Vision."

„Lassen Sie uns ein paar Jahre nach vorn springen. Sie

haben also das Resort verlassen, sind nach Chicago gezogen und haben eine Bäckerei eröffnet. Nur Sie beide?"

„Anfangs ja, aber nur für kurze Zeit. Auf meinen Rat hin befand sich der erste Laden in einem wohlhabenden Viertel Chicagos, weil sie mit dieser Art von Klientel bereits vertraut war. Es kostete eine Menge Geld, das Ganze auf die Beine zu stellen, aber der Erfolg ließ nicht lange auf sich warten. Ginger war unermüdlich. Sie war jeden Morgen ab vier Uhr auf den Beinen und arbeitete bis acht, manchmal sogar zehn Uhr abends, backte und kochte selbst, spülte ihr eigenes Geschirr, bediente die Kunden und putzte jeden Winkel des Ladens. Ich kümmerte mich um das Finanzielle und half ihr, wo ich nur konnte. Aber irgendwann brauchte sie mehr Unterstützung, als ich ihr zu geben vermochte, und sie stellte ihre erste Verkäuferin ein. Und als dann die ersten Anfragen für Catering-Partys ins Haus flatterten, musste sie das Personal aufstocken."

„Ich glaube, den weiteren Verlauf kenne ich", sagte ich. „Und dann kam dieser letzte große Deal."

Kim versteifte sich sichtlich und presste die Lippen aufeinander. „Richtig. Die Küchenutensilien."

Das war definitiv keine positive Reaktion, was mich überraschte, nachdem Latoya mir ja erzählt hatte, dieses Projekt sei sein Baby gewesen. „Sie waren damit also nicht zufrieden?"

„Er stellte sich als größere Herausforderung heraus, als wir gedacht hatten, und warf deutlich weniger Gewinn ab."

„Weniger Gewinn? Ms Wakefield erzählte mir, der Preis eines ohnehin schon millionenschweren Vertrags sei sogar noch einmal angehoben worden, nachdem sie sich anfangs zurückhaltend zeigte."

Er hustete und räusperte sich. „Die Gewinnanteile hätten besser umgelegt werden können."

Für mich hörte sich das so an, als sei Mr Robbins nur aufs Geld aus … Möglicherweise gar keine schlechte Eigenschaft für einen Finanzchef. „Ich nehme an, Ginger hat sich im Laufe der Jahre ein paar Feinde gemacht?"

„Natürlich. Niemand wird so erfolgreich wie sie, ohne dabei ein paar Leuten auf die Füße zu treten."

„Irgendjemand, über den Sie sich besonders Sorgen machen? Eine Person, die ich mir genauer ansehen sollte?"

„Es gab im Laufe der Jahre ein paar Angestellte, die entlassen wurden. Einige Leute, denen sie etwas versprochen, es aber nicht eingehalten hat."

„Ist irgendjemand von denen aktuell in Whispering Pines? Immerhin ist sie hier gestorben."

Kim schwieg kurz, scheinbar unschlüssig, was er darauf antworten sollte. „Ich möchte sicherlich nicht für jemand anderen sprechen. Da müssen Sie die Leute schon selbst fragen."

„Sie haben keinen Einblick in derartige Angelegenheiten?"

„Ich kümmere mich ausschließlich um die finanziellen Belange des Unternehmens. Alles, was die Mitarbeiter betrifft, läuft über unsere Personalabteilung."

„Ach, kommen Sie schon, Kim, Sie wollen mir doch nicht weismachen, dass es nie nach Feierabend bei ein paar Bierchen ein wenig Klatsch und Tratsch gab?"

Er streckte den Arm aus, sodass der Ärmel seines Hemdes hochrutschte und seine Uhr sichtbar wurde, und warf einen Blick darauf. „Wie Sie sich sicher denken können, wird Gingers Ableben zahlreiche Aufgaben und Verpflichtungen nach sich ziehen. Ich wäre Ihnen dankbar, wenn Sie mich über die Ergebnisse der Obduktion informieren würden, sobald sie Ihnen vorliegen."

„Vielleicht sollten Sie mir lieber die Kontaktdaten Ihrer Rechtsabteilung geben. Das ist vermutlich die richtige Adresse, an die ich solche Informationen weiterleiten sollte, da Sie ja nur für die Finanzen zuständig sind."

Sein Blick wurde hart. „Natürlich."

„Könnten wir das gleich erledigen? Da ich gerade hier bin und Ihr Laptop in der Küche steht?"

Er erhob sich und ging eiligen Schrittes in die Küche. Dort fuhr er seinen Computer hoch und hatte mit ein paar Mausklicks eine E-Mail-Adresse und Telefonnummer für mich. Er notierte sie auf einem Zettel, drehte sich um, um ihn mir zu reichen, und zuckte erschrocken zusammen, als er mich direkt hinter sich stehen sah.

„Lassen Sie mich wissen, falls ich sonst noch etwas für Sie tun kann, Sheriff."

„Das werde ich. Sicherlich wünschen wir uns alle, dass diese schreckliche Angelegenheit bald aufgeklärt wird." Mit diesen abschließenden Worten ging ich zur Tür, wo Meeka auf der anderen Seite der Schwelle auf mich wartete. Ich beugte mich zu ihr hinunter, um sie wieder an die Leine zu nehmen, wandte mich dann jedoch noch einmal den Dreien zu. „Viel Glück beim Wettbewerb heute Nachmittag. Gin wäre gerührt zu wissen, dass Sie alle sich so engagieren, um ihr Andenken zu wahren."

Kapitel Einundzwanzig

Auf dem Weg zurück zum Revier kamen Meeka und ich an dem Wagen der Wahrsagerinnen vorbei, den sie temporär auf dem Dorfplatz aufgestellt hatten. Wir waren vielleicht fünfzehn Meter entfernt, als Lily Grace mit einem älteren Ehepaar herauskam, und beide strahlten über das ganze Gesicht. Im nächsten Moment hatte mich die jugendliche Hellseherin auch schon am Arm gepackt und zog mich mit sich.

„Sheriff O'Shea", rief sie mit unnötig lauter Stimme, „Sie kommen genau rechtzeitig zu Ihrer Sitzung."

Noch unsicher, was hier eigentlich vor sich ging, blickte ich zu der kleinen Gruppe von Touristen hinüber, die offenbar auf ihre eigene Lesung zu warten schienen. Sollte meine Bevorzugung sie verärgert haben, ließen sie es sich jedenfalls nicht anmerken.

Mehrfarbige Seidenschals verhüllten die Wände und die Fenster im Inneren des Wagens. Das Licht von Kerzen in Metallhaltern, verziert mit orientalischen Motiven, warf wild tanzende Schatten, und überall lagen dicke, weiche Kissen herum, für den Fall, dass jemand den Boden dem Tisch vorzog.

Kaum hatte sie die Tür hinter uns geschlossen, schnappte Lily Grace sich eines der Kissen, drückte es sich vors Gesicht und schrie hinein.

„Läuft der Tag wohl so gut?", neckte ich sie.

„Der Göttin sei Dank, dass Sie vorbeigekommen sind. Ich brauchte dringend eine Pause. Keine Ahnung, wo sich Cybil, Effie und die anderen hinverzogen haben, aber ich gebe seit drei Stunden ununterbrochen Lesungen. Und meine Kunden waren ausschließlich alte Leute, die alle dasselbe wissen wollten: ‚Sagen Sie mir, wie die Zukunft meines Sohnes aussieht.' ‚Was erwartet meine Tochter?' ‚Wie steht es um meine Enkelkinder?' ‚Sagen Sie mir, wenn ich zuerst sterbe, wird mein Ehepartner dann wieder glücklich werden?'" Sie kreischte erneut in das Kissen und feuerte es dann quer durch den Wagen. „Ist das alles, worauf ich mich im Alter freuen kann? Will denn keiner von ihnen die Gewinnzahlen der Lotterie wissen oder erfahren, ob die langersehnte Reise endlich Wirklichkeit wird? Liegt ihnen wirklich nur das Wohlergehen ihrer Kinder am Herzen?"

„Du stellst es so dar, als wäre das etwas Schlechtes."

„Wie auch immer …"

Meeka hatte sich unter einem Stapel Kissen verkrochen, und Lily Grace war sich nicht bewusst, dass sie ihres genau auf den kleinen Westie geworfen hatte, bis dieser ein erbostes Jaulen von sich gab und der jungen Frau einen äußerst missbilligenden Blick zuwarf.

„Kannst du tatsächlich die Gewinnzahlen der Lotterie sehen?"

Sie blinzelte mich an. „Wenn dem so wäre, würde ich wohl kaum noch den lieben langen Tag hier herumhocken, oder?"

Guter Einwand. „Ich nehme an, du hast mich hierhergeschleppt, damit du ein paar Minuten deine Ruhe hast?"

„Ja! Bitte bleiben Sie noch ein Weilchen." Sie vergrub ihr Gesicht in den Händen. „Sie können sich auch einfach auf den Stuhl setzen und fünfzehn Minuten kein Wort sagen."

Diesen Zustand hielt ich genau eine Minute lang durch, bevor ich fragte: „Ich habe dich schon länger nicht mehr gesehen. Wie läuft es so?"

„Sie meinen das Zusammenleben mit Jola? Das ist ziemlich cool. Ich kann nicht fassen, dass Effie und Cybil so lange gewartet haben, um uns zu gestehen, dass wir Schwestern sind. Wir kommen super miteinander klar."

„Super? Jola hat mir doch etwas von einer heftigen Meinungsverschiedenheit erzählt." Was eigentlich nichts weiter bedeutete, als dass sie sich annäherten und zu richtigen Schwestern wurden.

„Darüber hat sie mit Ihnen gesprochen?" Lily Graces Miene drückte aus, dass sie sich verraten fühlte. „Na ja, etwa eine Woche, nachdem wir zusammen in ihr Häuschen gezogen sind, ist sie eines Morgens explodiert, weil ich ihren Joghurt gegessen hatte. Es artete in einem völlig dummen Streit aus, und wir haben uns richtig fiese Sachen an den Kopf geworfen. Nach ein paar Minuten hörten wir auf zu schreien, starrten uns an und brachen in Gelächter aus, und im nächsten Moment lagen wir uns in den Armen und entschuldigten uns beieinander. Ich schätze, wir waren einfach zu sehr bemüht, nett zueinander zu sein."

„Weißt du, es ist völlig in Ordnung, wenn nicht alles perfekt läuft. Ich würde mir eher Gedanken machen, wenn dem so wäre. Ihr kennt euch zwar schon ewig, habt früher als Kinder die Sommer zusammen verbracht, euch aber in den letzten sieben oder acht Jahren kaum noch gesehen."

„Stimmt. Durch den Streit haben wir irgendwie reinen Tisch gemacht, und plötzlich ist es, als wären wir schon unser ganzes Leben lang Schwestern."

„Das ist schön. Ich freue mich für euch beide. Konnte sie dir auch bei deinen anderen Entscheidungen helfen?"

„Bisher haben wir noch nicht über das Thema College gesprochen oder darüber, dass ich das Dorf verlassen möchte." Sie zuckte mit den Schultern. „Im Moment will ich einfach nur die Zeit mit ihr genießen und sie kennenlernen, verstehen Sie?"

Nicht wirklich. Zugegeben, ich war fast ein wenig neidisch, dass Lily Grace und Jola diese Chance bekommen hatten. Meine Schwester Rosalyn und ich hatten uns nie sonderlich nahegestanden, und das würde sich wahrscheinlich auch nicht mehr ändern.

„Wo Sie schon mal hier sind", sagte Lily Grace, „soll ich Ihnen kurz aus der Hand lesen?"

„Nein, nicht nötig. Entspann dich einfach und atme mal tief durch."

„Nein, ernsthaft, ich sehe doch, dass Sie wie üblich über etwas nachgrübeln."

Ich wollte gerade widersprechen, als sich auch schon Gin Wakefield in meine Gedanken drängte. Konnte sie mir womöglich etwas darüber sagen? Oder vielleicht sehen, wie es mit unserem *Pine Time* weiterginge? Wären wir in einem Jahr noch da und alles liefe prima, oder würden meine Eltern den Stecker ziehen und alles verkaufen?

„Wissen Sie was", begann sie, „wenn ich mich einfach auf Sie einstimmen darf, anstatt auf etwas Konkretes antworten zu müssen, ist das wie ein Neustart für mich."

„Na schön. Gib mir eine Minute, um mich zu konzentrieren."

Ich ließ mich in den gepolsterten Stuhl ihr gegenüber zurücksinken. Während sie es sich in ihrem großen Ohrensessel gemütlich machte, die Beine im Schneidersitz unter sich gezogen und den langen Patchwork-Rock um sich drapiert, nutzte ich die Meditationsübung, die Morgan und Briar mir vor ein paar Wochen beigebracht hatten. Sie hatten mir geraten, mir täglich fünf Minuten Zeit zu nehmen, die

Augen zu schließen, den Kopf freizumachen und die Gedanken wandern zu lassen. Das schaffte ich zwar nicht jeden Tag, musste aber zugeben, dass es entspannend war, einfach mal still zu sitzen und an nichts zu denken.

Also atmete ich tief ein, schloss die Augen und legte beim Ausatmen die Hände in den Schoß. Ich tat mein Bestes, um den Frust des Tages loszulassen und konzentrierte mich auf die Menschen, die mir am nächsten standen – Tripp, Morgan und Briar. Dann, ein wenig schuldbewusst, weil ich meine Familie ausgeschlossen hatte, nahm ich noch meine Eltern und Rosalyn in diesen Kreis mit auf. Es musste doch auch etwas geben, das ich über einen von ihnen wissen wollte.

„Okay, ich glaube, ich bin bereit."

Sie beugte sich vor, legte die Hände mit den Handflächen nach oben auf den Tisch, und ich legte meine darüber. Wie sie mir einmal erzählt hatte, war das für sie der einzige Weg, einen Menschen zu lesen. Tarotkarten zu deuten hatte sie nie gelernt, und in einer Kristallkugel sah sie nur ihr eigenes Spiegelbild. So, mit unseren Händen, die sich kaum berührten, konnte sie am besten meine Energie erfassen. Alles, was ich tun musste, war, mich auf ein Thema zu konzentrieren und sie ihre Magie wirken zu lassen.

Mit geschlossenen Augen verwandelte sie sich mit nur wenigen Atemzügen von einem ichbezogenen Teenager in eine einfühlsame Wahrsagerin. Sie wiegte sich leicht hin und her, und nach ein paar Sekunden begann sie, leise zu summen. Ganz gleich, wie sehr sie es auch abstritt – ich war überzeugt, Lily Grace hatte wirklich Spaß daran, anderen die Zukunft vorauszusagen. Und egal, wie skeptisch ich gegenüber den anderen angeblich magischen Fähigkeiten hier auch sein mochte … ihr untrügliches Gespür für zukünftige Ereignisse brachte sogar mich dazu zu glauben, dass uns irgendeine unsichtbare Kraft umgab.

„Ich sehe eine Kürbislaterne im Wald", intonierte sie und

wiegte weiterhin sachte hin und her, wobei ihr Gesichtsausdruck völlig neutral blieb. „Und ich sehe ein Schlüsselloch."

Das einzige Problem mit ihren Visionen war, dass man erst nach dem Eintreten der Ereignisse merkte, dass sie richtig gewesen waren. Waren die Kürbislaterne und das Schlüsselloch real, oder standen sie symbolisch für etwas anderes?

Nach einer weiteren Minute des Wiegens verkündete sie: „Ich sehe ein Baby mit dunklen Haaren und blauen Augen."

Ich erstarrte, was gut war, weil ich sonst womöglich vom Stuhl gefallen wäre.

Nach ein paar Sekunden zog sie ihre Hände von meinen weg, legte die Handflächen aneinander und lehnte sich erschöpft in ihrem Sessel zurück. „Was habe ich gesagt?" Als ich nicht sofort antwortete, öffnete sie zumindest ein Auge einen Spalt. „Was ist los? Sie sind ja ganz blass um die Nase. Was habe ich gesehen und Ihnen erzählt?"

„Stellst du diese Frage jedem deiner Kunden?" Ich streckte mich, lockerte die Finger, um die Durchblutung wieder in Gang zu bringen, und atmete tief durch, um ebenfalls wieder in die Realität zurückzufinden.

„Nein, nur Ihnen. Ernsthaft, was habe ich prophezeit?"

„Ein Schlüsselloch, eine Kürbislaterne und …" Ich geriet ins Stocken. „Ein Baby mit dunklen Haaren und blauen Augen."

Ihr klappte der Kiefer herunter, und sie schlug sich die Hand vor den Mund. Durch die gespreizten Finger murmelte sie: „Sie haben dunkle Haare und blaue Augen."

„Hör auf!"

„Oh, heilige Göttin!"

Ich sprang von meinem Stuhl, wodurch ich Meeka gehörig erschreckte. „Ich bin aber nicht schwanger. Es besteht nicht einmal die kleinste Chance, dass ich es sein könnte."

Einen Moment lang starrten wir uns nur an. „Hast du vielleicht eine Art übersinnliche Erklärung dafür?"

Sie schüttelte den Kopf, während sie auf ihrer Unterlippe kaute. „Aber sehen Sie es positiv: Bald ist Halloween. In ein paar Wochen sollten Sie zumindest erfahren, was es mit der Kürbislaterne auf sich hat. Und manche Visionen liegen ja weiter in der Zukunft, sagen wir mindestens neun Monate."

„Das! Reicht!" Ich griff nach Meekas Leine. „Hilfreich wie immer, meine Liebe. Und nachdem du mich dermaßen traumatisiert hast … Bist du jetzt wieder bereit für deine zahlende Kundschaft?"

„Ja, meine Batterien sind wieder aufgeladen." Sie legte die Hände an die Stirn, machte eine ausladende Geste, als würde sie die letzten Reste von Stress fortwischen, und seufzte. „Danke für die Pause." Dann trat sie mit uns nach draußen und rief in ihrem besten Wahrsagerinnen-Tonfall der wartenden Menge zu: „Wer ist der Nächste?"

Eine Hand auf den Bauch gepresst, machte ich mich gemeinsam mit Meeka über den Feenpfad auf den Rückweg zur Wache. Mein Deputy wollte dort auf mich warten, um mir über das Ergebnis seiner Durchsuchung von Wakefields Zimmer zu berichten.

„Ich bin mir ziemlich sicher, dass alle Babys bei der Geburt blaue Augen haben", sagte ich zu meiner K-9. Sie warf mir einen schrägen Blick zu und trabte dann ein Stück voraus. „Das habe ich, glaube ich, irgendwo mal gelesen. Also heißt es nicht, dass es mein Baby sein muss."

Als ich das Revier betrat, hob Reed den Kopf. „Was gibt's Neues?"

„Ich bin nicht schwanger", platzte ich heraus, als handelte es sich dabei um brandaktuelle Neuigkeiten.

Er starrte mich fassungslos an. „Hast du es denn versucht?"

„Nein!"

„Okay, dann ist ja alles in Ordnung." Er atmete tief durch

und wechselte das Thema. „Ich habe meinen Bericht fertig und die Fotos in die Cloud hochgeladen."

Ich deutete auf mein Büro. „Lass uns das drinnen durchgehen."

Eine von Lupes vielen Fähigkeiten war es, Computer miteinander zu verbinden. Zwischen zwei Aufträgen hatte sie die gesamte Station vernetzt, und so lagen jetzt sämtliche Dokumente und Bilder in der Cloud, womit Martin und ich nicht ständig alles gegenseitig abgleichen mussten.

„Bist du bereit?", fragte er, als er hinter mir eintrat.

„Moment noch, ich habe noch nicht mal den Computer hochgefahren."

Eine Minute später klickte ich auf den Ordner mit der Bezeichnung GINGER WAKEFIELD und dann auf den Unterordner *Fotos*. Die Bilder, die Reed gemacht hatte, bestätigten, was ich bereits von der Tür aus sehen konnte.

„Ich hatte nur einen flüchtigen Blick in das Zimmer geworfen", erklärte ich, „um sicherzugehen, dass dort nicht noch weitere Leichen herumlagen. Ursprünglich sah es für mich so aus, als hätte jemand die Suite verwüstet, aber nach diesen Aufnahmen bin ich mir da nicht mehr so sicher."

Er zog sich einen Stuhl heran und setzte sich neben mich. „Wie meinst du das?"

Ich scrollte von einem Foto, auf dem ihre Kleidung überall auf dem Boden vor der Kommode verstreut lag, zurück zu einem der Nachttische an beiden Seiten des Bettes und weiter zu einem des kleinen Schreibtischs in der Ecke. „Siehst du, wie ordentlich sonst alles ist, außer auf diesem ersten Bild? Ich glaube, Gin hat nach etwas gesucht."

„Ah, okay, jetzt verstehe ich, worauf du hinauswillst. Das Einzige, was chaotisch wirkt, ist das ungemachte Bett und die Inhalte der Schubladen und ihrer Handtasche auf dem Boden." Er deutete auf die Kleinigkeiten neben dem Sessel in der Ecke, wo anscheinend auch die Tasche achtlos hingeworfen worden war.

„Soweit ich weiß, war sie eine sehr methodische, professionelle Person. Sie führte ihre Küche mit Präzision und erwartete, dass benutztes Geschirr sofort gespült wurde. Unordnung war ihr zuwider." Noch einmal klickte ich langsam durch sämtliche Aufnahmen. „Ein Vandale hätte alles durchwühlt. Wonach konnte sie nur so verzweifelt gesucht haben, dass sie ihr Zimmer derart verwüstete?"

„Nach ihrem EpiPen? Wir sind ja davon ausgegangen, dass sie auf dem Weg war, sich medizinische Hilfe zu holen."

Ich drehte mich zu meinem Stellvertreter um. „Richtig. Gut kombiniert. Hast du irgendwo einen gefunden?"

„Der Mülleimer im Bad enthielt allerlei Alltägliches." Er erhob sich, durchquerte mein Büro und ging zu dem Regal mit den Beweismaterialien, das im Grunde nichts weiter war als ein schweres Drahtgitter, fest mit Wände, Boden und Decke verschraubt. Dort zog er eine große schwarze Plastiktüte heraus, stellte sie auf den Tisch daneben und entnahm ihr weitere kleinere Beutel. Laut las er das jeweilige Etikett vor. „Dieser hier stammt aus dem Mülleimer im Hauptraum. Der andere ist aus dem Badezimmer."

„Heilige Bananenschalen!" Die Mülltüte aus dem Bad enthielt sechs Schalen, in der aus ihrem Schlafzimmer befand sich ein weiteres Dutzend.

„Sie wurden bis zum Boden des Eimers gedrückt, und obendrauf lagen jede Menge Taschentücher und sonstiger Abfall."

„Ich glaube, ich weiß, wer all die Bananen bei *Sundry* gekauft hat." Es konnte kein Zufall gewesen sein, dass ausgerechnet Wakefields Zimmer so penetrant danach roch … und Sugar verzweifelt welche suchte.

„Du meinst, sie hat alle aufgekauft?"

„Anzunehmen. Deshalb hat Sugar auch die Stadt verlassen. Sie brauchte sie dringend für ihren heutigen Wettbewerbsbeitrag, und *Sundry* hatte keine mehr." Ich hielt kurz inne und erinnerte mich daran, als ich die Tür geöffnet hatte. „Dieser Geruch schlug mir sofort entgegen."

„Mir auch."

„Was haben wir sonst noch? Was ist mit dem EpiPen?" Ich sah mir den Inhalt beider Mülleimer durch die durchsichtigen Plastiktüten genauer an, aber keine enthielt eine Epinephrin-Spritze. „Ich frage mich, ob sie vielleicht einen bei sich hatte."

„Du meinst am Körper, auf dem Feenpfad?"

„Genau. Dr. Bundy sagte, jemand mit einer solch schweren Allergie würde immer einen bei sich tragen."

„Entlang des Wegs haben wir aber keinen gefunden", entgegnete Reed. „Und unter ihr, als wir sie umgedreht haben, ebenfalls nicht."

„Und in ihrem Zimmer hast du auch keinen entdecken können? Hast du unter dem Bett nachgesehen, zwischen den Laken, in den Kleiderstapeln?"

„Habe ich. Das Einzige, was ich unter der Bettdecke hervorgezogen habe, war die Fernbedienung des Fernsehers. Unter dem Bett war nichts. Ich habe auch Emery gebeten, den Raum noch einen Tag so zu belassen."

Während er die Gegenstände aus der großen Plastiktüte nahm und auf dem Tisch ausbreitete, scrollte ich erneut durch die Fotos. Die Bilder ihres Badezimmers offenbarten zwei sehr unterschiedliche Facetten von Gingers Persönlichkeit. Es war groß genug für einen schmalen Tisch, auf dem sie all ihre Fläschchen, Tuben und Kosmetika sorgfältig aufgereiht hatte. Meine frühere Einschätzung, dass sie ordentlich war, bestätigte sich: Sämtliche Kosmetika waren nach Tageszeiten sortiert. Die Nachtpflege auf der rechten Seite bestand aus den alltäglichen, mir bekannten Produkten, die es bei Target zu kaufen gab. Die für die Morgenroutine auf der linken Seite hingegen waren offensichtlich hochpreisig. Ich kannte nicht alle, aber nachdem ich so viel Zeit im Spa meiner Mutter verbracht hatte, wusste ich sofort, wann eine Marke teuer war. Dasselbe galt für ihre Make-up-

Kollektion in der Mitte – alles Artikel aus den luxuriöseren Kaufhäusern, die ich mir von meinem Polizistengehalt nicht leisten konnte.

Es faszinierte mich immer wieder, den Inhalt von jemandes Wohnung oder, wie hier, eines Hotelzimmers zu analysieren. Die Vorlieben einer Person für Essen und andere Dinge sagten viel über sie aus. Für manche waren Käufe natürlich vom Budget abhängig, bei anderen spielte Geld keine Rolle. Im Fall von Gin Wakefield handelte es sich um eine bunte Mischung. Die Sachen, die die Öffentlichkeit zu sehen bekam, wie beispielsweise ihre Kleidung, waren eindeutig teuer. Andere wiederum, die nur für sie selbst bestimmt waren, waren offensichtlich noch Produkte, die sie bereits als Teenager oder als angehende Bäckerin mit eingeschränkten finanziellen Mitteln benutzt hatte, wie etwa der billige Lippenbalsam und die günstige Handcreme auf dem Nachttisch. Zwei völlig unterschiedliche Seiten, die diese Frau in sich barg. Wie gut waren die wohl miteinander ausgekommen?

„Willst du mal einen Blick hierauf werfen, Sheriff?"

Ich blinzelte und verscheuchte das wirre Bild der komplizierten Chefin Wakefield aus meinem Kopf. „Ja. Was haben wir denn da?"

Ich schaute mir die Plastiktüten auf dem Tisch, alle sauber beschriftet mit Beweisaufklebern, nochmals genauer an. Dabei stach mir ein kleines Glasgefäß ins Auge. „Bienen?"

Reed hob das Fläschchen mit den Überresten von zehn oder zwölf toten Bienen hoch. „Honigbienen, um genau zu sein. Die meisten habe ich unter der Bettdecke gefunden, die anderen auf dem Boden daneben. Es ist doch okay, dass ich sie alle in dieses Glas gesteckt habe, oder?"

Ich nickte abwesend. „Woher weißt du, dass es Honigbienen sind?"

Er wies mich auf die fehlenden Stacheln hin. „Erinnerst du dich, was ich dir über diese Gattung erzählt habe? Dass sie sich quasi selbst vernichten, wenn sie versuchen, den Stachel aus ihrem Opfer zu ziehen?"

„Du hast also die Überreste dieser Viecher gefunden, die offenbar jemanden oder etwas gestochen haben, im Zimmer einer Frau, die extrem allergisch auf Bienenstiche reagierte?"

„So ist es." Er hielt das Gefäß näher an sein Gesicht, schüttelte es und beobachtete, wie die kleinen Körper gegen das Glas prallten.

„Wie hoch ist deiner Meinung nach die Chance, dass sich so viele Bienen in ihr Zimmer verirrt haben?"

„Gleich null, würde ich sagen. Ich habe bei Emery nachgefragt, und er hat bestätigt, dass regelmäßig ein Schädlingsbekämpfer vorbeikommt, denn besonders in den nasskalten Monaten kann es dort sonst zu einem richtigen Insektenproblem kommen."

„Dann müssen wir wohl aus einem anderen Blickwinkel an die Sache herangehen." Ich deutete auf das tragbare Whiteboard. „Die Wahrscheinlichkeit ist gering, weil sie regelmäßig sprühen lassen. Also sollten wir davon ausgehen, dass jemand von ihrer Allergie wusste. Und diese Person wollte sie vielleicht gezielt aus dem Weg schaffen."

Reed schob das Board in die Mitte des Raumes, wischte die vorhandenen Markierungen weg und griff zu einem Whiteboard-Stift. Während er schrieb, tigerte ich im Zimmer auf und ab. Noch bevor ich mich wieder umdrehte, hatte er Wakefields Namen oben auf die Tafel geschrieben, zusammen mit dem Datum und dem ungefähren Zeitpunkt ihres Todes. Als Nächstes kam *Todesursache*, die wir vorerst frei lassen mussten. Dann schrieb er *Verdächtige* und darunter *Sugar – Kindheitsrivalin.*

„Irgendwelche anderen Dorfbewohner, die sie tot sehen wollten? Oder zumindest von ihrer Allergie Kenntnis hatten?"

Martin stieß einen leisen, langgezogenen Pfiff aus. „Mensch, Sheriff, das trifft so ziemlich auf die Hälfte der Einwohner zu. Meine Mutter hat mir erst neulich von ihrem Problem erzählt.

Sie sagte, es sei so schlimm gewesen, dass das ganze Dorf davon wusste und genau instruiert worden war, was zu tun sei, falls sie jemals gestochen würde oder mit Honig in Berührung käme." Er machte eine kurze Pause und stellte klar: „Ich meine natürlich das Lebensmittel und nicht Ms Honey aus dem Süßwarenladen."

Ich lachte. „Schon klar. Okay, sämtliche Dorfbewohner können wir hier natürlich nicht auflisten. Außerdem, wie lange ist es her, seit sie hier gelebt hat? Zwanzig Jahre?"

Er blickte an die Decke und rechnete kurz nach. „So ungefähr. Wir sollten also herausfinden, wer in Whispering Pines seit jener Zeit noch eine Rechnung mit ihr offen hat."

„So viele können das ja nicht sein. Klar, Sugar. Möglicherweise auch Honey."

„Honey? Warum verdächtigst du sie?"

„Tue ich eigentlich gar nicht, aber du weißt ja selbst, wie eng verbunden die beiden miteinander sind. Sie würde keinen Augenblick zögern, ihre Schwester zu verteidigen. Von daher sollten wir sie zumindest mit auf die Liste setzen."

Wortlos fügte er *Honey* hinzu. „Ich nehme an, du willst Tante Reevas Namen auch dort oben sehen, oder?"

Ich überlegte einen Moment, bevor ich antwortete. War mir in den letzten Tagen etwas aufgefallen, das mir Grund gäbe, Reeva zu verdächtigen? „Auf die Idee wäre ich eigentlich gar nicht gekommen. Weißt du etwas, was ich nicht weiß?"

Seine hochgezogenen Schultern entspannten sich ein wenig. „Ich dachte, vielleicht aufgrund der Rivalität bei dem Backwettbewerb, aber ehrlich gesagt glaube ich nicht, dass sie irgendwem etwas antun könnte. Außer vielleicht meiner Mutter", fügte er nach einer kurzen Pause noch hinzu.

Darauf wollte ich lieber nicht eingehen. „Meiner Meinung nach können wir sie ignorieren. Fällt dir sonst noch jemand ein? Irgendjemand, mit dem Wakefield aufgewachsen ist, der vielleicht neidisch auf sie war?"

Noch bevor ich meinen Satz beenden konnte, hatte er bereits Laurels Namen auf das Board geschrieben. „Ich weiß, du hast mit ihr gesprochen und nichts Negatives bemerkt, musst aber doch zugeben, dass bei ihren Aussagen ein wenig Eifersucht mitschwang, oder?"

Das war nicht zu leugnen.

Als Nächstes fügte er die Namen *Kim Robbins*, *Latoya Craig*, *Leif Forsberg* und *Sonja Hall* hinzu.

In Gedanken ging ich nochmals sämtliche Interviews mit dem Team durch. „Neben Kim Robbins kannst du noch notieren: *unzufrieden mit dem Backutensilien-Deal.*"

„Ich dachte, sie hätte einen Haufen Geld dafür bekommen?"

Während er die Zeile ergänzte, berichtete ich von meinem Gespräch mit Kim.

„War er um des Unternehmens willen verärgert", fragte Martin, „oder deshalb, weil er selbst auf ein größeres Stück des Kuchens gehofft hatte?"

„Sehr gute Frage." Ich notierte sie mir direkt in meinem Notizbuch. „Neben Latoya schreib bitte noch: *plant, das Unternehmen zu verlassen.* So wie es klang, möchte sie einen neuen Weg einschlagen."

„Inwiefern macht sie das zu einer Verdächtigen?"

„Weil die Wakefield Corp. sich sämtliche Rechte an den Rezepten sichern konnte, die sie für sie kreiert hat."

„Oha. Was ist mit Leif Forsberg? Gibt es bei ihm irgendetwas zu beachten?"

„Nichts Besonderes. Er schien ein wenig betroffen über ihren Tod, aber keinesfalls suspekt." Ich starrte auf das Board. „Mit Sonja habe ich noch nicht geredet, und ebenso wenig mit Misty." Frustriert ließ ich den Kopf in den Nacken fallen und seufzte tief auf. „Sie ist so verdammt unscheinbar, wie sie da in der Ecke steht und abwäscht. Da habe ich völlig vergessen, sie zu verhören."

„Ich ebenfalls", gab Reed zu, während er ihren Namen auf die Liste setzte.

Und so saßen wir beide in stummer Konzentration an meinem Schreibtisch, gingen in Gedanken jeden durch, der sonst noch einen Grund gehabt haben könnte, Wakefield ihren Erfolg zu missgönnen, als plötzlich nebenan die Eingangstür aufknallte. Noch bevor ich von meinem Stuhl aufstehen konnte, stand Sugar im Türrahmen.

Kapitel Zweiundzwanzig

„Meine Schwester sagte mir, Sie hätten nach mir gesucht?" Sugars Blick wanderte hinüber zu dem Whiteboard, und ihre Miene verfinsterte sich. „Warum steht da Honeys Name?"

„Lassen Sie uns rüber in den Verhörraum gehen." Ich stellte mich in die Tür und streckte die Hand aus, um sie in Richtung des kleinen Zimmers in der hinteren Ecke des Gebäudes zu dirigieren. Reed drängte sich an uns vorbei und wollte offensichtlich an seinen Schreibtisch zurückkehren, aber ich rief ihn zu mir. „Du solltest wenigstens zuhören, damit du so viel wie möglich über Verhörtechniken lernst."

In der Mitte des Raums standen zwei schlichte Metallstühle, dazu ein Tisch, den ich an die Außenwand geschoben hatte. Ich bedeutete Sugar, sich auf den Stuhl zu setzen, der mit der Lehne zur Wand stand. Reed postierte sich in der äußersten Ecke, links hinter ihrer Schulter, und ich nahm ihr gegenüber Platz.

„Diese Liste auf der Tafel", erklärte ich, „zeigt die Namen all derer auf, die Gin Wakefield gegenüber negative Gefühle hegten. Ich nehme an, Sie wissen bereits, dass sie tot ist?"

Sugar beugte sich nach vorne, die Ellbogen auf den Knien

abgestützt, die Hände gefaltet und ihre Finger ineinander verflochten. „Ja, das habe ich gehört. Aber ich war es nicht."

„Das habe ich auch nie behauptet. Bisher wissen wir noch nicht einmal, ob sie ermordet wurde oder ob es ein Unfall war."

„Aber auch ich stehe da drauf, und Sie haben meiner Schwester indirekt zu verstehen gegeben, dass Sie mich für verdächtig halten."

„Können Sie mir das verübeln? Seit Sie erfahren haben, dass die Wakefield-Truppe kommt, laufen Sie wütend durchs Dorf und pöbeln jeden an. Sie scheinen zu denken, Gin wollte Sie bewusst provozieren, aber ich habe das nicht so wahrgenommen."

„Weil Sie sie nicht so gut kennen wie ich." Sugar gestikulierte wild, während sie sprach. „Ich weiß, dass Sie mit den Dorfbewohnern über uns gesprochen haben, also gehe ich einfach mal davon aus, dass Sie bereits Kenntnis von all dem haben, was ich Ihnen gleich erzählen werde. Sie dürfen mich aber gerne unterbrechen, wenn Sie irgendetwas genauer erklärt haben möchten. Dieser Croquembouche war eine direkte Kriegserklärung an mich. Von allen Desserts auf der Welt bäckt sie ausgerechnet das? Das war eindeutig eine Provokation."

„Weil sie Ihnen damit in der Kochschule in letzter Minute Ihren Rang streitig machen konnte?"

„Ganz genau. In der Woche vor unseren Abschlussprojekten haben wir uns wie immer zusammengesetzt und Ideen ausgetauscht. Sie erwähnte, so etwas machen zu wollen, und ich warnte sie vor dem Risiko, dass es zusammenfallen könnte. Sollte es jedoch gelingen, wäre das ein Riesenerfolg für sie. Und tatsächlich tauchte sie nicht nur mit einem fünfundvierzig oder sechzig Zentimeter hohen Backwerk auf, sondern mit einem Turm, der sage und schreibe einen Meter fünfzig maß und alle in ungläubiges Staunen versetzte. Und dass er es bis zum Präsentationstisch schaffte, ohne vorher einzustürzen, hat ihr sogar noch Extrapunkte eingebracht."

„Glauben Sie, Gin wollte Sie gezielt übertrumpfen?"

„Nein", erwiderte Sugar, ohne zu zögern. „Ich habe über die Jahre viel darüber nachgedacht. Wir absolvierten eine zweijährige Ausbildung. Anfangs lagen wir so gut wie gleichauf. Kurz vor Beginn des zweiten Jahres passierte dann etwas mit ihrer Mutter. Sie wollte nicht darüber reden, aber im Dorf ging das Gerücht um, sie habe etwas wie MS oder Parkinson. Gin war natürlich am Boden zerstört, und das wirkte sich auf ihre Leistungen aus. Gegen Mitte des Jahres ging es wieder etwas bergauf für sie, aber ich lag immer noch auf Platz eins. Diesen Croquembouche zu machen, war klug von ihr und wahrscheinlich ihre letzte und einzige Chance, ihre Note noch zu verbessern."

„Ganz oder gar nicht", witzelte ich.

Sugar beugte sich zu mir vor. „Und sie hätte tatsächlich mit *gar nichts* enden können. So ein fragiles Dessert zu backen, hätte ihr eine glatte Sechs einbringen können, und damit hätte sie ohne Abschluss dagestanden." Sie schüttelte den Kopf, als sähe sie jemanden auf eine Klippe zusteuern. „Wir haben viel gestritten, weil sie dieses Ding unbedingt machen wollte. Ich habe ihr mehrmals gesagt, es sei zu riskant."

„Aber es hat funktioniert. Sie hat das Wagnis auf sich genommen, und es hat sich ausgezahlt."

Mehr als zwanzig Jahre waren seitdem vergangen, aber noch immer konnte man Sugar ihre Verärgerung darüber deutlich anmerken. Einen Moment lang saß sie still da, nur ihr linkes Bein wippte nervös. Dann stieß sie einen tiefen Seufzer aus.

„Gin war meine beste Freundin, wissen Sie? Und ich habe ihr den Erfolg auch wirklich gegönnt. Die meiste Zeit hat sie sich gut geschlagen, aber ab dem Moment, als ihre Mutter krank wurde, hatte sie so ihre Schwierigkeiten. Und ich gebe ja zu, dass ich auf gewisse Weise eifersüchtig war, als sie mir mit zwei mickrigen Punkten Vorsprung den Titel der Jahrgangsbesten streitig machte."

Ich starrte sie so lange an, bis sie schließlich fragte: „Was?"

„Tut mir leid, Sugar, aber ich glaube Ihnen nicht. Ja, Sie waren wütend, aber nicht in Bezug darauf, was das Abschneiden Ihrer Freundin anbelangte. Ich kenne Sie doch. Sie wollen, dass alles nach Ihren Vorstellungen abläuft, genießen es, diejenige zu sein, die das Sagen und die Kontrolle über alles hat. Sie haben das Ranking bis zum Schluss angeführt, und dann ist plötzlich Gin still und leise an Ihnen vorbeigezogen und hat Sie von Ihrem Platz verdrängt. Sie waren stinksauer, weil sie nicht das getan hat, was Sie ihr rieten und was Sie schlussendlich Ihre Spitzenposition gekostet hat."

Sie antwortete nicht, presste nur die Lippen zusammen.

„Apropos Eltern", fuhr ich fort, „Honey hat mir erzählt, dass Ihr Vater im Sterben lag und Ihre Eltern einfach sichergehen wollten, dass Sie beide sich mit dem *Treat Me Sweetly* gut über Wasser halten könnten. Deshalb hat der Rat auch Gins Antrag auf ein weiteres Süßwarengeschäft abgelehnt."

Sie rutschte unbehaglich auf ihrem Stuhl hin und her. „Ja. Danach allerdings geriet alles völlig außer Kontrolle. Ms Wakefield wollte unbedingt hierbleiben, aber sie war so krank, dass sie nicht mehr arbeiten konnte. Gin brauchte ein Einkommen, um sie beide über Wasser zu halten, und backen war nun mal das Einzige, was sie konnte." Ihre Miene wechselte von verständnisvoll zu kalt und abweisend. „Bei mir war das ähnlich, aber ich hatte bereits einen Laden, den ich nur noch übernehmen musste."

„Hätten Sie beide sich nicht irgendwie in der Mitte treffen können?"

Sugar verschränkte die Arme vor der Brust und schaute weg. „Das ist doch Schnee von gestern. Am Ende ist es ja für alle Beteiligten gut ausgegangen."

„Okay, lassen Sie uns ein paar Jahrzehnte überspringen. Als Sie hörten, dass Ginger in die Stadt kommt, sind Sie richtig ausgeflippt."

„Allerdings. Immerhin waren seit ihrem letzten Besuch zehn Jahre vergangen. Was also wollte sie jetzt hier? Es war ja nicht so, als ob sie noch Familie oder enge Freunde in Whispering Pines hätte."

„Haben Sie sie nach dem Grund gefragt?"

„Nein. Und jetzt werden wir es wohl nie erfahren, oder? Aber wenn ich raten müsste, würde ich sagen, sie kam, um sich zu profilieren. Beim letzten Mal hatte sie gerade ihr drittes Geschäft eröffnet. Dieses Mal war es wohl dieser Riesendeal, den sie kürzlich an Land gezogen hat. Das Mabon-Fest war nur der Vorwand, um uns ihren Erfolg wieder einmal unter die Nase zu reiben."

Ihre Stimme brach. Offensichtlich schien sie trotz der Wut tief in ihrem Herzen noch Zuneigung für ihre einst beste Freundin zu empfinden. Oder sie wurde einfach von der Eifersucht überwältigt.

„Weiter im Text", sagte ich. „Sie hörten, dass sie hierher zurückkehrt, und dann mussten Sie auch noch erfahren, dass sie am Backwettbewerb teilnimmt."

„Sie meinen, dass sie Laurel dazu gebracht hat, sie zwei Wochen nach Ablauf der Frist noch aufzunehmen?" Ich blickte sie überrascht an, und sie fuhr fort: „Ja, ich wusste davon. Die anderen Teilnehmer übrigens auch. Laurel ist so eine Schleimerin." In einer weinerlichen, herablassenden Stimme, die wohl Laurel imitieren sollte, sagte sie: „*Arme Gin. Schrecklich, wie diese Leute sie damals vor all den Jahren behandelt haben. Das Mindeste, was ich tun kann, ist, sie antreten zu lassen.*"

Kurz verstummte sie, wahrscheinlich darauf hoffend, ich würde weiterfragen, was ich jedoch nicht tat. Schließlich rutschte sie auf ihrem Stuhl nach vorne und sagte: „Ich bin weder paranoid noch irrational. Sie müssen doch selbst gesehen haben, dass ihre Beiträge allesamt direkte Angriffe auf meine Person waren. Sie hätte alles machen können, wirklich alles, und mit was kam sie daher? Ausgerechnet mit dem Dessert, das mich damals den Titel der Jahrgangsbesten gekostet hat. Und dann mein Laden – mit ihrem Namen daran? Was bitte sollte das bedeuten? Dass sie sich das *Treat Me Sweetly* unter den Nagel zu reißen gedachte?"

„Das hat Sie wütend gemacht."

„Verdammt richtig, das hat es."

„Wütend genug, um sie zu töten?"

Sugars Gesicht wurde ausdruckslos, und sie sank auf ihren Stuhl zurück. „Ich habe es nicht getan."

„Ich muss Ihnen tatsächlich zustimmen. Die Wettbewerbsbeiträge wirkten in gewisser Weise passiv-aggressiv. Dennoch haben Sie sie vor der versammelten Menge bedroht, und am nächsten Morgen wird Gin tot aufgefunden und ich muss auch noch erfahren, dass Sie das Dorf verlassen haben."

Leise, fast erschöpft, murmelte sie: „Ich brauchte nur dringend noch mehr Bananen."

Ich blickte zu Reed hinüber. Er hatte es auch gehört. Sie brauchte *mehr* Bananen, also hatte sie ihre Reserven komplett verbacken? Bisher war ich davon ausgegangen, dass Gin den Vorrat aufgekauft hatte, um Sugar zu provozieren. Aber vielleicht war es genau umgekehrt gewesen? Womöglich hatte Sugar sich *Sundrys* Lagerbestand unter den Nagel gerissen und die Schalen in den Mülleimern im Wakefield-Hotelzimmer deponiert? Aber warum? Und wie war sie überhaupt dort hineingekommen?

Ganz egal, was ich danach noch sagte und fragte, Sugar antwortete stets mit: „Ich war es nicht."

Nach weiteren zehn Minuten dieses ewigen Mantras blieb mir keine andere Wahl. „Ich klage Sie nicht direkt wegen Mordes an, schließlich wissen wir noch nicht einmal mit Sicherheit, ob Gin Wakefield tatsächlich umgebracht wurde. Aber ich nehme Sie fest …"

„Was?" Sie sprang auf, und Martin stieß sich von der Wand ab und machte zwei Schritte auf sie zu.

„Das Einzige, was Sie zu Ihrer Verteidigung vorbringen konnten, ist: Ich war es nicht. Und, ganz ehrlich, Sugar, Sie sehen verdammt schuldig aus."

„Aber …"

„Ich stecke nach wie vor mitten in den Ermittlungen", unterbrach ich sie. „Wir haben auch noch andere Namen auf unserer Liste und warten zudem auf die Ergebnisse der Autopsie. Aber da ich zum aktuellen Zeitpunkt nicht ausschließen kann, dass Sie erneut von hier verschwinden, nehme ich Sie wegen des Verdachts auf Mord an Gin Wakefield in Gewahrsam."

Ich las ihr ihre Rechte vor und ließ sie Honey anrufen. Dann brachte Reed sie in die Zelle ihrer Wahl.

„Ich habe es nicht getan", sagte sie ruhig.

„Dann sollte ich in der Lage sein, das zu beweisen", versprach ich ihr durch die Gitterstäbe. „Ich will auch nicht glauben, dass Sie schuldig sind, aber im Moment deutet alles auf Sie hin."

Ich hatte die Worte noch nicht ganz ausgesprochen, als die normale Jayne sich einmischte: *Aber was ist mit den Bienen? Wenn Gin durch deren Stiche gestorben ist, wie soll Sugar dann an die rangekommen sein? Wie hat sie sie unbemerkt in Gins Zimmer schaffen können? Und was hat es mit diesen Bananenschalen auf sich?*

Irgendwann würde ich Antworten auf all diese Fragen bekommen. Also schob ich sie in Gedanken vorerst beiseite und ging zurück in mein Büro. Plötzlich fiel mir ein, dass ich nicht nur mit einem, sondern sogar mit zwei Teammitgliedern noch sprechen musste: Sonja und Misty.

„Wie spät ist es?", fragte ich.

Reed warf einen Blick auf seine Uhr. „Fast halb sieben."

„Das heutige Jury-Urteil ist längst gefällt. Ich wette, ich finde die beiden, die ich noch befragen muss, im *Pine Time*."

„Ich bleibe bei Sugar", bot er an.

„Die ganze Nacht?" Aus Sicherheitsgründen durften wir sie nicht allein lassen, also musste sich jemand opfern.

„Klar. Wäre ja nicht das erste Mal, dass ich hier schlafe. Normalerweise sind es allerdings nur ein paar Betrunkene, die ihren Rausch ausschlafen. In dem obersten Fach des Regals im Beweisraum befindet sich eine Liege. Wäre es okay, wenn ich mich heute Abend in deinem Büro einquartiere? So ungeschützt draußen im Hauptraum zu schlafen, ist irgendwie unheimlich. Ist mir schon öfters passiert, dass ich aufgewacht bin und unsere Übernachtungsgäste saßen einfach nur da und haben mich angestarrt." Er erschauderte.

Ich hingegen konnte mir bei dieser Vorstellung das Lachen nicht verkneifen. „Natürlich ist das in Ordnung. Musst du vorher noch was erledigen? Abendessen besorgen oder so?"

„Nein. Lupe wollte später eh vorbeischauen. Ich werde sie bitten, etwas für uns und für Sugar mitzubringen, und dann essen wir hier. Und nein, sie wird nicht über Nacht bleiben."

„Ich hätte kein Problem damit, solange du unsere Gefangene im Auge behältst."

Er errötete und brummte etwas von wegen, er sei schließlich ein Profi.

Ich grinste nur und pfiff nach Meeka. Sie trabte zur Hintertür, und während ich ihr folgte, warf ich einen letzten Blick zu Sugar hinüber. Sie saß an der Kante ihres Klappbetts, hatte den Kopf in die Hände gestützt und murmelte leise vor sich hin. So frustrierend sie in den vergangenen vier Monaten auch gewesen sein mochte – mal glücklich über meine Anwesenheit, mal überzeugt, ich wäre besser nie hier aufgetaucht –, brach mir ihr Anblick in dieser Zelle das Herz.

Kapitel Dreiundzwanzig

Zu Hause angekommen, lenkte ich meinen kleinen Wagen auf den Platz vor der Garage und entdeckte Tripp unter der Motorhaube seines Trucks.

„Das ist ja mal ein ganz anderer Anblick." Normalerweise saß er am Ende des Tages auf einer der Terrassen und entspannte sich. „Stimmt etwas nicht mit deinem Fahrzeug?"

Er hob den Kopf und richtete sich auf, wobei er nur ganz knapp die Haubenverriegelung verfehlte. „Nein, nichts Schlimmes, ich bastle nur ein wenig. Du weißt schon, Schmierfett und Abgase checken. Männerkram halt." Er grunzte und schlug sich mit der Faust auf die Brust. „Du hattest aber einen langen Tag. Bist du fertig für heute?"

„Hoffentlich bald." Ich ließ Meeka aus ihrer Box im hinteren Teil des SUV, und sie schoss los, um die unsichtbaren Eindringlinge zu verjagen. „Ist Misty hier?"

Tripp wischte sich die schmutzigen Hände an einem alten Handtuch ab, das lässig über dem Kotflügel hing, und schlug dann die Motorhaube zu. „Möglich. Der Firmenvan ist vor etwa fünfundvierzig Minuten vorgefahren. Ich hörte eine Tür knallen, als wäre jemand ausgestiegen, dann ist er wieder verschwunden. Allerdings war ich in der Garage und sah zwar den Wagen, habe aber nicht mitbekommen, wer es war."

Ich deutete mit dem Kopf in Richtung Haus. „Dann gehe ich mal nachsehen, ob sie das war, und falls ja, spreche ich kurz mit ihr."

„Hast du schon was gegessen?"

„Ich hatte das weltgrößte Pulled-Pork-Sandwich zu Mittag, also reicht mir ein kleiner Snack."

Er strich sich theatralisch über den Mund, als wolle er den Sabber wegwischen. „So eines muss ich mir morgen unbedingt auch besorgen. Wie klingt Brot, Käse und Wein auf der Terrasse?"

„Prinzipiell sehr gut, aber könnte ich statt des Weins ein Bier haben?"

„Geht klar." Er streckte seine Hand aus. „Gib mir die Schlüssel zu deiner Wohnung. Ich füttere Meeka und bereite alles vor."

Abwesend griff ich in die Cargo-Tasche, und als meine Fingerspitzen sie berührten, blitzte Lily Graces Vision vor meinem inneren Auge auf. Sie hatte ein Schlüsselloch gesehen. War es das, was sie vorausgesagt hatte? Dass ich Tripp meine Schlüssel geben würde? Ich lächelte über die zutreffende, wenn auch simple Interpretation und hielt sie ihm hin. Er jedoch ergriff meine Hand mitsamt dem Bund und zog mich in seine Arme.

„Ich freue mich schon seit Stunden auf meine Jayne-Time."

Spontan stellte ich mich auf die Zehenspitzen und küsste ihn leidenschaftlich. „Das ist wirklich das Beste, was ich heute gehört habe. Ich beeile mich."

Schnellen Schrittes ging ich zu Mistys Zimmer, das neben der Küche und somit ziemlich abseits von denen ihrer Kollegen lag. Kim hatte mich gebeten, es ihr zu geben, als ich die Lage erwähnte. Ich musste zweimal klopfen, bevor sie die

Tür öffnete. Als sie es schließlich tat, sank sie erleichtert in sich zusammen.

„Sorry, ich dachte, es wären Latoya oder Leif, um mich für irgendwelche weiteren Arbeiten abzukommandieren. Was kann ich für Sie tun, Sheriff?"

„Eigentlich muss ich mit Ihnen über Gin sprechen. Darf ich hereinkommen?"

„Natürlich, aber es ist ziemlich unordentlich." Sie trat einen Schritt zurück und öffnete die Tür weit, damit ich sehen konnte, dass ihre Sachen tatsächlich überall verstreut lagen. „Entschuldigung, ich weiß, ich bin ein ziemlicher Chaot. Meine Mitbewohnerin hat unser gemeinsames Zimmer buchstäblich mit einem Streifen Klebeband in der Mitte abgeteilt: meine Seite ein wüstes Durcheinander, ihre so übertrieben ordentlich, dass es schon fast steril wirkt."

„Hat unsere Haushälterin nicht angeboten, für Sie aufzuräumen?" Wir waren sowohl mit Arden als auch mit Holly äußerst zufrieden, und ich konnte mir nicht vorstellen, dass eine von ihnen sich um einen Raum nicht kümmerte.

„Oh, sicher. Sie fragen jeden Tag, aber ich lehne immer ab. Ich lasse normalerweise keine Zimmermädchen kommen, wenn ich irgendwo wohne. Das macht mich irgendwie nervös, verstehen Sie? Fremde Leute, die während meiner Abwesenheit in meinen Sachen herumschnüffeln." Sie erschauderte. „Gibt es vielleicht einen anderen Ort, an dem wir reden können?"

Ich führte sie in das dem Esszimmer gegenüberliegende Wohnzimmer.

„Ich glaube nicht, dass gerade sonst noch jemand im Haus ist", sagte ich. „Es sei denn, Sie wüssten das. Sonja, möglicherweise?"

„Nein, niemand. Die anderen sind zurück ins Dorf gefahren, und Sonja habe ich erst vor zehn Minuten gesehen. Sie wollte einen Spaziergang machen, meinte, sie müsse den Kopf freikriegen."

Sie brauchte also frische Luft, nachdem sie drei Tage eingesperrt war? Oder vielleicht beschäftigte sie etwas, über das sie nachdenken musste? „Dann geht es ihr anscheinend wieder besser."

Misty sah sich abwesend im Raum um und wählte dann eine Sitzgelegenheit in der Ecke. „Entschuldigung, was? Ach so, Sonja? Ja, sie ist wieder fit."

„Gut. Dann sollten wir hier ja ausreichend Privatsphäre haben."

Während ich mich auf dem Sofa niederließ, das Grandma extra aus Irland in die USA hatte schicken lassen, dachte ich an all die Male, als sie mit Rosalyn und mir darauf gesessen und uns Geschichten vorgelesen hatte. Wir mussten es neu beziehen, nachdem Vandalen eingebrochen waren und den Stoff aufgeschlitzt hatten. Früher war es ein wunderschönes blaues Damastsofa gewesen. Jetzt trug es einen floralen Überzug, ganz anders, aber immer noch ein wahres Prachtstück. Nachdem Misty es sich in einem gemütlichen Sessel mir gegenüber bequem gemacht hatte, stellte ich mein Aufnahmegerät zwischen uns und schaltete es ein.

„Erzählen Sie mir von Ihrer Arbeit bei *Wakefield's*", forderte ich sie auf.

„Da gibt es nicht viel zu erzählen. Ich hatte Ihnen ja schon gesagt, dass es nur ein Aushilfsjob ist. Es ist nicht so, als hegte ich den geheimen Wunsch, Bäckerin oder Köchin zu werden oder so. Das Aufwendigste, was ich zubereiten kann, sind Spaghetti, und selbst die nur dann, wenn die Sauce aus dem Glas kommt."

„Haben Sie Ms Wakefield oft zu Gesicht bekommen?"

„Nicht wirklich. Ich arbeitete montags, mittwochs, freitags und samstags morgens, kam schon um vier Uhr mit den Bäckern und ging meist um elf wieder. Die Zeiten passten am besten zu meinem Stundenplan. Manchmal tauchte Ms Wakefield auch früh auf, aber die meisten Tage erschien sie erst gegen sieben. Wenn sie da war, ging sie kurz durch die

Küche und prüfte alles, was an diesem Morgen zubereitet wurde. Dann hatten sie und die Chefbäcker ihr morgendliches Treffen in ihrem Büro."

„Hatten Sie irgendeine Art von Beziehung zu Ms Wakefield?"

„Eine Beziehung?" Sie blinzelte irritiert. „Sie hat mich gegrüßt, wenn Sie das meinen. Allgemein war sie zum Küchenpersonal freundlich, aber dennoch irgendwie distanziert. Zwar kannte sie von den meisten auch die Namen, also waren wir nicht einfach nur gesichtslose Angestellte. Aber geplaudert hat sie nie mit uns, und schon gar nicht nach unserem Privatleben gefragt oder so."

„Sie haben also nie, im übertragenen Sinn, mit ihr ‚gefachsimpelt'?"

Misty lachte herzhaft auf. „Nein, nie. Ein paar Dinge habe ich zwar von den anderen Köchen gelernt, aber generell fällt es mir nicht sehr leicht, mit anderen ins Gespräch zu kommen. Von daher war ich total schockiert, als sie mich neulich nach meiner Meinung zu dem Wettbewerbsbeitrag gefragt hat." Mit einem traurigen Lächeln kämpfte sie gegen die Erinnerung an. „Die Bäckerei liegt gleich in der Nähe meiner Schule, deshalb habe ich mich dort beworben. Ich brauchte nur einen Gehaltsscheck und einen Job, bei dem ich nicht groß nachdenken muss. Mehr ist das nicht für mich."

„Abwasch ist ja keine schwere Arbeit. Und das meine ich jetzt nicht herabwürdigend – im Gegenteil. Es hat fast etwas Meditatives an sich."

Meine Mutter hatte uns immer nach dem Abendessen dazu verdonnert. Rosalyn wollte unbedingt spülen, aber nachdem sie an drei Abenden hintereinander jeweils einen Teller zerbrochen hatte, entschied Mom, dass ich den seifenglitschigen Part zu übernehmen hätte. Das Schrubben und Abspülen war mir sowieso lieber, als permanent durch die Küche zu rennen und alles wegzuräumen.

„Meditativ", wiederholte Misty leise. „Ganz genau. Die

Leute bringen mir einfach ihr Geschirr, und ansonsten lassen sie mich in Ruhe."

Jetzt musste ich lachen. „Tut mir leid, aber Sie haben wirklich ein Talent dafür, mit Ihrer Umgebung zu verschmelzen. Eigentlich wollte ich heute schon im *The Inn* mit Ihnen sprechen, nur irgendwie sind Sie mir gar nicht aufgefallen."

„So war ich schon immer. Ich bin der geborene Mauerblümchentyp."

„Aber Sie bekommen doch bestimmt eine Menge mit, oder?"

Sie rutschte unbehaglich auf ihrem Sessel hin und her. „Manchmal schon."

„Ich will ganz offen zu Ihnen sein, Misty. Als ich vorhin mit Latoya, Leif und Kim gesprochen habe, hatte ich ein merkwürdiges Gefühl. Haben Sie womöglich in Bezug auf Ms Wakefield etwas aufgeschnappt, das mir helfen könnte herauszufinden, was mit ihr passiert ist?"

Sie faltete die Hände im Schoß und drehte nervös die Daumen. „Sie meinen etwas, das mit ihrem Tod zu tun hat?" Sie sah zu mir auf. „Glauben Sie, einer von ihnen könnte ihr das angetan haben?"

„Sehen Sie einen speziellen Grund, weshalb ich diese Möglichkeit in Betracht ziehen sollte?" Als nach dreißig Sekunden noch immer keine Antwort von ihr kam, hakte ich nach. „Misty? Gibt es etwas, das ich wissen sollte? Dinge, die mir bei der Aufklärung dieses Falls weiterhelfen könnten?"

„Nichts Konkretes", platzte sie nach einer langen Pause heraus. „Ich kann nicht mit Sicherheit sagen, ob einer von ihnen dahintersteckt. Aber auf der Fahrt hierher haben sie viel über einen Vertrag gesprochen, den sie ergattern konnte, und irgendwie klangen sie richtig wütend deshalb."

„Inwiefern wütend?"

Sie schüttelte den Kopf. „Das ist schwer zu erklären. Kim hat den Van gefahren, Latoya befand sich neben ihm auf dem

Beifahrersitz. Leif und ich saßen in der mittleren Reihe, Leif hinter Latoya, ich hinter Kim. Sonja musste sich mit dem Platz in der letzten Reihe begnügen, weil mir so weit hinten immer übel wird. Sonst hätten sie mit Sicherheit mich dorthin verbannt."

„Und sie alle haben über diesen Vertrag geredet?"

„Nur die anderen drei. Sonja muss geschlafen haben, weil von ihr nichts kam. Vielleicht war es gar keine Lebensmittelvergiftung, vielleicht hat etwas anderes sie beschäftigt. Sie war von Beginn der Fahrt an sehr still und in sich gekehrt." Misty griff nach einem kleinen Porzellanvogel, der auf dem Beistelltisch neben ihr stand, und drehte ihn langsam zwischen den Fingern. „Jedenfalls konnte ich kaum verstehen, was Kim und Latoya sagten. Sie redeten sehr leise, das Radio lief, und dazu auch noch der Straßenlärm … Aber die Gesprächsfetzen, die ich aufschnappte, ließen mich glauben, es ginge um besagten Vertrag. Irgendwie darum, dass einige Klauseln geändert wurden." Sie zuckte mit den Schultern. „Das ist alles, was ich weiß."

Ich ließ das Gesagte eine Weile auf mich wirken, und je länger ich schwieg, desto unruhiger wurde Misty.

„Habe ich etwas falsch gemacht?", fragte sie schließlich.

„Wussten Sie, dass Gins Leben in Gefahr war?"

Sie schüttelte vehement den Kopf. „Nein, ich schwöre, ich hatte keine Ahnung."

„Dann hätten Sie auch nichts tun können, um ihren Tod zu verhindern. Oft erkennt man Zusammenhänge erst im Nachhinein." Trotz meines prüfenden Blicks schien sie sich ein wenig zu entspannen. „Sie glauben also, es lohnt sich, diesen Kontrakt einmal genauer unter die Lupe zu nehmen?"

„Ich denke schon." Sie schniefte und kämpfte plötzlich mit den Tränen. „Wenn ich das nur gewusst hätte …"

„Sie können sich nicht vorstellen, wie oft mir genau diese Worte im Laufe der Jahre schon untergekommen sind. Danke für Ihre Aussage, Misty. Ich werde mir den Vertrag ansehen.

Und ich bitte Sie, über unser Gespräch vorerst Stillschweigen zu bewahren."

Sie lachte ironisch auf. „Mit wem sollte ich denn reden? Mit den Kollegen, die mich ignorieren? Einem Dorf voller Leute, die nicht die geringste Ahnung haben, wer ich eigentlich bin?" Sie deutete nach unten auf Meeka, die sich uns mittlerweile angeschlossen und zu unseren Füßen niedergelassen hatte. „Oder mit Ihrem Hund Meeka?"

Als meinen Kleine ihren Namen hörte, spitze sie die Ohren und stupste Misty spielerisch gegen das Bein, woraufhin diese erneut und jetzt immerhin fröhlich auflachte.

„Sie ist ziemlich gut darin, ein Geheimnis zu bewahren, falls Sie mal jemanden zum Zuhören brauchen." Ich kraulte meinen Westie hinter den Ohren, und die kleine Fellnase wedelte freudig mit dem Schwanz. „Sie scheinen ein guter Mensch zu sein, Misty. Vielleicht gibt es ja irgendwo einen anderen Job, für den Sie besser geeignet wären."

„Darüber habe ich heute Morgen schon nachgedacht. Wenn wir hier fertig sind, würde ich gerne zurück auf mein Zimmer gehen. Ich war nämlich gerade dabei, ein paar Online-Bewerbungen auszufüllen."

Ich schaltete das Aufnahmegerät ab, entließ Misty und bedankte mich erneut für ihre Zeit. Dann eilte ich den Flur hinunter zum Büro des B&B, um einen Anruf zu tätigen.

„Whispering Pines Polizeirevier, Deputy Reed am Apparat."

„Ich bin es, Jayne. Ist Lupe da?"

„Ja, sie ist gerade mit dem Abendessen eingetroffen. Brauchst du sie?"

„Nur für eine Minute. Ich habe einen kleinen Auftrag für sie."

„Darüber wird sie sich bestimmt freuen."

Eigentlich hätte ich die Aufgabe auch selbst erledigen können, aber dieser Tag hatte mich richtig geschafft.

Außerdem war ich mir ziemlich sicher, dass Lupe Fakten viel schneller finden konnte als ich. Sie hatte da so ihre Quellen.

„Hast du was für mich?", fragte sie hoffnungsvoll, kaum dass sie ans Telefon gekommen war.

„Allerdings. So gut mein Deputy auch im Recherchieren ist, verliert er sich doch gerne mal in endlosen Details. Und ich brauche diese Informationen so schnell wie möglich."

„Sag mir, wie ich dir helfen kann."

Fünf Minuten später war sie bereits dabei, alles zu durchforsten, was sie in Bezug auf diesen ominösen Vertrag finden konnte, und ich stand vor Sonjas Zimmer. Ich klopfte zweimal, rief beim zweiten Mal sogar ihren Namen, aber sie antwortete nicht. So wie es aussah, war sie noch unterwegs. Unser Gespräch würde wohl bis morgen warten müssen.

Also ging ich hinüber zu meiner Wohnung, entledigte mich meiner Uniform und kuschelte mich dann auf dem Sofa auf dem Deck in Tripps Arme. Es hatte eindeutig abgekühlt, war aber noch warm genug, um draußen zu sitzen und das kleine Tischfeuer zu genießen.

„Kommst du deinem Bösewicht näher?", fragte er.

„Ich bin mir nicht einmal sicher, ob es überhaupt einen Bösewicht gibt. Morgen sollte ich von Dr. Bundy hören, dann erst weiß ich, ob das heutige Aufspüren der Wakefield-Mitarbeiter und die Befragungen sinnvoll waren oder reine Zeitverschwendung."

„Schadet nie, einen Schritt vorauszuplanen."

„Wohl wahr, besonders, wenn es um Mord geht." Ich nahm einen langen Zug von meinem Sprecher-Oktoberfest-Lager, passend zum Herbstthema der Woche, und seufzte zufrieden. „Was für ein perfekter Abschluss eines ansonsten frustrierenden Tages."

„Das Bier?"

Ich schmiegte mich noch enger an seine Brust. „Das auch."

Wir ließen uns Monterey Jack und Gruyère – anscheinend

gab es nicht nur Wein-, sondern auch Bier- und Käse-Paarungen, was mir bisher nicht bekannt war – sowie dicke Scheiben von Tripps selbstgebackenem rustikalem Brot schmecken, während er mir von seinem Tag erzählte. Über meinen wollte ich nicht mehr reden, erwähnte aber erneut die Konferenz im Februar in New Orleans.

„Das sollten wir uns wirklich überlegen. Oder wir machen einfach nur Urlaub. Wenn wir das B&B wie geplant schließen, können wir tun, was wir wollen. Der Deputy vom Revier des County Sheriff kann ja die Dorfbewohner im Auge behalten, falls Martin nicht von der Schule wegkommt, oder nicht?"

Ich gähnte und murmelte zustimmend, fügte aber hinzu, dass wir das irgendwann anders noch klären könnten. Dann lehnten wir uns in stiller Eintracht zurück, saßen eng umschlungen, mal plaudernd, mal schweigend da, während der beinahe volle Mond uns in sein silbernes Licht hüllte. Und bevor ich mich versah, tauchte Meeka auf und setzte unserer trauten Zweisamkeit ein Ende … Angesichts des anderen Teils von Lily Graces Vision genau zum richtigen Zeitpunkt, denn wir waren uns schon ziemlich nahe gekommen.

„Die Fellnase hat recht", sagte Tripp mit heiserer Stimme. „Wir sollten jetzt besser schlafen gehen. Morgen früh muss ich ein richtig großes Frühstück vorbereiten."

„Warum das denn?", fragte ich, während ich mein Shirt glattstrich. „Ich dachte, alle wären mit der kontinentalen Version zufrieden."

Er rutschte an den Rand des Sofas. „Die glutenfreien Gäste checken morgen aus, und ich möchte, dass sie einen guten letzten Eindruck bekommen. Und morgen Nachmittag kommen dann schon wieder neue Leute an."

„Das ist doch genau das, was wir wollten, oder? Ein ausgebuchtes Haus."

Tripp war schon an der Treppe angelangt, als er nochmals innehielt und in seine Hosentasche griff. „Fast hätte ich vergessen, dir die Schlüssel zurückzugeben."

„Ich weiß ja, wo ich dich finde." Ich gab ihm einen Gute-Nacht-Kuss und beobachtete, wie er zurück zum Haupthaus ging. Dort drehte er sich wie üblich noch einmal um und winkte zum Abschied zu mir herüber.

Morgans Worte von vorhin klangen in meinen Ohren nach. *Findest du es nicht ein bisschen albern, dass ihr beide auf demselben Grundstück in getrennten Gebäuden wohnt?*

Manchmal tat ich das tatsächlich.

Kapitel Vierundzwanzig

TRIPP UND ICH WAREN GERADE MIT DEM FRÜHSTÜCK FERTIG, als er den kleinen Fernseher einschaltete, der über der Kücheninsel hing. Keine zwei Minuten später war mir klar, dass dieser Tag nicht einfacher werden würde als der vorherige. Im Gegenteil – wahrscheinlich noch schlimmer.

„Jeder Sender berichtet darüber", murmelte ich, während ich durch die Kanäle zappte.

„Sie warten auf dich." Er deutete auf das Bild eines Reporters, der vor meinem Revier stand. Dann eilte er ins Esszimmer und warf einen Blick durch die bodentiefen Fenster, um zu prüfen, ob sich schon jemand im Vorgarten herumtrieb. „Immerhin ist hier noch niemand."

„Dann sollte ich wohl besser rüberfahren, bevor noch jemand ihm steckt, wo der Sheriff zu finden ist."

Ich hatte gerade aus der Parklücke zurückgesetzt und wollte schon losfahren, als ich sah, wie jemand aus dem Haus trat. Schnell rollte ich mein Fenster herunter.

„Sonja?" Sie zögerte einen Moment, bevor sie zu mir herüberkam. „Schön, Sie wieder auf den Beinen zu sehen. Wie ich gehört habe, geht es Ihnen besser?"

„Ja, danke. Ich dachte mir, ich genieße ein wenig die frische Morgenluft."

„Haben die anderen Sie gestern gefunden?"

„Wenn Sie meinen, ob sie mir von Gin erzählt haben – ja, das haben sie." Sie schlug den Kragen ihrer anthrazitfarbenen Jacke hoch und schob die Hände tief in die Taschen. „Es ist einfach nur furchtbar."

Besonders erschüttert wirkte sie allerdings nicht. Aber gut, sie wusste es ja bereits. Es war nicht so, als hätte ich ihr die traurige Nachricht gerade erst überbracht. Nur zu gern hätte ich sie mir direkt geschnappt, aber im Moment war es dringlicher, die Lage mit der Presse unter Kontrolle zu bringen.

„Falls Sie vorhatten, ins Dorf zu laufen", begann ich, „sollten Sie wissen, dass sich die Nachricht von Ms Wakefields Tod inzwischen herumgesprochen hat. Ich habe im Fernsehen gesehen, dass bereits eine Horde Reporter vor Ort ist."

Zunächst schaute sie enttäuscht drein, dann jedoch huschte ein dankbares Lächeln über ihr Gesicht. „Dann sollte ich vielleicht besser hier im Wald spazieren gehen. Ich weiß zwar nicht, wie viele von ihnen mich überhaupt erkennen würden, aber noch bin ich nicht bereit, über Gin zu sprechen."

Hoffentlich würde sie es sein, wenn ich später zurückkam.

Die zarte Blase der Geborgenheit, die mein Zuhause bislang umgeben hatte, zerplatzte in dem Moment, als ich das Ende meiner Einfahrt erreichte. Entlang der Landstraße reihte sich ein Übertragungswagen an den anderen, alle mit hohen Antennen und Satellitenschüsseln auf den Dächern. Vom übervollen Parkplatz auf der Westseite reichte die Schlange bereits bis zur Hotelreihe hinter der Dorfgrenze.

Verdammt. Ich hatte ja geahnt, dass es hier drunter und drüber gehen würde, sobald Gins Tod bekannt wurde, aber mit so etwas hatte ich nicht gerechnet.

Vorsichtig kroch ich die Straße entlang und war immer

wieder gezwungen anzuhalten, wenn Reporter oder Kameraleute aus ihren Vans kletterten oder mir mit ihrer Ausrüstung den Weg versperrten. Und unwillkürlich musste ich an Sheriff Brightons Wagen denken, einen riesigen weißen Chevy Tahoe, an dessen Seiten in dicken, schwarzen und goldenen Lettern die Worte *Sheriff* und *Whispering Pines, WI* prangten. Ein paar Mal hatte ich schon darüber nachgedacht, Reeva zu fragen, ob sie ihn mir verkaufen würde, doch im Moment war ich heilfroh über meinen unauffälligen weißen Jeep Cherokee, den die Presse keines Blickes würdigte. Hätten sie ein Polizeifahrzeug vorbeifahren sehen, hätten sie sich mit Sicherheit direkt auf mich gestürzt.

Als wir nach einer gefühlten Ewigkeit die Wache erreichten, drängte sich bereits eine Traube von Journalisten um das Gebäude. Ich musste dreimal hupen, ehe sie widerwillig beiseitetraten, damit ich auf meinen Parkplatz fahren konnte. Kaum war ich ausgestiegen, bombardierten sie mich mit Fragen.

„Was können Sie uns über Gin Wakefields Tod sagen?"

„Gibt es schon Hinweise, ob es sich um einen Unfall oder um Mord handelt?"

„Ich habe gehört, sie war mit einigen ihrer Mitarbeiter hier. Wissen Sie, wo sie abgestiegen sind?"

Zumindest das war offensichtlich noch nicht bis zu ihnen vorgedrungen. Sobald sie herausfanden, dass das Team im *Pine Time* wohnte, würden die Reporter wohl direkt auf meinem Rasen kampieren.

„Bitte treten Sie zurück. Ich muss meinen Hund aus dem Wagen holen", rief ich über das aufgeregte Stimmengewirr hinweg.

Anstatt meiner Aufforderung nachzukommen, feuerten sie weitere Fragen ab.

„Wie ist sie gestorben?"

„Wo haben Sie ihre Leiche gefunden?"

„Würden Sie jetzt bitte den Weg freimachen?" Da sie nach

wie vor nicht reagierten, schwieg ich einfach und nahm eine Position ein, als würde ich gleich zu einer Erklärung ansetzen. Das brachte sie endlich zum Schweigen, und ich fuhr fort: „Aktuell bin ich nicht bereit, irgendwelche Auskünfte zu geben. Ich muss zuerst ins Revier und gewisse Dinge mit meinem Deputy klären. Bitte begeben Sie sich zum Vordereingang des Gebäudes. Ich stoße in wenigen Minuten wieder zu Ihnen und werde Ihnen dann gern Rede und Antwort stehen."

Die meisten eilten davon, doch einige übereifrige Kameraleute, die jede meiner Bewegungen filmten, blieben dicht an mir dran. Zu dicht, für meine Begriffe, und so allmählich riss mir der Geduldsfaden.

„Hören Sie", herrschte ich sie an, „ich werde jetzt die Heckklappe öffnen, und wenn Sie nicht endlich Platz machen, kann ich, was ihre Kameraausrüstung anbelangt, für nichts garantieren."

Das zeigte endlich Wirkung. Sie traten ein paar Schritte zur Seite, sodass ich gerade genug Platz hatte, um Meeka herauszuholen, die wie Espenlaub zitterte. Zwar liebte sie Menschen, aber derartige Ansammlungen waren ihr zuwider, und Gedränge machte ihr richtig Angst.

„Komm, Kleine." Den schlotternden Hund eng an mich gepresst, knallte ich die Wagentür zu. Dann bahnten wir uns gemeinsam einen Weg durch die hartnäckigen Reporter zur Hintertür des Reviers … und fanden sie verschlossen vor. Großartig! Ich hämmerte mit der Faust dagegen, und ein paar Sekunden später öffnete Reed einen Spalt.

„Sorry, musste abschließen. Ständig hat jemand versucht, hier reinzukommen." Er öffnete sie gerade weit genug, damit wir hindurchschlüpfen konnten, schlug sie hart zu und verriegelte sie erneut. „Das ist ja der Wahnsinn. Die Typen sind wie verdammte Zombies. Und ich dachte mir, es wäre nicht unbedingt klug, wenn sie Sugar in der Gefängniszelle entdecken."

„Gut kombiniert." Ich drückte Meeka noch einmal an mich, kraulte sie kurz hinter den Ohren und setzte sie dann wieder ab. Im Hauptraum stieß ich auf eine Frau, die neben Reeds Schreibtisch saß, aber es war nicht Lupe, wie ich erwartet hatte. „Was machen Sie denn hier?"

Reeva Long drehte sich um und schenkte mir ein breites Lächeln. „Guten Morgen, Jayne. Ich bin gekommen, um Martin bei einem speziellen Projekt zu unterstützen."

„Sie hilft ihm bei der Planung eines kleinen Cottages", verriet Sugar mir aus ihrer Gefängniszelle. Sie hatte es sich dort mit einer Patchwork-Decke, ein paar extra Kissen, einem dicken Pullover, Hausschuhen und ein paar Zeitschriften schon richtig gemütlich gemacht.

„Honey hat ein paar Sachen für sie vorbeigebracht", erklärte Reed, bevor ich fragen konnte.

„Wartet nur, bis Flavia das erfährt." Sie kicherte, während sie die Seite ihrer Zeitschrift umblätterte. „Die wird ausflippen."

„Moment mal …" Ich griff den vorherigen Satz auf. „Bei was genau hilft Reeva dir?"

„Du hast doch neulich gesagt, dass es an der Zeit wäre, mir eine eigene Wohnung zu suchen", begann er. „Ich habe darüber nachgedacht, und du hast recht: Ich sollte wirklich langsam selbstständig werden." Bei diesen Worten stieß er leicht mit dem Zeh gegen das Bein seines Schreibtischs. „Kann zwar nicht behaupten, dass ich schon bereit bin, Lupe einziehen zu lassen, aber so hätte sie wenigstens eine Bleibe, wenn sie zu Besuch kommt."

Als Sugar nachhakte, was genau er mit „zu Besuch" meinte, wurde er knallrot.

„Und dafür brauchst du den Rat deiner Tante? Was ist denn mit deiner Mutter?"

Martin starrte mich an, als hätte ich noch nicht genug Kaffee intus, und Reeva kam ihm zu Hilfe. „Glauben Sie ernsthaft, Flavia würde ihn beim Auszug aus ihrem Haus unterstützen?"

Guter Einwand. „Dürfte ich euch beide aber bitten, nicht zu erwähnen, dass das meine Idee war?"

„Kein Problem", antwortete Reed.

Ich sollte dringend damit aufhören, Ratschläge zu erteilen. Auch Effie und Cybil hatten ursprünglich gedacht, ich hätte Lily Grace dazu angestiftet, bei Jola einzuziehen. Dabei hatte ich ihr lediglich vorgeschlagen, mit ihrer neu entdeckten Schwester über ihre Frustrationen zu sprechen, die Jola vermutlich gut nachvollziehen konnte. Und wenn Martin jetzt etwas in der Art Flavia gegenüber erwähnen sollte, würde ich mit Sicherheit auch deren Zorn zu spüren bekommen. Sie hatte schon meine Großmutter gehasst, und diesen Hass auch auf mich übertragen.

„Wo hast du vor hinzuziehen?", fragte ich. „Du verlässt doch nicht das Dorf, oder?"

Erneut antwortete Reeva an seiner statt. „Karl hat vor dreißig Jahren mit deinen Großeltern einen Vertrag über die Pacht von zweieinhalb Hektar Land abgeschlossen. So viel brauche ich nicht, also werden wir es unter uns aufteilen."

Ich brach in schallendes Gelächter aus. „Wollen Sie mir damit sagen, er zieht zu Ihnen?"

„Habe ich doch gesagt", mischte Sugar sich jubilierend ein. „Das gibt Mord- und Totschlag."

Ich hängte Meekas Leine an einen Haken neben der Eingangstür und wechselte in den Arbeitsmodus. „Was hat es eigentlich mit all diesen Reportern auf sich? Seit wann sind die da?"

„Ein paar sind schon mitten in der Nacht aufgetaucht", sagte Reed. „Sie scheinen aus Milwaukee und Madison zu sein, sonst wären sie nicht so schnell hier gewesen. Ich musste die Jalousien an den Fenstern herunterlassen, weil jemand ständig mit der Taschenlampe ins Innere des Reviers geleuchtet hat. Die meisten sind allerdings erst in den letzten ein oder zwei Stunden angekommen. Die Wakefield Corporation hat eine sehr kurze Stellungnahme zu ihrem Tod veröffentlicht, und jetzt wollen die Leute natürlich Antworten."

„Sie sind nicht die Einzigen." Ich starrte auf die Tür, als würden die passenden Worte wie von Zauberhand dort erscheinen. „Okay, ich gehe raus und rede mit ihnen. Viel zu sagen habe ich allerdings nicht, weil ich bisher selbst nicht viel weiß."

Entschlossen trat ich nach draußen, und sofort prasselten von allen Seiten Fragen auf mich nieder.

„Ruhe, bitte", rief ich, aber natürlich interessierte das niemanden. Also schwieg ich erneut, verschränkte die Arme vor der Brust und wartete, bis auch der Letzte verstummt war. „Gestern Morgen gegen halb sieben entdeckte ein Dorfbewohner in den Wäldern, nur wenige Schritte von hier entfernt, eine Leiche. Zum Schutz der Privatsphäre werde ich den Namen der betreffenden Person allerdings nicht preisgeben. Ich traf gegen sechs Uhr fünfzig am Tatort ein und konnte das Opfer als Ginger Wakefield identifizieren. Der Gerichtsmediziner kam etwa eine Stunde später, bestätigte den Tod und brachte ihren Leichnam in sein Labor, um eine Obduktion durchzuführen. Noch liegen mir die Ergebnisse nicht vor, aber ich erwarte, heute im Laufe des Vormittags von ihm zu hören. Bis dahin kann ich wirklich keine weiteren Fragen beantworten. Alles, was ich sagen würde, wäre reine Spekulation."

„Sie denken also, es war ein Unfall?"

„Whispering Pines hat ja den Ruf weg, ein wahrer Mord-Hotspot zu sein."

Mir war klar, dass die Sache mit unserem *Ruf* zur Sprache kommen würde, ging aber nicht weiter darauf ein. „Wie ich Ihnen gerade erklärt habe, habe ich den Obduktionsbericht noch nicht bekommen und kann daher nicht sagen, ob es ein Unfall war oder nicht."

„Aber Sie halten es theoretisch für möglich, dass sie ermordet wurde, oder?", rief eine Frau, die mich in ihrer Beharrlichkeit an Lupe erinnerte. „Sonst würden Sie die Idee ja direkt abtun."

Die Vordertür öffnete sich, und Reed steckte den Kopf heraus. „Dr. Bundy ist am Telefon", flüsterte er mir zu.

„Mir ist klar, Sie alle wollen Antworten. Ich weiß, dass Ms Wakefield hunderttausende von Fans hatte. Ihr Tod ist eine wahre Tragödie, die ich sehr ernst nehme. Und seien Sie versichert, dass es die Gemeinde von Whispering Pines besonders hart trifft. Immerhin ist sie hier aufgewachsen, und viele unserer Einwohner kannten sie persönlich. Aus Respekt vor Ms Wakefield und ihrer Familie werde ich keine Vermutungen über die Umstände ihres Todes anstellen, aber ich verspreche Ihnen, Sie unverzüglich zu benachrichtigen, sobald mir neue Informationen vorliegen."

Es spielte keine Rolle, was ich sagte – die Fragen wollten einfach nicht abreißen.

Also ging ich ohne weiteren Kommentar zurück ins Gebäude und schloss die Tür hinter mir ab.

„Wie soll ich diesen Fall bloß untersuchen, ohne dass diese Meute mir ständig auf den Fersen ist?", murmelte ich, mehr zu mir selbst.

„Wir finden schon einen Weg", versicherte mir Reed. „Aber jetzt komm, Dr. Bundy wartet."

Erleichtert, endlich von ihm zu hören, ging ich in mein Büro und ließ mich auf meinen Stuhl sinken. Dann jedoch wanderte mein Blick automatisch zu unserem Whiteboard, und für den Bruchteil einer Sekunde geriet ich in Panik. Was, wenn einer der Reporter die Verdächtigenliste durch das Fenster erspäht hatte? Als ich jedoch die heruntergelassenen Jalousien bemerkte, entspannte ich mich wieder ein wenig. Mein Deputy hatte wirklich an alles gedacht. Ich griff zum Hörer.

„Was wissen Sie, Doc?"

„Dass ein Sturm im Anmarsch sein muss, denn mein kaputtes Knie spielt wieder mal verrückt."

Lächelnd antwortete ich: „Tut mir leid, das zu hören. Wenn Sie das nächste Mal hier sind, sollten Sie sich unbedingt eine von Morgans Heilsalben mitnehmen." Dann jedoch wurde mir klar, dass er nicht einfach so zum Shoppen in unser Dorf kam, sondern immer nur dann, wenn es einen Todesfall aufzuklären galt. Vielleicht sollte ich ihn und seine Frau einmal auf ein Wochenende ins *Pine Time* einladen.

„Lassen Sie es mich anders formulieren: Was wissen Sie über unser Opfer?"

„Ich weiß, dass der Stich einer Biene bei einem Opfer meist nur lokale Schmerzen und Schwellungen verursacht. Bei jemandem mit einer Allergie hingegen kann er eine schwere anaphylaktische Reaktion auslösen."

„Und das bedeutet was?" Ich beobachtete Meeka, wie sie den Raum durchquerte und sich auf das Kissen fallen ließ, das ich ihr vor ein paar Wochen endlich besorgt hatte. Es war das erste Mal, dass sie es benutzte. Offenbar störte das Geplauder im Hauptraum ihr Mittagsschläfchen.

„Menschen können auf ganz unterschiedliche Dinge reagieren", erklärte Dr. Bundy. „Pflanzen lösen saisonale Allergien aus. Eine Nahrungsmittelallergie ist, wie der Name schon sagt, eine Abwehrreaktion des Organismus auf ein bestimmtes Lebensmittel. In beiden Fällen gelangt das Allergen in den Körper, und dieser versucht, den Eindringling zu bekämpfen. Manche dieser Überempfindlichkeiten sind leichter Natur und, obwohl lästig, nicht lebensbedrohlich: Niesen, Kopfschmerzen, juckende Augen und so weiter. Andere führen zu einer stärkeren, systemischen Reaktion, der sogenannten Anaphylaxie, die mehrere Organe gleichzeitig betreffen kann. Im Fall von Ms Wakefield wurde der Tod durch solch einen anaphylaktischen Schock verursacht, ausgelöst durch den Stich einer Hymenoptere."

„Einer was?"

„Hymenopteren sind geflügelte Insekten, also Bienen, Wespen, Hornissen und so weiter. Ms Wakefield erlitt eine schwere Reaktion auf das Gift. Dieses besteht aus verschiedenen Komponenten. Etwa die Hälfte – wenn nicht mehr – ist Melittin, ein Peptid, das an der Einstichstelle Blutzellen zum Platzen bringt und Blutgefäße erweitert. Dann gibt es noch das Enzym Phospholipase, das weitere Schmerzen und Entzündungen verursacht. Und natürlich das Histamin, ein Eiweiß, das die Durchblutung in dem Körperbereich erhöht, der auf das Allergen reagiert. Histamin verursacht ebenfalls Entzündungen."

„Wissenschaft war noch nie so mein Ding, Doc. Könnten Sie mir das bitte nochmals in einfachen Worten erklären?"

Er lachte leise. „Stellen Sie sich eine Schramme vor, die rot und geschwollen ist. Diese Rötung und Schwellung ist eine Entzündung, also eine Ansammlung von Blutzellen, die verhindern soll, dass irgendetwas aus der Wunde in den Blutkreislauf gelangt."

„Das ist also das, was mit Ginger passiert ist?"

„Richtig. Im Grunde spielte ihr Körper verrückt, als er versuchte, sie vor dem Eindringling – dem Gift – zu schützen. Wahrscheinlich bekam sie Atemnot. Vermutlich litt sie unter starkem Juckreiz, was sich auch an dem Ausschlag über ihren ganzen Körper erkennen lässt. Ihre Lippen und Augen schwollen an und ihre Atemwege verengten sich, sodass sie kaum noch Luft bekam. Das Melittin im Gift führte dazu, dass sich ihre Blutgefäße erweiterten, was wiederum zu einem Blutdruckabfall führte. Dadurch wurden ihre Organe nicht mehr ausreichend mit Blut und Sauerstoff versorgt. Letztendlich erlitt sie einen anaphylaktischen Schock."

Die arme Frau. Was für ein entsetzlicher Tod. „Sie wollen also sagen, Gin Wakefield ist an einem Bienenstich gestorben?"

„Nicht nur an einem, obwohl in ihrem Fall wohl schon einer gereicht hätte. Ich habe neun Stiche an ihrem Körper gefunden: einen auf dem Rücken der rechten Hand, zwei am Bauch, jeweils einen an den Knöcheln, einen am linken Oberschenkel, einen an der linken Hüfte, einen am Hinterkopf und einen am Hals, genau in dieser kleinen Mulde unter dem Schlüsselbein."

„Im Jugulum", murmelte ich.

Er zögerte kurz, bevor er sagte: „Ich dachte, Wissenschaft sei nicht so Ihr Ding."

„Ein bisschen was ist dann doch hängen geblieben." Ich lehnte mich in meinem Stuhl zurück. „Wir haben tote Bienen in ihrem Hotelzimmer gefunden."

„Honigbienen in einem Hotelzimmer, und das Ende September?" Dr. Bs Tonfall spiegelte die Frage in meinem Kopf wider. „Gut, ich weiß nicht so viel über diese Spezies, dachte aber, um diese Jahreszeit ist es schon zu kalt für sie und sie bleiben, wenn sie überhaupt noch am Leben sind, in der Nähe ihres Stocks."

„Der Meinung war ich auch." Wo also befand sich der nächste Bienenstock? „Wie steht's mit einem Pen? Hatte es den Anschein, als hätte sie sich selbst eine Dosis gespritzt?"

„Ein EpiPen wird für gewöhnlich in der Mitte des äußeren Oberschenkels injiziert. Ich habe allerdings keine Einstichstelle gefunden."

„Aber sie muss doch ein Rezept dafür gehabt haben."

„Wie ich Ihnen bereits am Tatort sagte: Jeder, der so stark allergisch ist wie Ms Wakefield, würde jederzeit einen mit sich führen und ihn nicht einfach nur im Hotel rumliegen lassen."

„Wakefield trug normalerweise eine kleine medizinische Tasche um die Hüfte. Sie muss ein oder zwei EpiPens darin gehabt haben, zusammen mit anderen Medikamenten."

Ich scrollte nochmals durch die Fotos, die Reed von ihrem Zimmer gemacht hatte, als Dr. Bundy sagte: „Aber nicht, als wir sie fanden."

Endlich stieß ich auf das Bild, nach dem ich gesucht hatte. „Nein, sie lag leer auf dem Boden ihres Hotelzimmers." Das also waren all die Sachen, die überall im Raum verstreut waren: der Inhalt ihres Medizintäschchens. „Wir haben weder in ihrem Zimmer noch an ihrem Körper Spritzen gefunden. Warum nicht?"

„Tut mir leid, Sheriff, das ist nicht mein Fachgebiet. Ich kann Ihnen die Fakten liefern, aber sie zu interpretieren, liegt mir nicht so. Es sei denn, sie sind medizinischer Natur."

„Sie müsste einen Stift bei sich gehabt haben." Ich massierte mir mit den Fingern die Stirn, eine bewährte Technik, um Stress zu reduzieren. „Ich glaube, ich habe es hier mit einem weiteren Mordfall zu tun."

„Könnte sein." Er zögerte kurz, bevor er hinzufügte: „Nebenbei bemerkt – da ich weiß, wie sehr Sie die skurrilen Details lieben – könnte es Sie interessieren, dass ich diesen Fall eher als einen natürlichen Tod einstufen würde."

„Wie bitte? Und weshalb?"

„Der Körper sieht in einem Allergen einen Eindringling und schickt Antikörper aus, um es zu bekämpfen und sich zu schützen. Das ist eine normale Reaktion, die leider Schwellungen verursacht, die zum Tod führen können. Man könnte sagen, dass Ms Wakefields Körper auf die Bienenstiche reagierte, indem das Gift von Antikörpern eingekesselt wurde und die Schwellung schließlich zum Ersticken führte ... also eine Todesfolge aufgrund einer physiologischen Abwehrreaktion."

„Das ist ja mal eine Ansage, Doc." Aber natürlich hatte er recht. Ich hatte wirklich ein Faible für skurrile Details. „Interessant. Ich dachte immer, ein natürlicher Tod sei etwas, das im Körper selbst passiert."

„Eine anaphylaktische Reaktion findet doch genau dort statt."

„Ich meinte eher so etwas wie Krebs oder Organversagen. Aber okay, ich verstehe schon, was Sie meinen."

„Es ist traurig, wenn unsere Körper nicht das tun, was wir von ihnen erwarten. Ms Wakefield schien insgesamt in recht guter Verfassung gewesen zu sein. Allerdings musste ich eine Leberzirrhose feststellen, wahrscheinlich verursacht durch übermäßigen Alkoholkonsum, und zudem eine koronare Atherosklerose."

„Plaque in den Arterien?"

„Genau. Das hat fast jeder, meist jedoch in leichter Form. Und ihre Cholesterinwerte waren ebenfalls zu hoch, was nicht weiter überraschend ist, wenn man bedenkt, wie gern sie Vollfett-Süßigkeiten gegessen hat."

Plötzlich klang der Schokoladen-Chai mit Vollmilch gar nicht mehr so verlockend. Besser gar nicht darüber nachdenken, was sich in unserem Inneren alles so abspielte.

„Gut, eine Todesursache habe ich jetzt also. Nun muss ich nur noch herausfinden, wie die Bienen in ihr Zimmer gelangt sind und wo ihr EpiPen abgeblieben ist."

„Ich habe keinen Zweifel daran, dass Sie Ihren Täter finden werden. Oder eben Ihre Täterin. Nicht, dass Sie mich als Sexisten abstempeln. Egal ob Mann, Frau oder Hermaphrodit – jeder ist gleichermaßen fähig, einen anderen Menschen zu töten."

„Schön zu hören, dass Sie so aufgeschlossen sind, Doc. Sonst noch etwas, das Sie mir sagen möchten?"

„Nur noch eine Sache." Er hielt kurz inne. „Kürbisgewürz breitet sich aus wie verrückt."

„Da kann ich Ihnen nur zustimmen", sagte ich lachend.

„Gestern bin ich im Supermarkt doch tatsächlich über etwas gestolpert, das nach Fleisch mit Pumpkin-Spice-Marinade aussah. Ich bete, es war nur ein schlechter Scherz."

„Das ist wirklich ekelhaft. Aber ich meinte, gibt es sonst noch etwas bezüglich unseres Opfers?"

„Schon klar, dass Sie darauf angespielt haben. Und nein, das ist alles, was ich für Sie habe. Den Bericht schicke ich Ihnen wie üblich zu. Falls Sie noch Fragen haben, melden Sie sich."

„Mache ich. Danke, Doc."

Kaum hatte ich aufgelegt, betrat auch schon Reed mein Büro und fragte: „Was hat er gesagt?"

„Wir haben einen eindeutigen Todesfall durch Bienenstiche." Ich nahm ihn zur Seite, sodass Sugar und Reeva uns nicht hören konnten, und fasste leise nochmals die wesentlichen Punkte unseres Gesprächs zusammen, „Hast du eine Ahnung, wo sich der nächste Bienenstock befindet?"

„Innerhalb der Dorfgrenzen gibt es jede Menge davon, aber man muss schon ein Stück laufen. Ich würde vorschlagen, am Rummelplatz zu parken und einen der Schausteller nach dem Weg zu Beckett zu fragen."

Das war ein Name, den ich noch nie zuvor gehört hatte. „Wer ist Beckett?"

„Wie Sugar schon des Öfteren erwähnt hat, der beste Imker in ganz Wisconsin."

Kapitel Fünfundzwanzig

Der Plan war folgender: Reed sollte nach vorn gehen, um „ein Statement abzugeben" und die Reporter von der Hintertür wegzulocken. Sobald die Luft rein war, würden Meeka und ich schnell zum SUV huschen und wegfahren, und hoffentlich von der Menschenmenge nicht bemerkt werden. Aber gerade, als er sich von seinem Schreibtisch erheben wollte, klingelte das Telefon.

„Polizeirevier Whispering Pines, Deputy Reed am Apparat." Er hörte zu und nickte. „Sie ist hier. Ein Moment bitte." Er wandte sich zu mir um. „Es ist deine Mutter."

Perfektes Timing, wie immer. Allerdings war es nicht ratsam, ihren Anruf nicht entgegenzunehmen, egal, wie beschäftigt man auch sein mochte.

„Warte kurz. Es sollte nicht lange dauern." Ich ging zurück in mein Büro und nahm dort ab. „Ich habe nur ein paar Minuten, Mom. Hier ist gerade die Hölle los."

„Das kann ich mir denken. Alle Fernsehstationen berichten darüber. Gin Wakefield ist in deinem Dorf gestorben? Warum hast du nicht angerufen und mich informiert? Du weißt doch, dass ich es nicht mag, Dinge auf diese Weise herausfinden zu müssen."

Wie jetzt? Ich hätte sie anrufen und ihr erzählen sollen, was in Whispering Pines vor sich ging? Eigentlich war ihr der Ort und alles, was damit zusammenhing, verhasst. War sie ernsthaft auf Tratsch über das Ableben einer prominenten Persönlichkeit aus? Sosehr mich das auch anwiderte, fühlte sich ein kleiner Teil von mir trotzdem irgendwie wichtig, weil ein Hauch von Respekt in ihrer Stimme mitschwang. Normalerweise hielt sie meinen Job nicht für etwas, auf das man stolz sein konnte. Jetzt jedoch war ich verantwortlich für die Weitergabe von Informationen, auf die der Großteil des Landes und weite Teile der Welt verzweifelt warteten.

„Es ist eine laufende Ermittlung, Mom. Ich kann nichts dazu sagen."

„Ich weiß, dass es im Dorf von Reportern nur so wimmelt. Alle Kanäle berichten darüber und spekulieren, was passiert sein könnte. Erzähl mir einfach alles, was du ihnen gesagt hast."

Ich räusperte mich und setzte zu einer Erklärung an, wobei ich denselben Tonfall anschlug wie vor ein paar Minuten bei den Reportern. „Gin Wakefield wurde gestern Morgen tot aufgefunden. Es ist ein schrecklicher Verlust."

Am anderen Ende herrschte Stille, während sie auf mehr wartete. Als ich mich nicht weiter äußerte, kam ein tadelndes *Jayne*.

„Wenn ich ihnen mehr verraten hätte, wäre es jetzt schon in allen Medien. So können sie nur spekulieren." Für diese Art von Gespräch hatte ich im Moment wahrlich keine Zeit. „Wir wissen aktuell noch nicht mehr."

Hätte ich ihr sagen können, zu welchem Ergebnis Dr. Bundy gekommen war? Klar. Würde ich das tun? Mit Sicherheit nicht!

„Du willst mir doch nicht weismachen, dass du nicht mehr herausgefunden hast?", wandte sie ein. „Mir kannst du es doch sagen. Ich bin schließlich deine Mutter."

Ich musste zugeben, der unterschwellige Enthusiasmus in

ihrer Stimme über etwas, das mit mir und meinem Beruf zu tun hatte, ließ mich plötzlich besser verstehen, warum Rosalyn stets so darauf bedacht war, ihr zu gefallen. Dennoch war eine Frau gestorben.

„Nein, Mom, das kann ich nicht. Tut mir leid." Dann, um sie zumindest ansatzweise bei Laune zu halten, fügte ich hinzu: „Wir sollten aber bald mehr wissen, vermutlich noch heute im Laufe des Tages." Sie gab einen Laut von sich, der erkennen ließ, dass sie damit nur mäßig zufrieden war. „War das der einzige Grund für deinen Anruf?"

„Ursprünglich ja, aber da ich dich jetzt ohnehin an der Strippe habe, kannst du mir gleich auch noch ein Update zu eurem Bed and Breakfast geben."

Das bedeutete, sie wollte wissen, wie es mit den Einnahmen und Ausgaben aussah. Da es aktuell noch das Geld meiner Eltern war, das in unserem B&B steckte, blieb mir nichts anderes übrig, als ihnen auf Nachfrage Einblicke in die Finanzen zu gewähren, selbst wenn ich mitten in einer Mordermittlung steckte.

„Es läuft prima. Wir sind die ganze Woche komplett ausgebucht. Da Gin Wakefields Crew bei uns wohnt ..." Schnell biss ich mir auf die Zunge, aber es war zu spät.

„Wie bitte? Was hast du da gesagt?" Wie erwartet stürzte meine Mutter sich direkt auf meinen Ausrutscher. „Die Elite der Wakefield-Bäcker ist im *Pine Time* abgestiegen?"

Verdammt. Das hätte ich besser nicht erwähnt. „Du darfst es aber niemandem erzählen!"

„Wem bitte sollte ich das denn erzählen?"

„Was weiß ich? Vielleicht einem deiner Angestellten oder den Kunden, die ins Spa kommen."

„Mit denen würde ich doch niemals über derartige Dinge reden."

„Mom, ich meine es ernst. Es würde unser Leben wirklich extrem verkomplizieren, wenn sämtliche Reporter ihr Lager in unserem Vorgarten aufschlügen. Aktuell weiß ich noch nicht einmal, wie ich heute Abend nach Hause kommen soll, ohne dass sie mir folgen."

„Schon verstanden. Ich schwöre bei allem, was mir heilig ist, dass ich kein Sterbenswörtchen verrate." Dann fügte sie hinzu: „Du kennst mich doch. Ich kann schweigen wie ein Grab."

Ich presste mir die Hand vor den Mund, damit sie mein Lachen nicht hörte. Manchmal war meine Mutter zum Schießen komisch, wenn auch unbeabsichtigt.

„Ich muss jetzt wirklich weitermachen. Gibt es sonst noch etwas?"

„Nichts Wichtiges. Ich wollte dir nur Bescheid geben, dass Rosalyn überlegt, dich demnächst mal besuchen zu kommen."

Ich sprang auf die Füße. „Sie will herkommen? Wann?"

Was sollte das denn bedeuten? War es nur ein harmloser Besuch in dem Dorf, das sie seit ihrem achten Lebensjahr nicht mehr gesehen hatte, oder steckte da mehr dahinter? War es vielleicht eine Mission, jeden Winkel des Hauses zu inspizieren, um unserer Mutter hinterher Bericht zu erstatten? Immerhin wäre es nicht das erste Mal, dass sie den Handlanger für sie spielte. Allerdings liebte sie es auch, sich bei gewissen Dingen selbst in den Vordergrund zu rücken, selbst wenn sie rein gar nichts dazu beigetragen hatte. Keine Ahnung, wie sie das immer wieder schaffte, aber sie hatte diese unglaublich nervige Art an sich, alle in ihren Bann zu ziehen, während sie gerade von etwas Wundervollem erzählte, das eigentlich jemand anderes vollbracht hatte.

„Sie redet oft über Halloween", fuhr Mom fort. „Das ist doch die Lieblingsjahreszeit all dieser … Wiccas, nicht wahr?"

Das Wort *Wiccas* blieb ihr beinahe in der Kehle stecken. Ihre Abneigung hatte allerdings nichts mit der Religion oder den Menschen zu tun, die ihr angehörten, sondern lag schlicht und ergreifend daran, dass Grandma eine praktizierende

Wicca gewesen war und sie alles hasste, was mit meiner Großmutter oder Whispering Pines zu tun hatte.

„So ist es", stimmte ich zu. „Aktuell feiern wir Mabon, ihren zweitliebsten Sabbat. Es ist eine Woche voller Festlichkeiten und einfach nur lustig. Sollte Rosalyn sich tatsächlich zu diesem Besuch entschließen, komm doch einfach mit?"

„Eher nicht. Hättest du überhaupt ein Zimmer für deine Schwester?"

„Momentan sind wir komplett ausgebucht. Wenn sich doch etwas ergibt, rufe ich sie an. Aber das ist eher unwahrscheinlich, schließlich steht bald Samhain an."

Meine Mutter sog scharf die Luft ein, was mir verriet dass sie ihre Schmerzgrenze erreicht hatte, was die Details über das Leben in Whispering Pines anbelangte. „Du kannst sicher etwas für sie arrangieren. Also gut, dann lasse ich dich jetzt weitermachen. Halt mich über diese Sache mit Gin Wakefield auf dem Laufenden."

„Noch einmal: Eine Frau ist gestorben. Das ist kein Thema für Klatschgeschichten."

„Dessen bin ich mir bewusst. Für was für eine Person hältst du mich eigentlich?" Sie machte eine kurze Pause. „Nein, warte, antworte lieber nicht. Ich finde nur, als deine Mutter habe ich doch wohl ab und zu Anspruch auf ein kleines Privileg."

Jetzt hatte auch ich meine Schmerzgrenze erreicht.

„Ich muss los, Mom. Wir sprechen uns bald wieder." Ich sah zu Meeka hinunter, die mich auf ihre hündische Art auszulachen schien, was aber aufgrund der Menge an Fell schwer zu sagen war. Sie brauchte dringend einen Haarschnitt. „Komm, Kleines."

Der Ablenkungsplan funktionierte perfekt. Reed ging zur Vordertür hinaus, während Meeka und ich hinten warteten. Kaum war er draußen, stürzten sich die Reporter auf ihn wie Geier auf Aas. Ich zählte bis zwanzig, damit auch die letzten

Journalisten Zeit hatten, ums Haus zu rennen. Dann schlich ich mit Meeka unter dem Arm, die sich zu einem flauschigen weißen Ball zusammengerollt hatte, hinaus und sprintete zu meinem Wagen. Ich nahm mir nicht einmal die Zeit, sie in ihre Box zu stecken, was ihr gar nicht passte. Die meisten Hunde mochten es ja, den Kopf aus dem Fenster zu stecken, aber seit sie einmal in Madison in der Rushhour, als ich scharf bremsen musste, quer durch den Cherokee geflogen und unsanft auf dem Boden gelandet war, zog sie die Sicherheit ihres Käfigs eindeutig vor.

Wir waren kaum einhundert Meter weit gekommen, als einer der Übertragungswagen uns entdeckte und die Verfolgung aufnahm. Kurzzeitig hatte ich Glück im Unglück: Direkt nach mir wälzte sich eine Menschenmenge auf die Straße, die auf die andere Seite wollte. Allerdings war mir klar, dass das Fahrzeug schnell wieder aufschließen würde, wenn ich kein Ausweichmanöver startete. Es gab nur zwei Möglichkeiten, um das Dorf in östlicher Richtung hinter sich zu lassen. Entweder man blieb auf der Schnellstraße nach Rhinelander, oder man bog an der Gabelung nach links ab und nahm den Weg zum Parkplatz des örtlichen Zirkus. An dessen Westseite befand sich ein Pfad, in dem die Räder von Pferdekutschen tiefe Spuren im Boden hinterlassen hatten. Der Zirkus nutzte ihn regelmäßig, um entweder Vorräte auf das Gelände zu bringen oder um Besucher zwischen Dorfplatz und Zelt hin und her zu befördern. Er führte direkt in den Wald hinein, und ein Verbotsschild warnte: *Nur für Zirkuswagen.* Was aber bestimmt nicht für das Auto des Sheriffs galt, wenn es sich um einen Notfall handelte.

Meeka tadelte mich mit einem scharfen Bellen, während sie die Vorderpfoten auf die Armlehne der Beifahrertür stellte.

„Nur dieses eine Mal, versprochen." Ich musste mit diesem Beckett reden, ohne dass mir eine Horde sensationsgieriger Reporter im Nacken saß.

So tuckerte ich also den holprigen Pfad entlang und

landete schließlich bei den Pferdeställen. Igor, der Stallmeister, kam sofort angerannt, bereit, mich anzubrüllen – bis er registrierte, wen er vor sich hatte.

„Sheriff O'Shea", sagte er mit starkem europäischen Akzent, „Sie sich verirrt?"

„Nein, Entschuldigung, es handelt sich quasi um eine Art Notfall. Ich muss dringend zu der Imkerei, und ein Rudel Journalisten ist mir dicht auf den Fersen."

„Wollen wohl Erste sein, die Wakefield-Geschichte bringen, hm?"

„So ist es. Deputy Reed meinte, Sie könnten mich zu Becketts Hof lotsen."

Igor deutete nach Norden. „Nicht weit. Hinten am Stall gibt Weg für Becketts Pferd und Wagen. Führt direkt zu Farm."

„Er benutzt also auch einen Pferdewagen?"

„Ja, Auto steht auf Parkplatz." Er deutete auf einen weißen Lieferwagen, übersät mit kleinen Bienchen, auf dessen Seite *Beckett's Bees* stand.

Ah, verstanden. Er nutzte also den Wagen, weil motorisierte Fahrzeuge überall sonst verboten waren, außer auf den Straßen. Und zur Honigfarm führte anscheinend keine.

Igor gab mir mit einem Wink zu verstehen, ihm zu folgen. „Kommen Sie, ich Sie hinbringe."

„Vielen Dank, nur zu gern."

Auch Meeka fand die Fahrt großartig. Sie schnappte nach tief hängenden Ästen und streckte den Kopf über die Seite des kleinen Pferdewagens, um zu beobachten, wie der Boden an uns vorbeizog. An einer kleinen Lichtung vor einer Scheune hielt Igor an. Weiter kam man offensichtlich auch mit der Kutsche nicht. Ich bedankte mich erneut, und er fragte, ob er auf mich warten sollte.

„Da ich nicht weiß, wie lange das dauert, kehren Sie ruhig um. Wir finden schon irgendwie zurück."

Er wies auf einen unbefestigten Fußweg und erklärte mir, dass ich ihm einfach durch das dichte Gehölz folgen sollte. An dessen anderen Ende würde ich direkt auf die Imkerei stoßen.

Kapitel Sechsundzwanzig

NACHDEM WIR UNS ETWA DREISSIG METER DURCH DAS Gehölz gekämpft und uns gefühlt gegen dreißig Bazillionen Moskitos gewehrt hatten, stießen wir auf eine kleine Hütte. Links davon stand ein Schuppen, rechts, etwa die Länge eines Fußballfeldes entfernt, eine kreisförmige Ansammlung von Bienenstöcken.

Beckett betrieb, wie es mir schien, eine ziemlich große Imkerei, denn quer über das Feld hinter seiner Hütte verteilt standen mindestens dreißig dieser Beuten. Und damit meinte ich nur die hohen weißen Kästen und nicht die riesigen Nester, die in Bäumen hingen oder sich unter Dachvorsprüngen festsetzten.

Ich steuerte auf das Feld zu und wurde keine Sekunde später lautstark zurechtgewiesen. „Erstens: keine Hunde, und zweitens: Sie brauchen Schutzkleidung, wenn Sie keine Stiche riskieren wollen."

Ich drehte mich um und sah mich einem älteren Herrn mit grauem Haar und einer großen, knolligen Nase gegenüber. Er war etwa eins fünfundsechzig, also kaum größer als ich, und schwankte leicht beim Gehen, so als hätte er Probleme mit einem Bein oder der Hüfte.

„Mr Beckett?", fragte ich.

„Ja, der bin ich. Und Ihrem Stern nach zu urteilen, sind Sie Sheriff O'Shea." Er streckte mir die Hand entgegen. „Freut mich, Sie kennenzulernen."

„Ganz meinerseits. Wie mir gesagt wurde, machen Sie den besten Honig in ganz Wisconsin."

Er zuckte mit den Schultern – eine Geste, mit der er Bescheidenheit andeutete und zugleich zugab, dass es wohl stimmte.

„Ich hätte ein paar Fragen zu Bienen. Haben Sie ein paar Minuten Zeit?"

Sofort schenkte er mir seine ungeteilte Aufmerksamkeit.

„Dafür immer. Selbst beim Ernten kann ich reden. Also los, ziehen wir uns um, dann dürfen Sie mich begleiten."

„O nein, ich wollte eigentlich nur …"

„Ich kann nicht über meine Tierchen reden, ohne sie Ihnen zu zeigen. Vertrauen Sie mir, es ist interessant. Sie werden es genießen. Ihr Hund sollte aber lieber auf der Veranda bleiben, er könnte sie nervös machen."

Beckett reichte mir nicht nur die typische weiße Imkerkleidung, komplett mit Schleierhut und langen, elastischen Handschuhen, sondern stellte auch eine Schale Wasser für Meeka hin.

„Jeder Stapel Kisten, den Sie dort drüben sehen, ist eine eigene Kolonie oder eben ein eigener Stock", begann er, während wir das Feld überquerten.

Als wir uns den Bienenstöcken näherten, verstand ich, was er mit *Stapel Kisten* meinte. Jede Beute bestand aus einzelnen weißen Holzkästen mit Griffmulden an den Seiten. Die meisten maßen nur drei oder vier Kästen und somit etwa einen Meter, einige jedoch türmten sich sogar auf mehr als einen Meter achtzig.

Beckett legte die Hand auf einen der niedrigeren Stöcke. „Da drin geht es richtig rund. Können Sie sie hören?"

„Allerdings." Das Summen, das aus den Kästen zu uns

herausdrang, war viel lauter, als ich es erwartet hatte. „Machen sie gerade Honig?"

„Ein wenig, aber die Hauptproduktion für dieses Jahr ist bereits abgeschlossen." Er löste einen Spanngummi von einem Stock und hob den Deckel an. „Diese oberste Box nennt man Super."

„Warum ist der Super kleiner als die Kästen darunter?" Schon jetzt war ich von dieser Lektion fasziniert.

„Weil darin die Königin lebt."

Ich machte eine ausladende Handbewegung über das Feld. „Es gibt also nur eine Königin für das ganze hier?"

„O nein, jede Kolonie hat ihre eigene Königin. Sehen Sie, wie bei allen Stöcken der oberste Kasten schmäler ist als die übrigen?"

Er war so geduldig mit dem, was für mich eigentlich offensichtlich hätte sein sollen. „Stimmt, jetzt habe ich es auch bemerkt."

„Dort legt sie ihre Eier und paart sich mit den Drohnen, um neue Arbeiterinnen zu zeugen."

„Sonst nichts? Sie verbringt also ihr ganzes Leben in dieser kleinen Box und macht nur Babybienen? Darf sie nicht wenigstens ab und zu nach unten gehen, um die Produktion zu überwachen?"

„Genau das meine ich. Königin zu sein, ist nicht unbedingt ein Traumjob. Genau wie die Lady in England führen auch sie ein ziemlich behütetes Leben." Er runzelte die Stirn, sein Ausdruck traurig und respektvoll zugleich. „Abgesehen von der Paarung mit der Königin schützen die Drohnen die Kolonie. Die Arbeiterinnen sind allesamt unfruchtbare Weibchen und übernehmen das, was sonst noch so anfällt: Nektar und Pollen sammeln, sich um Königin und Drohnen kümmern, die Larven füttern und die Temperatur im Stock regulieren."

„Sie können die Temperatur regulieren?"

„Ja. Ganz schön clever, oder? Das Summen, das Sie hören,

kommt von ihrem Flügelschlag. Wenn die Temperatur abkühlt, dient er dazu, die Königin warm zu halten. Wenn es zu heiß wird, schlagen sie ebenfalls, um sie abzukühlen. Alles dreht sich um die Königin."

Ich lachte, unfähig zu verbergen, wie ironisch ich es fand, dass bei den Bienen offenbar die Weibchen den ganzen *Haushalt* schmissen, während die Männchen sich ausschließlich auf Paarung und Verteidigung beschränkten.

Beckett grinste. Offenbar hatte er genau verstanden, was ich daran witzig fand. „Das ist eine typische Reaktion von Frauen." Er fuhr mit dem Finger die Linie entlang, wo der Super auf dem unteren Teil der Beute aufsaß. „Zwischen dem Super und dem unteren Teil, dem sogenannten Honigraum, liegt ein Gitter, das man Absperrgitter nennt. Es sorgt dafür, dass die Königin oben im Brutraum bleibt. Die anderen Bienen sind wesentlich kleiner als sie und können problemlos durch das Gitter in die unteren Zargen gelangen, wo der Honig produziert wird. Kommen Sie, ich zeige es Ihnen."

Als ich zögerte, naher an die geöffnete Beute heranzutreten, beruhigte mich Beckett:

„Keine Sorge, der Anzug schützt Sie. Außerdem sind die Tierchen sowieso nicht mehr sonderlich aktiv, da es schon sehr kühl ist. Wissen Sie was? Ich setze den Smoker ein, das wird Ihnen die Angst nehmen."

Er stellte den Super ab und griff nach etwas, das einer Gießkanne ähnelte, nahm den Deckel ab, sammelte unter einer nahen Kiefer eine Handvoll abgestorbener Nadeln und ließ sie zusammen mit einem brennenden Streichholz hineinfallen. Dann setzte er den Deckel wieder auf, und nur wenige Sekunden später quoll Rauch aus der Tülle, die er über dem Stock hin und her schwenkte.

„Der Rauch beruhigt sie", erklärte er mir, während die Bienen summend um uns herumflogen, aber tatsächlich kaum Interesse an uns zeigten. „Sehen Sie all diese kleinen Stäbchen?"

Im Super lag etwas, das wie eine Reihe flacher Holzstäbchen aussah, aber ich wusste, dass darunter noch mehr sein musste. „Ist da der Honig?"

„Einen goldenen Stern für den Sheriff, auch wenn Sie schon einen davon haben." Er lachte leise und zeigte mir, wie man den Smoker richtig benutzte, bevor er ihn mir reichte. Dann löste er vorsichtig eines der Stäbchen, das am Bienenkasten klebte, und zog etwas heraus, das wie ein Bilderrahmen aussah, überzogen mit Bienen, Wachs und ein wenig tropfendem Honig. „Das nennt man eine Wabe. Die Bienen bauen aus Wachs, das sie in ihrem Körper produzieren, eine Honigwabenstruktur. Ist der Rahmen fertiggestellt, kann die Arbeit beginnen. Die Arbeiterinnen fliegen aus und bringen den gesammelten Nektar in ihren Honigmägen zurück."

„So sagt man dazu? Honigmägen?"

„Ja. Sobald sie nichts mehr aufnehmen können, kommen sie zurück und füllen den Honig in eine der kleinen Wabenzellen. Und sobald eine Zelle voll ist, versiegeln sie sie mit etwas Wachs."

„Moment mal … Wollen Sie damit andeuten, die Bienen kotzen den Honig da hinein?"

Er stieß ein lautes, herzhaftes Lachen aus. „Im Grunde tun sie genau das. Und wenn der komplette Rahmen voll ist, also jede Zelle mit einem kleinen Wachskäppchen versiegelt wurde, bringe ich ihn in meine Hütte dort drüben."

Er deutete auf den kleinen Schuppen auf der anderen Seite seines Häuschens. „Wenn Sie wollen, zeige ich Ihnen, wie der Honig gewonnen wird."

„Auch wenn ich das zu gerne sehen würde, bin ich eigentlich wegen etwas Bestimmtem hier."

„Das habe ich mir fast gedacht. Fragen Sie ruhig. Ich baue in der Zwischenzeit den Stock wieder zusammen."

Während er den Rahmen wieder einsetzte und die Kästen

schloss, erklärte ich: „Ich untersuche gerade einen Todesfall, der sich gestern im Dorf ereignet hat."

„Gin Wakefield", bestätigte er und stellte den Super wieder obendrauf. „Ich habe davon gehört. Sehr traurig. Da Sie extra hier herausgekommen sind, um sich mit der Imkerei vertraut zu machen, nehme ich an, sie war allergisch und ihr Tod ist entweder auf Bienenstiche oder den Honig zurückzuführen."

„Zu dem Schluss ist zumindest der Gerichtsmediziner gekommen. Er fand an der Leiche zahlreiche Stiche. Würden Bienen den ganzen Weg von hier hinüber zum Dorfplatz fliegen?"

„Theoretisch ja, weil sie sich leicht bis zu drei Kilometer von ihrem Stock entfernen. Allerdings bin ich der einzige Imker hier in der Gegend. Wenn es also nicht meine waren, tippe ich auf eine wildlebende Art. Die Sache ist allerdings die: Da es mittlerweile nachts schon ziemlich kühl wird, sind sie längst nicht mehr so aktiv wie noch vor einem Monat. Bienen haben eine klar definierte Wohlfühltemperatur. Ist es kälter als dreizehn Grad, bleiben sie im Stock, und ab siebenunddreißig Grad bewegen sie sich ebenfalls kaum."

„Dann ist es erstaunlich, dass Sie sie so weit nördlich halten", merkte ich an.

„Es sind russische Bienen. Sie fühlen sich hier in Wisconsin sehr wohl, weil unser Breitengrad etwa dem ihrer Heimatregion in Russland entspricht. Solange ich ihnen im Winter eine Nahrungsquelle zur Verfügung stelle, sind sie hier sehr glücklich." Dabei handelte es sich offensichtlich um flache Stücke gehärteten Zuckers, von dem sie sich ernähren konnten, bis sie im Frühling erneut zur Nektarsuche aufbrachen. „Würden meine Bienen zu dieser Jahreszeit hinüber ins Dorf fliegen? Eher unwahrscheinlich."

„Das würde bedeuten, dass jemand sie absichtlich in Gins Zimmer gebracht hat."

Sein Ausdruck wurde ernst. „Sie fragen sich, ob jemand

ein paar meiner Tierchen gestohlen und als Mordwaffe benutzt hat?"

„Ganz genau."

Er stieß einen leisen, missmutigen Seufzer aus. „Gestern Morgen ist mir aufgefallen, dass sich jemand an einem der Stöcke zu schaffen gemacht haben muss. Ich achte stets penibel auf eine korrekte Anordnung. Bienen mögen es nicht, wenn man ihre kleine Welt durcheinanderbringt, deshalb stelle ich immer alles wieder präzise an seinen angestammten Platz." Er deutete auf das entfernte Ende des Feldes. „Sehen Sie die Bienenstöcke dort hinten an der Biegung?"

Ich blinzelte. Tatsächlich, dort standen weitere dieser Türme, getarnt durch herabhängendes Laub. „Ja, tue ich."

„Die Reihe setzt sich hinter der Kurve fort, und wenn Sie dort nachsehen, werden Sie feststellen, dass derjenige, der an den letzten sichtbaren anschließt, verschoben wurde. Vorgestern, am Ende des Tages, war noch alles in Ordnung. Gestern Morgen allerdings bemerkte ich, dass er irgendwie schief stand." Beckett rieb sich das Kinn, während er über die Sache nachdachte. „Es war bereits dämmrig, als ich gegen halb sieben zurück ins Haus ging, also muss der Vandale nach Einbruch der Dunkelheit zugeschlagen haben. Und er wählte einen Stock um die Ecke, wo ich ihn nicht sehen konnte, und richtete dort sein Unwesen an. Mein erster Gedanke war, dass sich ein Tier daran zu schaffen gemacht hatte, aber dann erschien es mir merkwürdig, dass nur dieser eine Stock betroffen war. Und nach dem, was Sie mir gerade erzählt haben, ergibt es mehr Sinn, dass es ein menschlicher Eindringlich gewesen sein muss."

„Sie glauben also, die Person wusste, was sie tat?"

„Ja. Ich glaube, jemand hat daran geschüttelt, um die Bienen herauszulocken, damit sie die Kolonie verteidigen …"

„Und dann ein paar von ihnen eingefangen."

Wenn dem so wäre – wenn also jemand mit dem gezielten Plan hierhergekommen wäre, Bienen zu fangen, um sie in

Wakefields Zimmer auszusetzen –, dann wäre das eindeutig vorsätzlicher Mord.

„Gäbe es eine andere Erklärung als die, dass jemand sie bewusst ins Hotel gebracht haben könnte?", fragte ich. „Also, ich meine, dass sie von allein hineingeflogen wären?"

„Na ja, sie werden von Düften oder Farben angezogen", erklärte Beckett. „Wenn etwas Buntes im Fenster hängt, lockt sie das an, und dann könnten sie durch ein Loch im Fliegengitter oder eine andere kleine Öffnung ins Innere des Raumes gelangen. Und nicht zu vergessen das verführerische Aroma von Nektar." Er hielt inne und saugte nachdenklich an einem Zahn, während er nachdachte. „Da ist noch etwas anderes. Wenn eine Biene sticht, setzt sie ein Pheromon frei. Das ist wie ein Warnsignal für die anderen, und sie strömen herbei, um den Stock zu verteidigen. Wenn also eine von ihnen sich in das Zimmer verirrt und die Frau gestochen hätte, könnten andere in der Nähe dem Ruf gefolgt sein."

„Wirklich?" Ich schüttelte bewundernd den Kopf. „Die Tierchen sind ja genial."

„Das Pheromon heißt Isoamylacetat. Interessanterweise ist es dieselbe chemische Substanz, die Bananen ihren unverwechselbaren Geruch verleiht."

Ich spürte, wie mir sämtliches Blut aus dem Gesicht wich. „Bananen?"

„Ja. Warum?"

„Wir haben in Ms Wakefields Zimmer mehr als ein Dutzend Bananenschalen gefunden."

„O je. War auch die Heizung aufgedreht?"

Ich dachte kurz nach und schüttelte den Kopf. „Das weiß ich ehrlich gesagt nicht mehr. Warum fragen Sie?"

„Erinnern Sie sich an das, was ich Ihnen über die Wohlfühltemperatur erzählt habe? Je wärmer die Biene, desto aktiver ist sie. Ein angenehm temperierter Raum, der nach Bananen riecht, kann die Bienen ordentlich in Rage bringen."

Er starrte hinüber zu dem derangierten Stock und dann

wieder zurück zu mir. „So wie es aussieht, haben Sie ein größeres Problem am Hals als nur den tödlichen Stich einer Biene, Sheriff."

Schweigend machten wir uns auf den Rückweg zu seiner Hütte. Nach etwa zwanzig Metern zog etwas bei einer der Beuten seine Aufmerksamkeit auf sich, und er fluchte leise. „Darum muss ich mich direkt kümmern."

„Worum genau?"

„Räuberbienen."

„Um was bitte?"

„Kommen Sie mit, ich zeige es Ihnen." Wir blieben am nächstgelegenen Stock stehen, wo er auf eine Öffnung deutete, durch die ein paar Bienen hinein- und hinausflogen. „Sehen Sie, wie sie einfach kommen und gehen, ohne sich groß um ihre Artgenossen zu kümmern?"

„Ja. Sie machen ihr eigenes Ding."

„Ganz genau. Und jetzt schauen Sie sich das hier an." Er deutete auf den daneben. „Was fällt Ihnen bei diesem hier auf?"

Während die Bienen am ersten Stock einfach umherflogen, ohne aufeinander zu achten, schienen diejenigen an diesem Eingang miteinander zu ringen und zu kämpfen. „Es sieht ganz so aus, als würden einige versuchen, die anderen vom Eindringen abzuhalten."

„Exakt das tun sie auch. Bienen aus einem anderen Stock versuchen, hier Honig zu stehlen. Zu dieser Jahreszeit gibt es bei den Blumen so gut wie nichts mehr zu holen, und deshalb versuchen einige Bienen, die Vorräte eines fremden Stocks zu plündern, um ihre Königin und den eigenen Schwarm am Leben zu halten."

Ein kalter Schauer jagte mir über den Rücken. „Was passiert, wenn sie stirbt?"

„Zunächst lasse ich den Bienenstock versuchen, selbst eine neue Königin zu wählen, aber das klappt nicht immer."

„Sie wählen eine neue? Was genau bedeutet das?"

„Dass sie eine der frisch geschlüpften Bienen zur Herrscherin heranziehen, aber zu dieser Jahreszeit ist das eher unwahrscheinlich. Bis die nächsten Junginsekten auf die Welt kommen, wird es noch eine geraume Weile dauern. Wahrscheinlich bleibt mir nichts anderes übrig, als eine neue Königin zu kaufen und sie der Kolonie vorzustellen. Oder ich lasse die Bienen einfach eigenständig in einen neuen Stock umziehen. Solange sie nicht versuchen, den Honig zu stehlen, sollte ein bestehendes Volk sie reinlassen. Und um diesen hier zu retten, müsste ich den Eingang verengen, damit die Räuber draußen bleiben. Ansonsten reißen sie die Wachskappen ab und nehmen den gesamten Honig mit."

„Und was würde dann passieren?"

„Die Kolonie würde natürlich sterben." Beckett musterte mich einen Moment lang prüfend. „Sind Sie jetzt verstört, Sheriff?"

Ich versuchte, die Gedanken zu verdrängen, die mir plötzlich durch den Kopf wirbelten. „Nein, nur erstaunt über die endlosen Möglichkeiten, wie man den Tod herbeiführen kann."

„Das kann ich gut verstehen. Menschen sind allerdings die schlimmste Spezies. Tiere lassen sich wenigsten nur von ihrem Instinkt leiten. Die Räuberbienen versuchen einfach, Heim und Herd zu schützen. Ich werde die Zuckerblöcke wohl früher als geplant anbringen müssen. Sie brauchen Nahrung."

„Das war wirklich interessant, Beckett. Nicht nur die Lektion über Bienen und Imkerei … Womöglich haben Sie gerade auch den entscheidenden Hinweis für die Aufklärung dieses Falls geliefert."

„Freut mich, wenn ich behilflich sein konnte. Wie gesagt, ich bin jederzeit bereit, über Bienen zu reden. Kommen Sie, ich gebe Ihnen noch ein kleines Glas Honig für zu Hause mit."

Während er den Honig für mich holte, ging ich zu Meeka auf die Veranda und band sie los. Als er zurückkam, hatte ich noch eine weitere Frage an ihn. „Ich nehme an, Sie beliefern auch die Dorfbewohner, oder?"

„Aber sicher. Die Mädels vom *Treat Me Sweetly* sind meine besten Abnehmer. Außerdem verkaufe ich an Maeve von *Grapes, Grains, and Grub*, und auch Laurel hat regelmäßig Bedarf für das *The Inn*. Das Bienenwachs geht an den *Shoppe Mystique*. Briar stellt daraus Kerzen her, und Morgan benutzt es für ihre Kosmetika." Er hielt mir ein kleines Glas hin, ließ es aber nicht los. „Sie denken doch nicht etwa, dass eine von ihnen etwas damit zu tun hatte?"

„Es wäre unverantwortlich von mir, sie nicht zumindest in Betracht zu ziehen. Aber nein, ich glaube ehrlich gesagt nicht, dass eine von ihnen diejenige ist, nach der ich suche."

Er strich sich über das Gesicht, als sei ihm ein Stein vom Herzen gefallen. „Das sind gute Nachrichten. Ich will gar nicht daran denken, dass einer von uns zu so etwas wie Mord fähig wäre. Falls Sie noch Fragen haben, kommen Sie jederzeit wieder vorbei, Sheriff."

Ich dankte ihm, dann machten Meeka und ich uns wieder auf den Weg den Pfad hinunter Richtung Zirkus. Wir waren kaum ein paar Meter gelaufen, als Reed sich über Funk meldete.

„Ich bin hier. Was brauchst du?"

„Lupe ist gerade auf dem Revier eingetroffen", sagte er. „Sie hat Informationen für dich. Wann ungefähr kommst du zurück? Over."

„Bin schon unterwegs und sollte in fünfzehn bis zwanzig Minuten da sein. Over und out."

Als wir die Lichtung erreichten, war weit und breit keine Spur mehr von Igor zu sehen. Das überraschte mich allerdings nicht, hatte ich doch bei Beckett viel länger gebraucht als gedacht. Der Rückweg zum Zirkus war nicht lang, würde mir aber genug Zeit geben, um die rasenden Gedanken in meinem Kopf zu ordnen. Nicht nur die Informationen, die die Ermittlungen betrafen, sondern auch die Vorstellung, dass Bienen eines Stocks einen anderen zerstören konnten. Auch die Tatsache, dass ein Bienenvolk seine eigene Königin wählen und großziehen konnte, faszinierte mich.

Als Grandma noch lebte, war sie eindeutig die Königin von Whispering Pines gewesen. Doch je mehr Unheil im Dorf geschah, desto mehr begann der Schwarm der Dorfbewohner zu kränkeln und ums Überleben zu kämpfen. Wahrscheinlich ließe sich dieses Unheil mit den eindringenden Räuberbienen vergleichen. Und dann starb ihre Königin, oder wurde vielmehr ermordet. Zogen die Dorfbewohner bereits ihre Nachfolgerin groß? Wen hatten sie zur neuen Regentin auserkoren? Dem würde ich näher auf den Grund gehen müssen.

Kapitel Siebenundzwanzig

Als wir wieder beim Cherokee ankamen, hing Igor in der Nähe des Stalls herum.

„Entschuldigung, dass ich allein gelassen Sie habe", sagte er. „Musste mich auf Transport mit Touristen vorbereiten."

„Machen Sie sich deshalb keine Sorgen. Ich habe den Spaziergang richtig genossen." Das hatte ich wirklich. Nicht nur konnte ich in aller Ruhe über das Rätsel mit Bienenkönigin und Stock nachdenken, sondern auch ganz allein für mich die Stille der Natur auf mich wirken lassen. Gut, Meeka war natürlich dabei, aber die machte sich in der Regel kaum bemerkbar. „Igor, ich hätte noch eine Frage an Sie. Haben Sie vor ein paar Nächten jemanden bemerkt, der zu Becketts Farm hinüberging?"

Er dachte kurz nach, während er den Huf eines Pferdes überprüfte. „Vor ein paar Nächten Pferde sehr aufgeregt. Viel Krach gemacht."

„Also ist offensichtlich jemand dorthin gegangen."

„Ist möglich. Einzige, was Tiere beunruhigt, sind Menschen oder Raubtiere."

„Wann war das?"

„Nacht von Vollmond. War sehr hell draußen."

Während wir zurück zur Wache fuhren, musste ich feststellen, dass sich sogar noch mehr Pressleute im Ort herumtrieben. Kaum zu glauben. Um Zeit zu sparen, hatte ich Meeka anstatt in ihre Box einfach wieder auf die Rückbank gesetzt.

„Mach dich bereit, Kleines. Sobald wir ankommen, müssen wir wohl oder übel erneut einen Sprint hinlegen."

Sie nieste zustimmend, und als ich auf meinen Parkplatz einbog, sprang sie auf den Beifahrersitz neben mich. Ich schnappte sie mir, wir stürmten los, und ich musste nur einmal an die Hintertür klopfen, da öffnete Reed auch schon.

„Immer noch der pure Wahnsinn da draußen?", fragte er.

„Gut, dass du hier warst und aufgepasst hast. Diese Reporter sind wie unheimliche Kreaturen im Nebel, die nur darauf warten, einen zu packen und in die Tiefe zu ziehen."

„Keine Sorge, aktuell bist du hier drinnen sicher", beruhigte er mich. „Allerdings haben sie von dir bisher noch keine Antworten bekommen. Womöglich schnappen sie dich und foltern dich so lange, bis du mit der Sprache herausrückst."

„Sehr tröstlich." Ich fand Lupe an seinem Schreibtisch vor. „Wie ich hörte, hast du Informationen für mich? Komm in mein Büro und erzähl mir alles."

Sie fing schon an zu reden, bevor sie sich überhaupt richtig hingesetzt hatte. „Wie sich herausstellte, wurden die Inhalte für Wakefields großen Vertrag schon vor langer Zeit ausgearbeitet."

„Stimmt, ich erinnere mich vage, dass um diese Zeit im letzten Jahr Werbung lief, und dann kam die Serie mit den Küchenutensilien rechtzeitig zu Weihnachten in die Läden."

„Ja, da wurde alles öffentlich gemacht. An den Details jedoch feilen sie bereits seit dem Vorjahr. Gin und ihr Team verbrachten Monate damit zu entscheiden, was in das Sortiment aufgenommen werden sollte und diskutierten unermüdlich mit der Produktionsfirma, bis das Konzept passte. Ihr Team bekam Prototypen zum Testen, und nach viel Feinschliff, erneuten Anpassungen und Aussortierungen stand schließlich die Wakefield-Linie fest."

„Warum sollte Misty wollen, dass ich dem nachgehe?" Ich zog eine Schachtel mit Frucht-Nuss-Riegeln aus meiner Schreibtischschublade und bot Lupe einen an. „Das klingt alles nach üblichen Geschäftspraktiken."

„Bis dahin war es tatsächlich Standard", stimmte Lupe mir zu. „Aber was danach geschah, ist meiner Meinung nach das, was die Probleme verursacht hat."

Während ich mich zurücklehnte und auf meinem Riegel herumkaute, setzte sie zu einer ausführlichen Erklärung an.

„Nachdem ich zuerst online recherchiert hatte, habe ich ein paar Telefonate geführt und herausgefunden, dass Gin und Kim Robbins bei den Details dieses Vertrags wie siamesische Zwillinge zusammengearbeitet hatten. Die Frau, mit der ich sprach, sagte, dass Kim jedes Wort des Kontrakts mehrfach mit ihrer Rechtsabteilung durchging. Wenn etwas auch nur im Entferntesten seltsam klang, ließ er den Punkt so lange umformulieren, bis er eindeutig war."

„Auch das klingt für mich ganz normal."

„Eine der Klauseln, die am meisten Zeit in Anspruch nahm, war die Gewinnaufteilung zwischen Gin und ihren Mitarbeitern."

Das ließ mich aufmerksam werden. „Gewinnaufteilung? Zwischen allen?"

„Nein." Sie spannte mich auf die Folter, indem sie ebenfalls von ihrem Riegel abbiss. „Nur zwischen ihr, Kim und den Angestellten, die diese Woche hier sind. Misty ausgenommen."

„Du willst also andeuten, dass die Erlöse aus diesem Millionenvertrag zwischen Gin, Kim, Leif und Latoya aufgeteilt werden sollten?"

„Und Sonja Hall. Allerdings nicht zu gleichen Teilen. Bei jedem ihrer Deals sorgte Gin dafür, dass sie mindestens einunfünfzig Prozent erhielt. Sie bestand darauf, dass weder eine Person noch ein Unternehmen jemals mehr aus ihrem Namen herausholen durfte als sie selbst. Die restlichen 49 Prozent sollten dann durch fünf geteilt werden."

„Es sind doch nur vier Mitarbeiter. Für wen war das letzte Fünftel gedacht?"

„Es sollte zurück ins Unternehmen fließen. Die anderen bekamen zwar bei Weitem nicht so viel wie sie, aber fast eine halbe Million Dollar pro Person ist auch nicht schlecht."

„Kim Robbins hat sie bei jedem Schritt begleitet und bekam trotzdem denselben Anteil wie die anderen?"

Lupe lächelte. „Ab da wurde es richtig interessant. Die Konditionen, von denen ich dir gerade erzählt habe, waren nur der erste Entwurf. Nach langen Verhandlungen sah der endgültige Vertragsentwurf vor, dass Gin einunfünfzig Prozent erhalten sollte, Kim fünfundzwanzig, und der Rest gleichmäßig unter den anderen aufgesplittet würde."

„Sah vor?", wiederholte ich.

„Genau."

„Aber das war nicht das, was Wakefield letztendlich unterschrieben hat, nehme ich an."

Der zufriedene Blick auf Lupes Gesicht verriet mir, dass sie genau diese Art von investigativer Berichterstattung liebte. „Von meiner Quelle erfuhr ich, dass Kim am Tag der Vertragsunterzeichnung aufgrund eines familiären Notfalls nicht bei dem Treffen dabei sein konnte. Also ging Gin allein hin. Und sie strich eiskalt die Passage, in der ihren Mitarbeitern deren Anteile zugesichert wurden."

Ich starrte sie an, unfähig zu glauben, was ich da hörte. „Willst du damit andeuten, sie hat den kompletten Gewinn allein eingeheimst?"

„Nein, sie behielt sechzig Prozent für sich und teilte die übrigen vierzig zwischen einer medizinischen Hilfsorganisation und ihrer Mutter auf."

Ihrer Mutter? Damit hatte ich nun wirklich nicht

gerechnet. „Sowohl Laurel als auch Sugar haben mir erzählt, dass Gins Mom an einer neurologischen Erkrankung litt."

„Also hat sie ihre Mitarbeiter über den Tisch gezogen, um ihrer Mutter zu helfen?" Lupes Temperament flammte auf. „Gin Wakefield war mehrere Millionen Dollar schwer. Sie hätte problemlos beides unter einen Hut bringen können – die Pflege ihrer Mutter *und* die Beteiligung ihres Personals an den Umsätzen."

Ich ging zu meinem Whiteboard und kreiste die Namen Kim, Latoya und Leif ein. Bei Sonja zögerte ich kurz und tippte mit meinem Marker in der Nähe ihres Namens auf die Tafel.

„Woran denkst du gerade?", fragte Lupe, die sich wieder etwas beruhigt hatte.

„An knallpinke Laufschuhe."

„Äh, warum?"

„Auf dem Fest war diese Frau, komplett in Schwarz gekleidet, bis auf ihre knallrosa Schuhe."

„Ich erinnere mich an sie." Sie lehnte sich auf ihrem Stuhl nach vorn. „Ich habe versucht, sie aufzuhalten, um ihr ein paar Fragen zu stellen, aber sie ging einfach weiter. Deshalb habe ich sie einfach als Exzentrikerin abgestempelt. Ist sie wichtig?"

„Vielleicht schon, sollte es sich bei ihr um Sonja Hall handeln." Ich unterstrich ihren Namen doppelt und dreifach. „Angeblich ist sie auf dem Weg von Chicago hierher an einem Magen-Darm-Virus erkrankt. Sie war die ganze Zeit auf ihrem Zimmer, aber heute Morgen habe ich sie gesehen, als sie zu einem Spaziergang aufbrach."

„Und sie trug pinke Schuhe?"

Ich kniff die Augen zusammen und versuchte, mich sowohl an den Morgen als auch an die Nacht zu erinnern, als ich nach ihr gesehen hatte. „Mit Sicherheit kann ich das nicht sagen, aber ich glaube, sie könnte es gewesen sein. Meeka hat sich neulich Abend ziemlich aufgeregt, als die Vorhänge ihres

Zimmers nach draußen wehten. Ich bin hinaufgegangen und habe sie gefragt, was es damit auf sich hätte, und sie meinte, sie hätte das Fliegengitter abgenommen, damit sie den Kopf hinausstrecken und besser frische Luft schnappen könnte."

„Höre ich da ein *Aber* in deiner Stimme?"

„Aber direkt vor ihrem Fenster ist eine Feuerleiter. Was, wenn sie gar nicht wirklich krank war?"

„Du meinst, sie könnte sich zu Ms Wakefield geschlichen und ihr etwas angetan haben?"

Es würde wirklich helfen, wenn ich Lupe von den Bienen erzählen könnte, aber ich musste die tödlichen Details noch ein wenig länger für mich behalten. Noch gab es zu viele offene Fragen, um diese wichtige Information jetzt schon preiszugeben.

„Genau das meine ich." Während ich *tatsächlich krank?* neben Sonjas Namen schrieb, wurde der Drang, nach *Pine Time* zurückzufahren und sie zu befragen, immer stärker. „Großartige Arbeit, Lupe, tausend Dank."

In diesem Moment betrat Reed mein Büro. „Sie hat dir von dem Vertrag erzählt?"

„Ja, hat sie. Somit haben wir wann, wie und warum. Jetzt müssen wir nur noch das *Wer* herausfinden."

„Was hast du von Beckett in Erfahrung bringen können?", erkundigte sich Martin.

Lupe, noch immer im Ermittlungsmodus, hakte nach: „Beckett, der Imker? Sein Name fiel diese Woche ziemlich häufig. Die Leute schwärmen von seinem Honig." Dann verstummte sie und musterte uns aus zusammengekniffenen Augen. „Moment mal. Gin Wakefield war hochgradig allergisch gegen Honig. Hast du deswegen mit Beckett geredet? Hat ihr jemand welchen untergejubelt?"

„Deine Freundin ist wirklich scharfsinnig", sagte ich, an Reed gewandt.

„Das ist sie. Deshalb ist sie auch so eine gute Reporterin. Und da sie eh schon so nah dran ist, solltest du sie einweihen."

„Also gut." Ich ging zum Whiteboard und schrieb unter Gins Namen neben *Todesart*: Bienenstiche. „Die offizielle Todesursache ist anaphylaktischer Schock."

Sie schlug sich eine Hand vor den Mund, und Martin wiederholte: „Was hat Beckett dir gesagt?"

Während ich die Taschen meiner Cargohose überprüfte, ob ich auch alles Notwendige dabeihatte, fasste ich unser Gespräch kurz zusammen. Dann steckte ich noch ein paar frische Handschuhe ein und erklärte: „Ich muss zurück zum *The Inn*."

Reed und Lupe folgten mir in den Hauptraum.

„Warum denn dorthin?", erkundigte sich Martin.

„Irgendjemand hat Bienen in Wakefields Zimmer geschleust. Wenn jemand weiß, wer das gewesen sein könnte, dann Emery."

Er ging zum Fenster und spähte durch die Jalousien. „Wie willst du das bei all den Reportern anstellen? Ich glaube, die Menge ist sogar noch weiter angewachsen."

„Wenn es keine Tunnel unter dem Dorf gibt, von denen ich nichts weiß, wird mir wohl nichts anderes übrigbleiben, als auf direktem Weg dorthin zu gehen."

Lupe und Martin schüttelten die Köpfe.

„Da Sie jetzt ja mit ziemlicher Sicherheit wissen, dass es einer aus der Wakefield-Truppe gewesen sein muss, kann ich doch eigentlich wieder nach Hause, oder?", rief Sugar aus ihrer Zelle.

Reed und ich wechselten einen Blick. *Verdammt!*

„Ich hatte völlig vergessen, dass sie noch da drin ist", sagte er.

„Ich auch." Schnell ging ich hinüber zu ihrer Zelle. „Noch nicht."

„Was?", fragte Sugar erstaunt. „Warum nicht?"

„Erstens wissen Sie jetzt zu viel, und zweitens kann ich Sie noch nicht komplett als Täterin ausschließen. Vielleicht finde ich ja heraus, dass Sie es waren, die die Bienen in dem Hotelzimmer ausgesetzt hat."

Sie ließ sich auf ihre Pritsche zurückfallen und murrte etwas über ungerechte Inhaftierung.

„Kann ich sonst noch etwas tun?", fragte Reed. „Außer unsere Gefangene davon abzuhalten auszubrechen?"

„Behalte unsere K-9 im Auge. Ich werde sie hierlassen. Sie kommt mit Menschenansammlungen nicht gut klar." Laut genug, dass Sugar es hören konnte, fügte ich hinzu: „Ich glaube, wir werden bald eine Antwort bekommen."

„Der Göttin sei Dank!", erwiderte sie.

Ich gab Meeka etwas Wasser und kraulte sie kurz hinter den Ohren, dann verließ ich das Gebäude. Alle paar Sekunden wiederholte ich „kein Kommentar", während die Reporter mich umzingelten und mir den Feenpfad entlangfolgten. Als einige von ihnen sogar hinter mir ins Gasthaus eindrangen, wandte ich mich direkt an Emery hinter dem Empfangstresen.

„Kommen Sie bitte kurz mit mir in den Sitzungssaal. Ich muss mit Ihnen reden."

Er deutete mit großen Augen auf sich, wie ein kleiner Junge in Erwartung einer Standpauke von seiner Schuldirektorin.

„Keine Sorge, Sie sind nicht in Schwierigkeiten", beruhigte ich ihn, und er entspannte sich sichtlich.

„Okay. Jemand muss aber den Empfang im Auge behalten. Lassen Sie mich schnell Wesley holen."

„Wesley weiß, wie man die Rezeption leitet?"

„Nein, aber er ist groß genug, dass sich niemand mit ihm anlegen wird."

„Guter Plan." Nur zwei Minuten später tauchte Emery lächelnd wieder im Sitzungssaal auf.

„Er hat sich vor der Tür postiert wie Superman. An dem kommt niemand vorbei." Dann setzte er sich an den Tisch. „Was gibt es, Sheriff?"

„Ich brauche Ihre Hilfe, was Ms Wakefields Tod anbelangt. Nehmen Sie sich bitte eine Minute Zeit und versuchen Sie, sich an die Einzelheiten jener Nacht zu erinnern."

Noch bevor ich meinen Satz beenden konnte, hatte Emery schon die Augen geschlossen, die Beine zum Lotussitz angezogen und die Hände im Schoß gefaltet, wobei er Daumen und Zeigefinger aneinanderpresste. Eine Minute später öffnete er die Augen wieder. „Okay, ich bin bereit. Was möchten Sie wissen?"

„Hat in der Nacht, bevor Ms Wakefield starb, jemand versucht, in ihr Zimmer zu gelangen?"

„Ja, allerdings." Zunächst wirkte er froh, mir diese Auskunft geben zu könne, doch dann verblasste sein Lächeln. „Das hätte ich wahrscheinlich schon früher erwähnen sollen, oder?"

Mein Frustpegel stieg ein wenig an. „Wahrscheinlich, aber das ist schon in Ordnung. Deshalb sage ich den Leuten auch immer, dass ich vielleicht mit weiteren Fragen erneut auf sie zukomme. Wer war die Person?"

„Es waren zwei, der Kerl und das Mädchen."

Weitere Details gab er nicht preis. „Ich brauche mehr als das, Emery. Welcher Mann und welches Mädchen?"

„Ihre Mitarbeiter. Der jüngere Kerl mit dem Pferdeschwanz und das Mädchen mit den stacheligen schwarzen Haaren. Der große Typ war mit Ms Wakefield draußen nahe dem Pentagramm-Garten. Sie haben ihre Wettbewerbsbeiträge durchgesprochen oder so was in der Art."

„Das ist gut." Das war wirklich gut. „Latoya und Leif sind also nach oben in ihr Zimmer gegangen. Um wie viel Uhr war das?"

„So gegen acht vielleicht. Auf jeden Fall nach Ende des Festes."

„Okay, erzählen Sie mir ganz genau, was Ihnen von

diesem Gespräch in Erinnerung geblieben ist.“

„Die Frau … Latoya, heißt sie so?“ Ich nickte. „Latoya hat mir gesagt, dass sie hochgehen wollten, um Ms Wakefields Toilette zu benutzen.“

„Und das haben Sie zugelassen?“

„Ich habe mir nichts weiter dabei gedacht. Sie hatten immerhin ihren Schlüssel.“

Das musste der Moment gewesen sein, als sie die Bienen hineinschleusten. Der Zeitpunkt passte.

„Hatten sie etwas bei sich?“

Erneut schloss Emery die Augen. „Latoya trug eine Stofftasche. So eine, die gerade groß genug ist für ein paar Bücher.“ Er öffnete ein Auge und schielte zu mir herüber. „Habe ich etwas falsch gemacht?“

„Nein. Die beiden haben möglicherweise in dem Zimmer etwas angestellt, aber für Sie gab es keinen Grund, sie aufzuhalten. Immerhin hatten sie ja den Schlüssel dabei. Wie lange waren sie oben?“

Er zuckte mit den Schultern. „Nicht sehr lange. Vielleicht fünf Minuten.“

Im Geist ging ich die Zeitlinie durch. Dreißig Sekunden, um zu ihrer Suite zu gelangen. Damit verblieben viereinhalb Minuten, um Bienen und Bananenschalen zu deponieren und wieder herunterzukommen. Ausreichend Zeit.

„Oh, Mann“, stöhnte Emery. „Sie waren es, oder? Sie haben Ms Wakefield etwas angetan.“

„Was lässt Sie das denken?“

„Ms Ginger war von etwa neun bis zehn Uhr hier in der Lobby mit ihren Mitarbeitern, und dann saßen sie und Laurel noch zusammen und unterhielten sich fast bis elf. Danach ging sie auf ihr Zimmer, und Laurel in ihre Wohnung. Wenn ich mich jemals vom Empfang entferne, dann nie länger als drei Minuten. Mehr Zeit brauche ich nicht, um aufs Klo zu gehen. Ich habe es nachgemessen.“ Er lachte verlegen auf. „Sorry, diese Info war eigentlich überflüssig. Wie auch immer, ich hätte mich wahrscheinlich zurückziehen sollen, während Laurel hier saß und den Empfang eh im Auge behielt, aber es war irgendwie spannend, ihrem Gespräch zu lauschen. Sie unterhielten sich über ihre Kindheit hier im Dorf, und Laurel erzählte Ms Wakefield, wie neidisch sie auf deren Fähigkeiten als Küchenhexe war. Vielleicht zehn Minuten, nachdem sie gegangen waren, bin ich los, musste mal schnell aufs stille Örtchen, und hörte die Treppenstufen knarren, wie sie es eben immer tun. Als ich zurückkam, stand die Haustür offen."

„Warum erscheint Ihnen das relevant?", fragte ich verwirrt.

„Wenn man die Leute auf dieser Treppe so oft hört wie ich, kann man an dem Ächzen und Knarzen des Holzes unterscheiden, ob jemand hoch- oder heruntergeht. Wer auch immer es in jener Nacht war, die Person begab sich definitiv nach unten. Wann immer ich Nachtschicht habe, behalte ich genau im Blick, wer kommt und wer geht. Vor mir liegt stets ein kleiner Zettel, auf dem ich festhalte, wann jeder Gast sich nachts nach oben begibt. Kommt jemand wieder herunter, vermerke ich das ebenfalls, und wenn er erneut sein Zimmer aufsucht, notiere ich es auch. Das ist vielleicht eine dumme Angewohnheit, doch sollte jemals ein Brand ausbrechen und wir müssten evakuieren, wüssten wir so genau, wer sich im Gebäude befindet und wer nicht."

Wenn Laurel ihn nicht bald zum stellvertretenden Manager beförderte, würde ich eine Petition starten. „Das ist tatsächlich eine sehr kluge Vorgehensweise, Emery, aber was hat das mit Ms Wakefield zu tun?"

„Alle anderen Gäste waren seit mindestens einer Stunde auf ihren Zimmern, als sie nach oben ging. Da das erst ein paar Minuten her war, nahm ich an, dass sie es war, die aus irgendeinem Grund das Hotel nochmals verlassen hatte. Nach einer Stunde oder länger kommen die Leute normalerweise nicht mehr nach unten. Es sei denn, es handelt sich um eine einen *romantischen Besuch*, wenn Sie verstehen, was ich meine."

Er errötete und wurde dann emotional. „Ich hätte nach draußen gehen und nachsehen sollen."

„Warum? Tun Sie das normalerweise?"

„Nein, aber dieses Mal hatte die Person, wer auch immer es war, offenbar Probleme. Sie stolperte die Treppe herunter, als wäre sie betrunken oder so."

„Sie wissen aber nicht sicher, dass sie es war."

„Nein, aber es wäre eine naheliegende Vermutung gewesen. Und jetzt, wo bekannt wurde, dass man sie auf dem Feenpfad gefunden hat, bin ich mir eigentlich sicher, dass es sich um sie handelte."

„Wahrscheinlich haben Sie recht, aber falls Sie das beruhigt: Ich glaube nicht, dass Sie etwas für sie hätten tun können, selbst wenn Sie ihr direkt gefolgt wären."

Nachdem ich ihn zur Verschwiegenheit verpflichtet hatte, erzählte ich ihm von den Autopsieergebnissen.

„O Mann. Sie glauben also, Leif und Latoya haben die Bienen in dem Zimmer ausgesetzt, als sie nach oben gegangen sind?"

„Ich vermute es. Außer, Sie hätten einen EpiPen zur Hand gehabt, hätten Sie Ginger wohl kaum retten können."

Das Drängen der Journalisten nach Antworten ignorierend, eilte ich zurück zum Revier. An der Vordertür hielt ich kurz inne und wandte mich ihnen zu. „So wie es aussieht, sollte ich Ihnen bald Fakten liefern können. Allerdings müssen Sie mir den Raum geben, diese Ermittlung zu Ende zu bringen. Und wenn Sie mich ständig umlagern und mich mit Fragen bombardieren, wird mir das kaum gelingen. Im Gegenteil: Sie behindern damit die Justiz und ermöglichen Verdächtigen die Flucht."

„Klingt, als suchten Sie nach einem Mörder."

„Heißt das, Gin Wakefield wurde umgebracht? Können Sie zumindest das bestätigen?"

Ich seufzte frustriert auf und betrat das Revier. Dann lehnte ich mich mit dem Rücken gegen die Tür und überlegte verzweifelt, wie ich bei dieser Meute von Geiern die komplette Wakefield-Truppe hierherbekommen sollte. Eigentlich sah ich keine Möglichkeit, ohne dass die Reporter sich auf sie stürzen würden. Binnen Sekunden wären ihre Fotos in sämtlichen sozialen Medien. Handys funktionieren in Whispering Pines zwar nicht, aber die meisten Übertragungswagen verfügten über Satellitenverbindungen.

Wir könnten ihnen natürlich die Köpfe verhüllen, sodass sie nicht zu identifizieren wären. All dieser Trubel würde jedoch den bei Vernehmungen bewährten Überraschungseffekt zunichtemachen.

„Was ist los?" Reed tauchte an meiner Seite auf, und in diesem Augenblick wusste ich, was zu tun war. Zwar war ich mir nicht sicher, ob es funktionieren würde, aber es war die beste Möglichkeit, die mir einfiel. „Lupe, bleib bei Sugar. Martin, folge mir in den Van."

„Okay." Sein Gesicht hellte sich auf, begierig zu erfahren, was er aktiv tun konnte, um mir zu helfen. „Wohin fahren wir?"

„Zu meinem Bed and Breakfast. Nimm zusätzliche Kabelbinder als Handschellen mit."

Kapitel Achtundzwanzig

Ich wies Reed an, den Van längs am Anfang der Zufahrt in der Nähe des Campingplatzes zu parken. Wenn die Reporter auf mein Grundstück wollten, müssten sie also erst einmal gut vierhundert Meter zu Fuß zurücklegen und zudem ihre Wagen stehen lassen. Kein perfektes Hindernis, aber besser als nichts.

Als ich mein Auto auf meinem Platz neben Tripps Truck abstellte, sah ich Misty und Sonja, ins Gespräch vertieft, auf der Veranda sitzen. Kaum dass ich meine Tür geöffnet hatte, schoss Meeka davon und stellte sich vor die beiden, als wollte sie verhindern, dass sie wegliefen. Meine K-9 hatte eben gute Instinkte. Unglücklicherweise war sie so klein, dass ihre einzige Waffe darin bestünde, ihnen bei einem Fluchtversuch zwischen die Beine zu laufen und sie so zu Fall zu bringen.

Als ich mich der Terrasse näherte, entdeckte Tripp mich und winkte zu mir herüber. Ich winkte zurück und hielt einen Finger hoch, um zu zeigen, dass ich gleich da sein würde.

„Genau die beiden, mit denen ich sprechen wollte", sagte ich, während Misty in sich zusammensank und Sonja blass wurde. „Ich muss drinnen noch kurz was regeln, bin aber gleich wieder da. Bitte nicht weggehen." Dann schlüpfte ich

durch die Eingangstür und eilte ins Büro. „Ich brauche deine
Hilfe."

„Wobei?" Tripp sprang auf, sofort bereit, mir zur Seite zu
stehen.

„Kim, Leif und Latoya sind hier, richtig?"

„Soweit ich weiß, ja."

„Gut. Bitte sorge dafür, dass sie das Haus nicht verlassen."

Er wollte gerade nach dem Grund fragen, doch dann
schien er zu begreifen. „Ich bleibe im Flur. Von dort aus kann
ich sowohl die Vorder- als auch die Hintertür im Auge
behalten."

„Perfekt. Danke."

Als ich wieder hinaustrat, sah ich, wie Reed durch den
Vorgarten auf uns zukam. Ich gab ihm mit einer
Handbewegung zu verstehen, dass er etwa zehn Meter
entfernt warten sollte.

„Sonja, würden Sie sich bitte zu Deputy Reed stellen?"

Ohne zu zögern, ging sie zu ihm hinüber, die Hände tief
in den Jackentaschen vergraben, den Blick auf den Boden
gerichtet.

Ich setzte mich auf den Stuhl, den sie gerade frei gemacht
hatte, schaltete das Diktiergerät ein und fragte: „Sie wissen
mehr, als Sie mir gestern Abend erzählt haben, oder?"

Misty starrte unentschlossen auf ihren Schoß, spielte
nervös mit den Fingern und fuhr sich dann wie nach Halt
suchend mit den Händen über die Oberschenkel. „Ich wusste
nicht genau, was sie vorhatten, ehrlich. Es war wirklich
schwer an jenem Tag im Van, genauer zu verstehen, worüber
sie sprachen, und ich wollte niemanden beschuldigen, der
vielleicht gar nichts getan hatte. Ich bekam lediglich mit, dass
sie über Gin redeten – und dass das, was sie planten, nichts
Gutes verhieß. Sie erwähnten aber mehrmals ‚den Vertrag'.
Daher nahm ich an, es handelte sich um den Vertrag über
die Küchenutensilien und kam zu dem Entschluss, sie würden
irgendetwas planen, um Gin finanziell zu schaden. Wann

immer sie in den letzten Tagen die Küche oder eine der Planungssitzungen verließ, steckten sie sofort die Köpfe zusammen und flüsterten, damit ich auch ja nichts mitbekam. Oder jemand machte einen dubiosen Kommentar wie: Es müsse alles so laufen wie vereinbart. Ich verstand kaum ein Wort, es klang alles wie ein Code, und nie im Leben hätte ich damit gerechnet, dass sie vorhatten, sie aus dem Weg zu räumen." Tränen traten ihr in die Augen, und sie schlug sich die Hände vors Gesicht. „Ich schwöre, ich hatte keine Ahnung. Mir ist richtig elend deswegen." Als sie die Hände wieder sinken ließ, lag offene Verzweiflung in ihrem Blick. „Ich denke die ganze Zeit, ich hätte etwas sagen sollen."

„Ich glaube Ihnen, dass Sie nicht wussten, dass Ms Wakefields Leben in Gefahr war, und dass Sie sich in diesem Fall an mich gewandt hätten. Wäre es sinnvoll gewesen, mich schon früher einzuweihen? Vermutlich hätte ich mit der Information nicht viel anfangen können. Andererseits hätten wir dadurch in den letzten ein, zwei Tagen vielleicht schnellere Fortschritte gemacht. Gibt es noch etwas, das Sie mir nicht erzählt haben und das ich wissen sollte?"

Sie wischte sich die Tränen unter den Augen fort und atmete zitternd aus. „Ich glaube nicht, dass Sonja etwas getan hat. Allerdings bezweifle ich auch, dass sie seit unserer Ankunft wirklich krank war, zumindest nicht körperlich. Vielleicht hat das schlechte Gewissen ihr zugesetzt, aber ich bin überzeugt, dass sie nicht mit drinsteckte." Sie hielt kurz inne und platzte dann heraus: „Ich will mich jetzt nicht herausreden, aber … meinten Sie das ernst, als Sie sagten dass es nichts geändert hätte, wenn ich Ihnen das, was ich gehört habe, schon früher erzählt hätte?"

„Ja, es war mein voller Ernst. Alles, was ich in dem Moment hätte tun können, wäre gewesen, Ihre Aussage als möglichen Hinweis abzuspeichern. Mehr aber auch nicht."

„Okay." Ihr Kopf wippte auf und ab, während sie

versuchte, ihre eigene Rolle in dieser Tragödie zu begreifen. „Okay. Wird man mir etwas vorwerfen?"

„Das zu entscheiden, liegt nicht in meiner Hand. Gehen Sie jetzt bitte zu Deputy Reed hinüber und schicken Sie mir Sonja."

Als ich Sonja heute Morgen gesehen hatte, war sie etwas blass gewesen, doch erst jetzt fielen mir die tiefen Schatten unter ihren Augen auf. Waren die vorhin schon da gewesen? Vermutlich. Ich hatte es so eilig gehabt, die Journalisten zu bändigen, da konnte mir das leicht entgangen sein. In einem Punkt jedoch stimmte ich Misty zu: Sie war nicht krank gewesen. Eher litt sie an einem schweren Fall von Schuldgefühlen.

Ich schaltete den Recorder ein und stellte ihn auf die Armlehne meines Adirondack-Stuhls. „Bitte nennen Sie für die Aufnahme Ihren Namen und Ihre Position bei *Wakefield's*, und dann erzählen Sie mir genau, was seit Ihrer Abreise aus Chicago passiert ist."

„Mein Name", begann sie, hielt dann jedoch nochmals inne und räusperte sich. „Mein Name ist Sonja Hall, und ich bin die Kuchendesignerin der Wakefield Corporation. Etwa eine Woche vor dem Trip nach Whispering Pines begannen die anderen Mitglieder der Gruppe, einen Rachefeldzug gegen Gin zu planen."

Die Worte sprudelten nur so aus ihr heraus. Offensichtlich war sie erleichtert, endlich alles loszuwerden.

„Mit ,den anderen' meinen Sie wen genau?", hakte ich nach.

Sie schluckte und hielt den Blick auf den Boden vor sich gerichtet. „Kim Robbins, Latoya Craig und Leif Forsberg."

„Waren Sie an diesem Rachefeldzug beteiligt, oder hat man Ihnen nur im Nachhinein davon erzählt?"

„Ich war bei den ersten Besprechungen dabei."

„Dann waren Sie also eingeweiht."

„Ja, Ma'am, ich wusste, was sie vorhatten, habe aber nicht aktiv daran mitgewirkt."

Auch bei dieser Aussage vermied sie es, mir in die Augen zu schauen, und ich machte mir eine entsprechende Notiz in meinem kleinen Buch. „Welche Art von Rache hatten sie geplant, und aus welchem Grund?"

„Der Finanzchef des Unternehmens, Kim Robbins, fand zufällig heraus, dass Ginger die Bedingungen in einem Vertrag geändert hatte, mit verheerenden Folgen für uns alle. Als leitende Angestellte der Corporation sollten wir am Gewinn dieses Deals beteiligt sein, aber Gin hat die verbindliche Zusage in letzter Minute rausstreichen lassen."

„Wissen Sie, inwieweit die Vereinbarung geändert wurde? Also welche Beträge ursprünglich vorgesehen waren und inwiefern diese reduziert wurden?"

Endlich sah Sonja mich an, und in ihrer Miene spiegelten sich Trauer und Wut. „Ja, das weiß ich. Jeder von uns hätte knapp eine halbe Million Dollar bekommen sollen, und sie änderte es so ab, dass wir jetzt komplett leer ausgehen. Den genauen Wortlaut des endgültigen Vertrags kann ich Ihnen nicht wiedergeben, aber Fakt ist, dass wir keinen einzigen Cent erhalten."

„Und so reifte in Ihnen der Plan heran, Ms Wakefield umzubringen?"

„Nicht sofort. Als Kim Wind davon bekam, lud er uns eines Abends nach der Arbeit zu sich ein und erzählte uns, was sie getan hatte. Alle waren zu Recht sauer. Latoya war drauf und dran, zu Gins Wohnung zu stürmen, sie zur Rede zu stellen und dazu zu bringen, die ursprünglichen Bedingungen einzuhalten. Als Bäcker verdient man nicht viel, müssen Sie wissen. Wir vier können gerade so unseren Lebensunterhalt bestreiten. Kim kommt besser über die Runden, weil er ihr Geschäftspartner ist, badet aber auch nicht im Luxus. Latoya verdient inzwischen ein wenig mit ihren YouTube-Videos und Produktplatzierungen dazu. Allerdings schätze ich, um ihr Kochbuch veröffentlichen zu können, müsste sie ihren Job kündigen. Sonst läuft sie Gefahr, gegen diese Konkurrenzklausel zu verstoßen, die wir alle bei Wakefield unterschreiben mussten."

„Nicht einmal Kim hätte nach der Änderung der Vertragsbedingungen die ihm zugesicherte Summe bekommen?"

„Nein. Er war so was von wütend."

Verständlicherweise. Immerhin hatte er sein komplettes Leben für sie umgekrempelt. Was für ein Verrat.

„Was geschah am Ende jener Nacht, als Sie alle bei ihm zu Hause waren?"

Sie spielte am Reißverschluss ihrer Jacke, zog ihn unaufhörlich rauf und runter. „Es begann als einfacher Plan. Wir wollten sie zur Rede stellen. Viele Flaschen Alkohol später überlegten wir, sie vor ihren Fans bloßzustellen. Damit hätten wir unsere versprochenen Anteile aber auch nicht zurückbekommen. Dann kam Kim auf die Idee, Geld zu unterschlagen, doch mit diesem Vorschlag fühlte sich keiner wohl."

„Aber mit einem Mord hatte keiner von Ihnen ein Problem?"

Sie funkelte mich böse an. „Ich weiß nicht mehr, ob es Kim oder Latoya war, die das zuerst aufbrachte. Ursprünglich war es nur ein schlechter Scherz, eben einer dieser kranken Sprüche, die man raushaut, wenn zu viel Alkohol im Spiel ist und die Wut die Oberhand gewinnt. Leif und ich waren natürlich ebenfalls aufgebracht, aber nicht in dem Maße wie die anderen beiden. Toy hatte ihretwegen ein unglaubliches Angebot von diesem Casino in Vegas ausgeschlagen. Jeden Tag hätten zehntausende von Menschen ihre Kreationen zu Gesicht bekommen und verspeist, und innerhalb weniger Monate wäre sie landesweit bekannt geworden. Doch Gin brachte sie irgendwie dazu, für *Wakefield's* zu arbeiten."

„In Latoyas Augen", mutmaßte ich, „war diese Beteiligung

also eine Art Entschädigung dafür, dass sie die Vegas-Offerte ablehnte?"

„Genau. Und es wäre mehr als genug gewesen, um endlich selbst durchzustarten. Sie war bereit zu gehen, wartete nur noch auf diesen Scheck." Sonja richtete sich kerzengerade auf, reckte die Brust nach vorn, zog die Schultern zurück und atmete so tief die Luft ein, als könne sie gar nicht genug davon bekommen. „Ich bin kein schlechter Mensch, Sheriff. Als mir klar wurde, worauf das Gespräch an jenem Abend bei Kim hinauslief, bin ich gegangen."

„Haben Sie ihnen gesagt, dass Sie mit der Sache nichts zu tun haben wollen?"

„Nicht direkt, aber ich habe mich einfach nicht mehr an ihren Diskussionen beteiligt. Ich habe sogar versucht, mich vor diesem Wochenende zu drücken, aber Gin wollte nichts davon hören. Sie meinte, nichts sei wichtiger, als unseren Erfolg zu feiern. Ich glaube, sie hatte wegen dieser Aktion ein schlechtes Gewissen." Bei diesen Worten lachte sie bitter auf. „Als ob eine Woche Urlaub in der Lodge wettmachen könnte, dass sie uns das ganze Geld weggenommen hat."

Plötzlich kam mir ein Gedanke. „Moment mal … Lassen Sie uns kurz einen Schritt zurückgehen. Diese Serie von Küchenutensilien kam doch bereits vor knapp neun Monaten auf den Markt, und Kim deckte den Betrug erst vor ein paar Wochen auf? Warum so spät?"

Sonja zuckte mit den Schultern. „So ganz verstehe ich das alles auch nicht. Gin erhielt bereits eine erste Abschlagszahlung, aber wir anderen sollten erst Geld sehen, wenn ein bestimmter Umsatz erreicht wäre. Und auch dann kämen die Zahlungen nur vierteljährlich. Leider erinnere ich mich nicht mehr genau daran, welche Konditionen Kim damals für uns ausgehandelt hatte."

„Wann haben Sie beschlossen vorzutäuschen, Sie seien krank?"

„Auf dem Weg hierher. Wir hielten mittags in einem

kleinen Diner, und dort hörte ich, wie sich eine Frau darüber beklagte, dass sie sich nicht wohlfühlte und vermutete, es könnte am Essen liegen. Da sah ich meine Chance gekommen auszusteigen. Allerdings ließen die anderen nicht locker. Gin glaubte mir, aber Latoya tauchte täglich zwei- bis dreimal bei mir auf und forderte, ich solle mit diesem Theater aufhören."

„Sie wusste also, dass Sie gar nicht krank waren?"

„Ja. Und so allmählich fing ich an, mir Sorgen um meine eigene Sicherheit zu machen … Falls ich mich weigern sollte, sie bei ihrem Vorhaben zu unterstützen, meine ich." Sie sah zu Misty hinüber. „Darf ich Sie etwas fragen, Sheriff?"

„Nur zu."

„Wann haben Sie herausgefunden, dass wir es waren?"

„Da kam einiges zusammen", erwiderte ich. „Die Untersuchung von Ms Wakefields Hotelzimmer war Routine. Dort stießen wir auf jede Menge toter Bienen, und spontan erinnerte ich mich an ihre Reaktion, als Misty neulich Abend vorschlug, Honig als Süßungsmittel zu verwenden. Dann machte Latoya einen geschmacklosen Witz darüber, Gin gerade so viel Honig zu geben, dass sie für eine Weile im Bett würde bleiben müssen."

Sonja nickte, als würde das für sie Sinn ergeben. „Latoya ist spezialisiert auf solche Sachen und kennt sich mit Honig richtig gut aus. Sie hat sogar mal erwähnt, dass sie mit ihrem Vermieter darüber gesprochen hätte, ihr einen Bienenstock auf dem Dach ihres Hauses zu erlauben, damit sie ihren eigenen Honig gewinnen könnte. Wegen dieses Themas flogen zwischen Gin und ihr regelmäßig die Fetzen. Toy wollte diverse Produkte mit Honig backen, aber Gin lehnte das in ihrer Bäckerei kategorisch ab."

Also verstand Latoya einiges von der Imkerei. Ich notierte den Gedanken in meinem Notizbuch als eine Frage, die ich ihr später stellen wollte. „Wusste sie von dem Imker hier in Whispering Pines?"

Sie zuckte mit den Schultern. „Keine Ahnung."

„Misty hat mir geraten, mir die Details dieses Vertrags genauer anzusehen, und Sie haben gerade bestätigt, was meine Assistentin darüber herausgefunden hat. Und dann waren da noch Sie selbst – ein weiteres Teil in diesem ziemlich großen Puzzle."

Sie blinzelte überrascht und wandte den Blick ab. „Wieso? Ich habe die letzten vier Tage doch nur im Bett gelegen."

„Abgesehen davon, dass Sie trainiert haben, als ich neulich Abend nach Ihnen sehen wollte. Oder sind Sie da zufällig gerade über die Feuertreppe wieder nach oben geklettert?"

Vielleicht war es das, was Meeka so in Aufregung versetzt hatte. Nicht der Vorhang, sondern die Person auf der Fluchtleiter.

Dieses Mal errötete sie nicht aufgrund der körperlichen Anstrengung, sondern vor Verlegenheit. „Ich hatte jede Menge Bücher auf meinem E-Reader und Serien auf meinem iPad, die ich mir hätte anschauen können. Ich habe sogar neue Kuchen designt. Bald jedoch langweilte ich mich zu Tode. Ich bin das Stillsitzen nicht gewohnt, renne in der Bäckerei den lieben langen Tag herum. Also ja, ich bin die Feuertreppe hinuntergestiegen."

„Und das Mabon-Fest war nur ein kleines Stück entfernt und in vollem Gange. All das Essen, so viele verschiedene Köche und Bäcker – es war einfach zu verlockend, um fernzubleiben, oder?"

Erneut wandte sie den Blick ab. „Ich fürchte, ich verstehe nicht, was Sie meinen."

„Da war eine Frau, ganz in Schwarz gekleidet, die durch die Menge wanderte und mehrmals meine Aufmerksamkeit erregte. Die Verkleidung war gut, bis auf eine Kleinigkeit."

„Und welche?" Sonja lehnte sich nach vorne, als wollte sie keinen meiner Tipps verpassen, wenn sie das nächste Mal inkognito unterwegs wäre.

„Wenn Sie sich für schwarz entscheiden, dann aber auch komplett. Und sollte Ihnen das nicht möglich sein, ziehen Sie

wenigstens etwas an, das einem nicht sofort ins Auge sticht."
Ich deutete auf ihre Füße. „Nicht viele Leute tragen leuchtend
pinke Sportschuhe."

„Das war das einzige Paar, das ich mitgebracht hatte." In
ihrer Stimme schwang ein Hauch von Rechtschaffenheit mit,
als sie fragte: „Bin ich deswegen in Schwierigkeiten? Ich
meine, ich habe doch eigentlich nichts getan."

„Was Misty betraf, die hatte nur einen Verdacht. In Ihrem
Fall hingegen wussten Sie Bescheid, dass die Leute, mit denen
Sie zusammenarbeiten, vorhatten, Ihre Arbeitgeberin
umzubringen."

„Aber ich hatte keine Ahnung von den Bienen."

„Sonja, Sie hatten Kenntnis von einem geplanten Mord.
Man könnte Ihnen Beteiligung an einem Verbrechen
vorwerfen." Während ich ihr die Kunststoff-Handschellen
anlegte, las ich ihr ihre Rechte vor. Dann winkte ich Martin zu
mir herüber. „Der Speisesaal befindet sich gleich links hinter
der Eingangstür. Bitte halte Ms Hall dort fest, bis ich mit den
anderen gesprochen habe."

Kapitel Neunundzwanzig

LATOYA UND KIM SASSEN IM GROSSEN SALON UND unterhielten sich.

„Irgendeine Ahnung, wo Leif steckt?", wandte ich mich an Tripp, der noch immer auf seinem Posten im Flur stand.

„Oben, glaube ich. Zumindest war er auf dem Weg dorthin, als ich ihn zuletzt gesehen habe."

„Großartig. Danke für deine Hilfe. Ab jetzt übernimmt Reed."

Er drückte mir einen schnellen Kuss auf die Schläfe und verschwand im Büro des B&B den Flur hinunter.

„Forsberg zuerst?", fragte Martin.

„Ja, ich denke, ihn kann ich am einfachsten zum Reden bringen. Bei Craig und Robbins wird es schwieriger werden, aber wenn wir schon mal sein Geständnis haben, können wir sie vielleicht ebenfalls aus der Reserve locken."

Er deutete spielerisch einen Salut an und stellte sich so in den Flur, dass er gleichzeitig das Esszimmer und den Salon im Blick hatte. Ich ging nach oben zu Leifs Zimmer, das direkt neben Sonjas auf der Vorderseite des Hauses lag.

Als er die Tür öffnete und mich erkannte, erstarrte er. Er

sah furchtbar aus: nervös, fahrig, wie ein Junkie auf Entzug. „Sheriff O'Shea."

„Ich muss mit Ihnen reden, Mr Forsberg. Entweder hier oder in der kleinen Nische oben auf dem Treppenabsatz, wie es Ihnen lieber ist."

Er schluckte hart und zeigte den Flur hinunter. „Dort drüben wäre gut."

Die kleine Sitzecke war kaum groß genug für einen Sessel und ein Tischchen, und in der Tiefe reichte sie gerade, um ein zweites passendes Set und ein schmales Bücherregal an der Seite zu fassen.

Ich schaltete das Aufnahmegerät ein. „Erzählen Sie mir von der Nacht, in der Gin Wakefield starb."

„Ich habe doch schon …"

„Insbesondere interessiert mich, was Sie und Latoya Craig an diesem Abend gegen acht Uhr in ihrem Zimmer zu suchen hatten."

Leif stammelte ein paar unverständliche Worte, aber ich ließ nicht locker. „Bei der Inspektion des Raumes fanden wir zahlreiche tote Honigbienen und ungewöhnlich viele Bananenschalen."

Er sackte in sich zusammen, und ich befürchtete schon, er könnte jeden Moment kollabieren.

„Ihrer Reaktion nach zu urteilen, wissen Sie etwas darüber. Also frage ich noch einmal: Was haben Sie und Latoya Craig gegen acht Uhr in Gins Zimmer gemacht?"

Er schüttelte den Kopf. „Gar nichts. Ich habe keine Ahnung, worauf Sie anspielen. Um diese Zeit waren wir mit Gin und Kim draußen, an einem der Picknicktische neben dem Süßwarenladen, um den Wettbewerbsbeitrag für den nächsten Tag zu planen."

Während er sprach, wurde seine Stimme höher … kaum merklich, aber mir fiel es dennoch auf.

„Also gut", fuhr ich in ruhigem Tonfall fort. „Was können Sie mir über den Vertrag bezüglich der

Küchenutensilien sagen? Wie ich inzwischen von einigen Leuten gehört habe, hat Ms Wakefield kurzfristig einige Bedingungen geändert."

Er kreuzte die Beine an den Knöcheln und verschränkte die Arme vor seiner mageren Brust. „Das hat sie in der Tat. Sonja, Toy, Kim und ich sollten einen kleinen Prozentsatz des Gewinns erhalten. Dann jedoch hat sie diese Klausel gestrichen, und somit gehen wir leer aus."

„Einen kleinen Prozentsatz des Gewinns? Es war doch von jeweils einer halben Million Dollar die Rede, oder?"

Leif zuckte nur mit den Schultern.

„Und was war mit der Nacht vor etwa einer Woche, als Sie sich alle bei Kim getroffen und einen Plan geschmiedet haben, sie zu töten?"

„So hat es nicht angefangen." Er musste die unausgesprochene Schuldzuweisung in meiner Aussage bemerkt haben, denn sein linkes Bein begann zu zucken wie ein auf dreifaches Tempo eingestelltes Metronom. „Kim bat uns zu sich, um uns zu erklären, was genau passiert war. Ursprünglich wollten wir nur einen Weg finden, sie davon zu überzeugen, diese Änderung rückgängig zu machen."

„Dann jedoch lief das Gespräch aus dem Ruder, nicht wahr?"

Er zerrte am Kragen seines T-Shirts herum. „Irgendwie ja. Kim war so wütend, dass er am ganzer Körper zitterte, und Latoya schoss in Sekundenschnelle von null auf hundert und begann, von Rache zu faseln."

„Wann wurde aus einer wütenden Diskussion plötzlich ein Mordkomplott?"

Leif hielt inne, schniefte und gestand schließlich: „Noch in derselben Nacht. Sie fingen an, darüber zu reden, dass sie dafür den Tod verdient hätte."

„*Sie*? Sonja und Sie waren nicht beteiligt?"

Einen Moment lang rang er mit sich, bevor er weiterredete. „Sonja ist irgendwann gegangen, sagte, sie wolle nichts damit zu tun haben. Fast wäre sie auch gar nicht mit auf die Reise gekommen."

„Und Sie?"

„Ich habe mir einfach ihre Schimpftiraden angehört, selbst jedoch nichts zu der Diskussion beigetragen."

Unschuldig aufgrund von Schweigen? War das seine Verteidigung? „An welchem Punkt haben Sie alle dann beschlossen, die Bienen in ihr Zimmer zu bringen? Das war Latoyas Idee, oder? Sie kennt sich doch mit Bienenzucht aus."

„Woher wissen Sie das?" Verwirrt zog er die Augenbrauen hoch. „Erst nach der Kuchenplanungsrunde hier am zweiten Abend."

Er sackte nach vorne und schlug sich die Hände vors Gesicht, und ich wagte kaum zu atmen, um ihn in seinem Geständnis nicht zu unterbrechen.

„Misty machte diesen Vorschlag, doch einmal mit Honig zu backen", fuhr er schließlich fort, „und Latoya griff die Idee sofort auf. Noch in derselben Nacht kamen Kim und sie in mein Zimmer, um über den Plan zu sprechen. Ehrlich gesagt war ich entsetzt."

„Aber nicht so entsetzt, dass Sie sie aufgehalten hätten."

„Ich vermute, ich wollte einfach nicht glauben, dass sie es wirklich durchziehen würden. Dann jedoch fing Toy an, sich nach dem örtlichen Imker zu erkundigen, und schon kurz darauf präsentierte sie uns die Wegbeschreibung zu dessen Hof."

„Wann sind Sie losgezogen, um die Bienen zu holen?"

Er schloss die Augen und stieß einen resignierten Seufzer aus. „Direkt an jenem Abend. Kim hatte Gin unter dem Vorwand, Geschäftliches besprechen zu müssen, zu einem gemeinsamen Dinner überredet. Toy und ich machten uns, direkt nachdem das Fest seine Tore schloss, auf den Weg. Es war etwas knifflig, den Ort zu finden, aber glücklicherweise war Vollmond. Wir begaben uns zu einem der Stöcke ganz am hinteren Ende des Grundstücks, und Toy zeigte mir, wo die Bienen ein- und ausflogen. Wir fingen ein paar von ihnen ein und setzten sie in ein Glas mit einem Klecks Honig darin."

„Latoya begann aber schon am Morgen vor Gins Tod damit, Bananenschalen zu sammeln. Also stand Ihr Plan da bereits fest?"

Er nickte und wippte jetzt unruhig mit beiden Beinen.

„Bitte antworten Sie mündlich für die Aufnahme."

„Richtig. Wir hatten da schon den Plan gefasst." Er starrte mich an, als wartete er auf die nächste Frage. Als ich jedoch schwieg, fuhr er von selbst fort. „Als wir von unserem nächtlichen Ausflug zurückkamen, fanden wir Kim und Gin nach wie vor an einem der Picknicktische sitzend vor. Latoya gab vor, sie müsse auf die Toilette. Da wir uns direkt vor dem *The Inn* befanden, fragte sie Gin, ob sie ihre benutzen dürfte."

Er schüttelte ungläubig den Kopf. „Es war fast zu einfach. Wir gingen hinauf in ihr Zimmer und ich versteckte die Bananenschalen in den Mülleimern, während sie die Bienen am Fußende des Bettes unter der Decke aussetzte. Bevor wir den Raum verließen, drehte Toy noch die Heizung voll auf."

Die Komfortzone zwischen dreizehn und siebenunddreißig Grad. Auch das wusste Latoya also … Dass Hitze in Verbindung mit dem Aroma der Schalen die Tierchen reizen würde. Und dass sie sich unter dem Laken befanden, erklärte auch die zahlreichen Stiche an Gins Unterkörper. Endlich konnte ich die Szene vor meinem inneren Auge sehen.

Ich öffne die Tür zu meinem Hotelzimmer und werde von dem Geruch nach Bananen schier erschlagen. Wie kommt das? Und warum ist es hier drinnen so höllisch heiß? Irgendein inkompetentes Zimmermädchen muss die Heizung hoch- anstatt heruntergedreht haben.

Ich stelle die Temperatur auf siebzehn Grad ein, so wie ich es mag, und mache mich fertig fürs Bett. Ich schlüpfe in mein altes T-Shirt von den Malediven, denn die Erinnerungen, die es in mir weckt, geben mir den nötigen Schub an Selbstvertrauen, den ich in diesem Dorf brauche. Anschließend wasche ich mein Gesicht und putze mir die Zähne. Es wird eine Weile dauern, bis der Raum so abgekühlt hat, dass ich darin schlafen kann. Also werde ich einfach noch ein wenig fernsehen.

Ich greife nach der Fernbedienung und schiebe die Beine unter die Decke. Nur eine Sekunde später verspüre ich einen stechenden Schmerz im Fuß. Dann noch einen. Und noch einen. Ich werfe die Decke zurück und springe aus dem Bett. O mein Gott. Bienen! Ich bin gestochen worden. Und noch einmal! Wie sind die hier hereingekommen?

Mein EpiPen. Ich muss mich sofort spritzen, denn ich spüre schon, wie meine Zunge anschwillt. Ich greife nach meiner kleinen Medikamententasche. Wo sind die Pens? Ich sinke zu Boden, schlage nach einer Biene, die um meinen Kopf schwirrt, und sie sticht mich in die Hand. Eine weitere erwischt mich an der Kehle. Ich kippe den Inhalt der Tasche auf den Boden. Sie müssen doch hier sein. Ich nehme sie nie heraus. Vorsichtshalber schaue ich noch in der Kommode nach, obwohl ich bereits weiß, dass sie nicht da drin sein können. Nichts. Ich muss zum Heilzentrum. Göttin, hilf mir, rechtzeitig dorthin zu gelangen.

Leif saß regungslos und stumm da. Ich erklärte ihm, dass er wegen des Mordes an Gin Wakefield festgenommen sei, las ihm seine Rechte vor und brachte ihn nach unten zu Sonja in den Speisesaal.

„Wer als Nächster?", fragte Reed und reichte mir ein weiteres Paar Kabelbinder.

„Latoya, glaube ich. Könntest du Deputy Atkins verständigen und ihm sagen, dass wir eine Mörderbande für ihn haben?"

Unser kleines Revier war für ein Verbrechen solchen Ausmaßes nicht entsprechend ausgerüstet. Somit war das Büro des County Sheriffs für uns mittlerweile wie eine Außenstelle geworden. In den letzten Monaten hatten wir so oft dort angerufen, dass Aktins Platz eins auf der Liste unserer Kurzwahlnummern einnahm. Ich hielt schnell im Büro des B&B an und bat Tripp, die Nummer für Reed herauszusuchen. Dann machte ich mich auf den Weg zu meiner nächsten Verdächtigen.

Als ich den großen Salon betrat und Latoya aufforderte

mitzukommen, musterte Kim mich prüfend. Ich erwiderte seinen Blick und warnte: „Unterstehen Sie sich, irgendwohin zu gehen. Sie sind auch gleich dran."

Ich führte Latoya auf die Terrasse und setzte mich so, dass ich sowohl sie als auch Kim drinnen sehen konnte. Er ließ uns keine Sekunde aus den Augen.

„Ich habe fast identische Aussagen von Sonja und Leif erhalten", begann ich, sobald das Aufnahmegerät lief. „Und so wie ich das verstanden habe, ist die kollektive Wut über Gins Weigerung, allen Mitarbeitern ihren Anteil auszuzahlen, schnell eskaliert."

In Latoya schien es zu brodeln. Allerdings war ich mir nicht sicher, was genau der Grund dafür war: das, was Gin ihnen angetan hatte oder die Tatsache, dass sie erwischt worden waren. Wahrscheinlich eine Kombination aus beidem. Sie antwortete nicht, lehnte sich nur zurück und starrte auf den See, die tätowierten Arme über die Rückenlehne des Zweiersofas gelegt.

„Das Problem", fuhr ich fort, „war, dass Sie zu viele Spuren hinterlassen haben. Zwölf Bananenschalen und zehn Bienen?" Ich hielt inne, bewusst lange genug, bis sie zu mir herübersah. „Emery vom *The Inn* hat mir erzählt, dass Sie am nächsten Morgen darum baten, ins Zimmer gelassen zu werden. Lassen Sie mich raten: Der Plan war, einfach so lange zu warten, bis es sicher genug schien zu behaupten, etwas mit Gin könne nicht stimmen. Dann hätten Sie darum gebeten, ihre Suite betreten zu dürfen, um nach ihr zu sehen. Dort hätten Sie alle Beweise vernichtet, wären zurück nach unten gerast und hätten verkündet, Ihre Chefin sei tot."

Latoya verdrehte lediglich die Augen und ignorierte mich ansonsten komplett.

„War das ungefähr der Ablauf Ihres sorgfältig ausgeklügelten Mordplans? Aber leider ist sie nicht wie erwartet in ihrem Bett gestorben. Mensch, das muss Ihnen einen gehörigen Strich durch die Rechnung gemacht haben."

Nach diesen Worten schwieg ich ebenfalls. Es dauerte eine Weile, fast fünf Minuten, bis sie endlich sprach.

„Sie sind gut, Sheriff. Ich kann dem nicht viel hinzufügen. Ich war einmal mit ihr zusammen, als sie fast etwas mit Honig gegessen hätte. Sie nahm eine Gabel voll in den Mund, bevor sie den Geruch wahrnahm. Schon der kurze Kontakt ließ sie aufquellen wie einen Kugelfisch. Die Frau war so hochgradig allergisch – ja, ich hätte tatsächlich erwartet, dass sie in ihrem Zimmer tot umfällt."

„Der Lebenswille kann Menschen zu unglaublichen Dingen antreiben. Wussten Sie, dass Epinephrin, der Wirkstoff in ihrem Pen, dem körpereigenen Adrenalin entspricht? Die Menge dessen, was durch ihren Körper gerauscht ist, muss ihr die Kraft gegeben haben, es noch bis zum Feenpfad zu schaffen." Ganz im Stil von Columbo, einem der genialsten fiktiven Detektive aller Zeiten, fuhr ich fort: „Apropos EpiPen, da gibt es doch eine Sache, die ich nicht nachvollziehen kann. Wie sind Sie an die Dinger rangekommen? Sie trug die Tasche doch stets bei sich."

Daraufhin lächelte Latoya triumphierend. „Das hatten wir Ihnen zu verdanken, Sheriff. In jener Nacht, als wir für die Planung der Wettbewerbsbeiträge hier im B&B blieben, saßen Sie beide dort draußen auf dem Steg und tranken … Rotwein, würde ich mal vermuten." Sie deutete mit dem Daumen über die Schulter in Richtung des großen Salons. „Und Gin hat ihre kostbare Tasche versehentlich auf dem Couchtisch liegen gelassen." Sie kicherte kurz. „Sie trug immer zwei Pens mit sich, dazu einen Vorrat an Benadryl, Handdesinfektionsmittel, Feuchttücher und was weiß ich noch alles. Darauf habe ich nicht so genau geachtet. Ich habe sie herausgeholt, und Kim hat sie in seiner Jackentasche verschwinden lassen."

„Ein riskantes Unterfangen. Was, wenn sie den Verlust bemerkt hätte?"

Latoya zuckte mit den Schultern. „Wenn es nötig gewesen wäre, hätten wir uns auch darum gekümmert."

Ich fragte sie nach der Vertragsänderung und dem Treffen in Kims Haus, und sie wiederholte alles, was bereits Sonja und Leif zu Protokoll gegeben hatten.

„Wenn sie doch einfach auf ihrem Zimmer geblieben wäre …" Ihr Ton machte deutlich, dass sie Gin die Schuld dafür gab, dass sie geschnappt wurden. „Der Plan hätte perfekt funktioniert."

„Sie unterschätzen mich, Ms Craig. Es war zu kalt für Bienen, um noch so weit zu fliegen. Und es gab Leute, die gesehen haben, wie Sie nach oben in das Zimmer gegangen sind. Irgendwann hätte ich eins und eins zusammengezählt."

Sie allerdings schien mehr damit beschäftigt, den Fehler in ihrem Vorhaben zu suchen, anstatt mir zuzuhören. Ich wartete kurz, bis sie begriffen hatte, warum sie mit ihrer genialen Strategie gescheitert war, und verkündete dann: „Latoya Craig …"

„Verhaften Sie mich jetzt?"

„Ja, wegen Mordes an Gin Wakefield."

Sie stand auf und streckte die Hände vor, um sich Handschellen anlegen zu lassen. „Ich hätte besser den Job in Vegas angenommen."

Kim beobachtete, wie mein Deputy Latoya in den Speisesaal führte. Als ich zu ihm trat, drehte er sich um und schaute mich herausfordernd an. Da sich sonst niemand mehr hier aufhielt, nahm ich auf einem Stuhl neben ihm Platz und stellte das Aufnahmegerät auf den Couchtisch … wahrscheinlich genau auf die Stelle, wo Gins Tasche in jener schicksalhaften Nacht gelegen hatte.

Meeka hockte auf dem Boden zwischen uns und leckte sich das Fell, als wollte sie zeigen, wie scharf ihre winzigen Zähne waren. Reed kehrte in den Flur zwischen dem großen Salon und dem Speisesaal zurück, von wo aus er das Verhör verfolgte, und ich drückte den Startknopf.

Kapitel Dreißig

DAS LICHT DES RECORDERS HATTE KAUM ZU BLINKEN begonnen, was bestätigte, dass die Aufnahme lief, als Kim auch schon zu reden begann.

„Ich bin unschuldig." Als ob das alles wäre, was ich hören musste, um ihn ungeschoren davonkommen zu lassen.

„Tja, leider habe ich Aussagen von drei Ihrer Kollegen, die allesamt bestätigt haben, dass Sie sehr wohl in der Sache drinstecken."

„Und was bitte soll ich getan haben?", fragte er und plusterte sich regelrecht auf.

Ich ließ mir Zeit und blätterte in meinem Notizbuch vor und zurück. „Alle gaben an, dass Sie sie zu sich nach Hause eingeladen haben, um sie darüber in Kenntnis zu setzen, dass Gin die Auszahlungskonditionen im Vertrag geändert hat."

Ich hielt kurz inne, um seine Reaktion abzuwarten.

„Und? Ist es etwa ein Verbrechen, wenn ich bei mir zu Hause Leute empfange?"

„Sie bestätigten weiterhin, dass Sie es waren, der die Diskussion über Rache an Gin angestoßen hätte."

„Noch einmal: Eine Diskussion zu führen, ist nicht strafbar, und eine kleine Zusammenkunft zu organisieren, verstößt ebenso wenig gegen das Gesetz. In was für einem Land würden wir denn leben, wenn beides illegal wäre?"

Je lauter er wurde, desto schuldbewusster wirkte er. Offensichtlich wollte er reden, also lehnte ich mich zurück und ließ ihn gewähren.

„Es war einfach nur grausam, wie Ginger uns aus dem Spiel gedrängt hat. Sie und ich hatten monatelang über die Details gebrütet. Da sie sich weigerte, auf die einundfünfzig Prozent für sich selbst zu verzichten, und ich wusste, dass sie niemals nachgeben würde, habe ich, was das anbelangte, nicht weiter gekämpft. Sie hatte von Anfang an darauf bestanden, die Mehrheit an allem zu behalten, was auf ihren Namen lief. Dazu hatte ich ihr als ihr Finanzchef auch geraten, weil es vom geschäftlichen Aspekt her einfach Sinn ergab."

Er tat genau dasselbe, was Rosalyn immer tat. Er lobte Gin dafür, eine gute Geschäftsfrau zu sein und beanspruchte gleichzeitig ihre Geschäftstüchtigkeit für sich.

„Wie man die verbleibenden neunundvierzig Prozent aufteilen sollte … dahingehend eine Einigung zu erzielen, hat allerdings ewig gedauert." Er gab ein verärgertes Zischen von sich. „Fünf gleiche Anteile."

„Was wollten Sie ursprünglich für sich selbst? Irgendwie fällt es mir schwer zu glauben, dass Sie sich mit dem gleichen Prozentsatz wie die anderen zufrieden gegeben hätten."

„Ich habe sie von der ersten Stunde an unterstützt", erwiderte er, ohne zu zögern. „Ursprünglich bestand diese Idee aus nichts weiter als Hoffnungen und Träumen, geboren über ein paar Mai Tais am Strand." Er mahlte mit den Zähnen. „Für ihren Traum habe ich alles aufgegeben, obwohl es sich natürlich auch für mich gelohnt hat. Anfangs bestand ich darauf, dass die einundfünfzig/neunundvierzig-Regel für sämtliche Einnahmen aus dem Verkauf der Küchenutensilien angewendet werden sollte. Das lehnte sie kategorisch ab. Schließlich einigten wir uns darauf, die Aufteilung auf fünf Parteien auf die Anfangszahlung zu beschränken, die immerhin auch schon einen Wert von mehreren Millionen hatte. Mit zukünftigen Tantiemen würde dann wie folgt verfahren: einundfünfzig Prozent für sie, fünfundzwanzig Prozent für mich, da ich den Deal vermittelt hatte, und der Rest sollte in die Firma zurückfließen."

„Ich nehme an, Sie waren damit nicht zufrieden?"

„Die Aufteilung der zukünftigen Tantiemen konnte ich akzeptieren, aber ich wollte auch fünfundzwanzig Prozent von den ersten Einnahmen. Ich mag vielleicht nicht für das Endprodukt verantwortlich gewesen sein, aber immerhin hatte ich dafür gesorgt, dass sie vom ersten Tag an Gewinn machte und ihr Marketing hervorragend lief. Ich werde mich nicht entschuldigen dafür, dass ich wollte, was mir zusteht."

„Ist Ihnen bewusst, dass das Geld stattdessen zwischen ihrer Mutter und verschiedenen neurologischen Forschungsinstituten aufgeteilt wird?"

Er stieß ein spöttisches Schnauben aus. „Ich bin sicher, die Presse wird eine große Sache daraus machen, wie großzügig sie war. Aber wenn dem so wäre, warum hat sie dann nicht schon all die Jahre etwas gespendet?"

„Diese Frage kann ich Ihnen auch nicht beantworten, und jetzt werden wir es wohl nie erfahren, oder?"

Er verzog die Lippen und antwortete mit gedämpfter Stimme: „Vermutlich nicht."

„All das muss Sie ziemlich wütend gemacht haben."

Er grunzte und sah weg. „Natürlich hat es das."

„Wütend genug, um einen Mord zu planen?"

„Das war nicht ich, sondern Latoya, die diese Möglichkeit ins Spiel brachte." Er beugte sich nach vorne und zog sein Jackett aus. Hinter ihm legte Reed die Hand an seine Glock, bereit zu handeln, falls es nötig werden sollte. „Ich habe diesen Vorschlag sofort abgeblockt. Natürlich wollte auch ich, dass Ginger die Folgen ihres Handelns zu spüren bekommt, doch niemals, dass sie dafür mit dem Leben bezahlt."

„Sie wollten sie finanziell ruinieren?"

Ein selbstgefälliger Ausdruck huschte über sein Gesicht. „Ich gebe zu, das in Betracht gezogen zu haben, und ich hätte es auch schaffen können."

„Aber irgendwie, zwischen der Nacht dieses ersten Gesprächs und Ihrer Ankunft hier vor vier Tagen, wurde aus dem geplanten Bankrott dann doch Mord."

„Sie können mir nichts nachweisen."

Sein Selbstbewusstsein quoll aus ihm heraus wie Eiter aus einer schwärenden Wunde.

„Ich habe Aussagen von drei Ihrer Kollegen", wiederholte ich, „die bestätigen, dass Sie in die Sache verwickelt waren."

„Aber ich habe nichts getan. Es waren Leif und Latoya, die die Bienen eingesammelt und sie zusammen mit den Bananenschalen in Gins Zimmer versteckt haben."

„Immerhin haben Sie Gin während dieser Aktion abgelenkt und davon abgehalten, nach oben zu gehen, damit die beiden die Tat in Ruhe vorbereiten konnten. Somit waren Sie aktiv an dem Komplott beteiligt."

„Dafür haben Sie keine Beweise." Er sprach jedes Wort langsam aus, mit besonderer Betonung auf *Beweise*. „Das ist alles nur Hörensagen. Mein Wort steht gegen das ihre."

„Na ja, immerhin habe ich die Bananenschalen."

Er zog die Stirn kraus. „Was soll das heißen?"

Ich räusperte mich. „Wussten Sie, dass man Fingerabdrücke sogar auf einer Bananenschale sichern kann?" Der selbstgefällige Blick begann zu schwinden. „Außerdem wurde mir berichtet, dass Sie die EpiPens von Latoya entgegengenommen und in Ihre Tasche gesteckt haben. Auch davon können wir Abdrücke nehmen. Ich bin überzeugt, wir finden sie, wenn wir Ihr Zimmer auf den Kopf stellen. All das mag nicht viel sein, aber in Kombination mit den Aussagen der anderen sollte es ausreichen, um das Gericht dazu zu bringen und Sie wegen Beihilfe zum Mord zu belangen."

Meeka, die nach wie vor neben mir auf dem Boden saß,

legte eine Pfote auf mein Bein. Das war ihre Version eines
High-Five.

Eine Weile sagte ich nichts und ließ Kim in diesem Wissen
schmoren.

Nach ein paar Minuten fuhr er fort: „Ginger hat mir sehr
wehgetan. Ich war ihr gegenüber immer loyal. Im Laufe all
der Jahre, in denen ich ihren Traum unterstützte, war er
allmählich auch zu meinem geworden. Ich war genauso stolz
auf das Produkt, das wir herausgebracht haben, wie sie es war.
Bei jedem Schritt analysierte ich den Markt und sprach mit
den Kunden, um sicherzustellen, dass wir ihnen genau das
lieferten, was sie wollten." Eine abgeschwächte Version seiner
Selbstgefälligkeit kehrte zurück. „Die Herstellung des Produkts
ist nur ein Aspekt davon, wie man ein Unternehmen zu leiten
hat, wissen Sie? So brillant ihre Kekse und Kuchen auch sein
mochten — wenn man sie nicht an die richtige Kundschaft
bringt, läuft das Geschäft nicht. Ich habe maßgeblich zum
Erfolg des Unternehmens beigetragen."

Er hielt inne, und ich wartete schweigend auf die Aussage,
von der ich überzeugt war, dass sie kommen würde.

„Ja, ich wusste von der Absicht, Ginger zu töten. Es war
aber nur ein Gedanke, bis sich nach unserer Ankunft hier alles
irgendwie zusammenfügte: erst diese Frau, Sugar, dann der
Imker. Man könnte fast meinen, dass dieser Ort das Böse
fördert." Er starrte hinunter auf seine großen Hände.
Erwartete er, Gins Blut dort zu sehen? „Nein, ich habe nichts
getan, um es zu verhindern. Und ja, ich war beteiligt."

Sein Kommentar über das Böse ließ mich einen Moment
innehalten. In der Tat waren hier schlimme Dinge passiert,
die die Stimmung im Dorf verändert hatten. Es fühlte sich
beinahe so an, als sei die ganze Grausamkeit in den Boden
eingesickert und hätte dort ein Eigenleben entwickelt. Als
würde das Dorf selbst nun immer mehr Negativität anziehen
und eigene erschaffen. Aber das war unmöglich.

Vom See fegte ein Windstoß zu uns herüber. Ich konnte

sehen, wie die Bäume sich bogen und schwankten, doch ihr Flüstern blieb mir verborgen. Stimmten sie mir zu oder widersprachen sie mir? Oder wollten sie mich warnen?

Kims breite Brust und seine muskulösen Arme machten es unmöglich, ihn mit nur einem Paar Kabelbinder zu fesseln. Es brauchte je einen um jedes Handgelenk und zwei weitere, um ihn richtig zu sichern. Reed und ich überlegten kurz, die Truppe zum Revier zu bringen und sie dort von Deputy Atkins abholen zu lassen, aber da sich keiner von uns mit den Medien herumschlagen wollte, blieben wir einfach an Ort und Stelle.

„Ich muss dich mal etwas fragen", sagte, Reed, während wir im Wohnzimmer warteten, von wo aus wir unsere Gefangenen im Speisezimmer gut im Blick hatten. „Das, was du über Fingerabdrücke auf einer Bananenschale gesagt hast … stimmt das?"

„Ja, tatsächlich", bestätigte ich. „Es ist auch möglich, Abdrücke von anderem Obst mit glatter Schale zu nehmen."

„Abei wir haben sie ja gar nicht dahingehend untersucht."

„Bei Fingerabdrücken von egal welcher Oberfläche gibt es nie eine Garantie. Aber wir können und sollten vermutlich empfehlen, dass Deputy Atkins das in seinem Labor prüfen lässt."

Reed starrte mich vorwurfsvoll an. „Du hast also geblufft."

„Ein ‚Bluff' kann eines der besten Werkzeuge sein, das uns zur Verfügung steht. Und ich habe ja nie behauptet, dass wir seine Fingerabdrücke haben, sondern nur gefragt, ob er sich dieser Möglichkeit bewusst ist."

Sein missbilligender Blick wich einem Grinsen. „Ich warte dann mal beim Wagen auf Atkins und versuche, die Reporter so gut es geht fernzuhalten."

„Sag ihnen, dass ich später vor dem Revier eine Stellungnahme abgeben werde."

„Ach, das erinnert mich daran …", sagte er auf halbem Weg zur Haustür, „dass wir Sugar aus der Zelle lassen sollten."

Die arme Sugar. Welche bleibenden Folgen würde das für sie haben? Nicht nur psychologischer, sondern auch sozialer Natur. Selbst wenn ich öffentlich erklärte, dass sie unschuldig war, gäbe es mit Sicherheit den ein oder anderen Dorfbewohner, der behaupten würde, sie sei irgendwie beteiligt gewesen. Wenn es überhaupt einen Silberstreif am dunklen Horizont gab, dann vielleicht den, dass ihre oft so schroffe Art ein wenig abklang.

Glücklicherweise dauerte es nicht lange, bis Atkins mit einem zweiten Streifenwagen und einem weiteren Deputy im Schlepptau anrückte. Sie luden die vier ein, und schon stürmten die Reporter heran, um Fotos zu machen und Fragen zu stellen.

„Diese Pressefutzies da draußen sind ja wahnsinnig", sagte Atkins, als er noch einmal kurz ins *Pine Time* zurückkam, bevor er sich auf den Rückweg machte. „Wir schaffen unsere Mörderbande erst mal weg von hier, bevor noch was Schlimmes passiert. Sie schicken mir dann die Kopien ihrer Aussagen und alles andere, was Sie sonst noch haben, ja?"

„Selbstverständlich. Der Rest der Beweise liegt sicher verstaut in unserem Revier. Deputy Reed bringt sie Ihnen später noch vorbei." Ich warf einen Blick auf meine Armbanduhr. Es war fast sechs Uhr. „Oder wahrscheinlich eher morgen."

„Keine Eile." Dann schüttelte er den Kopf. „Mord durch Bienenstiche. Man sollte ihnen eigentlich einen Bonus für ihre Kreativität einräumen."

„Gibt es eigentlich etwas Neues über Donovan?", fragte ich, bevor er wieder verschwand.

„Ich sagte doch bereits, keine Neuigkeiten bedeuten keine Updates. Sie sind noch auf der Jagd nach ihm, und ich habe die Einsätze auch auf benachbarte Bezirke ausgeweitet. Machen Sie sich keine Sorgen. Wir sind dran."

Etwas anderes, als mich in diesem Fall auf meine Kollegen zu verlassen, blieb mir wohl auch nicht übrig.

Atkins hatte schon die Hand auf dem Türknauf, als er sich noch einmal zu mir umdrehte. „Übrigens, ein klasse Anwesen."

„Vielen Dank. Wie gesagt, Sie sind jederzeit willkommen."

Ich beobachtete durch die Fenster des Speisezimmers, wie sie davonfuhren. Ein paar Minuten später lichtete sich die Menge der Journalisten und verschwand fast vollständig, bis auf ein paar besonders Hartnäckige. Wahrscheinlich hofften sie schon vor der offiziellen Erklärung vor dem Revier auf ein paar pikante Details.

„Treffen wir uns später im Dorf zum Abendessen?", fragte Tripp.

„Wenn du meinst, wir finden einen ruhigen Ort."

„Vielleicht bist du ohne Uniform nicht so leicht zu erkennen und die Dorfbewohner respektieren deine Privatsphäre. Zumindest so lange, bis die Touristen weg sind."

Ich blinzelte ihn mit gespielter Unschuld an. „Würde ich ohne Uniform nicht noch mehr auffallen?"

Er brauchte einen Moment, dann zog er mich nah zu sich heran und schmiegte seine Wange an mein Ohr. „Ich meinte natürlich nicht nackt. Aber wenn es das ist, was du willst …"

Ich lachte, küsste ihn und pfiff nach Meeka. „Hör auf, mich abzulenken. Ich muss mich auf meine Presseerklärung konzentrieren."

Kapitel Einunddreißig

Vor dem Revier hatten sich Reporter, Touristen und Dorfbewohner versammelt, um meine offizielle Stellungnahme zum Tod von Ginger „Gin" Wakefield zu hören. Eine geschlagene Stunde stand ich da und beantwortete geduldig all ihre Fragen, ohne zu sehr ins Detail zu gehen. Diese Dinge würden erst dann ans Licht kommen, nachdem Kim, Leif und Latoya offiziell angeklagt worden waren. Als sie jedoch immer und immer wieder dieselben Sachen ansprachen, entschied ich, die Fragerunde zu beenden.

„Wie ist es gelaufen?", erkundigte sich Reed, als ich ins Gebäude zurückkam.

„So gut, wie zu erwarten war. Hoffentlich machen sie sich jetzt vom Acker. Es gibt nichts mehr zu sehen, nichts Weiteres mehr zu erfahren." Ich warf einen Blick in die Zelle, in der Sugar in den letzten Tagen gesessen hatte. Sie war nicht mehr da, nur ihre Sachen lagen noch dort. „Sugar hat ja ihre Habseligkeiten gar nicht mitgenommen?"

„Sie ist in deinem Büro." Mit gedämpfter Stimme fügte er hinzu: „Es geht ihr plötzlich nicht mehr so gut."

Ich bereitete zwei Tassen Tee zu, brachte sie in mein Büro

und reichte ihr eine davon. Statt wie üblich um meinen Schreibtisch herumzulaufen und mich dahinter zu setzen, nahm ich auf dem Stuhl neben ihr Platz.

„Danke." Sie umschloss die Tasse mit beiden Händen, um sie zu wärmen, und trank einen kleinen Schluck. Dann starrte sie mit leerem Blick darauf und sagte: „Ich wollte nie, dass das passiert."

„Das weiß ich doch. Und auch, dass Sie nichts damit zu tun hatten. Wir werden dafür sorgen, dass alle im Dorf von Ihrer Unschuld erfahren."

Sie wandte sich mir zu, und in ihren Augen lag ein Ausdruck tiefster Verletzlichkeit, der mir beinahe selbst körperliche Schmerzen bereitete. „Sie hatten aber doch gedacht, dass ich es war, oder? Dass ich Gin auf dem Gewissen hätte."

Irgendetwas an unserem Verhältnis war seltsam. Es war nicht so, dass wir uns nicht mochten, doch es gab eine unsichtbare Barriere zwischen uns, die verhinderte, dass wir wirklich zueinanderfanden.

„Als der Rat mich zum Sheriff wählte, sagten Sie, Sie hätten nur deshalb gegen mich gestimmt, weil Sie nicht wollten, dass ich in den *Sumpf* hier hineingezogen werde. Und vor nicht allzu langer Zeit haben Sie mir dann gesagt, dass Sie dachten, meine Aufgabe hier bestünde darin, die dunkle Wolke zu vertreiben, die Whispering Pines überschattet. Erinnern Sie sich daran?"

Sie nickte knapp.

„Ich weiß nie, ob Sie auf meiner Seite stehen oder nicht, Sugar. Deshalb kann ich nachvollziehen, wie Sie sich fühlen müssen." Ich nahm ebenfalls einen Schluck Tee, bevor ich fortfuhr. „Nein, ich habe nicht geglaubt, dass Sie Gin getötet haben, aber die Beweise sprachen gegen Sie. Mein Job verlangt nun mal, dass ich den Hinweisen folge und nicht meinem Herzen. Genau das habe ich getan. Mich auf die Beweise gestützt."

Sie blinzelte mehrmals und wischte sich eine Träne von der Wange. „Ich habe Gin nicht gehasst. Die Dinge sind einfach außer Kontrolle geraten." Eine weitere Träne fiel. „Einst war sie meine beste Freundin. Ich habe sie zwanzig Jahre lang vermisst, und jetzt werden wir niemals wiedergutmachen können, was damals passiert ist."

Ihre Schultern begannen zu beben, und ihr Körper wurde von Schluchzern geschüttelt. Ich nahm ihr die Tasse aus der Hand und stellte sie zusammen mit meiner auf den Schreibtisch. Dann zog ich sie an mich und ließ sie sich ausweinen. Als sie sich Minuten später zurückzog, waren ihre Augen geschwollen und rot.

„Alles in Ordnung?" Ich reichte ihr die Schachtel mit Taschentüchern.

Sie schnäuzte sich, zuckte mit den Schultern und schüttelte gleichzeitig den Kopf. „Ich weiß es nicht."

„Wie wäre es, wenn ich Sie nach Hause fahre? Sprechen Sie mit Honey. Schlafen Sie ein wenig. Vielleicht sieht morgen alles schon ein wenig besser aus. Und wenn nicht, gehen Sie zum Heilzentrum und reden Sie mit jemandem dort. Sie können Ihnen helfen, all das zu verarbeiten."

„Okay." Sie richtete sich auf, kämpfte gegen die nächste Tränenwelle an und sagte schließlich: „Ich würde das Angebot mit dem Heimfahren gerne annehmen. Aktuell bin ich noch nicht bereit, mich mit jemandem auseinanderzusetzen, dem ich auf dem Weg begegnen könnte."

)◊(

Die letzten zwei Tage des Festes verliefen ohne weitere Dramen, abgesehen davon, dass eine unerwartete Welle neuer Touristen über uns hereinrollte, die alle sehen wollten, wo Gin gestorben war. Zumindest verhielten sie sich ruhig und respektvoll. Sie versammelten sich neben dem Trommelkreis und tauschten sich über ihre liebsten Snacks und Produkte von *Wakefield's Sweets and Treats* aus. Auf dem Feenpfad entstand eine Art provisorisches Denkmal. Ich vermutete, dass Ruby den Grundstein dafür gelegt hatte, indem sie die Stelle mit einer gehäkelten Kochmütze markierte, die nun im Zentrum des immer größer werdenden Arrangements stand. Die Dorfbewohner, die bereits zu Gins Zeit hier gelebt hatten, trauerten in aller Stille. Laurel plante heimlich einen Gedenkgottesdienst, den wir abhalten würden, sobald die Touristen endgültig weg waren.

Bis dahin galt es, sämtliche Aufgaben rund um Mabon zu erledigen. Morgan und Briar baten Tripp und mich, ihnen beim Abernten ihres riesigen Gartens zu helfen. Sein Job war es, die Samen der beinahe abgeblühten Blumen einzusammeln, und meiner, die noch in Saft stehenden Pflanzen zurückzuschneiden und zu bündeln. Einige davon würde Morgan im *Shoppe Mystique* zum Trocknen aufhängen, die übrigen im beeindruckenden Gewächshaus ihres Cottages.

„Das ist irgendwie meditativ", sagte Tripp, während er Samen in einen Umschlag fallen ließ.

„Sag das nicht zu laut", warnte ich ihn. „Briar wird dich auf der Stelle engagieren."

„Wie kommst du mit dem Binden voran?", fragte er. „Bist du auch schön achtsam?"

„Natürlich. Ich will schließlich nicht dafür verantwortlich sein, wenn einer der Zauberbeutel seine Wirkung verfehlt."

Morgan hatte mir aufgetragen, während meiner Arbeit optimistisch zu bleiben, um so meine eigene positive Energie auf eine andere Person zu übertragen – durch den Zauber, den sie mit diesen Pflanzen für sie wirken würde. Ich musste zugeben, dass mir das gefiel.

In diesem Moment tauchte sie auf dem Kiesweg auf, der sich durch den Garten schlängelte. „Bist du fertig?", fragte sie.

„So gut wie." Ich verknotete die Schnur, die ich gerade um meinen letzten Strauß gewickelt hatte, und schnitt die Enden ab, wobei ich wie bei allen vorherigen murmelte: *leiste dein Bestmögliches.*

„Ich ebenfalls", sagte Tripp. „Was gibt's?"

„Abendessen ist fertig", verkündete sie, während sie ihre Gartenschürze mit den großen Taschen auszog. In denen steckte so viel verschiedenes Werkzeug, dass es bei jedem ihrer Schritte klirrte. „Mama hat Pulled Pork gemacht."

Mir lief das Wasser im Mund zusammen. „Hat sie das Rezept von dem Schausteller auf dem Fest bekommen?"

„Genau von dem." Ein Lächeln umspielte ihre Lippen. „Sie musste ihren ganzen Charme spielen lassen, um es zu bekommen, und dann versprechen, es niemand anderem zu verraten."

Ich schnappte nach Luft. „Briar hat mit ihm geflirtet? Deine Mutter ist mir ja eine."

Das war natürlich als Scherz gemeint, aber Morgen zwinkerte und erwiderte vielsagend: „Du hast ja keine Ahnung."

„Ich glaube, ich will gar nicht wissen, was das bedeuten soll", sagte ich zu Tripp, während wir auf die mit wildem Wein überwucherte Terrasse hinter dem Cottage zusteuerten.

Briar hatte nicht nur Pulled Pork vorbereitet, sondern auch noch gebackene und grüne Bohnen, Makkaroni mit Käse, hausgemachte Essiggurken und Maisbrot.

Tripp starrte das Festmahl an, als stünde er kurz vorm Verhungern, und wandte sich dann an unsere Gastgeberin. „Würden Sie mich adoptieren?"

Briar und Morgan lachten, doch wenn sie wüssten, wie schmerzhaft das Thema Familie für ihn war, hätten sie verstanden, wie rührend diese Worte in Wahrheit gemeint waren. In seiner Vorstellung hatte er, der bei seiner Tante und seinem Onkel aufwachsen musste, nie ein richtiges *Zuhause* gehabt. Und genau das war es, was er sich am meisten wünschte – ein Heim und eine eigene Familie.

„Und zum Nachtisch gibt's Apfelkuchen", neckte Briar ihn.

„Vergessen Sie die Adoption", sagte Tripp, nachdem er den ersten Bissen Schweinefleisch hinuntergeschluckt hatte, „und heiraten Sie mich stattdessen."

„Da muss ich wohl Jayne den Vortritt lassen." Sie zwinkerte mir zu und kicherte, als ich errötete.

„Wie wäre es, wenn wir über Reevas Sieg beim Backwettbewerb reden?", platzte ich heraus, darauf erpicht, das Thema zu wechseln. Nachdem die Wakefield-Crew abgeführt worden war und Sugar sich zu Hause verkrochen hatte – Honey schwor, es gehe ihr gut, sie brauche nur etwas Zeit für sich –, hatte Martins Tante den Wettbewerb mühelos gewonnen.

„Ich finde, sie hat ihn mehr als verdient." Briar hob ihr Glas mit eiskaltem Mabon-Tee zu einem Toast. „Ganz gleich, was die Leute über Gin Wakefield sagen, Reeva war schon immer die begabteste Küchenhexe des ganzen Dorfes. Ich verstehe bis heute nicht, warum sie nie eine Bäckerei oder ein Restaurant eröffnet hat."

Morgan warf ihr einen vielsagenden Blick zu. „Abgesehen davon, dass Flavia sie vor zwanzig Jahren gezwungen hat zu gehen?"

Briar überlegte kurz. „Guter Einwand."

Die Gabel mit einer großen Portion Käsemakkaroni zum Mund führend, sagte ich: „Reeva hat mir erzählt, dass sie in Erwägung zieht, ein Diner zu eröffnen."

„Ein weiterer Ort, an dem man frühstücken könnte?", überlegte Morgan. „Und ein wenig Konkurrenz für Wesley? Gar nicht schlecht. Ich wäre sofort dafür."

Ich beobachtete, wie sie sich eine großzügige Portion von allem auf ihren Teller lud. „Du weißt aber schon, dass du dir jederzeit einen Nachschlag nehmen kannst, oder?"

„Keine Sorge, das werde ich auch", versicherte sie mir, und meinte es tatsächlich ernst. In letzter Zeit aß sie entweder für zwei oder nahm nur ein paar Bissen zu sich und war satt. Was war bloß mit dieser Hexe los?

Wir futterten so lange, bis wirklich nichts mehr hineinpasste. Dann lehnten wir uns gemütlich in unseren Stühlen zurück und kamen auf Samhain zu sprechen. Bis dahin waren es nur noch vier Wochen, und ich konnte es kaum erwarten, Whispering Pines in seinem schönsten, gespenstischen Halloween-Gewand zu erleben. Sobald unsere Mägen sich etwas beruhigt hatten, brachte Briar den Apfelkuchen und zwei Mondkuchen heraus. Als sie letztere aufschnitt und in der Mitte des schwarzen Sesamhimmels der tief orangefarbene Eidotter-Mond sichtbar wurde, schnappte Tripp hörbar nach Luft.

„Ich hab euch von jeder Sorte einen eingepackt, zum Mitnehmen", sagte sie.

„Wow, danke. Ich hatte neulich keine Gelegenheit, sie zu probieren." Ich steckte mir ein Stück Apfelkuchen in den Mund und verdrehte genüsslich die Augen.

Nach dem Dessert blieben wir noch eine Weile sitzen, plauderten und lachten, bis Briar schließlich in ihrem Stuhl einzudösen drohte. Gerade als wir aufstanden, um uns zu verabschieden, kam Meeka den Gartenpfad entlanggeflitzt, dicht gefolgt von Pitch, Morgans pechschwarzem Hahn. Sie versteckte sich hinter Tripp, während Pitch versuchte, nach ihrem Schwanz zu schnappen.

„Wir können gern nochmals vorbeikommen und weiter bei der Gartenarbeit helfen", sagte ich zu Morgan.

„Sehr gern, denn es gibt noch so einiges zu tun. Falls es eure Zeit erlaubt, nehmen wir eure Hilfe dankend an. Und Pitch freut sich bestimmt, wieder jemanden zum Spielen zu haben." Sie begleitete uns durch das Cottage bis zur Haustür und umarmte uns beide zum Abschied. „Seid gesegnet, ihr beide."

Die kurze Fahrt vom Heim der Barlows nach Hause verbrachten wir in entspanntem Schweigen. Meine Gedanken wanderten zu Gin und der Tatsache, wie vergänglich das Leben sein konnte. Das ließ mich all das, was ich hatte, umso mehr schätzen. Trotz kleinerer Ärgernisse war ich wirklich gesegnet.

„Was geht dir gerade durch den Kopf?", fragte Tripp, als er mich zu meiner Wohnung begleitete.

Ich warf einen Blick über die Schulter zu unserem B&B, dann hinauf zu meinem Apartment über dem Bootshaus und schließlich hinaus auf den See, auf dem sich das schwindende Mondlicht spiegelte. Mein Leben war gut und würde mit Sicherheit noch besser werden, wenn ich aufhörte, mich gegen gewisse Sachen zu wehren. Vor allem gegen eine ganz bestimmte.

„Ich habe etwas für dich." Ich griff in die Hosentasche meiner Jeans und zog einen Schlüssel hervor, den ich den ganzen Tag bei mir getragen hatte. Schon am Morgen, während ich mir die Haare föhnte, hatte ich erkannt, dass Lily Graces Visionen manchmal nicht nur Vorhersagen, sondern auch kleine Hinweise sein konnten. Jetzt war der Moment, darauf zu reagieren. „Es erscheint mir nicht fair, dass ich jederzeit in dein Haus komme, du aber nicht in meins."

Tripp starrte auf den Schlüssel, den ich ihm in die Hand gelegt hatte. „Wow. Das ist ein ziemlich waghalsiger Schritt. Bist du dir sicher?"

„Es ist doch nur ein Schlüssel." Ich versuchte, gelassen zu klingen, obwohl mein Herz doppelt so schnell schlug. Was glaubte er wohl, was das zu bedeuten hätte? „Wirklich keine große Sache."

Aber irgendwie war es das doch.

„Ich weiß", sagte er, doch sein Ton klang spielerisch. Er nahm mein ‚keine große Sache' anscheinend nicht ernst.

„Ich meine es wirklich so. Nicht von …"

Er trat einen kleinen Schritt vor und war mir nun so nahe, dass ich seine Körperwärme spüren konnte. Dann sah er mich auf eine Art und Weise an, die mich nicht nur meine Worte vergessen, sondern meinen kompletten Körper dahinschmelzen ließ … mit einem Blick, der mir das Gefühl gab, begehrt, geliebt und geborgen zugleich zu sein. Bei dem ich mit Sicherheit wusste, dass es keinen anderen Ort auf der Welt gab, an dem ich lieber wäre als genau hier, bei ihm.

„Es ist das beste Geschenk überhaupt." Er küsste mich mit zärtlicher Leidenschaft, löste sich dann jedoch von mir und wandte sich der Treppe zu. „Bis morgen." Kurz bevor er hinunterging, blieb er nochmals stehen, den Schlüssel zwischen Daumen und Zeigefinger in die Höhe haltend, und schenkte mir dieses schelmische Lächeln, das ein Grübchen auf seine linke Wange zauberte. „Oder vielleicht auch eher. Schlaf gut, Jayne."

Über die Autorin

Die Mystery- und Fantasy-Autorin Shawn McGuire liebt es, Charaktere und Orte zu erschaffen, zu denen ihre LeserInnen immer wieder gerne zurückkehren. Mit dem Schreiben begann sie, nachdem sie als Kind den ersten Star-Wars-Film (das war Episode IV) gesehen hatte. Und da sie es nicht abwarten konnte, bis der nächste Teil herauskam, erschuf sie einfach ihre eigene Geschichte. Leider sind diese Hefte längst verloren, aber ihr Wunsch, spannende Storys zu erzählen, ist heute noch genauso stark wie damals. Sie lebt in Wisconsin in der Nähe des wunderschönen Mississippi. Wenn sie nicht gerade schreibt oder liest, backt sie, bastelt, unternimmt lange Spaziergänge oder nascht für ihr Leben gerne richtig dunkle Schokolade. Mehr über ihre Werke erfahren Sie auf ihrer Website www.Shawn-McGuire.com